Lauren Rowe
The Club – Love

PIPER

Zu diesem Buch

Nachdem sich Sarah von ihren schweren Verletzungen erholt hat, beschließen Jonas und sie, gemeinsam mit ihren Freunden Kat, Josh und Henn nach Las Vegas zu reisen, um dort Oksana, die Chefin des Clubs, persönlich zu konfrontieren. Jonas will nicht eher ruhen, bis der Club zerstört ist und alle Drahtzieher zur Rechenschaft gezogen wurden. Dazu muss sich Henn jedoch vor Ort in das lokale Computersystem des Clubs hacken und so viele Daten wie möglich als Beweismittel sichern. Der Weg in das System: ein Virus, mit dem Oksanas Computer infiziert wird. Sarah und Jonas lassen sich auf den riskanten Plan ein und begeben sich damit in die Höhle des Löwen.

Lauren Rowe ist das Pseudonym einer amerikanischen Bestsellerautorin und Singer-Songwriterin, die sich für »The Club« ein Alter Ego zugelegt hat, damit sie sich beim Schreiben ihrer heißen Liebesgeschichten nicht zurückhalten muss. Lauren lebt zusammen mit ihrer Familie in San Diego, Kalifornien, wo sie mit ihrer Band auftritt und sich möglichst oft mit ihren Freunden trifft.

Lauren Rowe

THE CLUB
Love

Roman

Aus dem Amerikanischen
von Lene Kubis

PIPER

Mehr über unsere Autoren und Bücher:
www.piper.de

Von Lauren Rowe liegen im Piper Verlag vor:
The Club – Flirt
The Club – Match
The Club – Love
The Club – Joy
The Club – Kiss

MIX
Papier aus verantwortungsvollen Quellen
FSC® C083411
FSC
www.fsc.org

Ungekürzte Taschenbuchausgabe
ISBN 978-3-492-31073-4
September 2017

Titel der amerikanischen Originalausgabe:
»The Redemption«, SoCoRo Publishing 2015
Translation rights arranged by The Sandra Dijkstra Literary Agency

erschienen im Verlagsprogramm Paperback
Umschlaggestaltung: zero-media.net, München
Umschlagabbildung: FinePic®, München
Satz: Tobias Wantzen, Bremen
Gesetzt aus der Dolly
Druck und Bindung: CPI books GmbH, Leck
Printed in the EU

Jonas

Ich will sie nicht loslassen, aber sie zerren mich von ihr weg. Mit weit aufgerissenen Augen stolpere ich zurück. Mein T-Shirt ist voller Blut. So viel Blut. Überall.

»Kein Puls«, sagt einer der Männer, der ihr Handgelenk festhält. Dann legt er den Finger auf ihren Hals. »Nichts«, meint er stirnrunzelnd. »Verdammt. Ihre Halsschlagader ist durchtrennt worden.« Er schüttelt den Kopf.

»Was für eine Bestie«, setzt ein anderer Mann an, verstummt dann aber und sieht zu mir herüber. »Schafft ihn hier raus. Er sollte das nicht mit ansehen müssen.«

Die Männer tragen allesamt Feuerwehrskluft – aber hier brennt es nicht, also sind es wohl keine Feuerwehrmänner.

»Ihre Körpertemperatur ist stark abgesunken. Ich schätze, seit gut fünfzehn, zwanzig Minuten.«

»Ich liebe dich, Mommy«, habe ich zu ihr gesagt. Aber sie hat zum ersten Mal nicht geantwortet. Sonst hat sie immer dasselbe erwidert: »Ich liebe dich auch, Baby – mein kostbares Baby.« Warum nicht dieses Mal? Und warum sieht sie mich nicht an? Stattdessen starrt sie unentwegt aus dem Fenster. Ich folge ihrem Blick und sehe den Krankenwagen, der vor unserem Haus steht. Das Blaulicht auf dem Dach wirbelt geräuschlos im Kreis. Da höre ich in der Ferne die Sirenen, die immer näher kommen. Eigentlich mag ich diesen lauter werdenden Klang. Es ist toll, wenn die Polizei einen richtig fiesen Schurken jagt oder ein riesiges Feuerwehrauto an unserem Wagen vorbeizischt. Mommy sagt, man muss beim Geräusch der Sirenen sofort rechts ranfahren.

»Da sind sie, die Retter in ihrer roten Rüstung!«, singt sie immer, wenn die Feuerwehr vorbeifährt. Aber heute bleibt sie stumm.

Und heute mag ich den Klang der Sirenen gar nicht gern.

Ich verkrümele mich in eine Ecke des Zimmers, setze mich auf den Boden und schaukle hin und her. Ich habe ihr gesagt, dass ich sie liebe, und sie hat nicht geantwortet. Und sie schaut mich nicht an. Sie schaut aus dem Fenster. Sie blinzelt nicht mal. Ganz bestimmt ist sie sauer, dass ich sie nicht gerettet habe.

»Ist das deine Mutter, Kleiner?«, fragt einer der Männer und beugt sich zu mir herunter.

Meine Stimme funktioniert nicht.

Sie ist meine Mommy.

»War da noch jemand im Haus?«

Ich wollte allein mit ihr sein. Ich wollte sie ganz für mich haben. Ich wollte, dass ihre Schmerzen verschwinden. Ich war ein schlechter Junge.

»Wir sind hier, um dir zu helfen, mein Sohn. Nicht, um dir wehzutun. Wir sind Sanitäter, weißt du? Die Polizisten kommen auch gleich.«

Ich schlucke hart.

Ich bin im Schrank geblieben, weil ich dachte, dass ich ihr mit meinen Zauberhänden helfen könnte, wenn der große Mann weg ist. Aber die Zauberkraft ist verschwunden. Ich weiß nicht, warum. Ich war böse.

»Wie heißt du?«, fragt ein anderer Mann.

»Schafft ihn hier raus«, sagt jemand. »Er sollte das nicht mit ansehen müssen.«

Der Mann, der sich zu mir herabbeugt, winkt ab.

»An dir ist Blut, Kleiner«, sagt er leise. »Ich muss sichergehen, dass es nicht von dir stammt. Hat dir jemand wehgetan?«

Er greift nach meiner Hand, aber ich reiße mich los und

renne zu ihr, um mich auf sie zu werfen. Mir ist egal, dass sie voller Blut ist. Ich halte sie mit aller Kraft fest. Sie können mich nicht von ihr trennen! Vielleicht kommt meine Zauberkraft ja zurück, wenn ich es nur lang genug probiere. Vielleicht habe ich mir einfach nicht genug Mühe gegeben, und sie hört auf, aus dem Fenster zu starren, wenn die Magie wieder funktioniert. Vielleicht muss ich nur oft genug sagen, dass ich sie liebe – und dann blinzelt sie und sagt: »Ich liebe dich auch, Baby. Mein kostbares Baby.«

Ich liege auf meinem Bett, auf meiner Baseball-Bettwäsche. Neben mir liegt Josh auf seiner Fußball-Bettwäsche. Normalerweise dreht er durch, wenn er die Baseballgarnitur nicht haben darf, aber dieses Mal hat er sie mir ohne Murren überlassen.

»Wenn du magst, kannst du sie jede Nacht haben«, hat er gesagt. »Von jetzt an darfst du aussuchen.«

Noch vor einer Woche hätte ich mich darüber wahnsinnig gefreut. Aber jetzt ist es mir vollkommen egal. Mir ist alles egal. Sogar, ob ich jemals wieder sprechen werde. Vor einer Woche ist Mommy für immer verschwunden, und seitdem habe ich keinen Mucks von mir gegeben. Das Letzte, was ich gesagt habe, war: »Ich liebe dich, Mommy.« Dabei habe ich sie umarmt, geküsst und mit meinen magischen Händen gestreichelt, die nicht mehr magisch sind. Und ich habe beschlossen, dass dies die letzten Worte sind, die mir jemals über die Lippen kommen.

Als der Polizist mich gefragt hat, wie der große Mann aussah, habe ich nichts gesagt. Selbst als ich hörte, wie Daddy in seinem Arbeitszimmer geweint hat, habe ich nichts gesagt. Und auch nicht, als ich einen Albtraum hatte, in dem der Mann erst meiner Mommy die Kehle durchgeschnitten und mich dann verfolgt hat. Ich bin sogar stumm geblieben, als Daddy uns erzählt hat, dass der böse Mann der Freund von Marielas Schwester war, und Daddy am Telefon zu Onkel William gesagt hat, dass er ihn umbringen will.

Ich setze mich im Bett auf, als ich unten im Foyer Marielas Stimme höre. Ich weiß, dass Mariela im Foyer steht, weil ihre Stimme ganz laut ist und hallt, und das ist nur in diesem Raum so. Denn eigentlich hat Mariela eine sehr leise Stimme.

Ich linse hinüber zu Josh, der tief und fest schläft. Vielleicht sollte ich ihn wecken, damit er Mariela begrüßen kann? Aber nein, sie gehört mir. Ich bin derjenige, der mit ihr in der Küche sitzt und quatscht, während sie venezolanisches Essen kocht. Ich helfe ihr dabei, die Töpfe zu spülen, und höre ihren schönen spanischen Liedern zu. Ich mag es, wenn sie ihre Hände ins Spülbecken taucht und ihre braune Haut danach glatt und glänzend ist, so wie die Karamellsoße auf dem Eisbecher. Marielas Haut ist weich und zart und schön. Wenn sie singt, berühre ich ihren Arm manchmal mit meinen Fingerspitzen, schließe die Augen und streichle sie. Auch ihre Augen sind schön – wie Schokoladenbonbons. Ich liebe ihr Funkeln.

»Señor, por favor!«, ruft sie.

Ich springe aus dem Bett und stürze aus meinem Zimmer. Es ist das erste Mal, dass ich aufstehe, seit Mommy für immer verschwunden ist. Meine Beine fühlen sich steif an und tun weh. Eigentlich hatte ich mir ja geschworen, nie wieder aufzustehen, aber ich will meine Mariela sehen. Auch wenn ich damit meinen Schwur breche. Vielleicht kann ich ja eine neue Regel erfinden, die besagt, dass ich wegen Mariela immer aufstehen darf. So schnell ich kann, flitze ich die Treppe hinunter. Ich kann es kaum erwarten, dass sie mich wieder »Jonasito« nennt oder mir eins ihrer schönen Lieder vorsingt.

Als ich aber Daddys Stimme höre, bleibe ich mitten auf der Treppe stehen.

»Verschwinde!«, sagt er in einem richtig fiesen Tonfall. »Sonst rufe ich die Polizei!«

»No, Señor! Por favor!«, schluchzt Mariela. *»Dios bendiga a la señora. Por favor, déjeme ver a mis bebes. Los quiero.« Lassen Sie mich meine Babys sehen! Ich liebe sie.*

»Du hast doch diesem Hurensohn gesagt, dass wir bei dem Footballspiel sind! Da hättest du sie ja ebenso gut gleich selbst umbringen können!«

Jetzt schreit Mariela richtig. *»No, Señor! Ay, Dios mio, señor. No sabía! Lo juro por Dios.«* Jetzt mischt Mariela auch englische Brocken in ihre Sätze. »Bitte, Señor. Ich liebe meine Babys! *Son como mis hijos.« Sie sind wie Söhne für mich.*

»*Señor*, bitte. *Esta es mi familia.« Das hier ist meine Familie.*

»Raus! Verschwinde, verdammt noch mal!«, ruft mein Dad.

Wenn er so wütend ist, besonders, wenn er Mommy oder Mariela anschreit, dann weiß ich, dass ich mich von ihm fernhalten sollte. Aber das ist mir jetzt egal. Ich will Mariela sehen.

Ich renne die Stufen hinunter, laufe quer durchs Foyer und werfe mich ihr in die Arme. Sobald sie mich sieht, beginnt sie zu kreischen und drückt mich an sich. Sie umarmt mich so fest, dass ich kaum noch atmen kann.

Zum ersten Mal, seit Mommy weg ist, spreche ich. *»Te quiero, Mariela.«* Meine Stimme klingt kratzig.

»Ay, mi hijo«, erwidert sie. *»Pobrecito, Jonasito. Te quiero.«*

Eigentlich wollte ich, dass meine letzten Worte »Ich liebe dich, Mommy« lauten. Aber ich finde, es zählt nicht, wenn ich etwas auf Spanisch zu Mariela sage, auch wenn es »Ich liebe dich« bedeutet. Spanisch ist nicht wirklich echt, es ist meine Geheimsprache mit Mariela, eine Art So-tun-als-ob. Nicht mal Daddy, der vermutlich der klügste Mann der Welt ist, versteht Spanisch. Deswegen breche ich damit sicher nicht meine Regel.

Daddy brüllt wieder, dass Mariela gehen soll, und ich klammere mich an ihrem Rock fest. *»No me dejes, Mariela.« Verlass mich nicht.*

»Te quiero, Jonasito.« Mariela weint jetzt heftig. *»Te quiero siempre, pobrecito bebe.« Ich werde dich immer lieb haben.*

»No me dejes, Mariela.«

»Mariela?« Es ist Josh. Er muss ihre Stimme gehört haben und aufgewacht sein. Schon stürmt er auf sie zu und umarmt sie.

Mariela kniet sich hin und drückt ihn an sich, während ich mich an ihre Schultern klammere.

»Te quiero«, sagt sie zu Josh. *»Te quiero, bebe.«*

Josh versteht die Geheimsprache zwar ebenfalls, spricht sie aber nicht so gut. »Ich liebe dich auch«, schluchzt er.

»Zeit zu gehen«, sagt Daddy laut und greift nach dem Telefon. »Ich rufe jetzt die Polizei.«

Mariela umschließt Joshs Gesicht mit ihren Händen (was mich ein bisschen neidisch macht) und weint noch stärker. *»Cuida a su hermanito«*, sagt Mariela zu Josh. *»Sabes que él es lo sensitivo.« Kümmere dich um deinen Bruder. Du weißt, wie sensibel er ist.*

»Okay, Mariela«, sagt Josh. »Das mache ich.«

»Te quiero«, sage ich. *»No me dejes.« Verlass mich nicht.*

»O Jonasito«, sagt Mariela. *»Te quiero, bebe.«*

Sie versucht, mich zu umarmen, aber Daddy zieht sie von mir weg und zerrt sie zur Haustür.

Ich schreie ihren Namen. Ich sage ihr wieder, dass ich sie liebe. Ich weine und weine. Aber was ich auch tue, Daddy schickt Mariela weg und sorgt dafür, dass sie nie wieder zurückkehrt.

Jonas

Sie sieht so blass aus.

»Ihr Blutdruck liegt bei neunzig zu fünfzig«, sagt einer der Rettungssanitäter. Sie bilden einen Kreis um sie, sodass neben ihr kein Platz für mich bleibt. Im Krankenwagen ist es ziemlich eng, also sitze ich zu ihren Füßen und umklammere ihre Knöchel.

»Wie heißt sie?«, fragt einer der Sanitäter.

Ich sehe, wie sein Mund sich bewegt, höre sogar die Worte, die er sagt. Aber ich kann nichts erwidern. Ich habe versprochen, dass ich sie beschütze, dass ich niemals zulasse, dass jemand ihr wehtut. Und dann saß ich in diesem verdammten Seminarraum und habe ihrer Musik gelauscht, während sie auf der Toilette um ihr Leben gekämpft hat.

Ein Sanitäter hält etwas an ihren Hals und an ihren Hinterkopf. Ein anderer etwas an ihre Rippen. Und in ihrem Arm steckt eine Infusionsnadel.

»Wie heißt sie?«, fragt der Mann erneut.

Ich will antworten, aber meine Stimme funktioniert nicht mehr.

»Wie alt ist sie?«

Ich schlucke hart, bin nicht bereit, die geistige Umnachtung wieder die Oberhand gewinnen zu lassen. Ich bin jetzt stärker, bin ein anderer. Sarah braucht mich jetzt.

»Sarah Cruz. Vierundzwanzig.«

Sie stöhnt, und ihre Augenlider flattern.

Der Sanitäter rückt beiseite, sodass ich mich über sie beugen und mein Gesicht an ihres drücken kann.

Sie schaut verängstigt, und plötzlich rinnt eine Träne über ihre Wange.

»Jonas?«, flüstert sie so leise, dass man sie kaum hören kann. Dennoch reißt mich diese kleine Frage aus meinen dunklen Gedanken, und ich bin voll und ganz bei meiner kostbaren Sarah, meinem Baby. Ja, ein Wort von ihr hat genügt, um den Wahnsinn zu vertreiben.

»Ich bin da, Süße. Wir sind gerade auf dem Weg ins Krankenhaus. Alles wird gut.«

»Aber der Unterricht beginnt doch in fünf Minuten«, meint sie. »Ich muss los.«

»Wissen Sie, wie Sie heißen?«, erkundigt sich der Sanitäter.

Sie sieht ihn ausdruckslos an. »Jonas?«

»Ich bin da.«

»Setzen Sie sich, Sir.«

»Ich bin da, Baby«, sage ich und setze mich. »Lass die Leute ihre Arbeit machen.« Ich unterdrücke ein Schluchzen.

»Wissen Sie, wie Sie heißen?«, wiederholt der Sanitäter.

Sie macht große Augen.

»Wissen Sie, wie Sie heißen?«

Sie gibt keine Antwort, ist immer noch unglaublich blass.

Mein Herz hämmert gegen meinen Brustkorb.

»Wissen Sie, welcher Tag heute ist?«

»Verfassungsrecht.«

»Wissen Sie, wo Sie sind?«

»Wer sind Sie?«, fragt sie den Sanitäter.

»Ich bin Michael, ein Rettungssanitäter. Ich bringe Sie ins Krankenhaus. Können Sie sich daran erinnern, was passiert ist?«

Sie stöhnt. »In fünf Minuten beginnt der Unterricht! Lassen Sie mich gehen.« Sie ist auf der Bahre festgeschnallt.

»Halt still, Sarah. Du bist verletzt. Bitte beweg dich nicht! Wir fahren ins Krankenhaus. Sag ihnen, wie du heißt.«

Sie sieht mich an. »Jonas?«

»Ich bin da, Baby.«

Sie bricht in Tränen aus. »Bitte geh nicht weg!«

»Ich werde dich niemals verlassen! Ich bin da.« Wieder unterdrücke ich ein Schluchzen. Ich hab ihr doch versprochen, dass ich sie beschütze und dafür sorge, dass ihr nichts zustößt! »Ich bleibe bei dir. Versprochen, Baby.«

Der Krankenwagen hält an, und die Tür schwingt auf. Schon ist sie von Ärzten umringt, die sie mit sich nehmen. Ich jogge neben ihrer Bahre den Flur entlang, bis mich jemand vor einer Schwingtür aufhält.

»Wie heißt sie?«

»Sarah Cruz. C-R-U-Z.«

»Alter?«

»Vierundzwanzig.«

»Sind irgendwelche Allergien gegen Medikamente bekannt?«

»Sie hat nie was erwähnt.«

»Wissen Sie, ob sie heute ein Medikament eingenommen hat? Ganz egal, was?«

Ich schüttle den Kopf. »Nein, nichts.«

»Hat sie irgendwelche Erkrankungen?«

Ich schüttle den Kopf. »Nein.«

»Sind Sie ihr Ehemann?«

Jetzt zittere ich am ganzen Körper. »Ja.«

Fünf Minuten später – oder sind es fünf Stunden? – kommt endlich jemand im Wartezimmer auf mich zu.

»Wir führen gerade einige Tests durch«, erklärt mir ein Typ, der einen OP-Kittel trägt. Sein Blick fällt auf mein T-Shirt.

»Wurden Sie verletzt?«

Ich schüttle den Kopf.

»Das ist also ihr Blut?«

Ich nicke.

»Sie ist bei Bewusstsein und kann sprechen. Sind Sie Jonas?«

Ich nicke.

»Sie fragt die ganze Zeit nach Ihnen.« Er lächelt mich mitfühlend an. »Wir bringen Sie so bald wie möglich zu ihr, damit Sie ihre Hand halten können. Haben Sie ein wenig Geduld. Wir testen gerade, wie schwerwiegend ihre Verletzungen sind.«

Ich nicke wieder.

»Warten Sie einfach hier.«

Der Arzt geht, und ich setze mich wieder hin. Noch immer zittere ich wie Espenlaub und kann kaum einen klaren Gedanken fassen. Je länger ich hier sitze, desto mehr drifte ich ab. Ich habe doch versprochen, sie zu beschützen! Und ich habe versagt. Ich drehe durch. Ich brauche Josh!

Schnell greife ich in meine Hosentasche, aber mein Telefon ist nicht da. Und auswendig kenne ich Joshs Nummer nicht. Normalerweise drücke ich einfach nur auf dem Display auf seinen Namen, und schon höre ich seine Stimme.

Mein Verstand verabschiedet sich. Er flirrt und wabert durch das Weltall und gibt sein Bestes, der geistigen Umnachtung zu entkommen. Leider scheitert er dabei kläglich.

Jonas

»Willst du auf den Baum klettern?«, fragt Josh.

Wie immer sage ich nichts dazu. Seit Mommy vor zwei Monaten gegangen ist, habe ich keinen Mucks mehr von mir gegeben – nicht einmal dann, als sie mich an diesen schrecklichen Ort geschickt haben, gleich nachdem Daddy Mariela rausgeschmissen hat. Ich will nie wieder dorthin – ich habe Josh und Mommy und Mariela und Daddy und mein weiches Bett furchtbar vermisst und wollte nur noch nach Hause. Die ganze Zeit haben die Ärzte dort versucht, mich dazu zu bringen, über alles zu sprechen. Dabei will ich nie wieder etwas sagen.

Ich wusste, dass sie mich sofort gehen lassen würden, wenn ich endlich spreche. Aber sie hatten keine Ahnung, dass ich das nicht darf. Dass mein »Ich liebe dich, Mommy«, meine letzten Worte sein müssen. Auch wenn sie mir nicht geantwortet hat.

»Lass uns auf den Baum klettern, so wie früher«, sagt Josh. Als Mommy noch bei uns war, haben wir das jeden Tag gemacht. Aber jetzt habe ich überhaupt keine Lust mehr darauf. Auf gar nichts. Ich will nur noch zu meiner Mommy in den Himmel.

»Los!«, sagt Josh, greift nach meiner Hand und zieht mich aus dem Bett.

Als ich tatsächlich aufstehe, lächelt er mich an und zieht mich hinter sich her die Treppe runter, durch die Küche, durch die Hintertür, über unseren Hof und die Felder, bis wir bei unserem Lieblingskletterbaum angekommen sind.

»Los, Jonas, lass uns klettern.«

Josh beginnt zu kraxeln, aber ich bleibe erst mal ein paar Minuten lang auf der Wiese stehen und sehe ihm zu. Er ist so viel langsamer als ich, wenn er klettert – und er macht alles falsch. Gott, es macht mich richtig fertig zu sehen, wie er wie ein nasser Sack am Baum hängt. Mommy hat immer gesagt: »Wenn du einen Fisch danach beurteilst, wie gut er einen Baum hochklettert, wirst du immer enttäuscht von ihm sein. Lass ihn lieber in einem See schwimmen!« Es tut mir leid, aber leider trifft dieser Satz gerade zu hundert Prozent auf Josh zu. Ich klettere ihm nach – allerdings nur, weil ich diesen Anblick nicht länger ertrage.

Im Nu bin ich an ihm vorbeigeklettert. Als ich so weit oben bin, wie man es mir erlaubt hat, und auf meinen Bruder warte, sitze ich einfach nur da und sehe in den Himmel. Sobald er neben mir angekommen ist, lässt auch er die Beine baumeln und blickt ebenfalls in den Himmel. Ich habe keine Ahnung, woran Josh denkt, aber ich suche in den Wolken nach Bildern.

»Weißt du, was ich mir überlegt habe?«, sagt Josh.

Ich antworte nicht.

»Tagsüber segelt Mommy auf den Wolken über den Himmel und nachts auf den Sternen. Und wenn du einen Stern blinken siehst, dann zwinkert Mommy uns zu, um uns zu sagen, dass wir schlafen gehen sollen.«

Ich will nicht darüber reden, deswegen klettere ich wieder hinunter. Ich hatte wirklich gedacht, meine magischen Hände könnten Mommy helfen, aber es hat nicht geklappt.

Ich habe bisher fast jede Nacht von diesem großen Mann mit dem haarigen Hintern geträumt, der Mommy in lauter kleine Stücke zerschnitten hat. Manchmal ist er auch hinter mir her. Einmal bin ich nach einem solchen Traum aufgewacht und habe gemerkt, dass Mariela mich im Arm hält und eines ihrer spanischen Lieder für mich singt. Da musste ich so richtig losheulen, ich hatte sie ja so sehr vermisst. Aber dann bin ich *wirklich* aufgewacht, und Mariela war nicht da. Keine Mommy, keine Mariela, nur ein sabbernder Josh neben mir im Bett.

Ich klettere weiter den Baum hinunter und frage mich unentwegt, warum die Zauberkraft in meinen Händen versagt hat.

Josh kommt mir nach und plappert immer noch irgendwelchen Kram über Mommy vor sich hin. Aber ich will nie wieder über sie sprechen, nicht mal mit meinem Bruder. Denn dann muss ich an all das Blut denken, an diesen Ozean aus Blut, und an den haarigen Arsch dieses Mannes, den er entblößt hat, als er seine Hose runtergezogen hat. Daran, wie verängstigt Mommy geschaut hat, und daran, dass ich trotzdem nicht aus dem Schrank gekommen bin, um ihr zu helfen. Weil ich ein böser Junge war.

Josh lässt sich neben mir ins Gras plumpsen.

»Lass uns den Football holen und ein paar Bälle werfen«, sagt er und packt wieder meine Hand, um mich zu dem Schuppen zu ziehen, in dem wir all unsere Sportsachen aufbewahren.

Ich ziehe meine Hand weg.

»Komm schon, Jonas«, sagt er, aber ich stürme davon. Josh flitzt mir hinterher. »Wir können auch Baseball spielen, wenn du willst! Oder irgendwas anderes. Du darfst bestimmen.«

Das ist neu. Früher durfte ich das nie. Eigentlich ist er nämlich ganz schön herrisch. Ich laufe trotzdem weiter.

Plötzlich greift er mich aus dem Nichts an. Ich lande im Gras, und er sitzt auf mir und boxt mich in den Bauch, auf den Arm und dann auch ins Gesicht. Ich wehre mich nicht, will sogar, dass er mich haut. Jeder sollte das tun. Ich war böse. Es ist meine Schuld, dass Mommy weg ist. Vielleicht komme ich ja zu ihr in den Himmel, wenn Josh fest genug zuschlägt. Ich will nicht mehr hier sein. Ich will zu ihr.

»Warum wehrst du dich nicht?«, fragt Josh. »Los!«, schreit er. Aber ich liege nur da und lasse mich schlagen. Fange an zu heulen, und Josh heult auch. Er heult und boxt mich, ich heule und lasse mich boxen. Nach einer Minute hört er schließlich auf. Schwer atmend sitzt er auf mir, während die Tränen und der Rotz nur so über sein Gesicht strömen.

Ich bewege mich nicht und wünsche mir, dass er weitermacht.

Dann starren wir uns an, wissen nicht mehr, was wir tun sollen. Das ist richtig komisch. Und immer noch weinen wir wie verrückt.

Josh holt tief Luft und verpasst sich dann selbst eine saftige Ohrfeige. So fest, dass es knallt.

Ich lächle, obwohl ich immer noch heule. Warum hat er das gemacht? Das ist doch bescheuert!

Als Josh sieht, dass ich lächle, grinst er übers ganze Gesicht. Es ist das erste Mal, dass ich lächle, seit Mommy weg ist. Wieder verpasst er sich eine Ohrfeige, und dieses Mal muss ich wirklich lachen.

»Wenn du dich nicht selbst wehrst, muss ich das wohl übernehmen«, meint Josh.

Jetzt haue ich mir selbst eine runter, richtig fest, und das wiederum bringt Josh zum Kichern.

»Na, geht's dir jetzt nicht besser, Jonas?«

Doch, tut es.

Josh legt sich auf mich, und wir tun so, als würden wir miteinander ringen. In Wirklichkeit aber umarmen wir uns und weinen eine ganze Weile.

»Was zum Teufel ist denn hier los?« Es ist Daddy. »Steht auf!«

O Mann, ich kenne diesen Ton. Der bedeutet Ärger. So schnell wir können, springen wir auf und wischen uns die Tränen aus dem Gesicht.

»Was soll der Mist? Ich komme raus, und was muss ich sehen? Zwei Jungs, die sich zusammen im Gras wälzen und sich die Augen aus dem Kopf heulen!«

Das gibt richtig, richtig Stunk.

Einen Moment lang schlägt Daddy sich die Hände vors Gesicht und sieht furchtbar traurig aus. »Wenn ihr Jungs weinen wollt, dann ist das schön und gut, aber bitte nicht hier, wo euch jeder sehen kann – und vor allen Dingen nicht in meiner Nähe. Ich verstehe ja, dass ihr manchmal weinen müsst, aber ich will das nicht sehen. Es ist auch so schon schwer genug für mich, jeden Morgen aufzustehen. Da kann ich niemanden in meiner Nähe gebrauchen, der sich nicht im Griff hat. Es ist höchste Zeit, dass wir drei uns ein bisschen zusammenreißen.« Er schüttelt den Kopf und macht ein seltsames Geräusch. »Wenn ihr zwei über eure Gefühle sprechen, wenn ihr weinen wollt, dann schicke ich euch zu einem Therapeuten, und ihr könnt das hinter geschlossenen Türen klären, bis es euch zu den Ohren rauskommt. Aber wenn ihr zu Hause und in meiner Nähe seid, dann benehmt ihr euch von nun an wie echte Kerle. Ist das klar?«

»Ja, Sir«, erwidert Josh, aber ich starre Dad nur schweigend an. Ich will meine Mommy.

»Es reicht mir langsam mit dir, Jonas Patrick. Ich war so geduldig wie irgend möglich, weil ich dachte, du müsstest das alles erst mal verarbeiten, aber jetzt ist deine Zeit abgelaufen. Hör auf, dich so aufzuführen, und sprich endlich wieder! Denkst du vielleicht, dass es nur dir so vorkommt, als wäre die Welt untergegangen?« Er klingt, als würde er auch gleich anfangen zu weinen. »Eure Mutter war eine Heilige. Sie war meine Rettung. Wer rettet mich denn jetzt, wo sie weg ist?«

Josh und ich sehen uns an. Was meint er damit?

»Warum denkst du nicht zur Abwechslung mal darüber nach, wie es den anderen geht, hm? Vor allem, wenn man bedenkt, dass sie in erster Linie deinetwegen zu Hause geblieben ist! Wenn du nicht gewesen wärst ...« Daddy macht eine fiese Grimasse und marschiert davon.

Ich aber renne, so schnell ich kann, zurück zum Kletterbaum, und dieses Mal klettere ich weiter hinauf, als ich es je zuvor getan habe. Noch höher, als Mommy es mir erlaubt hat. Bis hinauf auf den allerhöchsten Ast, von dem Mommy mir immer gesagt hat, dass er abbrechen könnte, wenn ich mich draufstelle. Aber das ist mir total egal. Vielleicht will ich ja sogar, dass er bricht.

Sobald ich auf dem Ast stehe, strecke ich meine Arme aus und versuche, die Wolken zu berühren. Aber nicht mal vom höchsten Ast aus kann ich Mommy anfassen. Vielleicht muss ich nächstes Mal eine Leiter mitbringen. Oder lieber gleich auf einen Berg steigen. Ja, das ist es: Ich muss auf den höchsten Gipfel der Welt klettern. Und dann stelle ich mich auf die Zehenspitzen und berühre die Wolken – und Mommy zieht mich zu sich hinauf. Und dann liegen wir zusammen auf einer Wolke, so wie damals in der blauen Hängematte bei Onkel William. Mommy lächelt mich an und gibt mir Küsschen aufs ganze Gesicht, so wie sie das immer macht. Und dann bleiben wir für immer zusammen.

Jonas

Während ich auf den Arzt warte, springen meine Gedanken von einem bizarren Thema zum nächsten. Mein Knie zuckt wie wild, ich kann nichts dagegen tun. All diese verrückten Gedanken, Gedanken an Dinge, mit denen ich mich jahrelang nicht befasst habe. Vielleicht habe ich wieder einen Nervenzusammenbruch? Warum ist der Arzt noch nicht gekommen, um mir endlich zu sagen, was los ist?!

Ich sehe auf mein T-Shirt, das von Sarahs Blut regelrecht durchtränkt ist, und mache mich auf den Weg zur Toilette, um mich ein wenig zu reinigen.

Als ich zusehe, wie Sarahs Blut in den Abfluss rinnt, habe ich das Gefühl, genau diesen Moment schon einmal erlebt zu haben.

Auch das Freundschaftsband an meinem Handgelenk, das zu dem von Sarah passt, ist rot vor Blut. Erstarrt stehe ich da und frage mich, was ich tun soll. Ich will das Band nicht abnehmen. Gleichzeitig ist es nicht gut für meine geistige Verfassung, wenn ich es dranlasse. Also mache ich es ab und halte es unter den Wasserstrahl. Bringt nichts. Mit zitternden Händen stecke ich es in meine Hosentasche.

Als ich das T-Shirt auswringe, merke ich, dass es da ebenfalls nichts mehr zu retten gibt. Ich werfe es in den Abfalleimer und verlasse mit nacktem Oberkörper die Toilettenräume. Am Ende des Flurs gibt es einen kleinen Geschenkeladen. Vielleicht werden dort ja auch T-Shirts verkauft, für die armen Leute, die besonders lang im Krankenhaus ausharren müssen.

Als ich an einer Krankenschwester vorbeilaufe, gibt sie einen erstickten Laut von sich. Ich verschränke die Arme vor meiner Brust, und sie sieht errötend beiseite.

Der Geschenkeladen verkauft tatsächlich T-Shirts – *Seattle-Seahawks*-T-Shirts. Ganz schön merkwürdig, in Anbetracht der Situation. Aber hey, ich brauche nun mal ein sauberes Shirt.

Ich ziehe es über, kehre ins Wartezimmer zurück und nehme auf einem Stuhl in der Ecke Platz.

Ich habe richtig üble Kopfschmerzen. Wobei sie sicher nicht ansatzweise so schlimm sind wie die, die Sarah gerade hat. Von dem Gedanken steigen mir sofort Tränen in die Augen, aber ich zwinkere sie weg. Die ganze Zeit sehe ich sie vor mir, mit blauen, leblosen Augen, die Handgelenke gefesselt. Ihr Oberkörper ist von zahllosen blutenden Wunden übersät. O Mann, jetzt ist es offiziell. Ich bin verrückt geworden.

Ein paar Leute aus Sarahs Verfassungsrechtseminar strömen ins Wartezimmer und reden sofort auf mich ein, als sie mich entdecken. »Was hat der Arzt gesagt? Wie geht es dir?«

Sie haben meinen und Sarahs Computer mitgebracht, ihre Büchertasche und ihre Handtasche. Und mein Telefon. Dafür bin ich so dankbar, dass ich losheulen könnte. Es geht mir nicht um den ganzen Kram, der ist mir egal. Sondern darum, dass ich nicht mehr allein bin. Ich danke ihnen überschwänglich und entschuldige mich dann, um Josh anzurufen.

Als ich seine Stimme höre, breche ich zusammen.

»Hey, Bro, alles wird gut«, sagt er. »Hol tief Luft.«

Ich tue, was er mir gesagt hat.

»Ich springe sofort in ein Flugzeug, Jonas. Halt durch und mach nichts Dummes.«

»Versprochen, aber bitte beeil dich. Ich bin total verwirrt und habe richtig irre Gedanken.«

»Ich komme. Mach deine Visualisierungen, Bro. Atme. Bleib ruhig.«

»Okay. Beeil dich!«

»Ich rufe noch Kat an und sage ihr, dass sie Sarahs Mom Bescheid geben soll.«

Shit. Sarahs Mom. So hatte ich mir unser erstes Treffen nicht vorgestellt.

Oh, hi, Mrs Cruz, wie nett, Sie kennenzulernen! Sorry, dass Ihre Tochter heute meinetwegen beinahe umgebracht worden wäre. Fuck. Das ist alles meine Schuld. Schon wieder. Ich bin wie ein Krebsgeschwür. Alles, was ich anfasse, verwandelt sich in ein Meer aus Blut.

Als ich ins Wartezimmer zurückkomme, schlägt mir mein Herz bis zum Hals. Der Arzt steht schon da und sieht sich suchend um. Als er mich entdeckt, steuert er direkt auf mich zu, aber ich bin vollkommen erstarrt. Kann nicht atmen, kann nicht denken. Ich darf sie nicht verlieren, das würde ich nicht überleben. Atemübungen und Visualisierungen hin oder her.

Der Mund des Arztes bewegt sich, und scheinbar kommen irgendwelche Worte heraus. Er sagt mir, dass es ihm schrecklich leidtut, aber er nichts mehr für sie tun konnte. Sie ist von uns gegangen.

Halt, das hat er gar nicht gesagt. Das sind nur die Worte, die ich *erwartet* habe. Wenn meine Ohren noch halbwegs funktionieren und ich nicht völlig den Verstand verloren habe, dann hat er doch gerade tatsächlich gesagt, dass sie wieder gesund werden wird – und obendrein ziemlich schnell! Ich kann nicht glauben, was ich da gehört habe. Halluziniere ich? Ist das der Beginn einer Psychose?

»Wenn ihre Werte über Nacht stabil bleiben, dann können wir sie morgen entlassen«, sagt er.

Ich kann meinen Ohren kaum trauen. Normalerweise geht es für mich nicht so glimpflich aus, wenn dermaßen viel Blut mit im Spiel ist.

»Morgen?!«, frage ich ungläubig. »Aber da war doch so

viel Blut.« Ich bin mir immer noch nicht sicher, ob ich mir das nicht alles einbilde.

»Ja, sie hat eine Menge Blut verloren. Das Messer hat ihre Vena jugularis externa durchtrennt. Das ist die Vene, die am Hals hervortritt, wenn Sie die Luft anhalten.« Er drückt zur Untermalung seiner Worte an seinen Hals. »Die Vene blutet wie verrückt, wenn man sie erwischt – das haben Sie ja gemerkt. Es besteht tatsächlich die Gefahr, dass der Patient verblutet, wenn nicht direkt Druck ausgeübt wird, aber das war bei ihr ja glücklicherweise der Fall. Unsere Untersuchung hat ergeben, dass Halsschlagader, Luftröhre und Speiseröhre nicht betroffen waren – nur die Vena jugularis externa. Trotz all des Bluts war die Verletzung also relativ oberflächlich. Wir haben die Wunde genäht, das war alles.«

Irgendwie rechne ich trotzdem noch mit einem Haken. »Und sonst?«, frage ich und spüre mein Herz hämmern, während ich mich auf alles gefasst mache.

»Es sieht so aus, als wäre sie rückwärts gestürzt und mit dem Hinterkopf ziemlich fest auf einer Kante aufgeschlagen –«

»Das Waschbecken! An der Kante hat Blut geklebt.«

»Ja, das würde zu der Verletzung passen. Hat ihre äußere Schädelbasis voll erwischt. Ziemlich große Platzwunde, leichte Gehirnerschütterung. Sie wird ein paar Tage lang Kopfschmerzen haben, aber sie kommt wieder in Ordnung. Platzwunden am Schädel bluten immer stark, doch auch sie sind nicht lebensbedrohlich, wenn sofort Druck auf die Stelle ausgeübt wird. Ich bin mir sicher, dass die Kombination aus der Wunde an der Vena jugularis externa und der Platzwunde am Kopf wie eine Szene aus *Carrie* ausgesehen haben dürfte – aber wir haben sie wieder zusammengeflickt, und sie wird sich vollständig erholen.«

»Braucht sie eine Operation?«

Er lächelt. »Nein. Wir haben uns schon um die Wunde an

ihrem Kopf gekümmert. Und der Messerstich in den Brustkorb hat weder die Hauptschlagader getroffen noch die Luftröhre, das Herz oder die Lungen – da hat sie wirklich großes Glück gehabt. Wir haben alles genäht, sie ist so weit wiederhergestellt. Wenn heute Nacht alles gut läuft – also ihre Werte stabil bleiben und keine Infektion auftritt –, dann entlassen wir sie morgen. Sie muss zwei, drei Tage strikte Bettruhe halten, aber in ungefähr einer Woche dürfte sie schon wieder fast die Alte sein.«

Ich bin erleichtert. Geschockt. Fassungslos. »Sie hat im Krankenwagen einen sehr verwirrten Eindruck gemacht«, sage ich. »Hat sie«, ich bringe den Satz kaum zu Ende, »Schäden am Gehirn erlitten?«

»Die Computertomografie des Gehirns hat keine Auffälligkeiten gezeigt. Ihre Verwirrung könnte eine Folge des Schocks oder der Gehirnerschütterung sein – wahrscheinlich eine Mischung aus beidem. Posttraumatische Verwirrung ist ganz normal. Sie wirkt jetzt relativ klar. Gerade ist ein Polizeibeamter bei ihr.«

Ich atme so erleichtert auf wie noch nie zuvor in meinem Leben. »Kann ich sie sehen?«

»Sobald die Unterhaltung mit dem Polizisten beendet ist, geben wir Ihnen Bescheid.«

Mir fällt ein Stein vom Herzen. Ich zittere, und der Arzt sieht mich mitfühlend an.

»Sie wird wieder gesund«, sagt er und drückt meine Schulter.

»Danke, Doktor.« Ich setze mich und stütze den Kopf in meine Hände, um meine umherwirbelnden Gedanken in den Griff zu bekommen, aber es funktioniert nicht. Mein Verstand ist auf und davon galoppiert, und er wird garantiert nicht zurückkommen, ehe ich mit eigenen Augen gesehen habe, dass es meinem Baby gut geht.

Jonas

»Miss Westbrook, kann Jonas auf die Toilette gehen?«, fragt Josh und hebt die Hand.

Es genügt, wenn ich ihn ein bisschen merkwürdig ansehe – er weiß sofort, was los ist. Josh hat das Sprechen jetzt schon so lange für mich übernommen, dass es mir fast so vorkommt, als säße er in meinem Gehirn.

»*Darf* Jonas auf die Toilette?«, korrigiert Miss Westbrook ihn. *»Bitte.«*

»Darf Jonas bitte auf die Toilette?«

Miss Westbrook sieht mich an. »Musst du denn auf die Toilette, Jonas?«

Ich nicke.

Ich weiß nicht, warum sie jedes Mal überprüft, ob Josh richtigliegt. Das tut er immer. Andererseits habe ich auch nichts dagegen, denn ich mag es, wenn Miss Westbrook mit mir spricht. Sie ist hübsch. Richtig, richtig hübsch. Ihr Haar glänzt so toll. Ich wünschte, ich könnte es anfassen. Und ich mag es, dass sie immer lächelt, selbst wenn sie jemanden korrigiert oder ein Kind ermahnt, dass es aufhören soll, mit seinem Nachbarn zu schwatzen. Bei mir muss sie das natürlich nie machen, schließlich bin ich stumm wie ein Fisch. Ich habe keinen Mucks mehr von mir gegeben, seit ich »Ich liebe dich, Mommy« gesagt habe. (Meine Worte zu Mariela zählen nicht. Spanisch ist nicht einmal echt.)

Als ich von der Toilette zurückkomme, arbeiten alle an ihren Mathematikarbeitsblättern. Ich habe meines schon fertig. Eigentlich sogar schon das gesamte Heft. Ich will zurück zu meinem Tisch gehen, aber Miss Westbrook ruft mich zu sich.

»Jonas«, sagt sie leise, und ihre dunklen Augen funkeln. Hach, sie hat wirklich die schönsten Augen der Welt. Sie sehen aus wie Schokolade und glitzern, wenn sie lächelt.

»Ich könnte jemanden gebrauchen, der mir jeden Nachmittag eine Stunde lang hilft, das Klassenzimmer für den nächsten Tag vorzubereiten, weißt du? Könntest du dir das vorstellen?«

Darüber muss ich keine Sekunde lang nachdenken. Ich nicke.

Miss Westbrook schenkt mir ihr strahlendstes Lächeln. Es ist so schön, dass ich beinahe selbst grinse.

»Wunderbar«, sagt sie. »Wenn deine Nanny dich heute abholt, werde ich mit ihr drüber sprechen. Vielleicht kann sie ja ein bisschen auf Josh aufpassen, während du mir hier hilfst.«

Ich nicke wieder und bin ziemlich aufgeregt.

Nach der Schule spricht Miss Westbrook mit Mrs Jefferson über die Idee. Es klingt so, als bräuchte sie wirklich dringend meine Hilfe. So, als würde ich ihr einen riesigen Gefallen tun. Ich versuche, an Mrs Jeffersons Miene abzulesen, was sie davon hält, aber das ist schwer zu sagen. Mein Bauch tut weh, so sehr will ich, dass es klappt.

»Josh und Jonas haben zweimal pro Woche einen festen Termin nach der Schule.« Sie senkt die Stimme. »Beim Therapeuten.«

An diesem Punkt verdreht Josh die Augen, aber ich beachte ihn kaum. Natürlich weiß ich, wie er das meint. Ich hasse es ja auch, zu Dr. Silverman zu gehen. Meistens. Entweder malen wir dort blöde Bilder in einem Buch über Gefühle aus, oder wir lesen in diesem beknackten Wälzer *Lass uns über Gefühle sprechen!*

Reden hilft dabei, die Gefühle rauszulassen, steht da zum Beispiel. *Es geht uns besser, wenn wir über unsere Gefühle sprechen,* heißt es auf einer anderen Seite. Und auf einer weiteren: *Es ist in Ordnung, wenn jemand anderes unsere Gefühle nicht teilt. Etwas zu besprechen heißt noch lange nicht, dass man unterschiedlicher Meinung ist.* Der letzte Satz bringt Josh immer zum Lachen. »Nein, etwas zu besprechen heißt noch lange nicht, dass man unterschiedlicher Meinung ist«, sagt er immer. »Sondern dass ich dir 'ne Ohrfeige verpasse!«

Auch bei Dr. Silverman übernimmt Josh das Reden für mich. Und natürlich auch für sich selbst. Er redet und redet über alles Mögliche – was wir gefrühstückt haben, dass er später mal Baseballspieler werden will oder was er in der vergangenen Nacht geträumt hat. Manchmal spricht er sogar über Mommy und darüber, wie sehr er sie vermisst und wie sehr er sich wünscht, sie wäre hier bei uns und nicht oben in den Wolken und den Sternen. Wenn er über sie spricht, dann weint er immer, aber ich nie. Ganz egal, worüber er auch redet: Ich sitze nur da und male Bilder aus. Oder ich blättere in dem blöden Buch.

Eigentlich hasse ich es also, bei dem Doktor zu sein, aber eine Sache gefällt mir: Er hat tolle Musik. Musik, bei der ich mich so fühle, als würde ich Achterbahn fahren oder auf Wolken schweben. Manchmal vergesse ich dabei sogar, wie traurig ich eigentlich bin.

Dr. Silverman hat mir gesagt, dass ich immer dann Musik hören soll, wenn das Gefühlschaos in mir zu groß wird.

»Musik kann wie ein geöffnetes Fenster sein, durch das die Gefühle hinausfliegen können.« Als er das gesagt hat, hatte ich richtig Gänsehaut. Zum ersten Mal haben seine Worte wirklich Sinn ergeben. Seitdem habe ich viel Musik gehört, besonders dann, wenn ich am liebsten meinen Kopf gegen die Wand geknallt hätte. Die Musik beruhigt mich und hilft mir dabei, wieder klar zu denken. Ich hasse es also nicht *immer*, zu Dr. Silverman zu gehen.

Nach unseren Terminen beim Doktor sagt Josh gerne: »Du musst nicht sprechen, wenn du nicht willst, Jonas. Von mir aus kann ich das für immer für dich übernehmen.« Aber gestern hat er wie aus dem Nichts versucht, mich zum Sprechen zu überreden – so wie alle anderen.

»Wenn du nur ein klitzekleines bisschen sprichst, zwingt Dad uns vielleicht nicht mehr, zu Dr. Silverman zu gehen. Komm schon, Jonas, denk dir doch einfach was aus – das mache ich auch die ganze Zeit.«

Erst war ich ihm wegen seiner Überredungsversuche böse. Aber heute verstehe ich zu gut, was er meint. Schließlich ist nicht *er* derjenige, der die Musik braucht.

Wenn ich sprechen würde, müssten wir wahrscheinlich tatsächlich nicht mehr zum Doktor. Was Josh und auch alle anderen aber leider nicht kapieren, ist, dass ich nie wieder sprechen kann. Das wäre gegen die Regeln. Und dagegen kann ich nichts tun, ob mir das nun gefällt oder nicht. Miss Westbrook flüstert immer noch auf Mrs Jefferson ein – was für eine große Hilfe ich ihr wäre, und so weiter. Ich habe das Gefühl, mein Kopf würde jeden Moment explodieren, so gern will ich für sie arbeiten. Schließlich nickt Mrs Jefferson und sagt: »Na, es kann ja nicht schaden, das mal auszuprobieren.«

Zu Hause spricht Mrs Jefferson mit Daddy darüber, und als er zustimmt, bin ich beinahe schockiert.

»Josh braucht die Sitzungen bei Dr. Silverman sowieso nicht mehr«, sagt Daddy. »Und wahrscheinlich kann Jonas auch mal ein paar Wochen Pause machen und diese Helfersache ausprobieren. Aber wenn das nichts bringt, muss er zurück zu Dr. Silverman – oder noch mal ins Behandlungscenter.«

Als ich das höre, möchte ich am liebsten in lauten Jubel ausbrechen, aber natürlich verkneife ich mir das. Ich bin so aufgeregt, dass ich jeden Tag mit Miss Westbrook zusammen sein darf, dass mir nicht mal die Erwähnung des Behandlungscenters etwas ausmacht.

Später hüpft Josh auf seinem Bett auf und ab und freut sich darüber, was für einen Dusel er hat – und wie dumm ich bin.

»Ich werde jeden Nachmittag mit Mrs Jefferson Eis essen gehen, während du bei Miss Westbrook hockst. Du Pechvogel!«

Ich rolle mich auf die Seite und denke daran, wie hübsch Miss Westbrook ist und wie ihre Augen funkeln, wenn sie mich anlächelt. Der blöde Josh kann mich noch so sehr auslachen – ich würde eine Stunde mit Miss Westbrook jederzeit dem tollsten Eisbecher der Welt vorziehen.

Jonas

Als ich Sarahs Zimmer betrete, verlässt der Polizist gerade den Raum. Ob Sarah mir überhaupt in die Augen sehen kann? Oder will sie nichts mehr mit mir zu tun haben?

Ich bleibe in der Tür stehen und kann kaum atmen. Sie wirkt unglaublich klein. Um ihren Kopf hat man einen Verband gewickelt, mit dem sie wie ein Bürgerkriegssoldat aussieht, und auch ihr Hals ist verbunden. Sie trägt ein Krankenhausnachthemd, und ich bin mir sicher, dass sich darunter weitere Bandagen verbergen. Oje, ist meine Liebste vielleicht blass. Gott sei Dank hat sie aber schon etwas mehr Farbe im Gesicht als vorhin auf dem Boden der Uni-Toilette. Mann, daran will ich nie wieder denken! Ich beiße mir auf die Unterlippe.

Ihr Armband ist weg, sie müssen es abgeschnitten haben. Einen Moment lang erscheint mir das als ein schreckliches Zeichen, aber ich reiße mich zusammen. Ab jetzt bin ich ein harter Kerl und nicht mehr so schwach wie bisher.

»Go, Seahawks!«, sagt sie leise mit ihrer schönen, rauen Stimme.

Ich bin verwirrt.

»Interessanter Moment, um deiner Leidenschaft für die Seahawks Ausdruck zu verleihen.«

Ich sehe an mir hinab. Ach ja, mein neues T-Shirt. Diese Frau sieht aus wie eine Mumie und ist knapp dem Tode entronnen, und dennoch lässt sie es sich nicht nehmen, mich zu veräppeln.

Gott, ich liebe sie. Ich lache und weine gleichzeitig und

taumle an ihr Bett, um sie vorsichtig zu umarmen. Schließlich will ich sie nicht zerbrechen.

Wieder einmal war der Boden voller Blut, und trotzdem ist sie noch da. Das ist mir noch nie passiert. Normalerweise markierte eine solche Situation immer den endgültigen Abschied von einer Person – und von meinem Verstand. Ich weiß gar nicht, wie ich mich jetzt verhalten soll.

»Es tut mir so leid, Sarah«, sage ich und küsse ihre kostbaren Lippen. »So unendlich leid.«

»Mir tut es leid«, murmelt sie.

Wieder küsse ich sie. »Wieso sollte dir denn irgendetwas leidtun, Dummerchen?«

»Jonas«, sagt sie.

»Ich dachte, ich hätte dich verloren.« Ich bedecke ihr ganzes Gesicht mit Küssen. »Ich dachte, du würdest sterben.«

»Jonas«, wiederholt sie kaum hörbar.

»Es ist alles meine Schuld. Es tut mir so schrecklich leid! Ich habe es total vermasselt.«

»Du hast mir das Leben gerettet«, flüstert sie.

Ich habe keine Ahnung, was sie damit meint.

»Du hast mir das Leben gerettet!«, flüstert sie wieder.

Was? Ich bin doch derjenige, der sie allein auf die Toilette hat gehen lassen. Was zum Teufel meint sie? Ich habe tausend Fragen – aber ehe ich auch nur eine einzige stellen kann, platzt Sarahs Mom ins Zimmer, schluchzend, heulend und auf Spanisch vor sich hin brabbelnd.

»Englisch, Mom«, flüstert Sarah. »Jonas ist da.«

Mein Spanisch ist eigentlich nicht schlecht, aber Mrs Cruz spricht so schnell, dass ich kein Wort verstehe.

»Jonas«, sagt sie und drückt mich an sich.

Ich schäme mich so sehr dafür, dass ich den Angriff nicht verhindern konnte, dass ich Sarahs Mutter kaum in die Augen sehen kann.

»Sarah hat mir so viel von Ihnen erzählt, Jonas.« Mrs Cruz

berührt meine Wange. »Vielen Dank für Ihre Spende. Das Geld kam heute Morgen an – es war zehnmal mehr als die großzügigste Summe, die wir je erhalten haben! Ich habe versucht, Sarah anzurufen, um nach Ihrer Nummer zu fragen – aber sie hat nicht abgehoben.« Mrs Cruz wirft einen Blick auf Sarah und bricht erneut in Tränen aus.

Sarah zwinkert mir zu, als sie von meiner Spende hört.

Mrs Cruz beugt sich über sie. *»Qué pasó, mi hijita?«*

»Englisch, Mom!«, wiederholt Sarah leise. »Irgendein Typ hat mich auf der Uni-Toilette mit einem Messer überfallen.«

Mrs Cruz schluchzt auf. »Warum? Wer war das?«

»Keine Ahnung, ich kannte ihn nicht. Der war eben scharf auf meine Handtasche. Ich habe ihn dem Polizisten schon beschrieben – ich bin mir sicher, dass sie ihn schnappen werden. Mach dir keine Sorgen.«

Das also ist die Version, die Sarah dem Polizisten erzählt hat? Was zum Teufel geht nur wieder in ihrem bandagierten Köpfchen vor sich? Ich starre Sarah an, aber sie sieht beiseite.

»Ich bleibe die ganze Nacht bei dir«, sagt Mrs Cruz. Sie zieht einen Stuhl ans Bett und legt ihren Kopf auf Sarahs Bauch. »Sarah. *Mi hijita.*«

Eigentlich will ich derjenige sein, der sich jetzt an Sarah schmiegt. In diesem Fall hat die Mutter aber ein gewisses Vorrecht – besonders, wenn der andere es so dermaßen vermasselt hat wie ich.

»Brauchen Sie etwas, Mrs Cruz?«, erkundige ich mich. »Kann ich Ihnen etwas zu essen oder zu trinken holen?«

Mrs Cruz antwortet nicht. Ihr Kopf liegt auf Sarahs Bauch, und sie heult wie ein Schlosshund.

Ja, ich ahne, wie sie sich fühlt.

Ich erwache auf einem harten Stuhl in der Zimmerecke. Wann bin ich eingeschlafen? Ich habe doch tatsächlich von Miss Westbrook geträumt, dabei habe ich bestimmt fünfzehn Jahre nicht mehr an sie gedacht.

Bis auf das Klicken und Piepsen der medizinischen Geräte ist es vollkommen still hier im Raum. Sarah schläft tief und fest, und ihre Mutter liegt immer noch halb auf ihr. Auf einem anderen Stuhl schläft Kat. Ich habe gar nicht gemerkt, dass sie gekommen ist. Eine Krankenschwester wechselt gerade Sarahs Infusionsbeutel. Ich starre ein paar Minuten lang auf Sarahs EKG, um zu sehen, ob ihr Puls gleichmäßig und stark ist, ehe ich die Augen wieder schließe.

Ich reiße meinen Kopf hoch. Wie lange habe ich geschlafen? *Fuck*, diese verrückten Träume hören einfach nicht auf. Drehe ich doch durch?

Sarahs Mom ist wach und hält Sarahs Hand. Kat ist weg. Ich stehe auf und gehe auf Zehenspitzen hinüber zu meiner Liebsten, um sie vorsichtig auf den Mund zu küssen. Mein Herz ist so schwer, mich wundert es fast, dass es überhaupt noch schlägt.

»Es tut mir leid«, flüstert Sarah, als ich mich von ihren Lippen löse.

Ich wollte sie zwar nicht wecken, bin aber erleichtert, ihre Stimme zu hören.

»Baby, mir tut es leid«, erwidere ich.

»Du hast mir das Leben gerettet«, wispert sie und schließt die Augen. Eine Träne rinnt über ihre Wange.

Ich weiß nicht, warum Sarah das immer wieder sagt. Ich schätze, die Schmerzmittel haben ihr Gehirn ein wenig vernebelt. Schließlich ist das alles meine Schuld!

Jonas

Als ich Miss Westbrook zum ersten Mal nach der Schule helfe, spricht sie kaum mit mir. Sie erklärt mir lediglich meine Aufgaben. Ich wische die Tafel, sorge dafür, dass jeder noch so kleine Fleck verschwindet, selbst in den Ecken. Danach spitze ich ihre Bleistifte, sodass alle exakt gleich lang sind, und staple die dreißig Arbeitsblättersets. Jedes Blatt liegt genau auf dem anderen, Kante auf Kante.

Miss Westbrook sagt mir, dass ich das ganz toll mache und »viel Wert aufs Detail lege«. Das hat noch nie jemand zu mir gesagt. Ich lächle sie an, nur ein klitzekleines bisschen – und sie lächelt so strahlend zurück, dass ich beinahe lachen muss. Beinahe.

Am zweiten Tag läuft es genauso wie am ersten, nur dass ich noch mehr »Wert aufs Detail lege« und hoffe, dass sie wieder etwas Nettes zu mir sagt. Und das tut sie.

»Jonas, du machst eine ganz exzellente Arbeit«, meint sie. »Gut kann es jeder machen, aber nur wenige geben sich so viel Mühe. Danke, dass du so viel Wert auf Exzellenz legst.«

Mir wird ganz warm und schwummerig von ihrem Kompliment. Sie ist die schönste Frau, die ich je gesehen habe, und ich mag es sehr gern, wenn sie nett zu mir ist.

Am dritten Tag beherrsche ich meine kleinen Jobs schon so gut, dass ich sie in der Hälfte der Zeit erledigt habe. Deswegen gibt Miss Westbrook mir noch ein paar Extraaufgaben. Und dann, juchhu, fängt sie an mit mir zu reden. Sie zeigt mir den winzigen Diamantring an ihrem Finger – der Diamant ist so klein wie ein Sandkorn – und erzählt mir, dass der Ring bedeutet, dass sie heiratet. Ich habe den Ring vorher schon bemerkt, dachte aber, sie trägt ihn nur, um schön auszusehen.

Miss Westbrook sagt mir, dass sie nach der Hochzeit in ein paar Wochen Mrs Santorini heißen wird und ihr zukünftiger Mann bei der Navy ist.

Sie erklärt mir, wie die Leute bei der Navy für unser Land und unsere Freiheit einstehen. Und dass das Leben, das wir führen, ohne diese Männer nicht möglich wäre. Ich höre genau zu, mag den Klang ihrer Stimme. Sie riecht auch toll. Besonders gut gefällt mir ihr Hals. Sie trägt eine feine Goldkette mit einem kleinen Kreuz daran, und ich kann nicht aufhören hinzusehen – auf ihren Hals, nicht aufs Kreuz. Notfalls könnte ich aber behaupten, dass es mir nur um den Anhänger geht.

Am vierten Tag setzt Miss Westbrook mich auf einen der Tische, ehe ich mit meiner Arbeit loslege.

»Ich habe ein kleines Geschenk für dich«, sagt sie und legt einen riesigen Keks auf den Tisch. »Den habe ich gestern Abend für dich gebacken.«

Es ist ein riesiger Schokokeks, in den M & M's eingebacken sind. Der größte Keks, den ich je gesehen habe. Und die M & M's sind herzförmig.

Aus irgendeinem Grund beginnt meine Unterlippe zu zittern, als ich die M & M's-Herzen bemerke.

Miss Westbrook sagt eine ganze Weile lang gar nichts.

»Komm schon, Jonas«, meint sie schließlich. »Koste mal.«

Ich nehme einen winzigen Bissen. Mann, ist das lecker!

»Jonas«, sagt sie leise. »Es ist okay, wenn du nicht reden willst. Aber manchmal fühle ich mich hier im Klassenzimmer ein bisschen einsam, und dann fände ich es toll, wenn ich mich unterhalten könnte. Vielleicht könntest du ja mit mir reden? Du müsstest das nicht außerhalb des Klassenzimmers machen, wenn du nicht magst, und auch nicht vor den anderen Kindern. Aber wenn nach dem Unterricht nur noch du und ich da sind, könnte das hier ja vielleicht unser kleiner Kokon sein – unser Kokon für zwei. Ein magischer Ort, wo du sprechen darfst. Nur mit mir.«

Wir haben letzten Monat gelernt, wie Raupen sich in Schmetterlinge verwandeln – wir haben sogar eine ganze Menge Kokons in eine große Box gelegt und rechnen jetzt jeden Tag damit, dass sie schlüpfen. Wir haben gelernt, dass jeder Raupe von Anfang an ein Zauber innewohnt, sie sich jedoch einen Kokon spinnen muss, damit die Magie wirkt.

Vielleicht könnte ein Gespräch in unserem Kokon für zwei eine weitere Ausnahme von der Regel sein? So wie auch die spanischen Worte, die ich zu Mariela gesagt habe?

Vielleicht bleibt »Ich liebe dich, Mommy« auch dann mein letzter offizieller Satz, wenn ich nur in diesem magischen Kokon spreche.

»Kann ich Sie immer noch Miss Westbrook nennen, wenn Sie verheiratet sind?«, frage ich. Es sind meine ersten Worte, seit ich acht geworden bin, seit Mommy weg ist. Ich habe ganz vergessen, was für eine Stimme ich habe, und klinge auch gar nicht mehr wie ich selbst.

Miss Westbrook sieht mich erstaunt an. Sie räuspert sich. »Natürlich, Jonas. Das fände ich schön.«

Die nächste Woche über plappere ich während meines Hilfsjobs wie ein Wasserfall. Ich erzähle Miss Westbrook, wie sehr ich die Termine bei Dr. Silverman hasse und dass mir nur die Musik dort gefällt, weil es mir gleich besser geht, wenn ich sie höre. Ich erzähle ihr, wie Josh sich manchmal selbst eine Ohrfeige gibt, wenn ich traurig bin, weil mich das jedes Mal zum Lachen bringt. Und ich spreche über das Buch über griechische Mythologie, das ich gerade gelesen habe, und darüber, dass die griechischen Göttinnen und Götter die zwölf Götter des Olymp genannt werden und auf dem Olymp leben. Und an meinem zehnten Tag erzähle ich ihr schließlich, dass ich eines Tages den Mount Everest besteigen werde.

»Ehrlich?«, sagt sie. »Das ist ja aufregend!«

»Ja, das habe ich fest vor«, sage ich, während ich auf einem Stuhl stehe und versuche, an die oberste Ecke der Tafel zu kommen. »Weil das der allerhöchste Berg ist. Ich werde auf den Gipfel steigen und dann meine Hand in die Luft strecken und meine Mommy auf der Wolke berühren. Sie wird mich zu sich hinaufziehen, bis wir gemütlich auf den Wattewölkchen liegen – wie auf einer Hängematte. Dann massiere ich ihr die Schläfen, bis ihr nichts mehr wehtut. So wie früher.«

Miss Westbrook saß die ganze Zeit, während ich geredet habe, an ihrem Pult. Als ich jetzt zu ihr sehe, stelle ich fest, dass sie weint. Ohne darüber nachzudenken, klettere ich vom Stuhl, lege den Schwamm weg, gehe zu ihr und wische die Tränen von ihren Wangen. Miss Westbrook reibt sich die Augen und lächelt mich an. Und dann macht sie etwas, das in mir den starken Wunsch auslöst, mich einfach auf ihrem Schoß zusammenzurollen: Sie legt ihre Hand auf meine Wange. Das haben früher meine Mom und Mariela immer bei mir gemacht, und ich liebe es.

Seit Mommy weg ist, haben mich viele Erwachsene umarmt, getätschelt oder meine Schulter gedrückt, aber niemand hat meine Wange gestreichelt.

Seit Mommy weg ist, habe ich oft davon geträumt, wie sie das bei mir macht. Oder Mariela. Aber ich bin immer allein aufgewacht und musste das selbst übernehmen, was sich natürlich nicht halb so gut angefühlt hat.

Ich schließe die Augen und lege meine Hand auf die von Miss Westbrook, damit sie sie nicht wegnimmt. Ihre Haut ist ganz weich.

»Du bist ein ganz besonderer kleiner Junge«, sagt Miss Westbrook. »Ich hoffe, dass ich irgendwann selbst einen Sohn wie dich haben werde.«

Als Josh und Mrs Jefferson kommen, um mich abzuholen, habe ich aus irgendeinem Grund das Gefühl, ich könnte Josh einfach hi sagen. Eigentlich würde ich die Regel damit nicht wirklich brechen – schließlich ist Josh ein bisschen wie ich selbst, nur in einem anderen Körper. Und mit sich selbst zu reden zählt ja wohl kaum, oder?

»Hi, Josh«, sage ich.

Das scheint meinen Bruder wahnsinnig zu freuen, denn schon wenige Minuten später sitzt er auf der Rückbank des Autos und singt aus Leibeskräften die Radiohits mit.

»Halt die Klappe, Josh«, sage ich. »Du plärrst so verdammt laut, dass man die Musik kaum noch hört!«

Vorn auf dem Fahrersitz schnappt Mrs Jefferson nach Luft.

»Du kannst mich mal, Jonas! Halt gefälligst selbst die Klappe!«, erwidert Josh und schlägt sich sofort die Hand vor den Mund. »Ich meine, nein, sei bitte nicht still, Jonas. Red weiter!«

Irgendwie bringt uns die Situation wahnsinnig zum Lachen. Vielleicht finden wir es aber auch nur so lustig, weil wir genauso schlimm fluchen wie Dad.

»Du bist ein Volltrottel«, sage ich.

»Nein, du! Was für ein Idiot muss man sein, um ein ganzes Jahr kein Wort zu sagen? O Mann!«

Nicht lange nachdem Miss Westbrook Mrs Santorini geworden ist, erzählt sie der Klasse, dass sie nach San Diego umzieht, weil ihr Mann bei der Navy arbeitet. Alle sind traurig, dass sie geht, aber ich bin mehr als nur traurig. Ich fühle mich, als würde ich sterben.

Miss Westbrook sagt, dass alle die Seite 54 im Mathearbeitsheft bearbeiten sollen, und ruft mich zu sich an ihr Pult.

»Jonas, mein Schatz, in San Diego ist es richtig sonnig. Ich hoffe, du kommst mal vorbei.«

Wie soll ich das denn machen? Ich bin doch nur ein Kind und habe kein Auto oder Flugzeug. Wenn ich weiter in ihre hübschen braunen Augen sehe, dann fange ich garantiert an zu heulen.

»Und ich versuche auf jeden Fall, dich mal hier in Seattle zu besuchen.« Sie beginnt zu weinen. »Versprochen.«

Ich finde es falsch, dass sie mir das verspricht.

Schließlich verlässt mich jeder, und nie kommt jemand zurück. Sie sollte mir einfach die Wahrheit sagen: dass sie verschwindet und ich sie nie, nie wiedersehen werde. Selbst jetzt, während ich in ihr hübsches Gesicht gucke, kommt es mir so vor, als würde ein riesiges schwarzes Tuch vom Himmel herabsinken und mich bedecken.

»Ich mag Sie, Miss Westbrook«, sage ich und versuche, die Tränen zurückzuhalten. Es ist das erste Mal, dass ich vor den anderen Kindern mit ihr spreche. Aber ich muss ihr sagen, was ich für sie empfinde, ehe sie mich verlässt. Eigentlich würde ich am liebsten die drei Worte sagen, die meine Gefühle für sie am besten beschreiben, aber das wäre gegen die Regeln. Die sind für Mommy reserviert.

Miss Westbrooks Augen glänzen. »Ich mag dich auch, mein Schatz. Eines Tages komme ich und besuche dich, Jonas. Ehrenwort.«

Jonas

Ich öffne die Augen. Sonnenlicht fließt in Sarahs Krankenhauszimmer, und eine Krankenschwester steht an ihrem Bett, um ihren Blutdruck zu überprüfen.

»Sieht gut aus«, sagt sie. »Es gibt auch keinerlei Anzeichen für eine Infektion. Der Arzt kommt gleich vorbei und entscheidet, ob Sie heute schon nach Hause dürfen.«

Mein Telefon kündigt eine Nachricht von Josh an, der eben in Seattle gelandet ist. Er will wissen, ob wir im UW Medical Center sind.

Ich schreibe ihm, dass er nicht ins Krankenhaus kommen muss, sondern wir uns zu Hause treffen. Und dass er irgendwo anhalten und all die Sachen kaufen soll, die Kranke so brauchen. Cracker, Gatorade, Wackelpudding und Hühnersuppe. Oh, und Oreo-Kekse! Schließlich liebt Sarah die.

Mache ich, schreibt er zurück.

Danke!

Halt durch, Bro.

Danke. Werde ich versuchen.

Mein Smartphone vibriert erneut.

Ich liebe dich, Mann.

Das hat Josh noch nie zu mir gesagt. Weder persönlich noch per SMS. Ich starre auf das Display und kann meinen Augen kaum trauen.

Danke, schreibe ich, weil mir nichts Besseres einfällt.

Ich stecke das Telefon zurück in die Hosentasche und bin mir sicher, dass Josh sich jetzt selbst eine saftige Ohrfeige verpassen würde, wenn er hier wäre.

Als der Arzt bestätigt, dass Sarah nach Hause darf, macht mein Herz vor Freude einen kleinen Hüpfer. Ich werde mich wahnsinnig gut um mein Baby kümmern! Was dafür auch nötig sein mag, wir kriegen es hin. Zusammen.

Mrs Cruz quietscht vor Freude laut auf und fragt den Arzt über seine Entlassungsanweisungen aus.

Scheinbar geht sie davon aus, dass Sarah mit zu ihr kommt. Ich sehe meine Freundin an und warte darauf, dass sie die Sache klarstellt, aber das tut sie nicht. Stattdessen nickt sie bekräftigend. Was soll das denn? Wieso sagt sie nicht: Nein, Mom, ich lebe jetzt bei Jonas?!

Shit. Scheinbar hat da nicht Mrs Cruz was falsch verstanden, sondern ich. Ich schlucke heftig und versuche mich zusammenzureißen. Schließlich geht es jetzt nur darum, was Sarah braucht. Und das bin offenbar nicht ich.

»Ich kann euch heimfahren«, biete ich an. »Und euch jederzeit behilflich sein.«

»Meine Mom kriegt das schon hin«, meint Sarah. »Ich werde sowieso nur schlafen und Schmerzmittel schlucken. Du solltest die Zeit nutzen, um alles zu erledigen, was liegen geblieben ist. Ist doch super, dass du mich endlich los bist.« Sie grinst freudlos. »Ich komme schon klar.«

Ich kriege kein Wort raus.

»Ich brauche einfach eine ordentliche Dosis Mommy«, meint Sarah leise. Sie klingt entschuldigend. Aber das ist nicht nötig, ich habe vollstes Verständnis. Alles, was ich berühre, verwandelt sich in Blut. Blutige Laken, blutige Teppiche, blutige Wände, blutige Fliesen. Sarah hat recht. Zu ihrem eigenen Besten sollte sie so weit weg von mir bleiben, wie sie nur kann.

Eine Krankenschwester führt Sarah zu einem Rollstuhl.

»Den brauche ich nicht«, protestiert Sarah.

»Das ist Standard bei uns«, versichert ihr die Schwester, und Sarah nimmt widerstrebend Platz.

Als wir vor dem Krankenhaus stehen, überlässt Mrs Cruz Sarah kurz meiner Fürsorge, während sie ihr Auto holt.

Sarah schweigt. Ich schweige. Es gibt so vieles, was ich ihr sagen will, aber nicht hier und nicht jetzt. Vielleicht ergibt sich auch nie die passende Gelegenheit.

Vielleicht ist es das. Offensichtlich braucht Sarah eine Pause von mir. Hoffentlich wird aus dieser Pause keine Ewigkeit.

Mein Herz ist schwer wie Zement. »Ich heuere ein paar Bodyguards an, damit sie das Haus deiner Mutter bewachen«, sage ich. »Ich kann dich da nicht ohne Schutz hin lassen.«

»Nein, ich bin erst mal in Sicherheit«, sagt Sarah. »Sie denken, dass ich lebendig mehr wert bin als tot.«

Was soll das denn heißen?

Sie schluckt. »Jonas, ich muss dir was sagen.« Sie hält inne, muss scheinbar all ihren Mut zusammenkratzen. Aber ehe sie etwas sagen kann, ist Mrs Cruz auch schon zurückgekehrt.

Sarah sieht mich nervös an. O Gott, als sie das letzte Mal so geschaut hat, hat sie mir kurz danach eröffnet, was es mit dem Club tatsächlich auf sich hat.

Ich öffne die Tür zum Beifahrersitz und helfe Sarah vorsichtig ins Auto. Es zerreißt mir das Herz, vielleicht werde ich wirklich sterben. Ein physischer Tod kann sich eigentlich auch nicht schlimmer anfühlen als das hier.

Ehe ich die Tür schließe, beuge ich mich noch einmal zu ihr hinunter. »Ich kann dich nicht gehen lassen.« Eigentlich wollte ich sagen, dass ich sie nicht ungeschützt gehen lassen kann, aber so trifft es das Ganze noch viel besser.

»Es ist doch nur für ein paar Tage«, sagt Sarah. »Meine Mom braucht das jetzt, und ich auch. Ich werde sowieso die ganze Zeit nur schlafen.« Sie schüttelt den Kopf und unterdrückt die Tränen. »Ich bin gerade nicht ich selbst, Jonas, die

Geschehnisse überfordern mich total. Und ich habe Schmerzen.« Sie sieht mir in die Augen. »Mach dir keine Sorgen, Baby. Ich rufe dich an, versprochen. Ich brauche jetzt einfach ein bisschen Zeit mit meiner Mommy.«

Ich nicke, als würde ich verstehen, was sie mir da sagt. Aber das tue ich nicht. Wenn sie mich für immer verlassen will, dann soll sie mir das sagen, anstatt falsche Versprechungen zu machen.

»Bist du dir sicher, dass dir nichts zustoßen wird?«

»Ganz sicher. Sie haben keinen Grund mehr, mir etwas anzutun. Schließlich haben sie mich nicht umsonst am Leben gelassen. Ich erzähle dir später mehr darüber, versprochen.«

»Ich werde trotzdem ein paar Sicherheitskräfte vor das Haus deiner Mutter bestellen. Sicher ist sicher.«

»Nein, mach das nicht. Meine Mutter würde vollkommen durchdrehen. Vertrau mir. Lass es gut sein.«

Wie bitte? Die haben versucht, sie umzubringen, und ich soll es »gut sein lassen«?! Was zum Teufel stimmt denn hier nicht?

»Lista?«, fragt Mrs Cruz.

»Sí, Mama.«

»Ich bringe dir deine Klamotten vorbei – und alles, was du sonst noch brauchst«, biete ich lahm an. Ich verstehe das alles nicht. Ist das hier das Ende?

»Ich hab noch eine Menge Kram bei meiner Mom. Mach dir keine Gedanken.«

Jetzt bin ich wirklich sprachlos.

»Ich rufe dich an«, sagt sie. Aber ich höre da etwas anderes heraus. *Ruf mich nicht an. Ich melde mich.*

Ich drücke die Autotür zu, und sie lehnt sich zurück und schließt die Augen, als der Wagen anfährt. Ich sehe ihnen nach, bis der Wagen aus meinem Sichtfeld verschwunden ist. Dann raufe ich mir das Haar und kämpfe gegen die Tränen an.

Jonas

Die anderen Kinder schwitzen noch über den blöden Aufgaben. Mrs Dinsdale hat gesagt, dass alle, die schon fertig sind, lesen können, was sie wollen, während sie auf die anderen Kinder warten. Ich schmökere in einem Buch übers Bergsteigen, in dem es auch ein ganzes Kapitel nur über den Mount Everest gibt. Scheint ganz so, als wäre es ziemlich kompliziert, ihn zu besteigen. Einige Menschen sind bei dem Versuch sogar umgekommen. Kinder dürfen da sowieso nicht rauf, ich werde mich also erst mal mit Felsen, Bäumen und Seilen zufriedengeben müssen. Zur Vorbereitung sollte ich Sit-ups, Liegestütze und Klimmzüge in meinem Zimmer machen. Und ich habe gehört, dass in Bellevue eine Kletterhalle aufmachen soll. Das klingt so cool, dass ich nachts vor Aufregung gar nicht mehr schlafen kann. Vielleicht kann uns der Chauffeur ja am Wochenende dorthin bringen.

Die Tür zum Klassenzimmer geht auf, und – ich kann es nicht glauben – Miss Westbrook kommt hereinspaziert. Träume ich? Sie ist hübscher denn je!

Um ehrlich zu sein, wusste ich gar nicht mehr, wie Miss Westbrook genau aussieht. Sie war nur noch eine verschwommene Erinnerung, die manchmal aufkam, wenn ich abends im Bett lag. Doch sobald sie das Zimmer betritt, ist alles wieder da. Es ist, als würde sogar mein Körper sich an sie erinnern.

Wow, sie ist echt hübsch. Sie ist sogar richtig *schön*. Ihr Haar glänzt noch mehr und ist noch ein wenig dunkler als früher, was ihr fantastisch steht. Und ihre Lippen sind auch voller als in meiner Erinnerung. Mann, wie gern würde ich sie küssen. Allein der Gedanke daran verursacht ein Kribbeln zwischen meinen Beinen. Soll ich zu ihr gehen? Ihr winken? Ich rühre mich nicht von der Stelle. Vielleicht ist das Ganze ja bloß ein Zufall, und sie ist gar nicht wegen mir hier. Ja, sie hat mich bestimmt vergessen.

Miss Westbrook lässt den Blick durch den Raum schweifen, bis sie mich entdeckt hat. Und sie lächelt mich an, da bin ich mir sicher. Ich winke ihr, und sie winkt mir zurück. Wow!

Als sie sich zur Seite dreht, erkenne ich, dass sie schwanger ist. Im ersten Moment ist mir das gar nicht aufgefallen, ich war viel zu beschäftigt mit ihren schönen Lippen. Die wunderschöne Miss Westbrook ist zurückgekommen und erwartet ein Baby. Nicht zu fassen.

»Jonas«, sagt Mrs Dinsdale. »Du hast Besuch. Warum geht ihr zwei nicht ein bisschen raus? Ihr könnt euch ruhig Zeit lassen.«

Als wir uns draußen auf eine Bank setzen, drückt Miss Westbrook mich an sich und gibt mir einen Kuss auf die Stirn.

»Jonas! Du bist so groß geworden. Das gibt es ja gar nicht.«

Ich lächle so sehr, dass es fast wehtut. Mein ganzer Körper kribbelt. »Sie sind zurückgekommen!«

»Natürlich. Weil ich dich sehen wollte.« Sie zwinkert mir zu. »Ich breche nie ein Versprechen.«

Ich kann echt nicht glauben, dass sie hier ist. Wie schön wäre es, wenn sie noch einmal meine Wange berühren würde, so wie damals vor ein paar Jahren. Oder mich noch einmal auf die Stirn küssen würde. Oder auf meinen Mund. Ich würde alles dafür tun, einen richtigen Kuss von ihr zu bekommen – mit Zunge und allem Drum und Dran. Wieder kribbelt es zwischen meinen Beinen.

Wir reden zwanzig Minuten lang. Sie fragt mich, wie es in

der Schule läuft, wie es Josh geht und was für Sport ich treibe. Außerdem erzählt sie mir, dass es in San Diego genauso warm und sonnig ist, wie sie dachte, dass sie eine dritte Klasse unterrichtet und dass sie und Mr Santorini schon ganz aufgeregt und vorfreudig sind, weil das Baby in ein paar Monaten auf die Welt kommt.

»Oh«, sagt sie plötzlich und legt eine Hand auf ihren Bauch. »Das Baby hat mich gerade getreten. Willst du mal fühlen?«

Ich bin mir nicht sicher. Irgendwie wird mir ganz komisch bei dem Gedanken. Sie aber wartet meine Antwort gar nicht ab, sondern legt meine Hand auf ihren harten Bauch. Schon wenige Sekunden später bekomme ich einen ordentlichen Karatekick ab.

»O Gott«, sage ich lachend. So etwas habe ich noch nie gefühlt.

»Es wird ein Junge«, sagt sie, übers ganze Gesicht grinsend.

»Das ist cool, Miss Westbrook.«

»Weißt du, wie ich den Kleinen nennen werde?«

Ich zucke mit den Schultern. Woher soll ich das wissen?

»Jonas.«

Es entsteht ein langes, unbeholfenes Schweigen. Hat sie meinen Namen nur gesagt, damit ich jetzt besonders gut zuhöre, oder meint sie damit, dass ihr Kind so heißen wird wie ich? Das wäre ja ein ganz schöner Zufall. So gewöhnlich ist mein Name schließlich nicht.

Sie verdreht die Augen. »Ich benenne ihn nach *dir*, Jonas.«

Wie bitte?!

Sie lächelt. »Ich hoffe nämlich, dass er mal so wird wie du, wenn er groß ist. Süß und klug und lieb.«

Ich glaube, mein Herz hat noch nie so laut geschlagen wie jetzt. Noch nie in meinem Leben.

Beim Abendbrot erzähle ich Dad und Josh von Miss Westbrooks Besuch und dem Namen, den sie ihrem Baby geben will. Während ich rede, schwebe ich auf Wolke sieben, aber sobald ich fertig bin, bereue ich meine Worte auch schon bitter. Dad hat eindeutig zu viel getrunken, und das ist nie gut, wenn man mit ihm reden will – besonders dann nicht, wenn es um was Wichtiges geht.

Ich beiße die Zähne aufeinander und rechne damit, dass mein Vater gleich irgendeinen fiesen Spruch macht. Lange muss ich nicht darauf warten.

»Sie will ihr Baby nach dir benennen, ja?«, fragt er und nimmt einen großen Schluck von seinem Drink. »Dann kann sie sich ja schon mal auf 'ne Menge Kummer und Ärger einstellen.«

Josh wirft mir einen mitleidigen Blick zu, und ich weiß, was er mir damit sagen will. *Ignorier ihn einfach, er ist ein Arschloch.* Aber das ist leichter gesagt als getan.

»Wenn ihr Wunsch in Erfüllung geht und ihr Kind so wird wie du«, fährt er fort, »dann sollte sie lieber gut auf ihren Ehemann aufpassen.« Er lacht lauthals und trinkt weiter. »Ein Glücksbringer ist dein Name ja nicht gerade.«

Sarah

Jonas hatte von Anfang an recht: Der ukrainische John Travolta hat mich tatsächlich am helllichten Tag gestalkt. Aber anstatt meinem sexy Freund zu glauben, habe ich mir eingeredet, er wäre einfach überempfindlich, übervorsichtig und vielleicht sogar ein bisschen durchgeknallt. Manometer, ich schäme mich richtig dafür.

Weil ich die Lage falsch eingeschätzt und ihm nicht genug vertraut habe, habe ich nicht nur eine Menge Blut verloren, sondern meinem Freund auch das Leben zur Hölle gemacht. Ich habe dafür gesorgt, dass er den Horror seiner Kindheit noch einmal durchlebt – und nicht nur das. Obendrein habe ich ihn ebenfalls in Gefahr gebracht. Gott, was habe ich nur getan? Ich habe dem Club Jonas' Geld gegeben. Und das war verdammt viel. Doch damit nicht genug. Zu allem Überfluss habe ich ihnen sogar versprochen, dass ich noch mehr Geld von Jonas auftreiben kann – und auch von einem Haufen anderer Kerle.

Natürlich wird Jonas sagen, dass das Geld keine Rolle spielt und dass er jede Summe zahlen würde, um meine Sicherheit zu garantieren. Trotzdem hätte ich das nicht tun dürfen. Die ganze Situation ist einfach total vertrackt, wie Jonas sagen würde.

Ich krabble aus dem Bett, ziehe die Vorhänge beiseite und spähe auf die Straße. Jepp. Sie sind immer noch da. Zwei Typen in einem Auto, schon seit vier Stunden. Ich schnappe mir mein Smartphone, das auf dem Nachttisch liegt, und schreibe Jonas eine Nachricht.

Bitte sag, dass die zwei Typen vor dem Haus meiner Mom zu dir gehören. Ansonsten mach ich mir vor Angst in die Hose.

Ja. Tut mir leid, wenn sie dir Angst eingejagt haben. Ich hätte es erwähnen sollen. Ich habe sie angeheuert.

Ich will ihm schon schreiben, dass das nicht nötig ist, weil sein großzügiger Scheck mir vermutlich erst einmal eine lange Verschnaufpause verschafft hat. Aber wahrscheinlich ist es besser, ihm persönlich von meiner Unterhaltung mit dem ukrainischen John Travolta zu erzählen.

Danke! Lieb, dass du dich immer so gut um mich kümmerst.

Gern, Baby, erwidert er. Ich vermisse dich so sehr. Wie geht es dir?

Ich bin topfit! Schmerzmittel sind eine feine Sache, wenn man niedergestochen wurde.

Eine Weile antwortet er nicht. Ich vermisse dich so, schreibt er dann wieder.

Ich dich auch.

Wir haben uns erst vor vier Stunden voneinander verabschiedet, und ich habe jetzt schon ernsthafte Jonas-Entzugserscheinungen.

Ich hoffe, du verstehst es. Meine Mom braucht das Gefühl, dass sie mich wieder gesund pflegt.

Ich will schon erklären, dass Mütter eben so sind, lasse es dann aber bleiben. Schließlich ist das für Jonas ein heikles Thema.

Ehrlich gesagt will ich auch nicht nur wegen meiner Mom ein paar Tage hierbleiben. Ich brauche einfach ein bisschen Zeit für mich – um mich zu sammeln und zu überlegen, wie es weitergehen soll. Ich bin vollkommen überfordert. Schäme mich. Habe ein schlechtes Gewissen. Habe Schmerzen körperlicher und psychischer Art. Und ich kann einfach nicht glauben, was ich Jonas angetan habe, nur weil ich ihm nicht glauben wollte. Als meine Mom und ich vorhin weggefahren sind, konnte ich ihm kaum in die Augen sehen.

Verstehe ich. Es tut mir so leid, schreibt Jonas.

Wieso sagt er das andauernd? Ich bin doch diejenige, die sich entschuldigen sollte.

Du hast keinen Grund, dich zu entschuldigen, Jonas. Ich habe es vermasselt, und zwar so richtig.

Kann ich dich anrufen? Wir müssen reden, und ich will deine Stimme hören.

Ich bin noch nicht bereit für dieses Gespräch, weiß immer noch nicht genau, wie ich erklären soll, wie es mir geht. Außerdem bin ich total benommen.

Ich habe gerade eine Schmerztablette genommen, schreibe ich. ***Bin total schläfrig. Wollen wir später reden?***

Wieder dauert es, bis seine Antwort kommt.

Was auch immer dir am liebsten ist. Ich bin da.

Danke. Bis bald!, antworte ich und füge eine Minute später noch hinzu: ***Madness.***

Denn ganz egal, wie mies und schuldig ich mich auch fühle, wie viele Messerstiche ich abbekommen oder Schmerzmittel ich genommen habe: Nichts kann etwas an der Tatsache ändern, dass ich ihn aus tiefstem Herzen liebe.

Madness. Und wie.

Ich schließe meine Augen und bin im Nu eingeschlafen.

Sarah

Der Arzt hatte mir versprochen, dass ich nach drei Tagen Bettruhe wieder ganz die Alte sein würde. Und er hatte recht. Wow! Ich fühle mich definitiv wieder wie ich selbst – ein wenig lädiert zwar, aber immerhin. Ich klappe meinen Laptop auf. Gestern hat mir ein Kommilitone die Mitschriften aller Seminare zugeschickt, die ich verpasst habe, und langsam fühle ich mich wieder munter genug, um mal einen Blick draufzuwerfen.

Ich öffne mein Postfach, und sofort bleibt mir beinahe das Herz stehen. Ich habe eine E-Mail vom Club.

> **Liebe Miss Cruz,**
>
> **scheinbar hat es zwischen uns eine unglückliche Fehlkommunikation gegeben. Wir bedauern alle Unannehmlichkeiten, die Ihnen dadurch entstanden sind. Sie können sicher sein, dass wir jetzt alle Informationen erhalten haben und die Vergangenheit ruhen lassen wollen.**
>
> **Wir finden Ihr Angebot sehr interessant und glauben, dass Sie eine wertvolle Ergänzung für unsere Organisation wären – in der erweiterten Rolle, die Sie vorgeschlagen haben. Die Aufteilung würde allerdings bei siebzig zu dreißig zu unseren Gunsten liegen, nicht bei fünfzig zu fünfzig. Dieser Punkt ist nicht verhandelbar und ist in Anbetracht der Tatsache, dass wir die Kunden stellen, mehr als angemessen.**

Weitere Informationen erhalten Sie innerhalb der nächsten Tage via Dropbox. Bestätigen Sie aber bitte sofort, dass Sie den Bericht, von dem Sie gesprochen haben, nicht veröffentlicht haben. Die Weitergabe eines solchen Berichts an Dritte, einschließlich der Anlaufstellen, die Sie genannt haben, würde natürlich jedes freundschaftliche Arbeitsverhältnis zwischen uns sofort beenden.

Es grüßt Sie recht freundlich,
Der Club

Vor lauter Zorn kann ich die Nachricht kaum ganz durchlesen. Diese Arschlöcher! Sie bezeichnen die Messerstecherei als »Unannehmlichkeit«?! Ernsthaft? Vielleicht sollten wir uns mal bei einem Tässchen Kaffee zusammensetzen und alles besprechen.

Etwas zu besprechen heißt noch lange nicht, dass man unterschiedlicher Meinung ist – sondern nur, dass ich auf dich einstechen werde!

Wenn Jonas hier wäre, würde ihn das bestimmt zum Lachen bringen. Oder auch nicht. Bei ihm kann man nie wissen.

Jonas. Gott, ich vermisse ihn so. Die drei Tage bei meiner Mom kommen mir vor wie eine Ewigkeit. Es ist fast, als fehlte mir ein Arm oder ein Bein – oder nein, mein Herz. Noch nie habe ich jemanden so sehr vermisst wie Jonas. Es ist beinahe schon ein körperlicher Mangel.

Wenn man vom Teufel spricht – mein Telefon vibriert.

Hi, Baby.

Hi, mein Liebster. Habe gerade an dich gedacht. Die letzten Tage über haben wir uns immer wieder geschrieben und auch ab und zu telefoniert, aber immer nur kurz. Jedes Mal habe ich ihm gesagt, dass ich ihn vermisse und es nicht erwarten kann, ihn wiederzusehen. Und er hat ständig wiederholt, dass es ihm leidtut – was auch immer er damit meint.

Na, was treibst du so?

Ich war gestern klettern mit Josh und habe einen Businessplan für Climb and Conquer ausgearbeitet. Fällt mir aber schwer, mich zu konzentrieren. Dafür vermisse ich dich zu sehr.

Ich dich auch, schreibe ich. Warum tue ich ihm das an? Und mir selbst?

Brauchst du was?

Nein, meine Mom ist eine tolle Pflegerin. Mist, selbst übers Telefon spüre ich, dass es ihm das Herz bricht. Er will einfach bei mir sein.

Kann ich dich später anrufen? Muss noch was erledigen, schreibe ich.

Klar.

Wieder spüre ich, wie niedergeschlagen seine Antwort klingt.

Versprichst du, dass du anrufst?

Indianerehrenwort!

Ich weiß, dass die Situation ihn fertigmacht, ich leide ja selbst darunter. Aber ich weiß einfach nicht, wie ich ihm erklären soll, wie ich mich fühle. Schuldig, beschämt. Total deprimiert. Ich habe dem Mann, den ich liebe, Höllenqualen bereitet und ihn in einen gigantischen Albtraum mit hineingezogen. Jetzt muss ich es allein wieder in Ordnung bringen – nur wie?! Am liebsten würde ich einfach den Kopf in den Sand stecken und alle Probleme wegzaubern.

Meine Mom kommt mit einer dampfenden Schüssel Suppe und einem großen Glas Wasser ins Zimmer. Ich klappe den Laptop zu.

»Die Suppe ist sehr heiß, warte noch kurz«, sagt sie auf Spanisch.

»Okay. Danke!«

»Es ist Zeit für deine Antibiotika«, meint sie mit einem Blick auf ihre Armbanduhr. »Du kannst auch noch eine Schmerztablette nehmen, wenn du magst.«

»Nein, damit bin ich durch. Ibuprofen oder so reichen völlig.«

»Bist du dir sicher?«

»Ja, es geht mir tausendmal besser. Und von diesem Schmerzmittel werde ich hundemüde.«

»Gut so, dein Körper braucht den Schlaf.« Sie streicht über mein Haar. »Du siehst heute schon viel besser aus.«

»Mir geht es auch besser.«

»Arbeitest du für die Uni?«, fragt sie.

»Nee, ich lese nur meine Mails.«

»Übernimm dich nicht. Du sollst dich noch schonen.«

»Ich habe mich jetzt drei Tage lang nur ausgeruht, langsam werde ich verrückt!«

»Willst du, dass ich bei dir bleibe? Wir könnten einen Film ansehen, wenn du magst.«

Uff. Ich liebe sie wirklich sehr, sie ist die beste Mom der Welt. Die ganze Sache muss auch für sie ein einziger Albtraum gewesen sein, noch schlimmer als das, was sie damals mit meinem Vater erlebt hat. Doch allmählich habe ich genug davon, mich derart bemuttern zu lassen.

Vielleicht fehlt mir aber auch einfach Jonas zu sehr.

»Ja, das wäre toll«, sage ich. »Gib mir noch zwanzig Minuten für meinen Computerkram, dann suchen wir einen Film aus.«

»Okay. Aber überanstreng dich nicht. Der Arzt hat gesagt, dass du Ruhe brauchst.« Sie küsst mich auf die Wange und geht.

Ich klappe den Laptop wieder auf. Was zum Teufel soll ich diesen Idioten antworten? Einknicken oder Schwäche zeigen darf ich auf keinen Fall, das steht fest. Ich muss ein bisschen Zeit schinden, um mir einen neuen Plan ausdenken zu können.

Sehr geehrte Damen und Herren, tippe ich und beiße mir auf die Unterlippe.

Mein Telefon zeigt einen Anruf an. Georgia. Wow, schön, dass sie mich nach unserem Telefonat gestern so schnell zurückruft.

»Hi, Georgia«, sage ich. »Wie geht es dir?«

»Super«, erwidert sie. »Und dir? Bist du wieder halbwegs auf den Beinen?«

»Mir geht es viel besser. Die Schmerzen werden auch immer weniger.«

Sie seufzt erleichtert auf. »Das freut mich sehr! Also, ich habe die Info, um die du mich gebeten hast.« Sie klingt aufgeregt. »Es war ganz leicht, sie zu beschaffen.«

Als ich Georgia gestern angerufen habe (angeblich, um ihr von Belize zu erzählen), habe ich sie gefragt, ob sie möglicherweise ein paar Insiderinformationen aus dem Postamt herausrücken könnte. Georgia wollte natürlich wissen, wozu ich die brauche, also habe ich ihr eine abgeschwächte Version der Geschichte erzählt, die aber trotzdem stimmt: Ich habe für eine Dating-Plattform gearbeitet, von der ich vor Kurzem erfahren habe, dass sie in illegale Aktivitäten verstrickt ist (näher bin ich nicht darauf eingegangen). Dann habe ich noch die Befürchtung geäußert, der Übergriff an der Uni könnte etwas damit zu tun haben, und gesagt, dass ich deswegen ein paar Informationen bräuchte. Natürlich hat Georgia mir ihre Hilfe angeboten, war aber auch besorgt.

»Okay, pass auf«, sagt sie. »Es gibt zwölf Oksanas, die ein registriertes Postfach im Umkreis von Las Vegas haben – Las Vegas, Henderson, Winchester und so weiter. Ich habe hier eine Liste aller vollständigen Namen und Adressen, die die Oksanas jeweils bei der Anmeldung des Postfachs angegeben haben.«

»Dafür hast du was gut, Georgia. Vielen Dank! Kannst du mir die Liste per E-Mail zuschicken?«

»Klar. Aber meinst du nicht, dass du zur Polizei gehen solltest?«

»Ich habe im Krankenhaus schon meine Aussage gemacht.« Das ist nicht gelogen. »Sie denken jetzt, dass es ein Raubüberfall war. Ich hoffe, ihre Ermittlungen werden mir bei der Recherche ebenfalls weiterhelfen.« Und auch das ist gewissermaßen wahr.

»Okay, aber pass auf dich auf«, sagt Georgia.

Nachdem ich mich noch einmal überschwänglich bedankt und ihr versichert habe, dass ich vorsichtig sein werde, verabschieden wir uns. Einen Moment lang sitze ich einfach nur da und grüble. *Zwölf* Oksanas? Wie soll ich da bloß die richtige finden? Soll ich einfach bei jeder an die Tür klopfen und ganz nett fragen: Hi, bist du vielleicht die Frau, die mich umbringen lassen wollte?

Scheint tatsächlich so, als bräuchte ich dringend mehr Zeit. Leider wird das Geld, das ich ihnen gegeben habe, mich nicht für immer beschützen. Ich klappe den Laptop erneut auf und tippe weiter.

Auch ich bedaure aufrichtig die Unannehmlichkeiten, die aus unserer »unglücklichen Fehlkommunikation« resultierten – wirklich angenehm war es nicht, in einer riesigen Blutlache auf dem Toilettenboden herumzuliegen.

Um Ihre Frage zu beantworten: Nein, ich habe meinen Bericht bislang an niemanden weitergereicht, obwohl es wirklich eine Heidenarbeit war, die automatische Weiterleitung an mehrere Behörden, die ich vorsorglich arrangiert hatte, zu verhindern. Zum Glück konnte ich in letzter Sekunde noch eine Vollbremsung veranlassen, aber das nächste Mal werde ich eine umfassende und sofortige Verbreitung nicht verhindern können – ich werde es noch nicht einmal versuchen. Es sollte also besser kein nächstes Mal geben.

Kurz halte ich inne. Kann ich diesen Satz wirklich bringen? Der ist ganz schön gewagt. Ach, was soll's. Wer nichts wagt, der nichts gewinnt, wie Jonas immer so schön sagt.

Vielen Dank für Ihr Interesse an meinem Geschäftsangebot. Auch ich freue mich darauf, unser Arrangement in trockene Tücher zu bringen. Einverstanden wäre ich damit, fifty-fifty zu machen. Sie stellen zwar die Kunden, aber ich bin schließlich diejenige, die ihnen das Geld aus der Tasche zieht. Schön, Sie mögen das Pferd an die Wasserstelle führen, doch ich bringe es dazu, auch zu trinken – und zwar literweise. Tatsächlich ist mir erst letztens aufgefallen, dass ich ein großes Talent dazu habe. Also, fifty-fifty. Take it or leave it! Aber ich will Sie warnen: Wenn Sie sich dagegen entscheiden, geht mein Bericht sofort an die Öffentlichkeit. Eine zweite Chance gibt es nicht.

Die Ärzte in der Notaufnahme, die ich dank Ihnen vor Kurzem näher kennenlernen durfte – habe ich erwähnt, dass unsere »unglückliche Fehlkommunikation« dazu geführt hat, dass ich blutend auf dem Boden einer Toilette gelandet bin? –, haben mir zwei Wochen strikte Bettruhe verordnet, um meine Verletzungen ganz ausheilen zu lassen. Wenn ich wieder gesund bin und laufen bzw. zur Wasserstelle reiten kann, dann lasse ich es Sie sofort wissen. Ich möchte ebenso gern wie Sie, dass unser neues Projekt ein Erfolg wird, das versichere ich Ihnen. Wir ziehen am selben Strang, haben dieselben Interessen, aber ich bin schließlich auch nur ein Mensch. Und die Stichwunde an meinem Oberkörper und die Klammern in meinem Kopf sind für sinnliche Begegnungen nicht gerade förderlich.

Hochachtungsvoll,
Ihre treue Aufnahmeassistentin Sarah Cruz

PS: Ich habe unsere Begegnung der Polizei gegenüber als banalen Raubüberfall beschrieben (ich bin schließlich nicht von allen guten Geistern verlassen).

Noch ehe ich meine Meinung ändern kann, drücke ich auf *Senden.*

Manometer, was mache ich da nur? Ich muss den Verstand verloren haben! Ich bin doch nicht James Bond, und leider auch keine Superheldin. Selbst wenn ich zwischendurch zu Orgasma der Allmächtigen mutiere, bin ich immer noch ich selbst, ein Mädchen aus Fleisch und, wie ich letztens feststellen durfte, einer Menge Blut. Was mache ich da also? Verdammt, ich brauche Hilfe. Ich brauche Jonas.

Vielleicht sollte ich auch einfach das Handtuch werfen und das FBI verständigen? Wenn ich deswegen Probleme mit dem ethischen Prüfungsausschuss bekomme, dann werde ich wohl damit leben müssen. Aber ich will meine Karriere als Juristin nicht aufgeben. Ich habe doch so hart dafür gearbeitet. Meine Mutter zählt auf mich, genau wie all die Frauen, denen sie hilft. Ich kann sie nicht hängen lassen, ich muss die Sache irgendwie anders lösen. Mir treten Tränen in die Augen.

Ich brauche Jonas.

Mein Bauch tut weh.

Ich brauche Jonas.

Jonas. Jonas. Jonas. Jonas. O mein Gott, Jonas. Mein Herz, mein Körper und meine Seele verzehren sich nach ihm. Er sah so unendlich traurig aus, als meine Mom mich vom Krankenhaus weggefahren hat. Ich wäre am liebsten aus dem Auto gesprungen, um mich in seine Arme zu werfen, aber ich habe es nicht gemacht. Stattdessen habe ich meine Augen geschlossen und geweint, als wir davongefahren sind.

Ich war einfach zu erschöpft und durcheinander.

Ich brauche Jonas.

Mein Herz hämmert so fest gegen meine Rippenbögen, dass es beinahe wehtut. Eigentlich dachte ich, ich bräuchte Abstand, um mich zu sammeln, mich wieder aufs Studium zu konzentrieren und ganz gesund zu werden. Aber ich lag völlig falsch. Ich brauche ihn. Meinen süßen Jonas. Den Mann, den ich aus tiefstem Herzen liebe.

Ich wähle seine Nummer, und er antwortet schon nach dem ersten Freizeichen.

»Baby«, sagt er leise und irgendwie atemlos.

Als ich seine Stimme höre, geht es völlig mit mir durch.

»Jonas!«, heule ich.

»Was ist denn los, Sarah? Sag schon. Was auch immer es ist, wir kriegen es hin.« Er klingt, als würde er am liebsten durchs Telefon springen.

»Hol mich ab, Jonas. Ich brauche dich. Bitte. Bring mich heim.«

Sarah

»Ich kann selber laufen«, protestiere ich. Aber wie üblich ignoriert Jonas mich und trägt mich ins Haus, direkt ins Schlafzimmer, wo er mich so vorsichtig auf dem weißen Laken unseres Bettes ablegt, als wäre ich eine Porzellanpuppe.

»Willkommen zurück«, sagt er leise.

Ich lächle ihn an. »Es ist schön, wieder zu Hause zu sein.«

»Sag das noch mal«, sagt er.

»Zu Hause.«

»Ich verbiete dir, je wieder zu gehen«, sagt er. »Ich werde die Fenster und Türen verrammeln.«

»Ich bin so froh, wieder hier zu sein, dass mir die Vorstellung nicht mal Angst macht.«

Er legt sich neben mich. »Du bist wunderschön.« Er fährt sacht mit einem Finger über meine Augenbraue. »Ich habe dich so vermisst.« Er nimmt mein Gesicht in seine Hände. »Verlass mich nie wieder.«

»Werd ich nicht.«

»Nie, nie wieder.«

»Hab es verstanden.«

»Niemals!«

»Ich habe meine Lektion gelernt. Es hat mir beinahe schon körperliche Schmerzen bereitet, von dir getrennt zu sein – na ja, vielleicht lag das auch an den Messerstichen.«

Ich lächle, aber er leider nicht. Ist wahrscheinlich noch ein bisschen zu früh für Galgenhumor.

»Ich«, krächzt er, bricht dann aber ab. »Als du da auf den Fliesen lagst, dachte ich, dass du tot bist.«

»O Jonas. Das tut mir so leid.«

Er küsst mich zärtlich. »Ich dachte, ich hätte dich verloren.« Er legt einen Arm um mich und küsst jeden Millimeter meines Gesichts, während er sich eng an mich schmiegt.

Ich schließe die Augen und lege einen Finger auf seinen Bizeps.

»Es tut mir leid.«

»Hör auf, dich zu entschuldigen«, murmelt er. »*Mir* tut es leid.« Er seufzt. »Sarah, ich muss –«

»Jonas, warte.«

Er lehnt sich zurück und sieht mich an.

»Ich weiß, dass es eine Menge zu bereden gibt. Aber ehe wir anfangen, uns zu unterhalten, und vermutlich kein Ende finden, darf ich dich da um einen Gefallen bitten?«

»Du kriegst von mir alles, was du willst, mein wunderschönes, kostbares Baby. Für immer und ewig. Was es auch sein mag.« Er streichelt meine Wange.

Ich bin baff. Was für eine Aussage! Ich habe das Gefühl, mein Herz könnte jeden Moment aus meiner Brust hüpfen. Ich räuspere mich.

»Raus mit der Sprache«, sagt er und gibt mir einen Kuss auf die Wange. »Was auch immer es ist, es gehört dir. *Ich* gehöre dir.« Er küsst meine Nase.

Wow, mir wird ganz schwindlig. Und außerdem bin ich ganz schön angeturnt.

»Sag es mir.«

»Ich will, dass du all meine Auas küsst.«

»Deine Auas?«, fragt er grinsend.

Aus seinem Mund klingt das Wort ziemlich lustig. »Ja. Ich will, dass du allen Auas *besitos* gibst und sie damit heilst.«

»Besitos?«, wiederholt er. Er liebt es, wenn ich Spanisch spreche.

»Mhm. Kleine Küsschen.«

»*Besitos* auf deine Auas, ja?«

»Mhm.«

Er beißt sich auf die Unterlippe. »Ganz wie du willst, mein wunderschönes, kostbares Baby. Meine umwerfende Sarah.«

Wie haben wir die drei Tage ohne einander nur überlebt? Und warum dachte ich, ich bräuchte Abstand? Mir fällt kein einziger guter Grund mehr dafür ein.

Ich setze mich auf und hebe die Arme, damit er mir mein Tanktop ausziehen kann.

»Oh«, sagt er und schaudert leicht. Ich sehe an mir hinunter und zucke mit den Achseln. Die Wunde an meinem Brustkorb sieht schon viel besser aus als noch vor ein paar Tagen. Aber wahrscheinlich ist der Anblick für Jonas auch jetzt noch ziemlich schrecklich.

Ich lege mich auf den Rücken und lade ihn ein, meinen Körper zu küssen. »Es sieht schlimmer aus, als es sich anfühlt. Wirklich.«

Er beugt sich hinab und küsst mich sanft. »Dieses Aua hier meinst du?«

Sofort habe ich am ganzen Körper Gänsehaut. »Jepp.«

Er fährt mit dem Zeigefinger über die Stiche und dann über die blau, schwarz und gelb gefärbte Haut drum herum.

»Tut das weh?«

»Nicht sehr.«

Er küsst meine Wunde erneut, und als meine Haut unter seiner Berührung langsam wieder zum Leben erwacht, erschauere ich kurz. Dann legt er seine Lippen auf die genähte Wunde an meinem Hals.

»Und dieses Aua hier? Das auch?«

»Mhm.« Ich zittere. Verzehre mich nach ihm.

»Tut es weh, wenn ich dich küsse?«, fragt er.

»Nein, das fühlt sich echt gut an. Deine *besitos* machen alles besser.«

»Kann ich deinen Hinterkopf sehen?«

Ich setze mich auf und drehe den Kopf zur Seite. Er hebt mein Haar an und keucht auf.

»Sehe ich aus wie Frankenstein?«, frage ich nervös. Bislang habe selbst ich noch keinen Blick auf diese Narbe riskiert.

»Großer Gott, sie haben dich wirklich wieder zusammengetackert, Sarah.« Er stöhnt vor Mitleid auf. »Es sieht aus, als hätten sie einen Akkutacker aus dem Baumarkt benutzt.«

So schnell ich kann, lege ich meinen Kopf wieder aufs Kissen.

»Du musst dieses Aua nicht küssen – ich bin ja keine Sadistin.«

»Hey, setz dich wieder auf, Frankenstein. Ich will all deine Wunden küssen, ganz besonders diese.«

»Schon okay. Du sollst dich nicht vor mir ekeln.«

»Das könnte niemals passieren«, versichert er mir. »Ich liebe jeden Millimeter an dir, Sarah. Selbst die unappetitlichen.«

Ich starre ihn an. Hat er gerade wirklich gesagt, dass er jeden Millimeter an mir liebt?

»Komm schon. Lass mich dir zeigen, dass das wahr ist.«

Ich bin sprachlos. Wieder schiebt er mein Haar beiseite und drückt einen Kuss auf die geklammerte Wunde an meinem Schädelbasisknochen. »Fühlt sich das gut an?«

Ich zittere. »Mhm.« Es turnt mich sogar richtig an.

Er küsst sich an meinem Hals hinab, bis er auf meiner nackten Schulter angekommen ist. Dann legt er eine Hand auf meine Brust. Ich spüre, wie er vor Erregung erschauert. Mir geht es da nicht anders. Also lege ich mich auf den Rücken, und er beginnt sofort, an meinen Nippeln und meinem Hals zu lecken. Dann an meinen Ohren. Meinen Lippen. Seine Zunge dringt in meinen Mund ein, während er eine Hand auf meine Wange legt.

Ich stehe in Flammen.

Als mein Leben auf der Uni-Toilette vor meinem inneren Auge vorbeizog und ich dachte, dass es das gewesen ist, welcher Gedanke ist mir da durch den Kopf geschossen? *Ich liebe Jonas.*

»Sarah«, haucht er und küsst mich. »Ich dachte, ich hätte dich verloren.«

»Schlaf mit mir«, flüstere ich.

Er sieht mich unsicher an.

»Der Arzt hat gesagt, dass ich nach drei Tagen wieder Sex haben darf«, versichere ich ihm. Okay, streng genommen habe ich ihn nicht danach gefragt. Aber Dr. Sarah ist hier, und sie hat ihre Erlaubnis längst gegeben. Ich will ihn in mir spüren, ihm so nah wie möglich sein. Immerhin hat dieser Mann gerade gesagt, dass er jeden Millimeter meines Körpers liebt, und das soll er jetzt beweisen.

Er streichelt mein Gesicht. »Ich will dir nicht wehtun.«

»Mach einfach ganz langsam.«

»Bist du dir sicher?«

»Ganz sicher.« Ich ziehe meine Pyjamahosen aus und merke, wie sehr ich mich nach ihm sehne. Auch Jonas legt seine Kleidung ab und drückt dann seine Erektion an meinen Bauch. Seine Haut ist warm und weich.

Ich zittere.

Einen Moment lang hält er inne. »Als ich dich da auf dem Boden hab liegen sehen …«

»Es tut mir leid. Das muss sehr Furcht einflößend gewesen sein.«

»Ich dachte, du bist tot.«

»Es tut mir leid!«

Er schweigt und sieht mich auf eine Weise an, bei der mir der Atem stockt.

Er holt tief Luft. »Ich liebe dich, Sarah.«

Habe ich das gerade richtig verstanden?

»Ich liebe dich so sehr.« Seine Augen sind feucht, und ich beginne zu schluchzen.

»Ich liebe dich«, wiederholt er leise und wischt mir die Tränen von der Wange, um mich anschließend zu küssen.

Ich weiß, dass ich jetzt ebenfalls sagen müsste, dass ich ihn liebe, aber es hat mir die Sprache verschlagen. Ich kann meinen Ohren kaum trauen, bin total verdutzt. Leidenschaftlich erwidere ich seinen Kuss, schlinge ein Bein um ihn und kann es kaum erwarten, seinen Schwanz in mir zu spüren. Als er in mich eindringt, stöhnen wir beide vor Lust auf.

»Ich liebe dich«, sagt er mit rauer Stimme.

Ich öffne den Mund, kriege aber kein Wort heraus.

»Tue ich dir weh?«

Ich schüttle den Kopf.

Während er sich in mir bewegt, küssen wir uns zärtlich. Er streicht mit seiner Hand über meinen Rücken, über meinen Po. Ich spüre nichts als Lust, Liebe und Freude. Unsere Bewegungen sind eins, und der Schmerz, den ich eben noch empfunden habe, ist mittlerweile unendlicher Lust gewichen. Ich fühle mich richtig euphorisch.

»Ich liebe dich«, sagt er, und seine Bewegungen betonen einmal mehr, wie ernst es ihm ist.

»O Jonas«, keuche ich. »Ich liebe dich auch.«

»O Gott«, sagt er und erbebt. »Ich liebe dich, Baby!«

Ich seufze auf und presse mich an ihn. Nie hätte ich gedacht, dass es so schön sein kann, diese drei kleinen Worte zu hören.

»Ich liebe dich«, stöhne ich und habe das Gefühl, jeden Moment vor Freude zu platzen.

Er zieht seinen Penis aus mir heraus. Seine Brust hebt und senkt sich. »Ich liebe jeden Millimeter an dir, Sarah Cruz.« Sanft legt er mich auf den Rücken und bedeckt meinen Körper mit Küssen. Von meinem Kopf bis zur Wunde an meinem Hals, von meinen Brüsten bis zu meinem Bauch; er küsst die

Wunde an meinem Brustkorb, und er küsst meine Hüften, Schenkel und meinen Schritt, meine Knie und meine Zehen. Dann küsst er sich langsam wieder hinauf, küsst die Innenseite meiner Oberschenkel, bis er an meiner empfindlichsten Stelle angekommen ist. Als er mit seiner heißen feuchten Zunge meine Klit zu lecken beginnt, kann ich mich kaum beherrschen. Ich drücke meinen Rücken durch, packe das Bettlaken und zittere wie verrückt. Ich weiß nicht, ob ich gleich schreien, in Flammen aufgehen oder in Tränen ausbrechen werde, und auch nicht, ob sämtliche Nähte an meinem Körper aufplatzen werden, aber ich kann die Spannung in mir nicht länger halten.

Ich gebe einen wilden Laut von mir. Er liebt mich! Ich habe das Gefühl, dass Jonas mich mit seiner Liebe umhüllt wie in einem schönen Traum. Aber das hier ist noch besser als ein Traum. Er liebt mich wirklich. Und ich liebe ihn.

Als er aufhört, mich zu lecken, stöhne ich protestierend, aber er achtet nicht auf mich, küsst sich an meinem Oberkörper hinauf, bis er bei meinem Mund angekommen ist. Währenddessen presst er die Spitze seiner Erektion an meine Klit und beginnt daran zu reiben. Das ist so verführerisch, dass ich laut aufstöhne.

»Ich liebe dich so sehr, Baby.« Seine Stimme und das, was er da mit seinem Penis macht, treiben mich in den Wahnsinn. Ich krümme mich vor Lust, und auch seine Stimme klingt seltsam rau. »Ich liebe dich von ganzem Herzen.«

Als ich komme, rufe ich seinen Namen und erbebe heftig. Sofort dringt er in mich ein, so tief er kann, und hat Sekunden später ebenfalls einen Orgasmus.

»Ich liebe dich«, flüstert er wieder.

»Und ich liebe dich.«

Ein paar Minuten lang liegen wir wortlos nebeneinander.

Wow, das war wunderschön, auch wenn meine Narben jetzt wie wild pochen. Aber das ist mir egal, wozu gibt es

Schmerzmittel? Ich habe gerade grenzenlose Ekstase erlebt – und bin überglücklich. Dieser wunderschöne Mann liebt mich. Und ich liebe ihn.

Wir haben es endlich laut ausgesprochen.

Jonas gibt mir einen Kuss auf die Wange und dreht sich glücklich seufzend auf den Rücken.

»Das Höchste, was der Mensch erreichen kann«, sagt er und strahlt mich an. Ich habe ihn noch nie so zufrieden erlebt – in seinen leuchtenden Augen liegt keinerlei Vorbehalt mehr. Es ist fast so, als hätte sich etwas Dunkles, Schweres von seiner Seele gelöst, und jetzt ist er so leicht wie eine Feder. Er ist das schönste Wesen, das ich je gesehen habe. Oh, mein süßer Jonas. Ich liebe ihn aus tiefstem Herzen. Und das Beste daran ist, dass er mich auch liebt.

Sarah

Jonas und ich sitzen auf dem Balkon und blicken auf die Stadt. Ich schlürfe meinen Wein, er sein Bier, und irgendwann erzähle ich ihm endlich alles, was ich ihm die letzten Tage über vorenthalten habe.

Nun kennt er jedes Detail meiner Unterhaltung mit dem ukrainischen John Travolta auf der Toilette. Über meinen jüngsten E-Mail-Wechsel mit dem Club ist er auch im Bilde. Atemlos hat er der ganzen Geschichte gelauscht und ist jetzt voller Bewunderung.

»Du bist so verdammt clever, Sarah. Gott sei Dank war der Scheck in deiner Handtasche.«

»Nichts da ›Gott‹. Jonas sei Dank! Mit dem Ding hast du mir das Leben gerettet.«

Er schüttelt den Kopf.

»Doch, Jonas! Hör zu. Mir haben genau zwei Dinge das Leben gerettet: Oksanas Name und der Scheck. Beides habe ich nur dir zu verdanken.«

Jonas nimmt einen Schluck Bier, und ich kann förmlich hören, wie es in seinem Hirn zu rattern beginnt.

»Hey, vielleicht können wir den Zahlungsvorgang ja noch stoppen«, sage ich. »Ich weiß gar nicht, warum ich nicht eher darauf gekommen bin.«

»Nein, bloß nicht! Wir wollen doch, dass sie den Scheck einlösen – der funktioniert schließlich wie ein Ortungsgerät. Besser hätte es für uns gar nicht laufen können.« Er stößt mit seiner Flasche an mein Weinglas. »Ein genialer Schachzug, Sarah Cruz.«

»Ich weiß nicht, was du meinst.«

»Sobald sie den Scheck einlösen, wissen wir, bei welcher Bank sie sind – und diese Information wird uns dabei helfen, sie aufzuspüren.«

»Wow, daran habe ich gar nicht gedacht. Aber auf dem Scheck steht doch mein Name.«

Er schnaubt. »Ach, jeder Kleinkriminelle kann den Namen vom Scheck entfernen.«

»Ehrlich? Manometer, das ist ganz schön unheimlich. Dafür, dass ich für ein globales Verbrechersyndikat arbeite, bin ich wirklich verdammt schlecht informiert.«

»Sarah.«

»Was?«

Er sieht mich an. »Ich bin so stolz auf dich.«

Ich winke ab. »Ach, ich habe nur ein bisschen Zeit geschunden. Jetzt frage ich mich, was passiert, wenn ich ihnen nicht all das Geld liefere, das ich ihnen versprochen habe.« Ich schüttle besorgt den Kopf. »Wie lange wird es dauern, bis die Sache auffliegt? Bis sie das, was sie in der Uni-Toilette begonnen haben, zu Ende bringen wollen?« Plötzlich ist mir richtig flau im Magen.

»Oh, hab keine Angst, Baby. Wir werden schneller sein als sie.« Er legt seine warme Hand auf mein Knie. »Du lässt sie einfach in dem Glauben, dass zwischen dir und mir alles genau so läuft, wie du auf der Toilette und in der Mail behauptet hast. Dann liefert ihre eigene Gier sie ans Messer, und wir werden ihnen gehörig den Marsch blasen.«

»Sorry, dass ich dich da mit reingezogen habe, Jonas. Ich wünschte, mir wäre was Besseres eingefallen.«

»Ist das dein Ernst? Die Strategie war doch total genial. Das hast du genau richtig gemacht.« Er schluckt gerührt. »Ich bin über alles froh, was dir das Leben gerettet hat.«

Ich stelle mein Weinglas ab und setze mich auf seinen Schoß. Er schlingt die Arme um mich und streicht mit seiner Nase über meine.

»Was hast du denn sonst noch für schreckliche Dinge zu beichten, Baby?«, fragt er. Zu Beginn der Unterhaltung habe ich ihn nämlich gewarnt, dass ich ihm fünf Dinge zu erzählen hätte – und dass ein paar davon ihm gar nicht schmecken würden. »Ich werde auch nicht sauer, Ehrenwort.«

Na, das werden wir ja sehen. Die ersten zwei Punkte hat er mehr als gut aufgenommen. Er findet das alles sogar »genial«.

»Kommen wir zu Punkt drei«, sage ich. »Ich habe eine Liste mit zwölf Oksanas, die ein Postfach in Las Vegas oder Umgebung haben – plus die Adressen, die die Besitzerinnen angegeben haben.«

Er starrt mich mit offenem Mund an. »Wow, das ist ja toll! Wieso sollte ich deswegen sauer sein?« Dann verfinstert sich seine Miene. »Sarah, woher hast du die Adressen?«

Ich hole tief Luft. »Ich habe Georgia um Hilfe gebeten.«

Sein Gesicht färbt sich dunkelrot, und sofort beginnen auch meine Wangen zu glühen.

»Wie kommst du dazu, Georgia da mit reinzuziehen?« Er rauft sich das Haar. Oje, er ist richtig sauer. »Das ist einfach … ich kann's nicht fassen!«

Ich wusste, dass er nicht begeistert sein würde – aber mit diesem Zorn habe ich nicht gerechnet.

»Ich will nicht, dass Georgia und der Kleine etwas mit der Sache zu tun haben – was hast du dir bloß dabei gedacht?«

Ja, was habe ich mir dabei gedacht? Dass ich alles dafür tun würde, den Arschlöchern das Handwerk zu legen. Dass ich nicht Däumchen drehen will, bis sie mich doch umbringen. Ich habe keine Sekunde geglaubt, dass meine Bitte die beiden in Gefahr bringen könnte – sonst hätte ich Georgia niemals gefragt.

Ich bin mir sicher, dass mir die Empörung ins Gesicht geschrieben steht.

Er erhebt sich. »Und was hast du ihr gesagt, als du sie gefragt hast?«

Mit gepresster Stimme erzähle ich ihm von unseren Telefonaten.

Eine volle Minute lang schweigt er ans Geländer gelehnt und blickt über die Stadt.

Ich verschränke die Arme und warte auf einen Gnadenspruch des Lord-Gott-Meisters. Will er nun, dass wir die fiesen Kerle schnappen, oder nicht? Nur darum geht es mir doch. Ich lehne mich in meinem Stuhl zurück und greife nach dem Weinglas, während das Blut in meinen Ohren rauscht.

Er dreht sich zu mir um. »Du bist so was von neugierig, weißt du das?«

Ja, das weiß ich. Wenn er mit diesem Teil von mir nicht klarkommt, dann wird das alles nicht leicht für ihn werden.

»Du kannst einfach nicht anders, stimmt's?«

Ja, stimmt. Schon immer. Wenn ihm das nicht passt, dann wird das mit uns vielleicht nichts. Was erwartet er denn von mir? Dass ich herumsitze, bis der nächste Kerl mit einem Messer auf mich losgeht?

»Komm her«, meint er sanft und streckt seine Arme aus.

Aber ich bewege mich nicht. Meine Wangen glühen.

Er kommt zu mir und zieht mich vom Stuhl hoch. Drei Sekunden lang sträube ich mich, dann schmiege ich mich auch schon an seine warme Brust.

»Von jetzt an sind wir ein Team.« Er drückt einen Kuss auf meinen Scheitel.

»Keine neugierige Sarah mehr, die überall herumschnüffelt und alles allein lösen will, ja?«

Ich erwidere nichts, genieße einfach nur seine Umarmung in der kühlen Nachtluft.

»In dieser Angelegenheit sollten wir unsere Entscheidungen in Zukunft gemeinsam treffen. Das gilt auch für mich. Zweieinhalb Köpfe kriegen mehr gebacken als einer.«

»Zwei*einhalb*. Meinst du damit Josh?«

Er lacht. »Nein, aber ich werde ihm ausrichten, dass du das gedacht hast. Ich habe dir noch einen halben Kopf zusätzlich zugeschrieben, weil du so smart bist.«

Ich vergrabe mein Gesicht in seinem Nacken. Er riecht so gut. »Es tut mir leid, Jonas.«

»Was soll ich nur mit dir machen, Baby? Hm?«

Ich mache einen Schmollmund. »Na, mich küssen zum Beispiel?« Erwartungsvoll ziehe ich die Augenbrauen nach oben.

Er lächelt und küsst mich.

»Okay. Was steht noch auf der Liste?«, fragt er. Dieses Mal klingt er wesentlich unsicherer.

Ich seufze. »Ich habe es dir nicht abgenommen, als du gesagt hast, du hättest den John-Travolta-Verschnitt gesehen. Ich dachte, du wärst übervorsichtig, schon fast ein bisschen paranoid. Das war bescheuert. Ich hätte dir glauben sollen.«

Er legt den Kopf schief und sieht mich eine Weile lang einfach nur an. »Ich kann dich verstehen«, sagt er. »Es ist okay.«

Er zuckt mit den Schultern. »Was gibt's noch?«

Die Sache ist also schon erledigt? Wie haben wir das nur geschafft?

»Ähm. Ich glaube, wir sollten auch darüber sprechen, wie sehr *dich* das alles mitgenommen hat.«

Er spannt seine Kiefermuskeln an, sagt aber nichts.

»Ich fühle mich so furchtbar«, sage ich und spüre, wie Tränen in meine Augen treten. »Ich habe dafür gesorgt, dass du ein weiteres blutiges Trauma durchleben musstest, und das ist das Letzte, was ich dir je antun wollte. Es muss eine riesige Qual für dich gewesen sein und eine Menge schlimmer Kindheitserinnerungen wieder an die Oberfläche gespült haben.«

»Ach, das ist doch alles meine Schuld.« Er klingt gequält und stützt seinen Kopf in die Hände. »Ich habe doch versprochen, dass ich auf dich aufpasse. Und dann habe ich dich ganz allein auf die Toilette gehen lassen, während ich mir im Seminarraum in Ruhe deine Musik angehört habe.«

»Du hast meine Playlist gehört?«

Er starrt mich an, und ich setze mich auf seinen Schoß.

»Hast du denn die verschlüsselte Botschaft verstanden, die sich in der Musik verbirgt?«

Ich lächle, aber seine Miene verfinstert sich.

Da trifft es mich wie ein Vorschlaghammer. *Boom.* Genau das wollte ich die letzten Tage über vermeiden. Deswegen habe ich Abstand gebraucht. Ich wusste von Anfang an, dass Jonas sich die Schuld an allem geben würde. Dass er die Geschehnisse als weiteren Beweis dafür sehen würde, dass es ihm nicht gelingt, seine Liebsten zu beschützen. Ich will nicht, dass er das denkt!

Scheinbar hat er innerlich den Mord an seiner Mutter und den Angriff auf mich miteinander vermischt, und daraus resultiert jetzt ein gigantisch schlechtes Gewissen. Und das verkrafte ich nicht.

Dieser wunderschöne Mann hat sich dreiundzwanzig Jahre lang die Schuld am Tod seiner Mutter gegeben. Und jetzt? Will er sich das nächste Vierteljahrhundert vorwerfen, dass er mich nicht auf die Toilette begleitet hat? Wie wird sich das auf sein und mein seelisches Gleichgewicht auswirken? Und auf unsere Beziehung? Ich bin eine empathische Person, das ja, aber ich bin keine Heilige. Das alles ist großer Mist, und ich habe weder die Zeit noch die Geduld dafür.

»Ich weiß nicht, ob du mir das je verzeihen wirst«, sagt er und schlägt die Hände vors Gesicht.

Ich springe von seinem Schoß und tigere auf dem Balkon auf und ab.

»Jonas«, sage ich und spüre das Adrenalin in meinen Adern rauschen. »Nein.«

Er sieht mich an, verschränkt die Arme vor seiner Brust.

Ich hole tief Luft. »Nein, nein und nochmals nein. Du hast dir dein Leben lang die Schuld am Tod deiner Mutter gegeben, dabei konntest du überhaupt nichts dafür. Scheiß auf deinen Vater, Jonas. Es war nicht deine Schuld. Nein!«

Er sieht mich überrascht an.

»Wenn du und ich eine Chance haben wollen, dann kannst du dir wegen dem, was mir passiert ist, nicht schon wieder Selbstvorwürfe machen. Das sage ich dir ganz ehrlich. Es würde dich kaputt machen, und mich auch. Uns.«

Jetzt wirkt er erschrocken und verletzt. Aber ich kann mich nicht bremsen.

»Du hast mir das Leben gerettet, Jonas. Krieg das mal in deinen Sturkopf rein! Du bist mein Held, Baby, mein Retter. Das ist nicht nur die objektive Wahrheit, sondern auch die, die ich mir ausgesucht habe. Verstehst du das? Ich will mit dem Mann zusammen sein, der mich gerettet hat, und nicht mit dem, der sein Leben lang versucht, einen Fehler wiedergutzumachen, den er gar nicht begangen hat.

Schluss mit dem Mea-Culpa-Bullshit! In unserem Märchen bist du mein Retter in der schimmernden Rüstung, der die Zügel in der Hand hält, irrsinnig cool ist und mich liebt wie kein anderer. Wenn du mich allerdings ewig um Vergebung bitten wirst für etwas, das du gar nicht getan hast, dann wird das hier für mich nicht funktionieren.«

Er schluckt hart.

»Wenn du unbedingt darüber sprechen willst, wer daran schuld ist, dann können wir das von mir aus *ein Mal* tun.«

Er öffnet schon den Mund, aber ich hebe den Zeigefinger.

»Wenn hier jemand Schuld hat, dann bin ich das. Ich bin diejenige, die zuerst gegen die Regeln verstoßen und dich kontaktiert hat. Ich habe dir und dem Softwareentwickler nachspioniert, sodass es für Stacy ein Leichtes war, mir auf die Schliche zu kommen. Und ich habe mich geweigert, mich von dir auf die verflixte Toilette begleiten zu lassen, weil ich meinen brillanten und sensiblen Freund für paranoid gehalten habe. Ich konnte mir sogar vorstellen, dass du halluzinierst!«

Beim letzten Satz krümmt er sich ein wenig. Ja, Jonas, ich habe gerade zugegeben, dass ich dich für ein klitzekleines bisschen verrückt halte.

»Das war alles ich. Asche auf mein Haupt! Erst habe ich dir vorgeworfen, dass du meinetwegen nicht ›vom Wasserfall‹ gesprungen bist und mir nicht genug vertraust, und dann mache ich genau dasselbe. Super.«

Er sieht aus, als würde er jeden Moment anfangen zu weinen.

»Aber ich werde mir das alles verzeihen, Jonas. Und ich hoffe, dass du das auch tun wirst. Denn sonst wird mich das für immer verfolgen und irgendwann unsere Beziehung zerstören.« Sein Gesichtsausdruck bricht mir das Herz, aber ich fahre trotzdem fort. »Jonas, ich verstehe ja, dass du dir damals die Schuld gegeben hast. Du warst klein, und dein Vater hat dir das eingeredet. Aber jetzt, wo wir uns als Erwachsene auf Augenhöhe begegnen, würde das nicht gut enden.« Ich halte inne. »Ich will nicht mit einem Mann zusammen sein, der denkt, dass alles nur seinetwegen passiert. Ich weiß ja, dass du einen Gotteskomplex hast, aber das geht zu weit.«

Er blinzelt.

»Keine Schuldzuweisungen mehr, Jonas. Kein Mist mehr von wegen ›Ich weiß nicht, ob du mir das je verzeihen kannst‹. Wir lassen das hinter uns, okay?« Ich hebe mein Kinn. »Denn ich bin bereit, diesen Arschlöchern ordentlich die Hölle heißzumachen.«

Seine Brust hebt und senkt sich genauso heftig wie meine, und seine Augen glühen.

»Sobald die Klammern aus meinem Kopf entfernt wurden, meine ich natürlich.«

Jetzt grinst er mich schief an.

»Also, mein Freund. Bist du dabei oder nicht?«

Er steht auf und nimmt mich in den Arm. Es braucht nur einen Kuss, und schon fallen wir übereinander her, ziehen uns die Hosen herunter und geben uns ganz dem Rausch hin, der uns plötzlich überfallen hat. Ohne zu zögern, presst er mich an die Balkonbrüstung, schiebt einen Finger in meine feuchte Öffnung und dringt gleich darauf mit seinem Penis in mich ein. »Ich liebe dich«, flüstert er. »Du bist so verdammt scharf, Baby.«

O mein Gott. Das hier ist der Wahnsinn.

Vielleicht täusche ich mich, aber ich habe die starke Vermutung, dass das hier bedeutet: Ja, Baby, ich bin dabei!

Sarah

Ein lautes Geräusch lässt mich hochschrecken. Ich blinzle in die Dunkelheit des Schlafzimmers und erkenne langsam die Farben und Formen um mich herum. Mein Herz schlägt mir bis zum Hals. O nein. Der Mann von der Damentoilette ist hier, er steht ganz hinten in der Zimmerecke, und er hält ein langes Messer in der Hand. Als unsere Blicke sich treffen, grinst er mich an. Ich will schreien, aber kein Laut dringt aus meiner Kehle. Er kommt langsam und mit einem fiesen Grinsen auf mich zu. Das Messer schimmert in der Dunkelheit.

»Oksana!«, schreie ich.

Er schüttelt den Kopf. »Dieses Mal nicht, du kleine Schlampe.« Er hebt das Messer und rammt es mir mitten ins Herz.

Ich stoße einen markerschütternden Schrei aus.

»Schhh«, sagt Jonas und hält mich fest. Ich zucke und werfe mich hin und her. »Schhh. Es war nur ein Traum.«

Ich breche in Tränen aus und zittere heftig.

»Es war nur ein Albtraum, Sarah. Schhh.«

Der Regen trommelt leise aufs Dach, und mein Herz rast.

»Ich bin da«, sagt Jonas und drückt mich an sich. »Ich bin da, Baby. Du hast nur schlecht geträumt.«

Ich spüre seinen warmen Körper, und er gibt mir einen Kuss auf die Wange. Ich kann nicht aufhören zu zittern.

»Wir müssen nach Vegas«, schluchze ich. »Wir müssen nach Vegas und den Mistkerlen die Hölle heißmachen. Ich muss endlich was tun!«

Er streicht mir eine Haarsträhne aus dem Gesicht und küsst mich erneut auf die Wange.

»Morgen werden die Klammern aus meinem Kopf entfernt – und dann brechen wir auf«, sage ich.

Er schweigt einen Moment lang, und wir lauschen dem Regenprasseln. »Was ist mit deinem Studium?«, fragt er schließlich.

»Die Prüfungen sind in fünf Wochen«, sage ich und seufze resigniert. »Ich bin so sehr im Rückstand, dass ich es sowieso nicht schaffen werde, Bestnoten zu bekommen.« Bestimmt kann er hören, wie enttäuscht ich klinge. »Zum Glück habe ich aber das ganze Jahr über so fleißig gelernt, dass ich selbst dann jeden Kurs irgendwie bestehen würde, wenn die Prüfungen schon morgen wären.« Ich hole tief Luft, versuche immer noch, mich zu beruhigen. »Ein durchschnittliches Ergebnis muss wohl genügen, ob mir das nun gefällt oder nicht.«

Er atmet tief aus. »Du weißt, dass du das Stipendium nicht unbedingt brauchst, ja? Ich kümmere mich um dich, ganz egal, was passiert.«

Ich vergrabe mein Gesicht in seinem Nacken. »Ich weiß. Danke.« Zu gern würde ich ihm wieder sagen, dass ich ihn liebe, aber ich beiße mir auf die Zunge. Bis jetzt haben wir das nur zueinander gesagt, während wir Sex hatten, und ich will den Bogen nicht überspannen. Schließlich war es nicht leicht für ihn, mir seine Liebe zu gestehen.

»Mein süßer Jonas«, sage ich also stattdessen.

Er drückt mich an sich. »Bist du dir sicher, dass du die Sache schon in Angriff nehmen kannst?«

»Jepp, ich bin bereit. Es ist höchste Zeit loszulegen.«

»Okay.« Er atmet tief aus. »Lass es uns anpacken. Ich rufe morgen früh Josh an und sage ihm, dass er sich seinen Hackerkumpel schnappen und uns in Sin City treffen soll.«

»Wozu brauchen wir Josh?«

»Josh und ich haben quasi ein und dasselbe Gehirn. Außerdem bringt er den Hacker mit, und den brauchen wir schließlich.«

Da hat er recht. Gestern haben wir herausgefunden, dass die Mistkerle Jonas' Scheck über zweihundertfünfzigtausend Dollar in einer kleinen Bank in Henderson eingelöst haben, einer Stadt in der Nähe von Las Vegas, und Jonas hat den Hacker sofort darauf angesetzt, ein bisschen im System der Bank herumzuschnüffeln. Sobald sich herausstellt, dass eine der Oksanas auf unserer Liste ein Konto bei dieser Bank hat, kann die Sache richtig losgehen.

»Okay, das klingt gut. Ich rufe Kat an, und dann machen wir ihnen die Hölle heiß, als wären wir *Ocean's Eleven*.«

»Und wozu Kat?«

»Ach, die ist in jeder Situation nützlich, du wirst schon sehen.«

»Aber warum sollten wir sie da mit reinziehen? Ich bin mir fast sicher, dass ich Stacy restlos davon überzeugt habe, dass Kat nichts mit der Sache zu tun hat. Gut möglich, dass sie die Information an die Chefetage weitergegeben hat. Lass uns Kat doch da raushalten.«

»Nein, du verstehst es nicht. Kat ist quasi ein weiblicher Jonas. Sie muss nur mit den Wimpern klimpern, und schon liegen die Leute ihr zu Füßen. Mit ihr stünde uns eine ziemlich wirkungsvolle Waffe zur Verfügung. Außerdem brauchen wir eine Menge gut aussehender Mitglieder für unser Team – hast du etwa nie *Ocean's Eleven* geguckt?«

Er stöhnt frustriert auf. »Wir sollten sie da wirklich raushalten.«

»Ich brauche sie, Jonas. Du brauchst Joshie-Woshie, ich Kitty Kat.«

»Okay, schön. Josh, der Hacker und Kat.« Er verdreht die Augen. »Wen sollen wir noch fragen, Boss? George Clooney? Brad Pitt? Matt Damon?«

»Am besten alle drei. Oh, und Don Cheadle. Den liebe ich. Vielleicht auch noch Ben Affleck, damit Matt Damon Gesellschaft hat? Wenn du und ich unsere besten Freunde dabeihaben, dann wäre das doch nur fair.«

»Ah, wie lieb von dir.«

»Ja, so bin ich eben.« Ich zucke mit den Schultern.

»Selbst wenn du die Weltherrschaft an dich reißen willst, bringst du mich noch zum Lachen.«

Ich seufze. »Manchmal ist Lachen die beste Medizin.«

Er drückt mich an sich. »Mach dir keinen Kopf, Baby. Du und ich, wir kriegen das hin. Du, ich und Clooney.«

Ich erwidere seine Umarmung. »Und Brad Pitt.«

»Und Matt und Ben.«

»Und Don Cheadle«, sage ich. »Und Joshie-Woshie, Kitty Kat und der Hacker.«

»Wir sind schon eine kunterbunte Truppe.«

»Und eine verdammt gut aussehende noch dazu.«

»Keiner kann uns aufhalten!«

Einen Moment lang lauschen wir wieder dem Regen auf dem Dach.

»Gott, ich hasse Las Vegas«, flüstert Jonas.

»Warum?«

»Warum?« So, wie er das sagt, klingt es, als hätte ich ihn gefragt, warum er den Ebolavirus hasst.

»Menschenmassen. Neonlichter. Zigarettenqualm. Club-Musik, wohin man auch kommt. Die Menschen *tanzen.*« Er zieht eine Grimasse, als wäre der letzte Punkt besonders schlimm. »All die Zombies nicht zu vergessen, die ihr sauer verdientes Geld für nichts und wieder nichts zum Fenster rauswerfen, bloß um irgendetwas zu fühlen, und sei es auch nur für einen kurzen Moment. Und dann kommen sie wieder im realen Leben an und haben kein Geld mehr für die Miete.« Er schnaubt. »Ich hasse einfach alles an dieser verdammten Stadt!«

Und das aus dem Munde eines Typen, der eine Viertelmillion Dollar für die Mitgliedschaft in einem Sexclub ausgegeben hat?! Aber gut, ich bin heute milde gestimmt und werde nicht weiter darauf herumreiten.

»Ach, und ich dachte immer, in Las Vegas könnte man eine Menge Spaß haben. Ich Dummerchen!«

»Warst du noch nie da?«

»Nee.«

Er ist überrascht.

»Es war eben noch nicht jeder überall, Mister Großverdiener.«

»Schon, aber so ein außergewöhnliches Reiseziel ist Las Vegas schließlich nicht. Bei Belize kann ich das ja noch verstehen, aber in Vegas war doch *jeder* schon mal.«

»Scheinbar nicht.«

»Hm.« Er atmet tief aus. »Dann muss ich mich wohl zusammenreißen und meinem Baby einen aufregenden Aufenthalt in der Hölle ermöglichen, was?«

»Ganz genau. Nur weil eine Frau einem globalen Verbrechersyndikat das Handwerk legen muss, heißt das ja noch lange nicht, dass sie sich nicht auch ein bisschen amüsieren kann.«

»Okay. Dann ist das also beschlossene Sache. Morgen versammelt sich unsere kunterbunte Crew, und wir überlegen, wie wir diese Wichser fertigmachen.«

»Klingt nach einem Plan«, sage ich.

Er küsst meinen Hals. »Eins nach dem anderen. Lass uns morgen erst mal deine Klammern aus dem Kopf holen.«

»Ja, bitte. Endlich.«

»Obwohl ich die ja tatsächlich ganz sexy finde.«

Ich spüre seine Erektion an meinem Oberschenkel. »Igitt! Du bist so gestört, Jonas.«

Er saugt leicht an meinem Ohrläppchen. »An dir ist eben alles sexy, auch die ekligen Stellen.«

»Welche ekligen Stellen denn? Ich habe so was doch gar nicht.«

»Na klar. Überall hast du Klammern, hier ... und da ... Die Liste könnte ich ewig fortsetzen.« Er streicht über meine Hüfte und meinen Po. »Wie wäre es mit einer letzten heißen Frankensteinnummer, ehe sie dich morgen wieder in einen normalen Menschen verwandeln?«

»Du bist wirklich nicht ganz dicht!«, sage ich lachend. »Aber genau das mag ich so an dir.«

Jonas

Sarah rennt quiekend durch die Hotelsuite in Las Vegas.

»Hast du das gesehen?«, kreischt sie. »Schau dir doch mal den Blick an!« Schon beginnt sie aus Leibeskräften »Fancy« von Igy Azalea zu singen.

Ich lächle dem Pagen zu.

»Hierhin, Sir?«, fragt er und deutet auf die Taschen.

»Die Suite ist dreimal so groß wie meine Wohnung«, ruft Sarah lachend und wirbelt herum. »Das gibt es ja nicht!«

»Ja, danke«, sage ich zum Pagen.

»Jonas«, kreischt Sarah irgendwo in den Tiefen der Suite. »Komm her!«

Ich gebe dem Mann sein Trinkgeld.

»Danke, Sir«, meint er und grinst breit. »Möchten Sie, dass ich den Champagner für Sie öffne?«

»Danke, ich kümmere mich schon darum.«

»Darf ich Sie vielleicht noch über die verschiedenen Serviceangebote im Penthouse oder generell im Hotel informieren?«

»Nein, vielen Dank. Wir kriegen das schon raus.«

»Sehr gut, Sir. Ich wünsche Ihnen einen angenehmen Aufenthalt.«

»Jonas Faraday!«, ruft sie. »Beweg deinen Hintern hierher!«

Verdammt, ich liebe diese Frau. Die Stimme kommt aus dem Badezimmer. Sie sitzt voll bekleidet und breit grinsend in einer leeren Badewanne, die so groß wie ein Whirlpool ist.

»Ist das zu fassen?«, fragt sie. »Wer braucht bitte schön so eine riesige Wanne?«

Ich kann mir ein anzügliches Grinsen nicht verkneifen.

»Oh«, sagt sie und grinst ebenso verschlagen. »Ich schätze mal, uns fällt schon was ein.« Ihre Augen funkeln. »Ich sollte dich warnen. Die Stadt hier lockt das Bad Girl in mir hervor. Das spüre ich jetzt schon.«

»Ach wirklich? Ich mag das Bad Girl, glaube ich.«

»Das Bad Girl mag dich auch.«

Ich grinse.

»Oh, ich ahne, dass unsere To-do-Liste in Las Vegas um einen weiteren Punkt ergänzt werden muss.«

»Solange das nicht bedeutet, dass ich wieder mit Krawatten an einen Bettrahmen gefesselt werde ...«

»Ich habe meine Lektion gelernt, keine Angst.«

Ich klettere zu ihr in die leere Wanne, und sie kniet sich auf mich und küsst mich. »Ich habe jetzt schon unglaublich viel Spaß hier.«

»Wir sind bloß vom Flughafen hierhergefahren und haben uns voll bekleidet in eine leere Wanne gesetzt.«

»Ja – superwitzig, oder?«

Ich lache. »Jepp.«

Sie küsst mich. »Hey, vielleicht haben wir ja noch ein wenig Zeit für ein bisschen Spaß und ein paar Spielchen, ehe die anderen kommen?«

»Na klar, jede Menge Zeit sogar.«

»Warum lassen wir nicht Wasser ein und schauen, wer am längsten die Luft anhalten kann?«

»Ich habe mir da irgendwie was anderes vorgestellt«, murmele ich.

»Ah, aber es geht doch um das, was ich unter Wasser tue, während ich die Luft anhalte.«

Sofort erwacht mein Penis zum Leben. »Ein Atem-Anhalt-Contest also. So sei es. Willst du Champagner?«

»Da sage ich nie Nein, das weißt du.«

»Kommt sofort.« Ich springe aus der Wanne und spüre, wie meine Erektion sich gegen den Jeansstoff drückt. Vielleicht ist Las Vegas ja doch nicht so schlecht.

»Ich fühle mich seeeeexy, Baby«, singt Sarah. »Ich bin aaaaangeturnt von meinem heißen Freeeeeund! Hol mir den Champaaaaagner, und du wirst das Baaaaad Girl kennenlernen!«

Verdammt. In Rekordzeit öffne ich die Champagnerflasche und schnappe mir zwei Gläser.

Da klopft es an der Tür. »Hey!«

Nein, noch nicht. Bitte.

»Vegas, Baby!«, grölt Kat hinter der Tür zu unserer Suite.

So ein Mist!

Sarah sprintet aus dem Bad und reißt die Tür auf.

»Juhu!«, kreischt Kat. Die zwei Frauen umarmen sich und jubeln, als hätten sie gerade im Lotto gewonnen.

Auch wenn ich sehr enttäuscht darüber bin, dass Sarah und ich jetzt nicht in der Wanne spielen können, muss ich lachen. Die beiden sind wirklich anbetungswürdig.

»Wow, Jonas, da hast du dich aber wirklich selbst übertroffen«, sagt Kat und löst sich aus Sarahs Umklammerung. »Ich wette, hier übernachten sonst nur Rockstars und Prinz Harry. Besonders, weil es diesen privaten Aufzug in die Suite gibt. Der Wahnsinn!«

»Für mein kostbares Baby nur das Beste. Ist doch ihr erster Trip nach Sin City.«

Kat und Sarah sehen sich überrascht an. So habe ich Sarah noch nie in Kats Gegenwart genannt, und ich habe keine Ahnung, wie mir das rausrutschen konnte.

»O Jonas«, gurrt Sarah und läuft puterrot an. »Du bist so süß.«

Sofort beginnen auch meine Wangen zu glühen.

»Oh, und danke für das Zimmer, Jonas«, sagt Kat.

»Hat beim Check-in alles geklappt?«

»Klar, danke.«

Sarah strahlt mich an, und ich werfe ihr einen sehnsüchtigen Blick zu.

»Was für eine Aussicht«, ruft Kat und zerrt Sarah zu den bodentiefen Fenstern am anderen Ende des Zimmers.

»Warte nur ab, bis du den Strip bei Nacht gesehen hast«, sagt Kat. »Die Lichter sehen irre aus! Gott, ich liebe Las Vegas.«

Warum überrascht mich das nicht?

»Ich habe den Strip schon in Filmen gesehen, aber in der Realität muss er noch viel toller sein«, sagt Sarah.

»Oh, ihr habt ja Champagner«, meint Kat mit einem Blick auf die Bar.

»Ich hole dir ein Glas«, biete ich an und werfe Sarah einen schmerzerfüllten Blick zu, aber sie lacht nur leise.

Plötzlich klopft es an die Tür. »Mach schon auf, du Tier!«

Ich öffne die Tür. Vor mir steht Josh neben einem Hipster-Freak mit einem Ziegenbart. Nachdem ich Josh an mich gedrückt habe, stellt der Hipster sich als Hennessey vor. Keine Ahnung, ob das sein Vor- oder Nachname ist.

»Alle nennen mich Henn«, sagt er und streckt seine Hand aus.

»Oder auch Genie«, fügt Josh hinzu.

»Nur du nennst mich so, Josh.«

»Na, weil es die reine Wahrheit ist.«

»Bist du das Genie, das Sarah für mich aufgespürt hat?«, frage ich.

»Höchstpersönlich.«

»Dann werde ich dich künftig auch nur noch so nennen.«

Sarah und Kat kommen übermütig angehüpft.

»Hey, Wildes-Partygirl mit Bindestrich«, sagt Josh mit funkelnden Augen.

»Hallöchen, Playboy. Verrückt, dass ein Partygirl und ein

Playboy sich in Vegas treffen, oder?« Beide brechen in fröhliches Gelächter aus.

»Freut mich, dich wiederzusehen«, meint Josh und drückt sie an sich, während sie einen zarten Kuss auf seine Wange haucht. Wow, das war eine ziemlich warme Begrüßung! Interessant.

Kat stellt sich Henn vor, woraufhin der keinen geraden Satz mehr rausbringt. Kann sein, dass er ein Computergenie ist, aber für hübsche Frauen scheint er nicht gerade ein Händchen zu haben.

Nachdem die Damen ihre Gläser noch einmal aufgefüllt und die Männer sich ein Bier aus dem Kühlschrank geholt haben, machen wir es uns auf den schwarzen Ledercouches bequem.

»Ich bin schockiert, was für eine protzige Unterkunft du dir ausgesucht hast, Jonas. Passt gar nicht zu dir«, meint Josh und betrachtet die prächtige Suite.

»Könntest du bitte damit aufhören, mir immer wieder zu sagen, was zu mir passt und was nicht? Scheint nämlich ganz so, als hättest du überhaupt keine Ahnung!«

Josh lacht. »Scheinbar nicht, nein.«

Der Hacker klappt seinen Laptop auf. »Okay, Leute. Ich habe ein Update, was die Oksana-Sache betrifft.«

»Fantastisch«, sage ich und reibe mir die Hände. Mal abgesehen von der Unterwasser-Blowjob-Olympiade mit meinem Baby kann ich mir gerade nichts Besseres vorstellen, als diesen Arschlöchern so schnell wie möglich das Handwerk zu legen. Die Wichser hätten mir fast mein Baby weggenommen – da reicht es nicht mehr, sie nur schachmatt zu setzen. Ich will ihr Blut fließen sehen!

Wir versammeln uns alle um Henns Laptop.

»Es ist mir gelungen, mich in das System der Bank in Henderson einzuhacken, in der der Scheck eingelöst wurde. War ein Kinderspiel, ich bin immer wieder überrascht, wie schlecht Banken abgesichert sind. Ich empfehle euch dringend, euer Geld unter der Matratze zu verstecken, Kinder! Jedenfalls bin ich in das Hauptsystem der Bank hineingekommen und habe dort ein bisschen herumgeschnüffelt. Ich konnte die Kontobesitzer mit der Liste von Oksanas abgleichen, die ich von euch bekommen habe. Und Bingo! Ich hatte einen Treffer.«

Sarah jubelt.

»Unsere Oksana heißt Oksana Belenko – klingt wie eine Olympiasiegerin im Eiskunstlauf, oder? Sie hat ein Konto bei dieser Bank in Henderson und ein Postfach in derselben Stadt. *Boomshakalaka*!«

»Siehst du? Ein Genie eben«, meint Josh.

»Bist du dir sicher, dass das unser Mädchen ist?«, fragt Sarah.

»Ja, sie ist es. Ich habe auch die Adresse überprüft, die sie beim Postamt hinterlegt hat, und die ist natürlich falsch. In Nevada ist aber eine Oksana Belenko als Mitglied eines Unternehmens registriert, das in den vergangenen zwanzig Jahren ein paar legale Bordelle in Nevada betrieben hat. Und die Adresse auf der Gewerbeerlaubnis für die Bordelle stimmt mit der Adresse des Unternehmens überein.«

»Das heißt also, dass wir eine korrekte Adresse haben?«, fragt Sarah.

»Jepp.«

»Wow!« Ich kann förmlich hören, wie es in Sarahs Kopf zu arbeiten beginnt. »Anscheinend stellt Oksana die Frauen für den Club«, sie wirft Josh einen Blick zu, »oder anders gesagt: die Mickymouse-Achterbahnen.«

Sarah und Kat brechen in wildes Gegacker aus.

»Das war doch nur ein Vergleich!«, wehrt sich Josh.

»Wissen wir doch, Joshie, wissen wir doch«, sagt Sarah und zwinkert ihm zu. »Aber es ist trotzdem witzig!«

Ich lege meine Hand auf Sarahs Oberschenkel. Sie turnt

mich immer wahnsinnig an – aber ganz besonders, wenn sie jemandem Dampf unterm Hintern macht.

»Yeah, Oksana übernimmt wahrscheinlich die Rolle der Puffmutter«, sagt Henn. »Vermutlich steckt nicht sie hinter all dem Technikkram.«

»Na, sie wird wohl Geschäftspartner haben, die sich um den technischen Aspekt kümmern«, sage ich.

»Auf jeden Fall«, stimmt Henn mir zu. »Wer auch immer es sein mag: Er oder sie weiß genau, was er oder sie tut. Diese Typen oder Ladys findet man nämlich nicht mal eben so.«

Hm. Wie kam Josh eigentlich damals auf die Idee, sich im Club anzumelden? Er hat mir nur erzählt, dass irgendein Kumpel, ein Profi-Athlet, ihm davon erzählt hat, und nach Details habe ich ihn nicht gefragt. »Hab noch nie so sinnvoll Geld investiert!«, hat er mir während unserer Tour auf den Mount Rainier gesagt.

»Ihre offizielle Homepage«, meint Henn und nimmt einen Schluck Bier, »ist sowieso nur Fassade. Der wirklich heiße Scheiß ruht wahrscheinlich irgendwo in den Tiefen des Deep Web. Und das ist ein richtig unheimlicher Ort.«

»Was ist denn das Deep Web?«, erkundigt sich Kat.

Henn grinst sie an.

»Ist das eine blöde Frage gewesen?«

»Nein, gar nicht. Ich bin nur so daran gewöhnt, mit Computernerds abzuhängen, dass ich manchmal ganz vergesse, dass normale Menschen diese Begriffe nicht kennen.« Er lächelt sie wieder an. »Es ist schön, dass du nicht weißt, was das ist. Das heißt, dass du eine gesunde, fröhliche Person bist.«

Kat lacht. »Das kann man wohl sagen, ja!«

»Das merkt man. Zufriedenheit ist eine sehr attraktive Eigenschaft.«

»Danke«, sagt Kat mit roten Wangen.

Josh räuspert sich. »So, Freunde, ehe Henn uns über die

Geheimnisse des Deep Web aufklärt, wie wäre es da mit ein paar Runden Tequila? Wir sind immerhin in Vegas – da sollten wir es doch krachen lassen, oder?«

»Superidee«, sagt Kat strahlend. »Haben wir welchen in der Bar?«

»Na klar«, erwidere ich. »Ich kenne doch meinen Bruder.«

Josh beginnt, an der Bar die Drinks vorzubereiten, und Kat gesellt sich zu ihm.

»Ich helfe dir, Playboy«, meint sie.

»Das ist aber nett, Partygirl!«

Ich lehne mich zu Sarah. »Wie lange dauert es noch, bis die zwei es miteinander treiben? Was meinst du?«

»Ich gebe ihnen maximal achtundvierzig Stunden«, meint Sarah und kichert.

Jonas

»Das Deep Web«, beginnt Henn, lehnt sich zurück und zupft an seinem Ziegenbart, »ist ein unheimlicher Ort, Jungs und schöne Frauen.« Er nickt Kat zu.

Ich habe schon Anekdoten über das Deep Web gehört und Josh bestimmt auch, aber ich habe keinerlei praktische Erfahrung damit. Sarah guckt mich ebenso ahnungslos an.

»Lasst uns den Unterricht heute mit dem Surface Web beginnen«, fährt Henn fort – im Tonfall eines waschechten Hipster-Kindergärtners.

»Das Surface Web«, wiederholt Sarah, als handle es sich dabei um einen geheimen Kult.

»Ja, mein Kind. Ganz genau«, sagt Henn.

Sarah und Henn lächeln sich an.

»Das Surface Web ist das Internet, das wir alle kennen und lieben. Der Kram eben, der erscheint, wenn man Siri nach Filmvorführungszeiten fragt oder ein Sushi-Restaurant googelt. Aber natürlich ist das Internet viel, viel mehr als das.« Henn grinst diabolisch.

»Du machst mir Angst, Henn«, merkt Kat an.

»Gut so! Das wahre Internet – also das ganze Paket – ist wie ein unendlich tiefer Ozean und das Surface Web nichts als dessen Oberfläche. Alles, was darunterliegt, befindet sich im tintenschwarzen Gewässer des Deep Web.«

»Heiliger Bimbam!«, sagt Kat. »Wieso habe ich noch nie davon gehört? Du vielleicht, Sarah?«

Sarah schüttelt den Kopf.

»Klingt erst mal unheimlich, oder?«, fragt Henn.

»Absolut«, stimmt Kat zu. »Es erinnert mich an das Gefühl, das ich hatte, als ich herausgefunden habe, dass auf meiner Haut Trillionen unsichtbarer Mikroben leben.« Es schüttelt sie.

Josh stöhnt. »Bitte fang nicht damit an! Das Thema macht mich total kirre.«

Der Playboy und das Partygirl lachen herzlich, und Sarah lehnt sich zu mir. »Okay, ich korrigiere mich. Maximal vierundzwanzig Stunden!«

Ich grinse.

»Wenn eine normale Suchmaschine das, was sich im Deep Web befindet, nicht finden kann – wie schafft es dann überhaupt jemand? Kurz gesagt: Du musst eben genau wissen, wonach du suchst. Ganz genau sogar. Neben rechtschaffenen Burschen wie mir treiben sich eigentlich nur Kriminelle und die Regierung im Deep Web herum. Und mit ›Kriminelle‹ meine ich Dschihadisten, Drogenwarlords und Menschenhändler.«

»Und dich selbst rechnest du nicht zu den Kriminellen?«, erkundigt sich Kat neugierig.

»Nein, natürlich nicht, Schwester«, entgegnet Henn. »Ich breche das Gesetz nur, wenn es um ein höheres Gut geht oder ich das Gesetz nicht mehr zeitgemäß finde.« Er hält kurz inne. »Oder wenn es niemandem wehtut.« Er lacht. »Also, wenn ich so drüber nachdenke, verstoße ich wohl die ganze Zeit gegen das Gesetz. Ein Krimineller bin ich trotzdem nicht, ich bin einer von den Guten.«

Ich linse zu Sarah, die sich aber nicht weiter an Henns Gesetzesuntreue zu stören scheint, sondern eher amüsiert wirkt. Wieso sollten wir auch was gegen seine Vorgehensweise haben? Immerhin hat er sich in den Server der University of Washington eingehackt, um Sarah zu finden, und das war ganz bestimmt nicht legal.

»Meine Kunden bezahlen mich, damit ich ihnen bei einem ganz bestimmten Problem behilflich bin«, fährt Henn fort. »Und das bin ich dann auch! Allerdings hinterlasse ich dabei keine Spuren, nehme nichts an mich, füge keinen Schaden zu – außer natürlich, wenn man mich genau dafür bezahlt.« Er grinst. »Aber das mache ich natürlich nur, wenn ich sicher bin, dass meine Auftraggeber das Herz am rechten Fleck haben.«

Sarah drückt meinen Arm, um mir zu sagen, dass ich definitiv zu dieser Gruppe von Auftraggebern gehöre.

»Als ich zum Beispiel in dieser Bank nach Oksanas Konto gesucht habe, habe ich eine ganze Menge ungesicherter Konten entdeckt und hätte ohne Probleme ein paar Millionen einsacken können. Aber das würde ich nie tun! Und warum nicht? Weil ich kein Dieb bin.«

Josh lächelt und nickt bekräftigend. Es ist offensichtlich, dass er Henn voll und ganz vertraut.

»Aber es könnte ja sein, dass du für Diebe *arbeitest*«, sagt Sarah. »Hast du darüber schon mal nachgedacht?«

»Na ja. Wenn meine Klienten mich anstellen, um etwas zu *nehmen*, dann immer nur aus sehr gutem Grund. Wie gesagt, ich arbeite ausschließlich für die Guten.«

»Aber woher weißt du, dass sie ›gut‹ sind?«, frage ich. Ich bin dem Typen natürlich irrsinnig dankbar für das, was er für mich getan hat, aber diesen verschrobenen Kerl anzuheuern, um dem Club das Handwerk zu legen, ist noch mal eine ganz andere Nummer. Habe ich denn den Verstand verloren, dass ich jemandem in Röhrenjeans mit der wichtigsten Mission meines Lebens betraue?

»Jeder denkt doch, dass seine Gründe die Tat rechtfertigen. Das ist in jedem Krieg der Fall.«

»Ja, na klar.« Henn wirft Kat ein strahlendes Lächeln zu, als würde er einen tollen Witz erzählen. »Ich kann euch zeigen, wie ich die Guten von den Bösen unterscheide. Es ist kinderleicht.« Er sieht Sarah an.

»Bist du gut oder böse?«

»Gut«, erwidert Sarah.

»Bitte schön, da haben wir's auch schon.«

Sarah zuckt mit den Schultern, als wäre der Fall klar. »Da haben wir's.«

Ich schnaube. »Wer würde schon von sich selbst behaupten, dass er böse ist? Ach, wer würde das auch nur von sich selbst *denken*? Menschen können sich wunderbar was vormachen. Ich weiß, wovon ich rede!«

»Ja, das stimmt schon«, gibt Henn zu. »Aber ich *glaube* den Leuten eben nicht immer, wenn sie das sagen. Eigentlich sogar nur selten. Wenn ich ihnen aber wirklich abnehme, dass sie gut sind – so, wie ich es Sarah eben abgenommen habe –, dann reicht mir das.«

»Ah, du glaubst mir also, Henn?«

»Ohne jeden Zweifel.«

»Danke!«

»Kein Problem.«

Ich zucke mit den Schultern. Gegen diese Logik komme ich nicht an. Wenn ich meine eigene Geschäftsphilosophie auf den Punkt bringen sollte, käme ich wahrscheinlich darauf, dass ich es genauso mache. Und was habe ich in Bezug auf Henn schon für eine Wahl? Wenn Josh ihm vertraut, dann tue ich das eben auch.

»Manchmal ist es ganz einfach«, meint Henn. »Wenn Josh mir einen Auftrag gibt zum Beispiel. Dann weiß ich immer, dass ich für Gerechtigkeit und Wahrheit kämpfe, keine Frage. Man könnte seinen moralischen Kompass nach Josh ausrichten – er ist immer auf der guten Seite.«

»Danke, Kumpel.«

»Na, ist doch so.«

Kat wirft Josh einen schmachtenden Blick zu. »Sieht ganz so aus, als wäre der Playboy doch ein rechtschaffener Mensch. Mickymouse-Achterbahnen hin oder her.«

»Maximal sechzehn Stunden«, flüstere ich Sarah zu.

»Zweifellos«, wispert sie zurück.

»Also, Henn«, sage ich, um wieder zurück zum Thema zu kommen. »Wenn der Club im Deep Web zu Hause ist, wie zum Teufel finden wir ihn dann und machen ihn fertig?« Ich kann es wirklich kaum erwarten!

»Wir brauchen eine Karte«, meint Henn. »Eine genaue Karte, die uns eine exakte Lokalisierung ermöglicht. Sobald wir die gefunden haben, kann ich mich einhacken und richtig tief eintauchen.«

Ich lege meine Hand auf Sarahs nackten Oberschenkel und denke daran, wie gern ich mit ihr Tauchübungen im Whirlpool machen würde.

»Und wie kommen wir an diese Karte ran?«, fragt Sarah und drückt meine Hand.

»Wir beginnen mit unserer Puffmutti Oksana Belenko. Ganz egal, wer sich um die Technik kümmert, die beiden müssen ja irgendwie kommunizieren. Vielleicht loggt sie sich auch höchstpersönlich in den Hauptrechner ein. So oder so wird sie uns direkt ans Ziel führen.«

»Was brauchst du von uns?«, fragt Sarah.

»Eine persönliche E-Mail-Adresse von Oksana – also eben eine direkte Verbindung zu ihr.«

Sarah wirft mir einen schuldbewussten Blick zu.

»Wir haben keine Mailadresse. Das habe ich leider mit meinem Chefinnengehabe verhindert.« Sie lächelt mich schüchtern an, und ich muss lachen.

»Na, die brauchen wir jedenfalls«, meint Henn. »Ich werde Oksana Malware, also ein Schadprogramm, zuschicken, um mir Zugang zu ihrem Computer zu verschaffen. Außerdem werde ich noch einen guten, alten Keylogger installieren. Dafür muss sie aber eine E-Mail von uns öffnen.«

»Was ist ein Keylogger?«, erkundige ich mich.

»Über einen Keylogger kann ich aus der Ferne jede Taste

überwachen, die sie gedrückt hat. Super Methode, um an Passwörter zu kommen.«

Ich reibe mir fröhlich die Hände. »Exzellent!«

»Ihr müsst also drei Dinge tun«, wendet er sich an Sarah. »Zuallererst die E-Mail-Adresse beschaffen. Dann eine E-Mail an sie verfassen. Und dann müsst ihr noch sichergehen, dass sie die E-Mail auch wirklich liest, am besten in eurem Beisein. Wir wollen schließlich nichts dem Zufall überlassen. Glaubt ihr, dass ihr das hinkriegt?«

»Na klar!«, meint Sarah. »Sie denken schließlich, dass ich Jonas ausnehme wie eine Weihnachtsgans. Ich gehe also einfach zu Oksana und behaupte, dass ich darüber sprechen will, wie wir die Beute aufteilen.«

»Auf keinen Fall«, sage ich ein wenig lauter als beabsichtigt.

Sarah öffnet schockiert den Mund. »Doch, Jonas. Ich treffe sie, verhandle meinen Anteil mit ihr und schicke ihr währenddessen eine Mail mit ein paar Infos, vielleicht vorgeblich zur Erinnerung. Voilà!«

»Auf keinen Fall«, wiederhole ich. »Du wirst weder Oksana noch sonst irgendjemanden vom Club ganz allein treffen.«

»Jonas, das wird schon –«

»Ich komme mit.«

Sie verdreht die Augen. »Sie denken, dass ich dich total verarsche, schon vergessen? Warum sollte ich dich da mitbringen?«

»Keine Ahnung. Benutz doch mal deine Fantasie, und denk dir was aus, was sie schlucken.«

Sie seufzt frustriert.

»Sorry, aber darauf muss ich bestehen. Wir machen das entweder zusammen oder gar nicht.«

Sarah schnaubt. »Das ergibt doch überhaupt keinen Sinn! Wieso sollte ich dich mitnehmen?«

Ich denke nach. Mist, wieso fällt mir nichts ein? Alle schweigen und überlegen wahrscheinlich ebenfalls, wie sich das Problem lösen lässt.

»Sie denken, dass ich mit dir spiele«, sagt Sarah langsam, als würde sie laut nachdenken. »Warum sollte ich dich also mitnehmen?«

»Keine Ahnung, aber da lasse ich nicht mit mir diskutieren!«

»Ja, ja, Lord-Gott-Meister, das habe ich schon verstanden!« Sie verschränkt ihre Arme vor der Brust und greift einen Moment später nach dem Champagnerglas, um dann zu dem bodentiefen Fenster am anderen Ende des Zimmers zu schlendern. Während unseres Gesprächs ist die Sonne untergegangen, und unten funkeln die Neonlichter des Strips.

»Wow«, sagt Sarah. »Das ist wunderschön.«

Alle stehen auf und stellen sich mit ihren Getränken in der Hand neben sie.

Ich lege meinen Arm um Sarah, und sie lehnt sich an mich.

»Lass uns ein Foto machen, Sarah!«, ruft Kat, und die zwei Frauen setzen ihr schönstes Lächeln auf, als Kat ein Selfie von ihnen knipst. »Und jetzt noch eins von dir und Jonas!«, kommandiert sie.

Sarah und ich schmiegen uns aneinander, und Kat macht das Bild. Irgendwie fühlt sich gerade alles so normal an. Das ist schön.

»Ihr seht toll zusammen aus«, meint Kat und lächelt mich an. »Richtig toll sogar!«

Glaubt Sarahs persönliche Beschützerin etwa doch, dass ich gut genug für ihre Freundin bin?

»Wehe, du postest die Bilder irgendwo«, warnt Henn. »Die Bad Guys müssen nicht wissen, dass wir hier sind!«

»Keine Angst. Ich will nur eine Erinnerung an meinen ersten Trip nach Las Vegas mit meiner besten Freundin haben.« Plötzlich drückt sie Sarah fest an sich. »Gott sei Dank geht es dir wieder gut. Ich hatte solche Angst um dich und habe dich so wahnsinnig lieb!«

»Ich dich auch«, sagt Sarah und vergräbt ihr Gesicht in Kats blondem Haar.

»Ich weiß nicht, was ich gemacht hätte, wenn du es nicht gepackt hättest.«

»Alles okay. Es war nur eine Fleischwunde, Kitty Kat.«

Ich sehe den beiden fasziniert zu. Sie gehen so liebevoll und natürlich miteinander um, dass ich fast neidisch werde. Ich wünschte, ich könnte Sarah ebenso mühelos sagen, wie sehr ich sie mag.

Plötzlich schnappt Sarah nach Luft. »Ich hab's«, sagt sie.

»Was denn?«, fragt Kat.

Sarah löst sich von ihr. »Wir benutzen ihre eigene Gier gegen sie«, meint sie.

»Ha, das ist mein Mädchen«, sage ich. »Ich wusste doch, dass dir was einfällt!«

Sarah hüpft zu mir und umarmt mich. »Das wird funktionieren, da bin ich mir sicher!«

»Natürlich«, sage ich. »Niemand kann uns aufhalten.« Ich gebe ihr einen sanften Kuss.

Henn wirft einen Blick auf seine Uhr. »Okay, dann schmiedet mal euren Plan, und gleich morgen früh geht es los. Ich werde die ganze Nacht an der Schadsoftware arbeiten. Schließlich will ich, dass alles tipptopp funktioniert.« Er schnappt sich seinen Laptop und wirkt richtig aufgekratzt.

Sarah und ich sehen uns an. Ja, es steht eine Menge auf dem Spiel.

»Nun«, sagt Kat und stemmt die Hände in die Hüften. »Während Henn an seinem Virus tüftelt, sollten wir anderen doch mal schauen, ob es in Vegas irgendwas zu tun gibt. Hm!« Sie tippt mit ihrem Zeigefinger an ihre Schläfe und tut so, als würde sie intensiv nachdenken. »Was könnten wir in Las Vegas denn nur unternehmen?«

Ich sehe Sarah an und hoffe, dass sie genauso wenig Lust auf einen Abend zu viert hat wie ich. Aber nichts da. Sarah scheint unbedingt ausgehen zu wollen.

»Zockst du gerne, Kat?«, fragt Josh.

»Wahnsinnig gern!«

»Und was ist dein Lieblingsspiel?«

»Blackjack.«

»Ach, wie lahm!«

»Wie bitte?«

»Na, richtig Spaß hat man mit den Würfeln, mit Craps.«

»Das habe ich noch nie ausprobiert«, meint Kat. »Es sieht ziemlich kompliziert aus.«

»Quatsch, es ist ganz einfach. Ich gebe dir einen Tausender aus und bringe es dir bei.«

Kat macht große Augen. »Vielen Dank, aber ich werde kein Geld von dir nehmen. Ich sehe dir einfach zu.«

»Ich will aber, dass du es versuchst, Partygirl! Es ist dein erstes Mal, und du bist eine Frau, das bringt beides Glück! Aber sie lassen dich nur würfeln, wenn du auch einen Einsatz auf den Tisch legst.«

»Gut, dann spiele ich mit meinem eigenen Geld.«

»Kat«, unterbreche ich die beiden. »Lass meinen Bruder für dich bezahlen. Nichts macht ihn glücklicher, als sein hart verdientes Geld zum Fenster rauszuschmeißen.«

»Das verstehst du also unter brüderlicher Unterstützung, Bro?«

Ich lache.

»Du würdest mir wirklich einen riesigen Gefallen tun, Kat. Auf jemanden zu setzen, der zum ersten Mal dabei ist, ist der Traum eines jeden Craps-Spielers. Superaufregend.« Er lächelt. »Und ich liebe Aufregung!«

Kat grinst. »Okay, Playboy, ich bin dabei. Das mit der Aufregung hat mich überzeugt. Aber wir gehen doch alle zusammen, oder?« Sie sieht zu Sarah.

»Na klar«, bestätigt sie ihr.

Mist. Ich hatte gehofft, dass sie sagt, wir hätten heute schon ein Date im Whirlpool. Ich räuspere mich, um ihre Aufmerksamkeit auf mich zu ziehen. Wenn sie mich ansieht, wird ihr sofort klar sein, dass ich nicht ausgehen will.

Als ich aber ihren Gesichtsausdruck sehe, schmelze ich dahin. Mann, sie ist wirklich anbetungswürdig – und kann es offenbar kaum erwarten, die Stadt auf den Kopf zu stellen. Was habe ich mir nur gedacht? Ich kann jederzeit Sex mit Sarah in irgendwelchen Hotelzimmern haben – aber heute muss ich ihr einen guten Abend im Fegefeuer bieten!

»Wohin sollen wir denn diese wunderbaren Frauen zum Essen ausführen?«, frage ich Josh.

»Ich kenne zufällig den perfekten Ort dafür.«

»War ja klar.«

»Ladys, meint ihr, ihr seid für einen Abend mit den Faraday-Brüdern gewappnet?«, fragt Josh.

Beide Frauen quietschen fröhlich auf, und Sarah umarmt mich übermütig. »Danke, Jonas!«

»Gern«, sage ich leise und küsse sie auf den Hals. »Ich werde dir zeigen, wie man sich in der Hölle ordentlich amüsiert, Baby!«

»Und danach amüsieren wir uns im Himmel – und zwar im Whirlpool, nur wir beide.«

Gott, ich liebe diese Frau.

»Henn, willst du mit uns abendessen gehen?«, ruft Josh. »Hallo? Henn?«

Henn reißt seinen Blick vom Bildschirm los.

»Willst du mit uns zu Abend essen, Kumpel?«

»O Josh«, sagt Henn und schüttelt den Kopf. »Wie oft muss ich dir denn noch sagen, dass du mich niemals rumkriegen wirst?«

Jonas

Okay, ich muss es zugeben. Ich habe Spaß in Las Vegas. Nicht zu fassen! Wahrscheinlich kann ich überall Spaß haben, wenn Sarah dabei ist.

Das Restaurant, das Josh ausgewählt hat, ist jedenfalls fantastisch, und das Essen ist »lächerlich gut«, wie Sarah es ausdrückt. Danach stolpern wir aus Jux und Tollerei in eine »Cirque du Soleil«-Show. Ein Riesenspektakel! Jedes Mal, wenn ich Sarah ansehe, leuchtet ihr Gesicht nur so vor Freude. So fühlt sich also Glück an, denke ich.

Als die Frauen nach der Show auf der Toilette verschwinden, nutze ich die Gelegenheit, um Josh über Henn auszufragen.

»Wie gut kennst du den Typen wirklich?«, erkundige ich mich. »Bist du dir sicher, dass wir ihm vertrauen können?«

»Hundertprozentig sicher.«

»Klingt, als ginge es hier wirklich ans Eingemachte«, meine ich. »Bist du dir echt ganz sicher?«

»Jonas, ja! Wir sind seit dem College befreundet, und er ist wie ein Bruder für mich.«

Was zum Teufel soll das denn heißen? Josh hat doch schon einen Bruder, und zwar mich! Und wieso habe ich noch nie von diesem Henn gehört, wenn die beiden sich so verdammt nah sind?

»Anfangs habe ich Henn ein wenig unter meine Fittiche genommen«, erklärt Josh. »Aber letztlich hat er mich viel mehr unterstützt als ich ihn.« Er zuckt mit den Schultern, und mein Magen verknotet sich. Ich weiß genau, in welcher Zeit er diese Unterstützung besonders gebraucht hat: direkt nach dem Selbstmord unseres Vaters, während ich mich in einem Zustand »geistiger Umnachtung« befunden habe. Josh hat sein Studium an der University of California, Los Angeles, der UCLA, begonnen, während ich ein Jahr vom Unterricht befreit war und gegen die Dunkelheit angekämpft habe, die sich in meinem Kopf breitgemacht hat.

»Ich habe einfach jemanden gebraucht, der für mich da ist«, meint Josh. »Und Henn war dieser Jemand.«

»Alles klar«, sage ich. Aber das heißt nicht, dass ich kein höllisch schlechtes Gewissen habe. Und ehrlich gesagt bin ich auch ein bisschen eifersüchtig auf diesen Henn. Er ist wie ein Bruder für ihn? Na toll! Es überrascht mich, dass Josh neben mir noch jemanden braucht, der sich um ihn kümmert. Dabei ist es eigentlich offensichtlich, dass er nach dem Tod unseres Vaters ganz schön allein dastand.

Aber was kam danach? Hat Josh immer noch Henns Hilfe gebraucht, als es mir schließlich wieder besser ging? Ich bin wohl davon ausgegangen, dass mein Bruder sich genauso sehr auf mich verlässt wie ich mich auf ihn – trotz all meiner Schwächen und Spinnereien. Ich hätte es besser wissen müssen. Wenn jemand sich auf jemanden mit gebrochenen Beinen stützt, dann stürzen beide. Ich sehe zu Boden und versuche, die aufsteigenden Emotionen in den Griff zu bekommen.

»Hey«, sagt Josh leise. »Auf dich habe ich mich auch immer verlassen, Bro! Mehr, als du ahnst. Du bist mein Mann.«

Ich sehe ihn an. Jetzt, wo ich drüber nachdenke, kann ich mich an keine einzige Situation erinnern, in der ich ihm geholfen habe. Stattdessen fallen mir zahllose Momente ein, in denen er mir zu Hilfe geeilt ist.

»Und ich verlasse mich immer noch auf dich«, sagt er. »Die ganze Zeit.«

»Du weißt, dass du das kannst, ja? Jederzeit!«

»Ich weiß. Vergiss nicht, dass du die andere Hälfte meines Gehirns bist. Die bessere sogar, wenn du dich nicht gerade wie ein Vollidiot benimmst.«

»Ich bin jetzt stark«, sage ich. »Du musst dich nicht mehr um mich kümmern, ich kann dir jetzt auch helfen!«

»Das weiß ich doch«, sagt Josh. »Du bist ein Tier!«

»Du auch!«

Plötzlich erinnere ich mich an die SMS, die Josh mir geschickt hat, als ich mit Sarah im Krankenhaus war. »Ich liebe dich, Mann.« Emotional verkümmert, wie ich nun mal bin, habe ich mich tatsächlich einfach nur dafür bedankt.

»Danke für deine SMS letztens«, sage ich.

Er weiß sofort, welche ich meine, und nickt.

»Hat mir viel bedeutet«, füge ich hinzu und verziehe den Mund.

Einen Moment lang wissen wir nicht, was wir machen sollen. Vielleicht sollte ich noch mehr sagen, aber ich bringe es nicht fertig.

Josh versucht, mich schief anzugrinsen, scheitert aber kläglich. Seine Augen glänzen.

Verdammt, die ganze Situation ist viel zu seltsam! Ich verpasse mir eine saftige Ohrfeige, und Josh lacht erstaunt auf, weil normalerweise nicht ich derjenige bin, der damit anfängt. Nie.

»Ist jetzt alles wieder okay, Sportsfreund?«, frage ich.

Josh lacht. »Na klar!«

Ich höre Sarahs Gelächter und sehe, wie die beiden Frauen freudestrahlend aus dem Theater auf uns zukommen.

»Hey«, sage ich zu Josh, ehe sie uns erreicht haben. »Wenn Henn wie ein Bruder für dich ist, dann ist er das für mich auch! Ich bin froh, dass er für dich da war.«

Jonas

Der Playboy und das Partygirl haben in der vergangenen Stunde am Craps-Tisch richtig abkassiert. Josh hatte vollkommen recht – er kann gar nicht verlieren, wenn Kat für ihn die Würfel rollen lässt.

Sarah und ich haben eine halbe Ewigkeit zugesehen, gejubelt, mit den beiden abgeklatscht und mehr Geld verwettet, als wir sollten. Aber ganz egal, ob ich gewinne oder nicht: Irgendwann verliere ich einfach das Interesse daran, welche Zahl auf einem Würfel erscheint.

Als Sarah mich fragt, ob ich gehen will, kribbelt mein ganzer Körper.

»Du kannst Gedanken lesen, Baby«, flüstere ich und schiebe all meine Chips hinüber zu Kats gigantischem Stapel. Dann schnappe ich mir Sarahs Hand.

»Bis später, Leute!«, rufe ich Josh und Kat über die Schulter hinweg zu.

»Auf geht's, Baby«, wispere ich. Mein Schwanz ist vor Vorfreude schon ganz hart.

Aber scheinbar kann Sarah doch nicht Gedanken lesen. Sie ist nicht im Mindesten am Wassersport mit mir interessiert – viel mehr will sie in das Tattoostudio auf der anderen Seite des Casinos und sich ihre erste Tätowierung holen.

Sarah sitzt vor dem Tätowierer und erklärt genau, was sie möchte. Ich beobachte sie gebannt und bin wahnsinnig angeturnt. Ich kann nur noch daran denken, sie zu schmecken und sie dann im Whirlpool zu vernaschen.

»Klingt machbar«, meint der Typ. »Zeig mal, wo genau du es haben willst.«

Sarah lehnt sich zurück und zieht, ohne zu zögern, ihr Kleid so weit hinauf, dass ihr Leoparden-Tanga zum Vorschein kommt. Wow, scheinbar bringt Las Vegas ihre wildeste Seite zum Vorschein. Vielleicht ist sie aber auch einfach nur richtig betrunken.

Oder sie hat endgültig begriffen, wie unglaublich heiß sie ist, und schert sich nicht mehr darum, wer das sieht. Auch der Tätowierer scheint hocherfreut über die olivfarbene Leinwand, die sich ihm da bietet.

Was macht sie denn jetzt? Sie zieht den Bund ihres dürftigen Höschens hinunter, sodass ich kurz davor bin einzugreifen. Ist sie so betrunken? Kurz bevor sie alles von sich preisgibt, hält sie jedoch inne.

Sie deutet auf ein kleines Fleckchen Haut, das normalerweise ganz von dem Höschen bedeckt ist.

»Genau hier«, sagt sie und drückt ihre Fingerspitze auf die entsprechende Stelle. »Bumm.«

Ich kann nicht widerstehen und streichle über die Stelle. Sarah erschauert. O Mann, wieso sitzen wir nicht längst nackt im Whirlpool?!

»Bist du dir ganz sicher, Baby?«, erkundige ich mich. Die Berührung ihrer warmen Haut verschafft mir sofort einen Ständer.

»Und wie!«, erwidert sie. »Wenn ich ein Höschen oder einen Bikini trage, kann es ja niemand sehen. Das heißt, nur ich weiß, wie es aussieht – und du.«

Das Blut rauscht in meinen Ohren, und sie leckt sich über die Lippen. »Du bist der einzige Mann, der das Tattoo je sehen wird«, sagt sie.

Ich nicke, und sie zwinkert mir zu. »Der einzige!«

»Für immer?«, frage ich.

Habe ich das gerade wirklich gesagt? Ja, habe ich, und

ich kann es jetzt auch nicht mehr zurücknehmen. Für immer. Yeah! Genau das will ich.

Ihre Wangen färben sich dunkelrot, und sie zuckt schüchtern mit den Schultern.

»Ich will der einzige Mann sein, der das je sieht«, sage ich leise. »Abgesehen von diesem Typen hier natürlich.«

Sie schluckt hart und nickt.

Meine Haut glüht. Wie schön wäre es, diesen Pakt gleich hier auf dem Tätowiertisch zu besiegeln! Aber das ist nicht einmal in einer verdorbenen Stadt wie Vegas möglich, vermute ich. Also lege ich einfach meine Hände um ihr Gesicht und küsse sie gierig. Unser Kuss ist so hitzig und erotisch, dass ich mich nicht von ihr losreißen kann. Klar, der Typ wartet darauf, dass er loslegen kann, aber das ist meinem Körper egal. Diese Frau ist meine Droge. Mein Rauschmittel.

Mit einer großen Geste ziehe ich Sarahs Kleid wieder hinunter und hebe sie hoch.

»Sorry«, sage ich zu dem Tätowierer. »Wir kommen ein andermal wieder.« Ich sehe Sarah an. »Du kriegst jedes Tattoo, das du willst, noch ehe wir diese gottverdammte Stadt verlassen. Das verspreche ich. Aber jetzt müssen wir dringend in unser Badezimmer. Und dann«, flüstere ich, »mache ich eine Tauchexpedition zu deiner wunderschönen Pussy.«

Sarah läuft puterrot an. Ich versuche, die Geldbörse aus meiner Hosentasche zu fischen, aber das ist gar nicht so einfach, wenn ich gleichzeitig Sarah festhalten muss.

»Tu mir doch den Gefallen und bezahl den armen Tropf für die Unannehmlichkeiten, Baby.«

Sie greift nach meiner Geldbörse und wirft zweihundert Dollar nach dem Typen. Es wäre mir auch egal gewesen, wenn es tausend Dollar gewesen wären. Mir wäre jeder Preis recht, um sie endlich in unsere Suite zu bekommen.

Ich küsse sie wieder. »Du bist so verdammt scharf«, wispere ich.

Sie keucht, und ich stürze aus dem Tattoostudio und schlängele mich durch das überfüllte Casino zu den Aufzügen auf der anderen Seite der Lobby. Als die schmalen Gänge, die Spielautomaten und die vielen Menschen es unmöglich machen vorwärtszukommen, springt sie auf den Boden und klettert dann auf meinen Rücken.

Ich bahne mir meinen Weg an den Spieltischen, den Kellnerinnen und den betrunkenen Bachelorettes mit Diademen auf dem Kopf vorbei, die Hände auf Sarahs glatten Oberschenkeln. Mein Ständer schmerzt, ich habe eine Mission. Von meinem Rücken her höre ich beschwipstes Gelächter. Ja, Baby, ich bringe dich ins Hotelzimmer, und nichts und niemand kann mich aufhalten!

Plötzlich aber bleibe ich unvermittelt stehen. Was ist denn jetzt los? Scheinbar haben meine Beine ihren ganz eigenen Willen, denn ich habe ihnen sicher nicht befohlen, stehen zu bleiben.

Ich befinde mich vor einer kleinen Kirche. Einer, die Elvis gewidmet ist und die zu den wahren Absurditäten von Vegas zählt. Trotzdem ist es eine richtige Hochzeitskapelle.

Ich spüre, wie ihr Herz an meinem Rücken schlägt, aber sie sagt nichts, und auch ich schweige.

Fuck. Ich hätte nicht stehen bleiben dürfen. Ich wollte das doch gar nicht. Oder? Meine Beine haben mich total überrumpelt! Sarahs Schweigen ist bleischwer, und ich spüre, wie ihre Brust sich hebt und senkt. Warum bin ich stehen geblieben?

Weil ich diese Frau heiraten will.

Was?!

Ich will diese Frau heiraten.

O mein Gott. Ich will Sarah heiraten. Ich will, dass sie nur mir gehört, und zwar für immer. Ich will sagen, dass sie meine Frau ist.

Aber es ist unmöglich.

Ich kann sie nicht heiraten, solange sie nicht die dunklen Seiten an mir kennt, die ich vor ihr verberge. Ich kann sie nicht ewige Liebe schwören lassen, ohne ihr zumindest ein bisschen von der geistigen Umnachtung zu erzählen. Und das will ich nicht.

Wortlos laufe ich weiter. Als ich den Schritt beschleunige, spüre ich, wie sich ihre Anspannung löst und sie einen sanften Kuss auf meinen Hals drückt.

Endlich sehe ich rechts von uns die Aufzüge, auch den, der direkt in unsere private Suite führt. Ich aber mache eine scharfe Linkskurve.

»Kann ich Ihnen helfen, Sir?«, fragt die Dame hinter dem Schmucktresen.

»Ja, bitte. Wir suchen zwei Armbänder.«

Sarah rutscht von meinem Rücken, stellt sich neben mich und greift nach meiner Hand.

»Mein Armband aus Belize war voller Blut«, sage ich. »Ich musste es abnehmen.«

Sie nickt und sieht mich aus ihren großen braunen Augen an.

»Meins haben sie im Krankenhaus abgeschnitten«, meint sie leise. »Ich habe keine Ahnung, wo es ist.«

»Schauen Sie mal, ob Ihnen eines von diesen hier gefällt«, sagt die Verkäuferin und legt zwei Bretter voller Armbänder auf den Verkaufstresen. »Diese hier sind für Männer und diese für Frauen.«

Ich nehme einen glatten Platin-Armreif von der Männerseite. Er ist so schlicht wie möglich. »Kann ich auf die Oberseite etwas eingravieren lassen?«, frage ich.

»Natürlich!«

»Sarah«, sage ich und reiche ihn ihr zurück. »Schreiben Sie: S-A-R-A-H.«

»Alles klar«, meint sie und sieht dann mit hochgezogenen Augenbrauen zu Sarah. »Und was ist mit Ihnen, Miss?«

Sarah linst auf das andere Brett. Die meisten Armbänder hier sind viel aufwendiger gearbeitet – voller Diamanten, Schnörkel, Kettchen und farbenprächtiger Edelsteine.

»Siehst du was, das dir gefällt, Baby?«

Sie nimmt die weibliche Version meines schlichten Platin-Armreifs.

»Nein, Baby, such dir doch was Schönes aus. Irgendwas mit Diamanten. Du kannst alles haben, was du willst.«

Sie reicht den Platin-Armreif der Frau. »Jonas«, sagt sie, »J-O-N-A-S.«

»Nein«, sage ich. »Hör zu, Sarah. Nimm eins mit Diamanten.« Ich nehme ein geschlossenes Platinband vom Brett, dessen Enden mit funkelnden Diamanten verziert sind. »Das ist doch hübsch. Oder wie wäre es mit diesem hier?« Ich nehme ein Armband in die Hand, das aus einer Reihe glitzernder Diamanten besteht. »Ist das nicht toll?«

Die Verkäuferin legt die beiden Platinbänder vor sich auf den Tresen und wartet auf unsere Entscheidung.

»Ich will das, das zu deinem passt«, sagt Sarah.

»Ja, aber –«

»Jonas, hör zu.« Ihr Tonfall sagt mir, dass weitere Diskussionen sinnlos sind. Sarah hält die zwei Armreifen nebeneinander.

»Ich bin das einzige Mitglied des Jonas-Faraday-Clubs – und du das einzige des Sarah-Cruz-Clubs. Nur das zählt für mich, nicht die blöden Diamanten. Unsere Armbänder müssen perfekt zusammenpassen, weil wir das auch tun.« Sie reckt ihr Kinn. »Basta!«

Sarah

Ich liege in der Wanne, während das Wasser einläuft, und warte darauf, dass Jonas mit dem Champagner zu mir kommt. Gedankenverloren fahre ich mit der Fingerspitze über die Gravur auf meinem neuen Armreif. *Jonas.*

Wahrscheinlich sollte ich ihn auf die Kante der Badewanne legen, damit er nicht nass wird, aber ich will ihn nicht mehr ablegen. Nie wieder.

Ich verzehre mich nach Jonas, und zwischen meinen Beinen pocht es. Ich will gerade nichts anderes, als diesem fantastischen Mann den Blowjob seines Lebens zu geben. Natürlich will ich ihn auch küssen und mit ihm schlafen. Ich kann es kaum erwarten, dann wieder die drei magischen Worte loszuwerden, die wir bis jetzt nur beim Sex zueinander gesagt haben. Dennoch hat der Blowjob für mich gerade Priorität. Ich will unbedingt seinen Schwanz in den Mund nehmen und ihn so lang verwöhnen, bis er keinen klaren Gedanken mehr fassen kann. Es macht ihn an, mir Lust zu bereiten? Na, mir geht es genauso.

Ich wusste das bis vor Kurzem nicht einmal selbst. Ich bin nie besonders wild darauf gewesen, einem Mann einen zu blasen. Bei Jonas aber habe ich festgestellt, dass es mich wahnsinnig anturnt, seinen Penis in meinem Mund zu haben und mich dabei zu berühren. Ich mag es, über ihn zu verfügen!

Seit dem Augenblick, in dem er im Tattoostudio »für immer« gesagt hat, will ich mich schon auf die Knie fallen lassen und seinen Penis in voller Länge in den Mund nehmen. Aber ich bin nun mal ein nettes Mädchen und keine Crackhure in einer Seitengasse, deswegen war ein öffentlicher Blowjob nicht mal in einer verdorbenen Stadt wie Las Vegas eine Option für mich. Als er dann vor der Hochzeitskapelle stehen geblieben ist, hätte ich ihm am liebsten »Das Höchste, was der Mensch erreichen kann« ins Ohr geflüstert, aber meine Stimme hat versagt. Ich konnte spüren, wie Jonas innerlich um meine Hand angehalten und darauf gewartet hat, dass ich dasselbe tue – und das habe ich. Ich habe meine Augen geschlossen und gedacht: Auf immer und ewig, Jonas. Es war mindestens genauso magisch wie unser Kuss damals vor der Höhle in Belize – vielleicht sogar noch magischer.

Ich berühre meinen Armreif noch einmal und schließe die Augen.

Wir brauchen keine große Hochzeitsgesellschaft, um uns ewige Treue zu schwören. Auch kein Dokument. Heute haben wir geheiratet, und das reicht mir.

Das warme Wasser läuft weiter in die Wanne, und ich werde immer entspannter und angeturnter zugleich.

Ich halte meinen Po an den Wasserstrahl. »Ahh«, seufze ich. »Komm schon, Baby.«

»Ich waaaarte«, rufe ich zu Jonas ins andere Zimmer.

»Ich mache gerade die Flasche auf!«, ruft er zurück.

Ich werfe Jonas nicht vor, dass er nicht der Typ ist, der eine Frau sofort heiratet. Ich bin auch nicht unbedingt der Hochzeitstyp. Mal im Ernst, welche Erfahrungen habe ich bis jetzt mit der Ehe gemacht? Keine guten. Alles, was ich davon bisher gesehen habe, war ein Ehemann, der seine Frau schlägt, mal mit der Faust, mal mit dem Gürtel. Manchmal gab's auch einen Tritt. Ich weiß, dass Ehe bedeutet, dass der Mann die Frau aus dem Nichts heraus anschreit und sie manchmal mit so netten Schimpfwörtern wie »Schlampe« oder »Drecksau« bedenkt.

Ich weiß auch, dass Ehe bedeutet, dass der Mann am nächsten Tag mit Blumen in der Hand ankommt und seiner Frau sagt, es tue ihm leid, er werde sich ändern und er habe aufgehört zu trinken. Und dann weint die Frau vor Freude und Erleichterung, und ungefähr die nächsten sechs Wochen geht alles gut. Aber irgendwann lässt es sich nicht vermeiden, dass sie doch wieder etwas Falsches sagt oder tut und er ein Bier zu viel getrunken hat, und dann geht alles von vorn los. Nur hält der Hausfrieden das nächste Mal bloß noch vier Wochen, wenn es gut läuft. Mit ein bisschen Pech ist schon in einer Woche wieder die Hölle los.

Was weiß ich noch von der Ehe? Sie bedeutet, dass sich ein neunjähriges Mädchen nachts im Schrank mit einer Weltkarte versteckt – oder, wenn es richtig schlimm wird, im Bett liegt und darüber nachdenkt, wie es seinen Vater umbringen könnte, ohne erwischt zu werden. Oder dass eine Zehnjährige in der Nacht nach ihrem Geburtstag acht Schlaftabletten in das Bier ihres Vaters bröselt, nachdem er seine Frau krankenhausreif geschlagen hat, damit er tief und fest einschläft, am besten für immer. Und als es so weit ist, schleppt sie ihre Mutter irgendwie in eine heruntergekommene Bretterbude, die sie ein paar Blocks weiter entdeckt und mit der nötigsten Verpflegung ausgestattet hat. Sie werden damit etwa einen Monat durchkommen. Es bedeutet, dass die Tochter die Mutter so lange gesund pflegt, bis die Mutter nach drei Tagen endlich wieder den Kopf hebt und mit dem altvertrauten Leuchten in den Augen sagt: *»No más. De hoy en adelante, renazco.« Nie wieder. Ich wurde heute neu geboren.*

Das Wasser in der Wanne reicht mir mittlerweile bis an die Schultern, und ich drehe den Hahn zu.

»Die Wanne ist voll! *Sexy Time*, Baby!«, rufe ich.

»Ich komme!«

Wie gesagt, Jonas ist nicht der Typ fürs Heiraten, und auch ich bin kein großer Ehefan. Ich brauche keine Hochzeit, um mich Jonas zu versprechen. Das habe ich längst, und er genauso. Für immer.

Ah, da ist er ja. Mein süßer Jonas, der mit zwei Gläsern voll Champagner und einem gigantischen Ständer ins Bad tritt. Herr im Himmel, es wird doch wirklich nie langweilig, diesen Mann nackt zu sehen. Er lächelt, reicht mir ein Glas, und ich kippe es in einem Zug hinunter.

»Ganz langsam, Baby. Das ist richtig gutes Zeug.«

»Komm sofort hier rein, Jonas P. Faraday!«, sage ich und winde mich wie ein Aal. Ich bin wirklich so angeturnt, dass ich kaum Luft bekomme.

Jonas lässt sich ins Wasser gleiten, und sein Gesicht leuchtet vor Aufregung.

»Du magst Champagner wirklich richtig gern, was?«

»Willst du wissen, warum?«

»Verrat es mir.«

Ich lasse mich zu ihm hinübertreiben und greife nach seiner Erektion.

»Weil es das richtig schlimme Mädchen in mir zum Vorschein bringt«, sage ich. »Das Bad Girl.«

»Ich mag das Bad Girl.«

»Und das Bad Girl mag dich!« Ich lecke mir über die Unterlippe. »Sehr sogar.«

Mit diesen Worten rutsche ich langsam hinunter und ziehe Jonas' Vorfreude damit so weit wie möglich in die Länge. Irgendwann hole ich tief Luft, zwinkere Jonas noch einmal zu und tauche ab.

Sarah

»Ich finde ja immer noch, dass es ein Unentschieden war.«

»Oh, bitte! Ich habe auf jeden Fall gewonnen«, sage ich.

»Ich glaube, es kommt gleich hinter dem nächsten Block«, sagt Jonas und wirft einen Blick auf den Stadtplan auf seinem Smartphone.

»Manometer, ist das vielleicht heiß.«

»Willkommen in Vegas, Sarah!«

»Henderson, meinst du.«

»Henderson, Vegas, ist doch egal. Es ist jedenfalls höllisch heiß. Und du hast *nicht* gewonnen!«, sagt Jonas. »Wenn du all die Minuten dazuzählst, die ich insgesamt unter Wasser war, dann bin ich definitiv der Sieger. Gib auf!«

»Ja, aber das lag doch nur daran, dass du dein Ziel nicht so schnell erreicht hast wie ich! Das ist doch kein Grund für einen Sieg!«

Er lacht. »O Gott! Hier geht es doch nur um Männer gegen Frauen – reine Psychologie. Das hat nichts mit meinen Fähigkeiten zu tun. Außerdem hat es bestimmt auch deswegen so lang gedauert, weil du Champagner getrunken hast – das betäubt die Nervenenden.«

»Nichts als Ausflüchte!«

»Ich habe es aber trotzdem geschafft, oder etwa nicht?«

»Na klar. Amen.«

»Nur weil ich deinetwegen schneller gekommen bin als ein pubertierender Junge, hast du nicht automatisch gewonnen! Schließlich ging's darum, wer den Atem länger anhalten kann, und nicht, wer den Job am schnellsten erledigt.«

»Nein, ich habe die Wettbewerbsregeln geändert. Es ging um Effizienz!«

Er lacht wieder. »Hey, das hast du nie gesagt. Du schummelst!«

»Ich musste zwischendurch nur ein Mal Luft holen, aber du bist mindestens vier Mal aufgetaucht! Was willst du dagegen noch sagen?«

»Mann, du hattest letzte Nacht wirklich ordentlich Feuer unterm Hintern, Sarah! Weißt du, dass du wirklich Talent hast? Du bist eine Göttin und eine Muse zugleich. Hmmm. Verdammt!«

Ich zucke mit den Schultern. »Es war eben eine Herzensangelegenheit.«

»Na, ich hatte jedenfalls keine Chance. Bevor deine Lippen auch nur meinen Schwanz berührt haben, bin ich ja schon fast gekommen.«

»Keine Ausflüchte mehr, wie gesagt.«

»Das sind Fakten!«

»Sag mal, bist du ein schlechter Verlierer, Jonas?«

»Ha! Nein!«

»Warte mal, ist es hier?« Ich deute auf ein unauffälliges Gebäude auf der anderen Straßenseite.

Jonas überprüft die Adresse. »Ja, müsste stimmen. *Fuck*, ist das heiß. Wie kann nur irgendjemand hier wohnen?«

Wir laufen weiter, bis wir genau gegenüber von dem Haus stehen, und linsen um die Ecke eines Getränkeladens. Es ist ein Betonblock aus den Siebzigern, dessen Fenster allesamt mit Rollos bedeckt sind und an dem kein Schild zu sehen ist. In so einem Gebäude würde man die Praxis eines Chiropraktikers oder das Büro eines Immobilienmaklers erwarten, so nichtssagend ist es. Ganz bestimmt wirkt es nicht wie der Sitz eines globalen Verbrechersyndikats.

»Ich hab es mir ganz anders vorgestellt«, sage ich.

»Wie denn?«

»Na, wie irgendwas, das auch in *Stirb langsam* vorkommen könnte, weißt du? Ein hohes Stahlgebäude mit verspiegelten Fenstern voller Bad Guys in teuren Anzügen und mit Headsets auf dem Kopf.«

Jonas lacht. »Wow, ganz schön konkrete Vorstellung. So hast du dir die Idioten ausgemalt, die den ukrainischen John Travolta angeheuert haben?«

»Ja, so wie John Travoltas Boss in *Pulp Fiction*. Der sah ganz schön schick aus, oder?«

»Marsellus Wallace.«

»Was?«

»So hieß der Typ in *Pulp Fiction*. Und John Travolta Vincent Vega.«

Ich starre ihn an.

»Und Uma Thurman war Mia Wallace – bist du dir sicher, dass du den Film gesehen hast? Langsam beginne ich nämlich daran zu zweifeln!«

Ich verdrehe die Augen. »Natürlich habe ich ihn gesehen. Das ist der beste Film aller Zeiten.« Ich ziehe meine Nase kraus. »Ich habe dich noch nie angelogen, Jonas.«

Er lächelt mich an. »Ich weiß. Du bist übrigens unglaublich süß, wenn du dich ärgerst.«

Ich ziehe einen Schmollmund und linse zu dem Gebäude, während ich mich innerlich wappne.

»Bist du bereit, unsere Freundin Oksana kennenzulernen?«, fragt Jonas.

»Jepp.« Ich hole tief Luft. »Ich glaube schon.« Gedankenverloren streiche ich über mein Handgelenk, aber mein Armreif ist natürlich nicht da. Jonas und ich haben beschlossen, ihn zu diesem besonderen Anlass abzulegen.

»Du weißt, was zu tun ist?«, fragt er.

»Ja. Ich bin nur plötzlich sehr nervös.« Ich schnappe

nach Luft. »Was ist, wenn der ukrainische John Travolta da ist?«

»Dann wird der Plan leider nicht aufgehen, weil ich das Arschloch eigenhändig umbringe!«

Mir klappt der Kiefer herunter, und ich warte darauf, dass er mir sagt, dass das nur ein Witz war, aber das tut er nicht. »Jonas, nein! Wenn er da ist, musst du es trotzdem schaffen, cool zu bleiben. Versprich mir, dass du niemanden umbringst!«

»Nein. Wenn der Typ da ist, hat er Pech gehabt, Plan hin oder her. Und wenn ich dir sage, dass du losrennen sollst, dann musst du das auch tun, klar?«

Meine Brust zieht sich zusammen, und ich spüre, wie sich Panik in mir ausbreitet. Warum habe ich nicht darüber nachgedacht, wie Jonas reagieren wird, wenn er meinen Angreifer sieht? Und darüber, was *ich* dann machen werde?

»Jonas, hör zu. Wenn du irgendwas Außerplanmäßiges tust, riskierst du damit unser beider Leben! Oder Schlimmeres.«

»Was kann denn noch schlimmer sein?«

»Es könnte sein, dass du stirbst und ich nicht. Oder du landest im Gefängnis. Beides wäre schlimm. Ich würde eher sterben, als ohne dich zu sein.«

»Na, dann wollen wir mal hoffen, dass das Arschloch nicht da ist.« Sein Blick verhärtet sich. So habe ich ihn noch nie erlebt.

»Vielleicht brauchen wir doch einen anderen Plan.«

»Baby, hör mir zu.« Er packt mich an den Schultern und sieht mich an.

»Wir können nicht den Rest unseres Lebens damit verbringen, Angst zu haben. Das weißt du doch. Wir müssen jetzt die Kontrolle übernehmen.«

Ich nicke. Er hat recht. Schließlich war es meine Idee, Oksana hier zu treffen.

»Ich weigere mich jedenfalls, Däumchen zu drehen und mich zu fragen, wann sie dich wieder überfallen«, fährt Jonas fort. »Ich habe keine Lust mehr, diesen Mist zu erleben, sondern will jetzt selbst die Kontrolle haben.«

Gut, das zu hören.

»Also, bist du bereit, die Leute fertigzumachen, oder nicht?«

»Ja, bin ich. War nur ein kurzer Moment der Panik.«

Er nimmt meine Hand und drückt sie. »Wir müssen es nur schaffen, dass sie die E-Mail öffnen. Ein Kinderspiel.«

Ich nicke. »Okay, hast du dein Telefon?«

Er hält es nach oben.

»Und dein Scheckheft?«

Er klopft auf seine Hosentasche. »Jepp.« Er zieht mich hinter sich her auf die Straße.

»Warte!« Ich lasse seine Hand los und trete einen Schritt zurück.

Er sieht mich unsicher an. »Ist alles okay?«

»Ich hatte nur gerade so ein Gefühl. Wie eine starke Vorahnung.«

Er sieht mich erwartungsvoll an.

»Ich würde mir einfach in den Hintern beißen, wenn ich das Gefühl jetzt ignoriere und meine Vorahnung sich hinterher bewahrheitet.«

Jonas wartet.

»Denkst du, du könntest mir einen Scheck ausstellen?«

»Wieso?«

»Ich weiß es nicht«, sage ich. »Letztes Mal hat mir der Scheck das Leben gerettet. Deswegen habe ich den Eindruck, dass ich mich auch dieses Mal damit bewaffnen sollte. Für alle Fälle.«

»Was meinst du damit?«

»Ich weiß es auch nicht.«

Er sieht mich besorgt an.

»Ich werde ihn natürlich nicht benutzen, wenn es nicht nötig ist. Aber wenn Plan A nicht funktioniert, dann sollten wir als Plan B diesen Scheck haben.«

»Baby, nein. Es gibt keinen Plan B. Wir setzen alles auf Plan A!«

»Wieso denn? Wenn ich ihn nicht brauche, zerreiße ich ihn hinterher.«

Das Adrenalin jagt durch meine Adern. Je länger ich hier herumstehe, desto sicherer bin ich mir, dass ich den Scheck brauche.

»Tu mir doch einfach den Gefallen.«

Er mustert mich gründlich. »Ich lasse dich nicht mit denen allein. Nicht mal eine Minute. Verstehst du das? Es gibt keinen Plan B.«

»Na klar. Aber was ist, wenn sie meine Handtasche durchsuchen? Wäre es nicht gut, wenn sie dann darauf stoßen würden? Dann würden sie denken, dass ich dich tatsächlich um den Finger gewickelt habe, genau wie ich es ihnen gesagt habe.«

»Das hast du doch wirklich!«, sagt er und lächelt.

Ich erwidere sein Grinsen. Manometer, er ist wirklich ein sehr gut aussehender Mann. »Letztes Mal hat der Scheck mir das Leben gerettet, Jonas. Vielleicht bin ich paranoid, aber ohne meinen Talisman will ich da nicht reingehen.«

Er zieht langsam das Scheckheft hervor.

»Das ist aber keine Einladung an dich, vom ursprünglichen Plan abzuweichen, ja?«

»Ich weiß.« Ich reiche ihm einen Stift.

»Wie viel denn? Zweihundertfünfzigtausend?«

»Nein, das ist zu viel. Hunderttausend vielleicht.«

Er füllt den Scheck aus und reicht ihn mir. »Ich mache das nur, weil ich riesiges Vertrauen in dein Bauchgefühl habe.« Er küsst mich auf den Scheitel. »Und weil du so irre klug bist.«

»Danke. Jetzt, wo ich den Scheck habe, fühle ich mich schon viel besser.«

»Immer mir nach. Keine Angst, unser Plan ist absolut wasserdicht.«

»Lass es uns anpacken.«

»Keine Planänderungen!«

»Ich weiß.«

»Sag es.«

»Keine Planänderungen.«

»Okay. Los geht's!«

Jonas

»Ich gebe Oksana Bescheid, dass Sie hier sind«, sagt die junge Frau im Eingangsbereich zu uns. Sie sieht unsicher aus. »Kann ich Ihnen etwas zu trinken anbieten?«

»Nein danke«, sage ich.

»Wie waren noch gleich Ihre Namen?«

»Jonas Faraday und Sarah Cruz. Wir möchten mit Oksana Belenko sprechen.« Ich setze mein gewinnendstes Lächeln auf, und sofort sieht die Frau viel freundlicher aus.

»Okay. Einen Moment bitte.«

Sie verschwindet im Nebenzimmer und zieht die Tür hinter sich zu. Sarah und ich sehen uns an. Mein Herz rast.

Ein paar Minuten vergehen, und ich drücke Sarahs Hand. Ich hätte nicht gedacht, dass ich so nervös sein würde.

Die Frau kommt zurück, dicht gefolgt von einem Mann meines Alters, der einen Designeranzug trägt und sein dunkelblondes Haar nach hinten gegelt hat. Ich kann förmlich spüren, wie Sarah neben mir grinst. Da hat sie ja ihren *Stirb-langsam*-Schurken.

»Kann ich Ihnen helfen?«, fragt er aus sicherer Entfernung und durchbohrt Sarah mit seinen Blicken.

»Hey«, sage ich, so locker ich nur kann. »Freut mich wahnsinnig, Sie kennenzulernen!« Ich strecke meine Hand aus, als wären wir uralte Freunde. »Ich bin Jonas Faraday – ein Mitglied des Clubs.« Ich sehe Sarah an und lächle. »Ein sehr zufriedenes Mitglied im Übrigen!«

Sarah erwidert mein Lächeln.

Der Kerl schüttelt meine Hand, ist aber ganz offensichtlich nicht sonderlich begeistert von unserem Besuch und stellt sich auch nicht namentlich vor.

»Ich habe unsere liebe Sarah nach Vegas gebracht, um ein bisschen Spaß zu haben. Und da dachte ich mir: Warum nicht zwei Fliegen mit einer Klappe schlagen und mit Ihnen ein bisschen Geschäfte machen?«

Wieder mustert der Mann Sarah.

Sie wird doch jetzt nicht die Nerven verlieren? Nein, sie bleibt absolut gelassen, lächelt den Typen an und streckt ihm ihre Hand entgegen.

»Ich bin Sarah Cruz. Ich glaube, wir haben uns noch nicht kennengelernt.« Sie sieht mich an. »Ich habe bis jetzt immer von Seattle aus gearbeitet, deswegen kenne ich die Leute am Hauptstandort nicht.«

Der Kerl sieht auf die Tür, durch die wir gekommen sind. »Sind Sie zwei allein hier?«

»Ja«, sagt Sarah, »nur wir zwei.«

»Sarah hat mir gesagt, dass ich Ihnen eine E-Mail schicken soll, aber sie ist eben nicht so geschäftstüchtig wie ich.« Ich zwinkere ihr zu. »Stimmt doch, Süße, oder?«

»Korrekt.«

»Sie hat einfach noch wenig praktische Erfahrung. Ist zwar höllisch clever, hat aber keine Ahnung vom wahren Leben. Die kleine Zuckerschnute hat nicht verstanden, dass man Dinge besser von Angesicht zu Angesicht regelt. Das toppt jeden Mailkontakt.« Ich ziehe sie an mich und kneife ihr in den Hintern. »Was für ein Mädchen, ich sage es Ihnen! Was für ein Mädchen.«

Sarah wirft den Kopf zurück und lacht.

»O Jonas!«

»Stacy aus Seattle hat mir gesagt, dass ich mit Oksana sprechen soll, wenn ich ein Mädchen für längere Zeit am Stück buchen möchte. Da habe ich mir gedacht, ich schaue am besten direkt hier vorbei und kaufe Ihnen Sarah ab.«

»Jonas!«, sagt Sarah und gibt mir einen neckischen Klaps.

»Ach, er weiß doch, wie ich das meine! Ich kaufe natürlich nur deine Zeit, nicht dich, Süße. Ist doch klar.« Ich sehe wieder zu dem Typen. »Außer sie steht wirklich zum Verkauf!« Ich lache gequält.

»Nee, aber mal im Ernst: Ich würde gern eine Menge Zeit am Stück mit dieser Sahneschnitte hier kaufen. Sie ist Tag und Nacht damit beschäftigt, irgendwelche Bewerbungen zu prüfen, sodass ich sie nicht so oft für mich habe, wie ich gern hätte. Und ich will sie oft, glauben Sie mir!«

Wieder grapsche ich nach Sarah, und sie kichert.

Der Typ sieht mich verunsichert an, ohne etwas zu sagen. »Ich bin gleich wieder da.«

Mit diesen Worten verschwindet er durch die Tür, und Sarah und ich sehen einander an. Alles läuft wie geplant. Aber wer zum Teufel ist dieser Mann? Und wo ist Oksana?

Nach einer Weile kommt der *Stirb-langsam*-Typ zurück.

»Lassen Sie Ihre Telefone und Taschen bei Nina.« Er deutet auf die junge Frau, die uns in Empfang genommen hat.

Sarah reicht ihr, ohne zu zögern, ihre Handtasche, aber ich bin wie erstarrt.

»Mr Faraday, wir freuen uns sehr darauf, mit Ihnen ein vertrauliches Gespräch zu führen, aber wir wollen nicht das geringste Risiko eingehen, dass die Unterhaltung aufgenommen wird.«

Verdammt, das ist zweifellos der Typ, der die Club-E-Mails verfasst. Er spricht, wie er schreibt.

»Oh, sicher. Kein Problem!«, sage ich und reiche der Frau mein Telefon.

Der Mann beginnt uns abzutasten. Bei Sarah lässt er sich sehr viel mehr Zeit als bei mir. Traut er ihr noch weniger über den Weg? Oder genießt er es einfach, sie zu betatschen? Nur mit viel Mühe kann ich den Wunsch unterdrücken, ihn direkt kaltzumachen.

Als er sich davon überzeugt hat, dass wir beide nichts Verbotenes an uns tragen, bittet er uns in sein Büro. Eine Frau Ende fünfzig oder Anfang sechzig mit platinblondem Haar und von harten Eyelinerstrichen umrahmten Augen sitzt hinter einem großen Tisch. Nach einer kurzen Vorstellungsrunde ist klar, dass es sich hierbei tatsächlich um unsere Freundin Oksana handelt und dass der Kerl Maksim heißt und ihr Sohn ist. Er will, dass wir ihn Max nennen. Sarah und ich nehmen ihr gegenüber Platz, während Maksim sich an ihrer Seite niederlässt und Sarah ohne jede Scham angafft.

»Wie schön, Sie endlich kennenzulernen, Oksana!«, sage ich überschwänglich. »Bis jetzt habe ich die Erfahrungen, die ich dank des Clubs machen durfte, sehr genossen. Es war alles absolute Spitzenklasse. Ein Traum!«

Max räuspert sich.

»Ich bin etwas überrascht, Sie hier zu sehen«, meint Oksana, die trotz ihres starken ukrainischen Akzents perfekt Englisch spricht. »Normalerweise vereinbaren wir keine persönlichen Treffen mit unseren Kunden. Unsere Adresse haben wir nirgends angegeben.«

»Oh, klar. Sorry. Stacy hat mir verraten, wo ich Sie finde.« Ich fühle mich ziemlich mies, dass ich Stacy da mit reinziehe, aber eine andere Erklärung fällt mir gerade nicht ein. »Ich hoffe, das ist okay. Ich möchte nicht, dass sie meinetwegen Ärger bekommt! Sie ist ein Goldstück. Eigentlich wollte ich erst ein paar Wochen mit ihr buchen – sie ist nun mal wahnsinnig attraktiv und talentiert.«

Sarah spannt sich auf ihrem Stuhl an und täuscht perfekt rasende Eifersucht vor.

»Aber die junge Dame neben mir dreht ja schon durch, wenn ich auch nur eine andere Frau *ansehe* – deswegen haben sich meine Pläne ein wenig geändert.« Ich grinse Sarah an, und sie nickt. »Meine Zuckerschnute ist ganz schön eifersüchtig und teilt auch nicht gern, deswegen ist ein Dreier mit Stacy leider ausgeschlossen.« Ich lache, und Sarah mimt weiterhin die eifersüchtige Geliebte.

»Sie ist schon eine Nummer. Pures Dynamit.« Sarah schenkt Oksana ein strahlendes Lächeln, aber die geht nicht darauf ein.

»Ja, das ist sie«, meint Oksana. »Sie hat ordentlich was auf dem Kasten, das ist klar.« Sie blinzelt Sarah zu und versucht offenbar, ihr Spiel zu durchschauen.

»Ah, ich bin furchtbar süß, das weißt du doch, Jonas«, gurrt Sarah.

»Und wie!«, stimme ich ihr zu.

Max hat Sarah unterdessen keine Sekunde aus den Augen gelassen, und ich schwöre mir, dass ich ihn erwürge, wenn er sie noch einmal berührt.

»Jonas sagt immer, dass ich zu viel arbeite. Stimmt doch, Liebling?«

»O ja. Ständig nur Arbeit, Arbeit, Arbeit. Die Arme muss ihre Ausbildung finanzieren, und dann ist da ja noch diese furchtbare Krebserkrankung ihrer Mutter. Sie haben sicher davon gehört? Und nun ist ihr Daddy auch noch arbeitslos.« Ich atme tief aus. »Wie viel kann eine solch junge Frau ertragen? Und jetzt hat auch noch irgendein kranker Typ sie in der Uni überfallen – hast du ihnen davon erzählt, Sarah-Liebling?«

Sie schüttelt den Kopf. »Nein, ich habe es nicht erwähnt, Darling. War doch nicht der Rede wert.«

»Wie bitte? Es war absolut brutal!«, sage ich. »Ich kann nicht fassen, dass es da draußen kranke Kerle gibt, die einem solch liebreizenden Wesen so etwas antun! Ich hoffe, dieser Mistkerl schmort in der Hölle, wer auch immer es sein mag.« Ich funkle Max an.

»Jonas«, presst Sarah hervor.

Shit. Das ist nicht Teil des Plans. Mein Herz rast, und ich atme tief durch, um mich ein wenig zu beruhigen.

»Es tut mir leid, das zu hören, Sarah«, sagt Max langsam. »Gut, dass Sie wieder in Form sind.« Er lässt seinen Blick an ihr hinabgleiten. »Und in was für einer!«

Ich räuspere mich. So ein Arschloch. Ich balle meine Hände so fest zusammen, dass es beinahe wehtut.

»Es gab scheinbar eine ganze Reihe von Vergewaltigungen an der Uni«, sagt Sarah. »Die Polizei geht davon aus, dass es sich bei mir um eine versuchte Vergewaltigung handelt, vielleicht auch nur um Raub, sie sind sich nicht sicher. Aber jetzt geht es mir ja wieder gut.« Sie sieht mich warnend an, weil ich mich an den Plan halten soll. »Jonas hat mich unglaublich lieb verwöhnt, als ich mich auskurieren musste.«

»Ja, dem armen Ding ging es hundeelend! In dieser Zeit habe ich begriffen, dass ich mich um sie kümmern möchte, verstehen Sie? Ich will ihr das Leben ein wenig erleichtern, die Last von ihren Schultern nehmen, wenn es denn möglich ist. Aber selbst nach dem Angriff wollte sie sofort zurück in die Uni und arbeiten. Sie hat gesagt, dass sie einfach zu viele Rechnungen begleichen und zu viele Bewerbungen bearbeiten muss und dass sie es sich deswegen nicht leisten kann, sich freizunehmen.«

Sarah schluchzt plötzlich auf oder tut zumindest so. Verdammt, sie ist irre gut! Ich weiß, dass sie nur spielt, aber es ist trotzdem herzzerreißend.

»Hey«, sage ich übertrieben zärtlich, »es ist okay!« Ich greife nach ihrer Hand. »Alles wird gut.«

»Es tut mir leid, Darling«, sagt Sarah. »Geht schon wieder.« Sie schluckt. »Es war einfach hart in letzter Zeit. Deine Hilfe bedeutet mir so viel.«

Ich küsse sie auf den Handrücken. »Immer wieder gern.« Ich wende mich an Oksana. »Vielleicht sollte ich es Ihnen gegenüber gar nicht zugeben, aber ich biete Sarah immer wieder an, ihre Rechnungen zu bezahlen, damit sie diesen Assistenzjob aufgeben und sich mir vierundzwanzig Stunden am

Tag widmen kann. Aber sie sagt, dass es Ihnen gegenüber nicht fair wäre – dass Sie zu sehr auf sie angewiesen sind.«

Oksana und Max werfen sich einen Blick zu. Sie haben Sarah keine Bewerbung mehr zur Überprüfung geschickt, seit wir nach Belize aufgebrochen sind.

»Es ist lustig, wissen Sie? Ich habe mich im Club angemeldet, um Frauen kennenzulernen, die sich nicht sofort an mich binden wollen, nicht an mir hängen. Und jetzt hänge ich plötzlich wahnsinnig an dieser Frau. Sehen Sie sie sich an. Sie ist fantastisch. Aber Geschäft ist Geschäft, das ist mir klar, und aus diesem Grund bin ich hier.«

»Was genau können wir denn für Sie tun, Mr Faraday?«, erkundigt sich Max.

»Ich hatte gehofft, dass ich Sie dazu überreden könnte, Sarah für einen ganzen Monat zu buchen. Immer wenn ich gerade eine aufregende Reise mit ihr machen oder mit ihr allein sein will, rennt sie wieder davon, um irgendwelche Bewerber zu prüfen. Deswegen dachte ich, ich könnte ihr vielleicht diese kleine Auszeit finanzieren.«

»Ich kann meinen Job nicht aufgeben, Darling«, sagt Sarah. »Es gibt viel zu viele Leute, die fest auf mich zählen.«

»Ich weiß, Zuckerschnute. Aber du musst auch lernen, Hilfe anzunehmen. Ich will dich unterstützen.«

»Danke, Jonas. Du bist so großzügig!«

»Ich denke, wir können uns einigen, Mr Faraday«, sagt Oksana. »Sarah ist eine unserer besten Aufnahmeassistentinnen, und wir sind quasi jeden Tag auf ihre hervorragende Arbeit angewiesen. Aber natürlich wollen wir unsere Kunden glücklich machen, soweit es in unserer Macht steht.«

»Fantastisch. Dann würde ich sie gern erst einmal für einen Monat buchen. Auf mehr kann ich mich nicht festlegen, zumindest jetzt noch nicht.«

»Genau deshalb will ich meinen Job auch noch nicht aufgeben«, meint Sarah zu Oksana, als wären sie dicke Freundinnen. »Er will sich nicht festlegen.« Dann sieht sie mir direkt in die Augen.

»Wenn du mir nichts versprechen kannst, Jonas, dann werde ich das genauso wenig tun.«

Oksanas Augen funkeln. Sie schätzt Sarahs Geschäftstüchtigkeit offenbar sehr.

Ich verdrehe die Augen. »Die Frau ist eine harte Nuss, da will ich Ihnen nichts vormachen. Hält mich ganz schön auf Trab.« Sarah und ich lächeln uns an. »Ich könnte natürlich auch jede andere haben, ganz egal, ob im Club oder sonst irgendwo da draußen in der Welt. Aber irgendwie kriege ich nicht genug von ihr. Es ist total verrückt. Sie ist einfach ... o Mann! Eine Granate, das sage ich Ihnen.«

Sarah grinst. »Ich bin bloß ehrlich, das ist alles. Ich bin, wie ich bin – *Take it or leave it*, Baby!«

»Ja, das sagt sie mir die ganze Zeit. Und ich entscheide mich immer wieder für sie.« Ich lache mein irres Lachen. »Aber sie will nun mal ihren Job behalten und besteht darauf, dass ich Sie direkt bezahle, wenn ich ihre ungeteilte Aufmerksamkeit haben will. Ich respektiere ihre Loyalität natürlich. Sie ist nun mal sehr ehrlich. Ich sage immer, dass man im Geschäft aufrichtig sein muss und mit gutem, rechtschaffenem Beispiel vorangehen soll.«

Sarah zuckt mit den Schultern. »Ich würde die Leute hier niemals hängen lassen.«

Sie senkt den Kopf und ist offenbar völlig überwältigt von ihren Emotionen.

»Sorry. Ich habe nur gerade an meine Mom und meinen Dad denken müssen. Sie haben es so schwer.«

Wenn Sarah diese Leute nicht davon überzeugt hat, dass sie ein absolutes Juwel ist, dann weiß ich auch nicht. Gebt ihr einen Oscar, los!

»Mach dir keine Sorgen, Sarah«, sage ich und linse zu Oksana. Jepp, sie nimmt ihr die Nummer ab. »Ich werde dir bei allen Ausgaben zur Seite stehen, Zuckerschnute, versprochen. Aber eins nach dem anderen. Wie viel kostet es denn, die Kleine einen Monat lang in meine Obhut zu geben? Ich will schließlich vierundzwanzig Stunden am Tag über sie verfügen.« Ich lecke mir über die Lippen.

»O Jonas«, sagt Sarah. »Du bist so süß.«

»Vierundzwanzig Stunden am Tag?« Oksana sieht an die Decke, als würde sie etwas ausrechnen. »Da sollten dreitausend pro Tag angemessen sein.«

»Neunzigtausend für einen Monat?«, sage ich ungläubig. »Das ist ganz schön viel!«

Sarah zuckt zusammen und verschränkt die Arme. »Das kommt dir viel vor, Jonas Faraday? Für einen ganzen Monat mit mir? Ich finde das ziemlich günstig, wenn ich ehrlich sein soll!«

Ich hebe entschuldigend die Hände, als müsste ich meine fordernde Freundin besänftigen. Sie sieht genervt beiseite, und Oksana lächelt. O ja, sie liebt Sarah.

»Wir verlassen uns voll und ganz auf Sarah, deswegen ist sie momentan auch so beschäftigt. Sie ist der hellste Stern am Firmament unseres Clubs! Sie verstehen sicher, dass sie nicht einfach eines unserer Mädchen ist, sondern ein wichtiges Teammitglied. Eigentlich bieten wir sie den normalen Kunden gar nicht an. Dieser Service hat natürlich seinen Preis.«

»Oh, das weiß ich natürlich. Tut mir übrigens leid, dass ich gegen die Regeln des Clubs verstoßen habe. Ich konnte nicht widerstehen, sie ist einfach zu verführerisch.«

Sarah nickt bekräftigend.

»Wenn ich Sie richtig verstehe«, meint Oksana, »dann möchten Sie, dass wir ihr weiterhin eine Festanstellung garantieren und sie auch für den Monat, den sie nicht für uns arbeitet, bezahlen? So eine Art bezahlter Urlaub?«

»Ganz genau.«

»Wir müssten also mindestens eine weitere Aufnahmeassistentin anstellen und vorher sogar noch ausbilden. Das bedeutet allerhand Unannehmlichkeiten für uns. Das hier ist schließlich keine Wohltätigkeitsorganisation.«

Ich tue so, als würde ich darüber nachdenken, und Sarah sieht mich flehend an.

»Was ist, wenn ich auf etwas Gehalt verzichte, damit es funktioniert, Jonas? Ich stünde dir wirklich zu gern den nächsten Monat über jede Minute zur Verfügung.«

Sie schlägt die Augen nieder.

»Darum würde ich dich niemals bitten, Sarah«, meine ich. »Du brauchst das Geld.« Ich seufze. »Ich wünschte wirklich, sie würden mich dich direkt bezahlen lassen. Wäre das nicht viel einfacher?«

»Okay, achtzigtausend«, schnaubt Oksana. »Und keinen Penny weniger. Das ist mein letztes Angebot.«

»Oh, danke, Oksana!«, sagt Sarah fröhlich. »Siehst du, Jonas? Oksana ist bereit, mit dir zusammenzuarbeiten. Also, bist du dabei?« Sie steht auf und drückt ihre Lippen auf mein Ohr. »Du wirst es nicht bereuen, Süßer«, flüstert sie.

Ich weiß zwar, dass sie das nur spielt, aber es macht mich trotzdem wahnsinnig an. Ich küsse sie auf den Mund, und sie fährt mit der Hand durch mein Haar. Wow, selbst wenn alles nur Show ist, berauscht mich diese Frau!

»Du weißt, dass ich dir nicht widerstehen kann«, sage ich leise und ziehe mein Scheckbuch hervor. »Also, achtzigtausend. Geht das direkt an den Club?«

»Den Namen des Empfängers tragen wir selbst ein«, sagt Max eilig.

Ich fülle den Scheck aus und reiche ihn Oksana.

»Jetzt ist es offiziell«, sage ich und sehe Sarah an. »Du gehörst erst mal mir! Vierundzwanzig Stunden am Tag.«

»Einen ganzen Monat lang«, fügt Sarah hinzu.

»Sorry noch mal, dass ich die Regeln nicht befolgt habe.

Ich konnte einfach nicht anders. Welcher Mann hätte schon nach ihrer E-Mail widerstehen können? Und dann habe ich auch noch herausgefunden, wie eifersüchtig sie ist. Das hat mir den Rest gegeben!« Ich streiche mit dem Zeigefinger über ihren Arm. »Sie ist schon eine Nummer. Eine richtig heiße Nummer.«

Sarah lächelt mich verschmitzt an. »Danke, dass du so großzügig bist! Das ist eine wahnsinnig attraktive Seite an dir. Macht mich richtig an.«

»Ich glaube, das ist die beste Investition meines Lebens. Es war die richtige Entscheidung, dem Club beizutreten. Das habe ich auch schon all meinen Freunden erzählt. Letztens war ich auf einer internationalen Finanzkonferenz, auf der einige Schwergewichte zugegen waren. Beim Scotch habe ich mindestens zwanzig von ihnen von dem Club erzählt, und jetzt sind alle ganz heiß darauf, beizutreten. Allerdings sind diese Männer richtige VIPs – sie sind nur die allerbeste Behandlung gewöhnt.«

»Wir würden ihnen garantiert exquisite Erfahrungen bieten«, meint Oksana.

»Neben ein paar von ihnen wirke ich wie ein armer Schlucker, ehrlich«, sage ich glucksend. »Die haben wirklich unglaublich viel Geld. Ich habe ihnen gesagt, dass ich Sie fragen werde, ob Sie sie persönlich kontaktieren könnten, so wie man es mit VIP-Mitgliedern eben macht. Dann könnten Sie ihnen das Angebot genau erklären, sie dazu überreden, sich anzumelden, und ihnen zeigen, dass sie wie Könige behandelt werden würden. Sie wollen sich nicht wie Normalsterbliche anmelden, sondern möchten die Garantie haben, dass sie nur das Beste vom Besten bekommen. Diesen Typen geht die Romantik sonst wo vorbei, sie wollen einfach nur den perfekten *Service*.«

Oksana sieht Max an, als bitte sie um Erlaubnis.

»Sie werden den allerbesten Service bekommen, das garantiere ich Ihnen«, versichert Max. »Geben Sie ihnen einfach den Link zu unserem Anmeldeportal, und dann startet das Anmeldeverfahren, so wie es bei uns üblich ist.«

»Soll ich Ihnen nicht einfach die Kontaktliste zuschicken, sodass Sie die Herren kurz anrufen können? Ich wette, Sie könnten am Telefon jedem von ihnen eine einjährige Mitgliedschaft für eine halbe Million andrehen. Vielleicht springt sogar noch mehr für Sie raus, wenn Sie eine Art ›VIP-Club‹ innerhalb des Clubs anbieten?« Ich lache. »Wenn ich kurz mein Telefon aus dem anderen Zimmer holen darf, suche ich die Kontakte raus und schicke Ihnen eine Mail.«

»Nein«, sagt Max entschieden. »Wir stellen keinen Telefonkontakt her und akquirieren auch keine neuen Kunden. Keine Ausnahmen. Wenn diese Männer beitreten wollen, müssen sie denselben Anmeldeprozess durchlaufen wie alle anderen auch. Ich habe die Formulare selbst entworfen. Durch sie stellen wir maximalen Schutz und Diskretion aller Beteiligten sicher. Das verstehen Sie doch?«

Oh, er hat also die Seite entworfen, ja? Seine Mom stellt die Mädchen, und er kümmert sich um den Rest?

»Ich bin mir nicht sicher, dass sie sich darauf einlassen werden«, sage ich.

»Darling, bitte«, wendet Sarah ein. »Respektiere, was Max sagt. Deine Freunde können nichts einfordern, was die Vertraulichkeit der Abläufe hier im Club auch nur im Geringsten gefährdet, ganz egal, wie reich sie sind. Vergiss nicht, dass ich als Angestellte von dieser Diskretion ebenso sehr profitiere wie alle anderen.«

Ich starre Sarah an. Das war aber nicht Teil des Plans! Was sagt sie denn da? Wir haben doch abgemacht, dass ich ihnen eine Mail mit der Kontaktliste schicke. Warum stellt sie sich jetzt auf Max' Seite?

»Darf ich dir etwas anvertrauen, Jonas?«, fragt Sarah, sieht dabei aber zu Max.

»Natürlich.« Mein Herz rast. Was macht sie da?

»Wenn herauskommt, dass ich für den Club arbeite, dann kann es passieren, dass meine ethische Beurteilung nicht positiv ausfällt. Deswegen ist es wirklich wichtig, dass wir uns an die Regeln halten, die den Club schützen – denn sie schützen auch mich, verstehst du? Wie gut kennen wir die Typen schon? Können wir sicher sein, dass sie absolut diskret sind?«

Ich bin sprachlos.

Sarah sieht Max an, und er lächelt sie mit funkelnden Augen an. Ich könnte ihn erwürgen!

»Sarah bringt das wunderbar auf den Punkt«, sagt Max. »Danke.«

»Gern. Wir ziehen doch alle am selben Strang.« Sie lächelt mich zuckersüß an. »Auch dann, wenn es um den Schutz der Privatsphäre der Mitglieder geht.«

Was wird das nur, wenn es fertig ist? Das war so nicht abgesprochen!

»Ganz genau«, sagt Max. »Mr Faraday, warum sagen Sie mir nicht, wie Ihre Bekannten heißen, damit wir sie erkennen, wenn sie sich auf unserem Portal anmelden?« Er greift nach einem Block, der auf Oksanas Schreibtisch liegt. »Ich verspreche, dass wir ihnen die Zeit ihres Lebens bescheren werden.«

»Okay«, sage ich erleichtert. Scheinbar hat Sarahs Kurswechsel einen guten Grund – sie will das Vertrauen von Max und Oksana gewinnen. Clever! »Die Namen sind in meinem Telefon gespeichert. Geben Sie es mir, dann schicke ich Ihnen die Liste.«

»Nein, sagen Sie mir die Namen einfach direkt.« Er zückt seinen Stift.

»Jonas, du kannst mir die Liste einfach später geben, und ich reiche sie dann weiter«, meint Sarah.

»Perfekt«, sagt Max. »Danke, Sarah.«

Sie sieht mich an. »Hey, Jonas, würdest du uns vielleicht fünf Minuten allein lassen?«

Wie bitte? Auf keinen Fall lasse ich sie mit diesen Wichsern allein! Was macht sie da?

»Nur fünf Minuten«, sagt sie. »Ich muss ihnen noch ein paar Infos über ein Mitglied geben – über die letzte Anmeldung, die ich bearbeitet habe –, und das ist nun mal streng vertraulich. Ich verspreche auch, danach werde ich diesen Monat nichts mehr für den Club tun! Sobald wir hier rausgehen, gehöre ich ganz dir!« Sie zwinkert mir zu.

Ich kriege kein Wort raus. Was ist das nur für ein Wahnsinn? Auf keinen Fall!

»Nur fünf Minuten, Darling«, sagt sie.

Ich bewege mich nicht. Nein. Kommt nicht infrage!

»Mr Faraday, wären Sie so nett?«, sagt Max, steht auf und deutet auf die Tür. »Nur für einen Moment. Nina macht Ihnen bestimmt einen Kaffee.« Er öffnet die Tür, die in den Anmeldebereich führt.

Ich starre Sarah an. Das passiert doch nicht wirklich?

»Danke, Jonas«, sagt Sarah. »Dauert nur einen klitzekleinen Moment. Versprochen.«

Ich zwinge mich aufzustehen und werfe einen Blick auf die Uhr. »Fünf Minuten«, sage ich. »Keine Sekunde länger.«

»Super, danke. Ich bin gleich bei dir.«

Sarah

Sobald sich die Tür hinter Jonas geschlossen hat, wirble ich herum und sehe Max und Oksana mit stählernem Blick an. »Fifty-fifty, oder ich bin weg«, sage ich. »Der Typ frisst mir aus der Hand, wie Sie sicher gesehen haben. Er kriegt nicht genug von mir, ist richtig süchtig! Jetzt, wo ich ihm die rührselige Story von der Krebserkrankung meiner Mom und der Arbeitslosigkeit meines Dads erzählt habe, schmeißt er mir das Geld nur so nach. Also, fifty-fifty, oder das war's.«

Max kichert.

»Sechzig Prozent für uns, der Rest für Sie«, sagt Oksana. »Letztes Angebot.«

Ich lehne mich mit verschränkten Armen zurück. »Er würde alles für mich tun, das sage ich Ihnen.«

Was machen sie wohl, wenn ich jetzt wirklich gehe? »Okay, fifty-fifty bei diesem Typen, und sechzig Prozent für Sie bei den folgenden«, sage ich. »Was Jonas Faraday angeht, brauche ich Sie ja gar nicht mehr, ich hätte das ganze Geld einsacken können, ohne dass Sie je davon erfahren hätten. Aber ich beziehe Sie mit ein, weil ich auch in Zukunft mit Ihnen zusammenarbeiten will.«

Oksana und Max sehen einander an.

»Glauben Sie das wirklich?«, gluckst Max. »Denken Sie, dass das so einfach gewesen wäre?« Er klingt drohend.

»Schhh, Maksim. *Dobre*«, sagt Oksana. »Fein, Sarah. Da Sie scheinbar schon viel Aufwand in das Projekt Faraday gesteckt haben, teilen wir den Gewinn dieses Mal zu gleichen Teilen. Und künftig dann sechzig zu vierzig.«

»Gut«, sage ich, »wunderbar. Jetzt, wo das geklärt ist, freuen Sie sich sicher zu hören, dass er mir schon heute Morgen einen weiteren Scheck überreicht hat. Über hunderttausend Dollar.«

»Das ist alles?«, fragt Max.

Ich verdrehe die Augen. »Das war doch nur ein bisschen Taschengeld für Las Vegas.« Ich lache. »Der Typ ist Wachs in meinen Händen, das sage ich Ihnen!«

Oksana sieht mich beeindruckt an. »Haben Sie den Scheck denn dabei?«

»Ja, in meiner Handtasche.« Ich deute auf das Vorzimmer, und Oksana bedeutet Max, dass er die Tasche holen soll.

»Ich quetsche im kommenden Monat alles aus Jonas Faraday heraus, was ich kriegen kann, aber danach will ich neue Kunden«, sage ich zu Oksana, während Max weg ist. »Ich mag meinen neuen Job richtig gern.«

»Sie haben die Macht entdeckt«, sagt Oksana lachend. »Ich sage ja immer, dass jede Frau, die eine Pussy und einen Mund hat, selbst dran schuld ist, wenn sie nicht alles kriegt, was sie will.«

Ich versuche, trotz meines Ekels zu lächeln. »Wie wahr, wie wahr. Man könnte meinen, dass dieser Mann noch nie Sex hatte, so, wie er auf mich reagiert.«

»Die Macht der Pussy«, sagt Oksana spöttisch.

Wir lachen einstimmig, obwohl ich in Wirklichkeit entsetzt bin. Was für eine Schlampe!

Max kommt mit meiner Handtasche zurück. Als er die Tür hinter sich zuzieht, höre ich Jonas' nervöse Stimme aus dem Vorzimmer.

»Ich habe für diese Zeit bezahlt!«, ruft er. »Ich komme jetzt wieder rein!«

»Geben Sie uns noch fünf Minuten«, erwidert Max kurz

angebunden. Er sperrt ab und kommt in der Tasche wühlend auf mich zu. Dann zieht er den Scheck heraus und zeigt ihn Oksana.

»Nett!«, sagt sie.

»Nächste Woche wird sich der Gesundheitszustand meiner Mom dramatisch verschlechtern«, sage ich. »Und meinem Dad wird damit gedroht, dass er sein Haus verliert. Fünfhunderttausend Dollar würden uns da wahnsinnig weiterhelfen.«

Oksana nickt enthusiastisch. »Sehr gut!«

Max setzt sich neben mich und legt eine Hand auf meinen Oberschenkel. Ich zucke zusammen.

»Konnte Faraday Ihr kleines Problem lösen?«

Ich antworte nicht.

»Ich meine Ihr Mount-Everest-Problem«, flüstert er mir ins Ohr. »Hat sich das erledigt?« Er leckt sich über seine Oberlippe. »Wenn nicht, dann wäre ich Ihnen gern behilflich.«

Ich gehe auf Abstand. »Ich hab dem Typen einfach eine Geschichte erzählt, von der ich wusste, dass er ihr nicht widerstehen kann.«

Max gluckst. Es sieht ganz so aus, als würde er mir kein Wort glauben. »Sie waren sehr, sehr überzeugend.«

»Maksim, *nemaje*«, sagt Oksana. »Das war sehr klug, Sarah.«

Ich ziehe eine Grimasse. Wie schaffe ich es jetzt bloß, Oksana eine E-Mail zu schicken?

»Lassen Sie uns doch die unangenehme Vergangenheit einfach begraben«, schlage ich vor. »Ich bin bereit, Ihnen die kleine Messerstecherei zu verzeihen. Aber ich will innerhalb von vierundzwanzig Stunden bezahlt werden – ansonsten bin ich raus und mache Sie fertig, das garantiere ich Ihnen!«

»Das glaube ich kaum«, sagt Max.

Ich presse die Lippen aufeinander.

»Sie haben doch selbst gesagt, dass Sie Schwierigkeiten mit dem ethischen Prüfungsausschuss bekommen, wenn auffliegt, dass Sie bei uns arbeiten. Das werden Sie doch sicher nicht riskieren wollen?«

Ich ziehe einen Schmollmund, als würde ich mich darüber ärgern, dass ich ihm dieses Geheimnis anvertraut habe.

»Vielleicht ist mir das ja total egal!«, sage ich, als wäre ich die schlechteste Lügnerin der Welt.

Max grinst. »Oh, das glaube ich nicht. Ich habe meine Nachforschungen über Sie angestellt. Und deswegen weiß ich, dass Ihnen Ihre Zulassung als Rechtsanwältin oder Richterin über alles geht und dass Sie bestimmt nichts über den Club ausplaudern werden!«

Ich beiße die Zähne aufeinander.

»Aber genau deshalb können wir Ihnen voll und ganz vertrauen, Miss Cruz. Wir handeln im selben Interesse. Und das ist gut.«

»Wenn ich mich zu sehr über Sie ärgere, dann schicke ich den Bericht raus, ganz egal, was das für meine Karriere als Juristin bedeutet!«

Das kauft er mir offenbar nicht ab.

»Schön«, schnaube ich und verschränke die Arme. »Aber wenn der ukrainische John Travolta mir noch einmal wehtut, dann kann ich für nichts mehr garantieren.«

»Der ›ukrainische John Travolta‹?« Er bricht in lautes Gelächter aus.

»Ja. So wie in *Pulp Fiction.*«

Max ist hochamüsiert. »Das muss ich Juri erzählen!« Er sagt auf Ukrainisch etwas zu Oksana, und sie lacht. Max winkt ab.

»Wir werden Ihnen nicht wehtun, Sarah. Sie haben bewiesen, was Sie wert sind. Wir sind auch nicht blöd, wissen Sie?«

Ich zwinkere ihm zu.

»Sie sind übrigens eine tolle Schreiberin. Eine richtige Granate, wie Ihr dämlicher Freund es ausgedrückt hat.«

»Woher weiß ich, dass ich Ihnen vertrauen kann und Sie nicht wieder einen Auftragskiller auf mich ansetzen?«

Sein Blick verhärtet sich. »Wenn ich Ihnen sage, dass Sie sicher sind, dann sind Sie sicher. Und wenn ich will, dass Sie tot sind, dann sind Sie das auch.«

Ein kalter Schauer läuft mir über den Rücken. Ich bin nur wenige Schritte von dem Mann entfernt, der mich umbringen lassen wollte.

»Glücklicherweise möchte ich aber nicht, dass Sie sterben.« Er berührt meinen Arm, und ich zucke erneut zusammen. »Ich hoffe, dieser kleine Zwischenfall hat Sie nicht zu sehr aus der Bahn geworfen.«

»Oh, ganz und gar nicht. Das ganze Blut, das ich verloren habe, habe ich sowieso nicht gebraucht«, schnaube ich.

»Wie schlimm sind denn die Wunden?«, erkundigt sich Oksana. »Wenn Sie zu vernarbt sind, kann ich Sie ja schlecht auf die Kunden loslassen.« Sie hat jetzt wieder ihren eiskalten Geschäftston angeschlagen.

Es klopft an die Tür. »Die Zeit ist um!«, ruft Jonas und rüttelt an der Tür, die immer noch abgesperrt ist. »Sarah? Es genügt jetzt!«

Max deutet auf die Tür. »Sprechen Sie mit ihm.«

Ich öffne die Tür und sehe in Jonas' panisches Gesicht. Oder ist das Wut?

»Es ist alles in Ordnung, Darling«, sage ich, als ich fröhlich den Kopf zur Tür hinausstrecke. »Wir haben den Geschäftskram fast geklärt. Noch fünf Minuten, dann ist alles erledigt, und ich gehöre nur dir!«

Er ist kurz davor, aus der Haut zu fahren.

»Komm her«, sage ich munter.

Er will mir etwas zuflüstern, aber ich küsse ihn.

»Sarah«, flüstert er dann doch. »Komm sofort da raus!«

»Ja, in ein paar Minuten«, sage ich laut und deutlich. »Und dann geht's richtig los, Jonas.«

»Sarah«, sagt er bestimmt. »Jetzt!«

»Nein«, flüstere ich. »Vertrau mir!«

Bevor ich die Tür vor seiner Nase zuknalle, sehe ich noch, dass er vor Wut rast. Ich drehe mich um und gehe sicher, dass die Tür nicht mehr abgesperrt ist. »Meine Wunden heilen erstaunlich gut«, sage ich und setze mich wieder. »Danke der Nachfrage. Die an meinem Hals ist schon fast nicht mehr zu sehen.« Ich lege den Kopf schief, um ihnen einen besonders guten Blick zu ermöglichen.

»Nicht schlecht«, bestätigt Oksana.

»Und die auf meinem Brustkorb ist auch nicht weiter wild, das wird mit der Zeit immer besser werden.«

»Zeigen Sie mal. Ich muss mich selbst davon überzeugen«, meint Oksana.

»Wir haben hier im Club eine kleine Tradition«, sagt Max und klingt plötzlich ziemlich gierig. »Bevor die Mädchen ihren Dienst antreten, teste ich sie höchstpersönlich, um zu sehen, ob sie unsere hohen Standards auch wirklich erfüllen.« Er sieht seine Mutter an und sagt etwas auf Ukrainisch.

Sofort rutscht mir das Herz in die Kniekehlen. Ich sehe zur Tür, bin plötzlich panisch.

»Es wird nur fünf Minuten dauern«, meint Max. Er steht auf und streckt seine Hand aus.

O Gott. Denkt er wirklich, dass wir miteinander schlafen werden?

»Maksim«, weist Oksana ihn zurecht. *»Ne zaraz.«*

Mir schnürt sich der Hals zu. »Faraday steht direkt vor dieser Tür«, sprudelt es aus mir heraus. »Und er fragt sich schon jetzt, was hier drin vor sich geht – Sie haben ihn ja gesehen, er ist kurz vorm Durchdrehen! Für so etwas ist jetzt nicht genug Zeit.«

»Maksim, *nemaje*«, wiederholt Oksana scharf. »*Ne s'ohodni.*«

Max wirft seiner Mutter einen finsteren Blick zu und atmet laut aus. »Na schön, dann eben irgendwann, solange sie noch in Vegas ist.«

Ich versuche zu lächeln, scheitere aber kläglich. Ich muss hier raus! Vorher aber muss Oksana noch eine E-Mail öffnen, die ich ihr schicke.

»Wann können Sie sich denn mal eine Stunde von ihm losmachen?«, fragt Max und zwinkert mir zu. »Morgen?«

»Ich weiß es nicht. Er ist ziemlich fordernd.«

»Ich würde sofort alles stehen und liegen lassen, wenn Sie mir Bescheid geben.«

»Ah, wie lieb von Ihnen. Sie würden sich eine Verschnaufpause von all der Messerstecherei gönnen, um mit mir zu schlafen?« In meinem Kopf wirbelt alles durcheinander. Ich muss es schaffen, Oksana eine E-Mail zu schicken. Mir läuft die Zeit davon.

Max lacht. »Meine kleine Granate! Ich verstehe schon, warum der Typ auf Sie abfährt. Wir werden eine Menge Spaß miteinander haben.«

»Maksim, *tischa*«, sagt Oksana scharf. »Sarah, ich muss mir Ihre Narben ansehen, ehe Sie gehen. Ich kann Sie wirklich nicht zu den Kunden schicken, ohne einen Eindruck von Ihrem Körper zu haben. Ich habe auch einen privaten Fotokatalog von unseren Mädchen, um die perfekte Auswahl für die besonderen Vorlieben unserer Kunden treffen zu können.«

Denk nach, Sarah. Denk nach!

»Faraday wartet auf mich«, sage ich. »Und ich werde mich jetzt nicht für Sie ausziehen. Sie haben doch gesehen, wie misstrauisch er ist! Er tritt wahrscheinlich jeden Moment die Tür ein.«

»Wenn ich Sie jetzt nicht nackt sehen darf, wird der Deal leider platzen.«

»Okay«, sage ich schließlich. »Ich gehe ins Bad und mache ein Nacktbild von mir, das einzig und allein für Ihren persönlichen Katalog bestimmt ist. Geben Sie mir mein Telefon. Aber ich sage Ihnen gleich, dass mein Kopf darauf nicht zu sehen sein wird und ich meine Unterwäsche anbehalte.«

Max lächelt. »Sie nehmen doch sicher einfach irgendein Foto aus dem Netz.«

Ich werfe die Hände entnervt in die Luft. »Wie soll das denn gehen? Ich stehe auf dem Bild doch eindeutig in Ihrem Bad und trage diese Unterwäsche!« Mit diesen Worten hebe ich rasch meinen Rock und lasse meinen knallroten Tanga hervorblitzen. Max' Gesicht leuchtet wie ein Weihnachtsbaum.

»Ich mache das Foto jetzt sofort und maile es Ihnen dann. Ich werde sogar hier neben Ihnen stehen, wenn Sie es sich ansehen, um gleich zu erfahren, ob ich Ihren Ansprüchen genüge. Hey, ich halte sogar diese Katzentasse in der Hand, um zu beweisen, dass das Foto echt ist.«

»Pravda«, sagt Oksana. »Maksim?«

Max sieht uns einen Moment lang skeptisch an, nickt dann aber.

Ich strecke meine Hand aus. »Kann ich jetzt mein Telefon haben?«

Max kramt in der Handtasche und mustert das Telefon gründlich.

»Die Aufnahmefunktion läuft nicht«, sage ich und halte das Handy vor meinen Mund. »Hier ist Sarah Cruz, und ich arbeite für den Club. Ich habe Jonas Faraday vom ersten Tag an das Geld aus der Tasche gezogen und starte gerade meine Karriere als teures Callgirl.« Ich grinse Max an. »Ich nehme wirklich nichts auf, sehen Sie?«

Er grinst mich an. »Ich komme mit ins Bad.«

»Maksim, *bud' laska*«, bellt Oksana.

Manometer, ich hoffe, das heißt nein! Ohne die Auflösung abzuwarten, flitze ich mit der Katzentasse ins Bad und ziehe die Tür hinter mir zu. Sobald ich allein bin, drohen meine Knie nachzugeben. Schnell halte ich mich am Waschbecken fest. »Reiß dich zusammen, Sarah Cruz!«, flüstere ich mir selbst zu.

Ich ziehe mein Sommerkleid aus und schieße schnell das angekündigte Foto von mir. Das Blut rauscht in meinen Ohren. Das hier fühlt sich so falsch an. So, so falsch. Wieso bin ich mir dann so sicher, dass es funktionieren wird?

Ich atme tief durch, um mich zu beruhigen. Was kann schlimmstenfalls passieren? Können sie mich mit diesem Bild erpressen? Es auf eine Pornoseite stellen? Ich starre das Foto an und stelle es mir zwischen einem Haufen Schmuddelbilder im Netz vor. Na, das wäre kein Weltuntergang. Schließlich sieht man mein Gesicht nicht. Okay, anhand der Narbe könnte man mich identifizieren, aber nicht so eindeutig, wie es bei einem Tattoo der Fall wäre. Notfalls könnte ich immer noch abstreiten, dass die Aufnahme von mir ist, und so tun, als hätte jemand die Narbe mit Photoshop hinzugefügt.

Argh.

Das klingt trotzdem nach einer richtig schlechten Idee. Aber was bleibt mir anderes übrig? Eine Mail von Jonas würden sie nicht öffnen, das ist klar. Aus irgendeinem Grund trauen sie ihm nicht so richtig über den Weg. Mir schon.

Jepp, Plan A ist hiermit offiziell erledigt. Jetzt heißt es entweder, Plan B durchzuziehen oder sich die Niederlage einzugestehen. Und eine Niederlage akzeptiere ich nicht! Ich hänge das Bild an die E-Mail-Vorlage, die Henn für mich eingerichtet hat, schlüpfe wieder in mein Kleid und verlasse das Bad.

»Wollen Sie noch einmal überprüfen, ob ich etwas aufnehme?«, frage ich Max und halte ihm zitternd das Telefon hin.

»Ich werde einfach nichts Verfängliches sagen«, meint Max grinsend.

»Gut«, sage ich und sehe auf mein Display. »Sagen Sie mir bitte Ihre E-Mail-Adresse, Oksana?«

Sie teilt sie mir mit, und ich tippe sie zitternd in das entsprechende Feld.

»Max? Ich vermute mal, dass Sie das Bild auch haben wollen?« Sein Gesichtsausdruck spricht Bände. »Wie lautet Ihre Adresse?«

Er sagt sie mir, und ich füge sie rasch hinzu – und dann drücke ich auf *Senden*. O mein Gott. Ich fange gleich an zu hyperventilieren! Bestimmt bin ich puterrot angelaufen.

»Okay, ich habe Ihnen das Bild geschickt«, sage ich und bemühe mich, möglichst ruhig zu klingen. »Schauen Sie doch beide mal nach, ob die Mail angekommen ist.«

Als Oksana sich einloggt und ihr Postfach öffnet, kommt es mir so vor, als würde alles in Zeitlupe geschehen.

»Na, erfülle ich Ihre Erwartungen?«, frage ich mit bebender Stimme.

»O ja, sieht sehr gut aus«, meint Oksana.

Sie hat es gemacht! Sie hat die E-Mail geöffnet!

»Sie werden bei den Kunden, die es gern exotisch mögen, garantiert sehr beliebt sein«, meint Oksana. »Die Narbe ist okay, sie können sie mit einer OP erklären. Vielleicht ging es um Ihren Blinddarm, so wie auf den berühmten Bildern von Marilyn Monroe.«

Ich lächle höflich, habe aber keine Ahnung, wovon sie da redet.

»Was denken Sie, Max?«, frage ich. »Gefällt es Ihnen?«

Ich versuche, neckisch zu klingen, mache aber vermutlich eher den Eindruck, als wäre mir speiübel.

Max drückt auf seinem Telefon herum und öffnet tatsächlich ebenfalls die Mail, um das Foto eingehend zu studieren.

»Ich verstehe, warum Mr Faraday so begeistert von Ihnen

ist«, meint er, sieht mich an und leckt sich die Lippen. »Ich freue mich sehr darauf, Sie morgen mal genauer unter die Lupe zu nehmen.«

»Wie viel gedenken Sie mir denn zu bezahlen?«, frage ich.

Er schnaubt.

»Eine kluge Prostituierte macht es nie gratis. Stimmt's, Oksana?«

Oksana gluckst. »Mit Maksim schon, wenn sie es sich nicht sofort verscherzen will.«

»Ich kriege immer eine Gratisrunde«, meint Max. »Aber mach dir keine Sorgen, ich verspreche dir, dass du auch deinen Spaß haben wirst. Ich bin sehr einfühlsam, besonders bei Frauen, die dieses ganz bestimmte Problemchen haben.«

Mir dreht sich der Magen um. »Ich ... ich weiß nicht, ob ich Jonas abhängen kann.« Ich deute auf die Tür. »Er ist sehr besitzergreifend.«

»Sie finden schon eine Möglichkeit, wenn Sie keinen Ärger riskieren wollen.«

Ein lautes Klopfen ertönt.

»Sarah!«, ruft Jonas. »Es ist Zeit zu gehen. Sofort!« Er rüttelt an der Tür, aber sie ist wieder abgesperrt. Wann haben sie das gemacht?

Erneut breche ich in Panik aus. Ich muss hier raus!

»Sarah!«, ruft er. »Die Zeit ist um!«

»Ich komme«, rufe ich und versuche, so locker wie möglich zu klingen. »Sie sehen, dass er ganz schön anstrengend sein kann!«

Wieder rüttelt er an der Tür.

Ich wende mich schon ab, da hält Max meinen Arm fest.

»Kaum auszudenken, wie viel Spaß ich verpasst hätte, wenn Juri dich einfach umgebracht hätte.« Er packt ohne Vorwarnung mein Gesicht, küsst mich auf den Mund und steckt mir die Zunge in den Rachen. Angewidert reiße ich mich los, aber er dreht mir den Arm auf den Rücken.

»Am Ende kommt doch immer alles so, wie es kommen soll«, meint er. »Ich schicke dir meine Telefonnummer – und erwarte *morgen* deinen Rückruf.«

Sarah

Kleiner Tipp: Wer vorhat, mit jemandem wie Jonas Faraday eine romantische, monogame Beziehung einzugehen, der sollte unter keinen Umständen das machen, was ich gerade getan habe.

Heiliger Bimbam, wie Kat sagen würde, das war keine gute Idee!

Sobald wir außer Hörweite dieser Gangster waren, ging es los. Es wäre die Untertreibung des Jahrhunderts, zu behaupten, dass Jonas einfach nur verärgert war. Genauso wenig würde es der Sache gerecht werden, wenn man sagen würde, er hätte mich in der Luft zerrissen.

Zum ersten Mal habe ich hautnah miterleben dürfen, wie es sich anfühlt, wenn Jonas' Wut sich ungebremst gegen einen richtet. Und ich kann sagen, dass das überhaupt nicht schön ist.

Natürlich habe ich mir erst mal die Augen aus dem Kopf geweint, als Jonas begonnen hat herumzubrüllen. Aber mir kamen nicht nur wegen seines Wutausbruchs die Tränen, sondern auch wegen all der widersprüchlichen Gefühle in mir.

Ich war erleichtert, wütend, verängstigt, empört, beschämt – alles auf einmal. In erster Linie aber war ich wahnsinnig stolz und froh, dass mein Plan aufgegangen war und Oksana und Maksim Henns Mail mit der Malware geöffnet haben. Und ich war total sauer, dass Jonas vor lauter Wut meinen kleinen Sieg überhaupt nicht anerkannt hat.

Nachdem Jonas' Wutausbruch ein wenig verebbt war und er wieder halbwegs vernünftige Sätze zustande brachte, wollte er jedes einzelne Detail wissen, das sich im Büro abgespielt hat. Ich habe ihm alles erzählt – na ja, fast alles. Was hätte es gebracht, wenn er von Max' Gratissex-Forderung oder seinem ekelhaften Kuss erfahren hätte?

Wie ich Jonas kenne, hätte er auf dem Absatz kehrtgemacht und Max eigenhändig erwürgt – und am Ende wäre er dabei selbst draufgegangen. Ich weiß schließlich, was für ein Monster Max ist, und würde niemals zulassen, dass Jonas etwas passiert.

Von dem Nackt-Selfie, das ich Oksana und Max gemailt habe, habe ich ihm allerdings erzählt, und deswegen ist mein lieber Freund vollkommen ausgerastet. Ich habe das zwar schon irgendwie verstanden, mich aber trotzdem nach einer Weile gefragt, ob er die gute Neuigkeit mit den E-Mails, die Oksana und Max geöffnet haben, überhaupt mitbekommen hat.

Also habe ich es einfach noch mal wiederholt.

»Sie haben die Mail geöffnet, Jonas. Beide. Es hat geklappt. Wir haben es geschafft.«

Aber es war ihm total egal. Nichts konnte ihn von seiner Wut ablenken.

Klar, wer würde schon wollen, dass die eigene Freundin ein Nacktbild von sich an einen blutrünstigen Zuhälter sendet? Aber was ist denn so schlimm daran? Man konnte ja nicht einmal mein Gesicht sehen! Es ist ein x-beliebiges Foto von einem nackten Körper. Ein Hals, Brüste, ein Bauchnabel, ein roter Tanga, Beine, eine Kaffeetasse. Ist doch nicht so wild, verflixt noch mal!

Wenn ich ehrlich bin, bin ich sogar ein bisschen stolz darauf. Ich bin nun mal Orgasma die Allmächtige, und heute habe ich es wieder einmal bewiesen. Wenn Orgasma im Auftrag der Wahrheit und der Gerechtigkeit den Bösewichten an den Kragen und die Unschuldigen verteidigen will, dann kann nichts auf der Welt sie stoppen! Orgasma wird siegen.

Was hätte ich denn auch machen sollen? Zurück ins Hotel fahren und sagen: Sorry, Leute, das war wohl nix? Auf keinen Fall. Ehe wir das Büro vom Club betreten haben, habe ich mir geschworen, dass wir das hinkriegen. Also habe ich eben dieses dämliche Foto von mir geschossen. Hätte schlimmer kommen können. Und obendrein hat es funktioniert.

Jonas und ich haben jetzt seit fünfzehn Minuten kein Wort miteinander gewechselt. Wir atmen immer noch heftig von dem Streit gerade, und mein Gesicht glüht. Ich linse zu ihm hinüber. Er starrt geradeaus, und die Ader an seiner Stirn ist geschwollen. Ich sehe aus dem Fenster und schreie innerlich immer weiter. Ganz sicher werde nicht ich das Schweigen brechen.

Jonas hält vor unserem Hotel, und wir warten geduldig in der Autoschlange, bis der Parkwart sich um unseren Wagen kümmert. Irgendwann beginnt Jonas auf seinem Telefon herumzutippen und murmelt, dass wir die anderen in zehn Minuten in unserer Suite treffen.

Ich erwidere nichts. Der kann mich mal. Erst herumbrüllen und dann erwarten, dass ich so tue, als wäre nichts gewesen. Als der Parkwart meine Tür öffnet, springe ich aus dem Wagen und marschiere ins Hotel, ohne Jonas auch nur eines Blickes zu würdigen. Tja, auch ich bin stinksauer!

Als ich durch die Lobby auf die Aufzüge zulaufe, bläst mir die Klimaanlage kühle Luft entgegen. Mein Gemüt kühlt das aber trotzdem nicht ab. Er ist so ein Idiot! Ein bisschen Wut wäre ja okay. Aber er ist wie ein Vulkan, der nicht aufhören kann, seine Lava über mich zu ergießen. Er hätte mir gratulieren und mir sagen sollen, wie verdammt clever ich bin. Dieser Typ soll sich mal beruhigen und dann unseren Sieg mit mir feiern, ganz egal, wie er zustande gekommen ist. Wenn es nach mir geht, kann Jonas sich zum Teufel scheren!

Sarah

Alle außer Jonas hängen an meinen Lippen. Endlich bekomme ich die Aufmerksamkeit, die ich mir eigentlich von Mr Vulkan gewünscht hätte. Als ich zu der Stelle mit dem Nackt-Selfie im Bad komme, quietscht Kat auf, und ich bin mir nicht sicher, ob sie das vor Schreck oder Freude tut.

Und als ich erzähle, wie Oksana und Max in meiner Gegenwart die Mails geöffnet haben, jubelt Josh laut drauflos und klatscht mit mir ab, während Henn in die Luft boxt und zu seinem Laptop flitzt, um die Spur seines kleinen Malware-Babys zu verfolgen.

Und Jonas? Der sitzt in der Ecke und beobachtet uns schmollend. Am liebsten würde ich ihm den Mittelfinger zeigen, aber ich übe mich in Zurückhaltung.

»Bingo«, sagt Henn, nachdem er einen kurzen Blick auf seinen Bildschirm geworfen hat. »Du hast es geschafft! Wir sind drin. Ich habe Zugang zu Oksanas PC und zu dem Telefon dieses Typen. Jackpot, Sarah!«

Ich werfe Jonas einen selbstgefälligen Blick zu, aber er sieht beiseite. Ehrlich, Jonas, du bist immer noch wütend? Na, ich auch!

»O Gott«, sagt Henn und starrt auf den Bildschirm. »Der Wichser hat deine Mail an einen anderen PC weitergeschickt und da dein Bild geöffnet.« Er gluckst. »Klasse.« Er drückt auf eine Taste und läuft sofort rot an wie eine Tomate.

Manometer, wieso habe ich nur das blöde Gefühl, dass

Henn gerade meine Brüste gesehen hat? Ich erröte ebenfalls.

»Also, Henn?«

Er reißt den Kopf nach oben wie ein Kind, das beim Kekseklauen erwischt wurde. »Ja?«

»Wie geht's weiter?«

Er schluckt hart. »Ähm, also.« Seine Wangen sind immer noch dunkelrot. »Ich werde jetzt weiter in den zwei PCs und dem Handy herumschnüffeln und schauen, was ich so finde. Und dann werden sie hoffentlich irgendwann ihren Hauptrechner benutzen und auf ihre Konten zugreifen. Ich schätze mal, dass wir nicht lange warten müssen.«

»Kannst du das Foto löschen?«, fragt Jonas mit gepresster Stimme.

»Klar, kein Thema«, sagt Henn schnell. »Wenn du willst, mache ich das sofort, ich habe direkten Zugriff auf den Rechner.«

»Aber werden sie nicht misstrauisch, wenn das Foto weg ist?«, fragt Kat.

»Ja, wenn das Foto auf magische Weise verschwindet, wird dieser Max wahrscheinlich wissen, dass irgendwas faul ist. Falls er tatsächlich für die Technik des Clubs zuständig ist, muss er sich verflucht gut mit dem Kram auskennen. Und wir wollen auf keinen Fall, dass er skeptisch wird.«

»Na, dann lassen wir das mal lieber«, sage ich.

»Würde ich auch sagen«, stimmt Henn mir zu.

Jonas atmet aus und verschränkt die Arme vor seiner Brust.

»Gott, Sarah«, sagt Kat lachend. »Erst das Foto von deiner einzelnen Brust und jetzt das. Du wirst ja zu einer richtigen Exhibitionistin!«

Na, vielen Dank, Kat. Ich werfe Jonas einen verstohlenen Blick zu und sehe, wie er die Zähne aufeinanderbeißt. Ja, Jonas, ich habe meiner besten Freundin von dem Foto erzählt, das ich dir geschickt habe, als ich noch nichts weiter als deine anonyme Aufnahmeassistentin war.

Kat schaut zu Jonas und zuckt zusammen. »Sorry«, sagt sie lautlos.

Ich zucke mit den Schultern und ziehe die Augenbrauen hoch. Der Typ kann mich mal.

»Ein Brustfoto?«, fragt Josh. »Erzähl uns mehr, Sarah!«

»Ach, das waren nur ein paar SexMS an einen heißen Typen, den ich online kennengelernt habe«, sage ich. »Ein heißer Typ, der früher mal eine Menge Humor hatte! Keine große Sache, die Kids von heute machen das die ganze Zeit.«

»Und die Politiker«, fügt Josh hinzu.

»Und die Sportprofis«, meint Henn.

»Und die Hausfrauen!« Das war Kat.

»Und die Omas«, ergänzt Josh.

»Und manchmal auch die Priester«, erwidert Henn, und alle außer Jonas lachen.

»Sarah, du hast dir den perfekten Köder für die Mail überlegt«, sagt Kat. »Ganz egal, wie klug, mächtig oder reich ein Typ auch ist, er hat nun mal dieselbe Schwäche wie jeder andere Mann. Nackte Brüste.«

»Sind wir wirklich so simpel gestrickt?«, fragt Josh.

»Ja«, sagt Kat. »Seid ihr.«

»Unterschätzt niemals die Macht des Porno«, meint Henn.

»Wow, gut gesagt«, erwidert Kat. »Die Pornoindustrie sollte diesen Satz als Slogan verwenden!«

»Ich glaube nicht, dass die Pornoszene Marketinghilfe braucht«, meint Henn.

Jonas schmollt immer noch. Eine Ader an seinem Hals, von der ich mittlerweile weiß, dass es seine Vena jugularis externa ist, pocht heftig.

»Das hast du wirklich toll hingekriegt, Sarah«, lobt mich Josh, sieht dabei aber seinen Bruder an. »Du bist da reingegangen, um einen Babywal zu erlegen, und am Ende ist dir

Moby Dick ins Netz gegangen. Super! Bist du denn nicht stolz auf sie, Jonas?«

Jonas wirft ihm einen finsteren Blick zu.

»Ich hatte schon Angst, wenn ich ehrlich sein soll«, sage ich. »Ich hab wie verrückt gezittert, als ich da drin war. Aber ich wollte auf keinen Fall das Gebäude verlassen, ohne den Virus eingeschleust zu haben. Es stand zu viel auf dem Spiel.«

»Du bist der Wahnsinn, Sarah«, meint Kat.

Jonas atmet tief aus und löst seine verschränkten Arme. Ich ziehe die Nase kraus. Ich habe es nun einmal voll drauf, und damit muss er klarkommen. Am liebsten würde ich ihm die Zunge rausstrecken.

»Hey, Leute«, sagt Henn. Er scheint etwas entdeckt zu haben. »Oksana hat sich gerade in ihren Online-Bank-Account eingeloggt, bei dieser Henderson Bank, von der wir schon gesprochen haben.« Wieder starrt er auf den Bildschirm. »Yeah, sie hat gerade ihr Passwort eingegeben, jetzt habe ich es!« Er schüttelt den Kopf. »Ich liebe die Technik einfach.«

»Also, was machen wir jetzt?«, frage ich mit klopfendem Herzen.

»Wir warten noch ein paar Minuten, bis sie sich ausgeloggt hat, und dann sehen wir uns mal gründlich um.«

»Klingt so, als wäre das ein guter Moment für einen Drink«, meint Josh und schlendert zur Bar.

Fünf Minuten später ruft Henn uns zu sich an den Computer. »Sie hat sich ausgeloggt. Los geht's.«

Wir versammeln uns alle um Henn, als würden wir zusammen ein Baseballspiel ansehen.

»Sie hat eure Schecks schon eingelöst – hundertachtzigtausend Dollar. Da gefriert dir doch das Blut in den Adern, oder, Jonas?«

Jonas schnaubt nur.

»Und sie hat die Hälfte davon auf ihr Sparbuch überwiesen. Hm.« Henn klingt verwirrt.

»Was ist denn?«, frage ich ihn atemlos. Es ist alles so wahnsinnig aufregend!

»Selbst nachdem sie heute die Schecks eingelöst hat, hat Oksana insgesamt nicht mehr als etwa eine halbe Million Dollar auf beiden Konten«, meint Henn.

»Hm«, macht Josh.

»Allerdings! Das müssen Oksanas persönliche Ersparnisse sein. Es handelt sich bestimmt nicht um das Konto des Clubs.«

»Mist«, sage ich. »Wie finden wir denn dann den ganz großen Schatz?«

Jonas schlurft wieder in die andere Ecke des Zimmers – vermutlich, um weiterzuschmollen.

»Wir müssen einfach darauf warten, dass sie sich in den Account des Clubkontos einloggen. Das kann in fünf Minuten, fünf Stunden oder auch fünf Tagen passieren. Aber ich garantiere euch, dass sie uns früher oder später dorthin führen werden. In der Zwischenzeit sehe ich mich in ihren Ordnern und Dateien um und mache ein paar schöne Kopien von allem, um zu schauen, ob was Interessantes dabei ist. Oh, und ich werde mir auch mal Max' Sprachnachrichten anhören. Großartig, dass du uns Zugang zu seinem Telefon verschafft hast, Sarah!« Er nimmt einen Schluck Bier. »Verdammt, es gibt eine Menge zu tun!«

Josh seufzt. Es sieht ganz so aus, als würde der arme Henn eine Nachtschicht einlegen müssen. Er sieht Kat an. »Na, Wildes-Partygirl mit Bindestrich, machen wir heute noch mal einen drauf in Vegas?«

»Ich würde lieber Henn helfen, wenn das okay ist«, sagt Kat. »Ich finde das alles ziemlich aufregend und will die Typen zu gern fertigmachen.«

Ich grinse sie an. Es geht doch nichts über eine beste Freundin!

»Ist das in Ordnung, oder bin ich dir nur im Weg, Henn?«

»Nein, das wäre toll. Aber bloß, wenn du Lust hast. Immerhin werde ich ja dafür bezahlt.« Henn linst zu Josh, um sicherzugehen, dass er niemanden vor den Kopf stößt, wenn er Kats Hilfe annimmt.

Doch selbst wenn Josh enttäuscht sein sollte, so lässt er es sich nicht anmerken. »Kannst du meine Hilfe auch gebrauchen?«, fragt er.

»Ja«, meint Henn. »Das wäre cool.«

»Na, dann bestellen wir was beim Zimmerservice und machen uns an die Arbeit!«

»Ich bin auch dabei«, sage ich. »Irgendwie ist mir ebenfalls dran gelegen, die Leute vom Club kaltzumachen!« Ist doch nicht mein Problem, dass Jonas immer noch die beleidigte Leberwurst spielt. Gerade hebt er die Bierflasche an seinen Mund und nimmt einen langen, sexy Schluck. Okay, ich bin immer noch sauer auf ihn – aber seine vollen Lippen sind wirklich sehr verlockend. Ich wünschte, ich wäre die Flasche!

»Nee«, meint Josh. »Ihr zwei geht mal schön aus und feiert euren Sieg.« Er sieht seinen Bruder an. »Oder ihr feiert hier, je nach Gusto.«

Jonas versucht, mir in die Augen zu sehen, aber ich gucke weg. Wenn er glaubt, dass er so herumbrüllen und mich danach vernaschen kann, als wäre nichts gewesen, dann hat er sich geschnitten!

Josh grinst mich an. »Wir drei verlegen die Party jetzt jedenfalls hinunter in meine Suite und lassen euch zwei kleine Faulpelze schön auf den Kronleuchtern schaukeln. Oder was auch immer euch sonst so einfällt.«

Jonas nimmt einen weiteren großen Schluck und sucht meinen Blick, aber ich recke das Kinn und sehe weg. Wenn er nicht damit klarkommt, wie das vorhin gelaufen ist, dann hat er eben Pech gehabt. Ich wollte unseren Plan nicht einfach umschmeißen, aber er hat nun mal nicht funktioniert. Ich musste meiner Eingebung folgen und ein wenig umdisponieren, um unser Ziel zu erreichen. ›Wer nichts wagt, der nichts gewinnt‹ – ist das nicht auch Jonas' Leitspruch?

Als er seinen bohrenden Blick erneut auf mich richtet, sehe ich nicht weg. Dann starren wir uns jetzt eben ein bisschen an.

»Was meinst du, Baby?«, fragt er schließlich.

Sobald er »Baby« zu mir sagt, ist sowieso jeder Widerstand zwecklos. Mist.

Er leckt sich über die Lippen, und seine Augen glühen.

»Hast du Lust, heute Abend ein wenig zu feiern?«

Ich zucke mit den Schultern. Nein.

»Ich finde, das sollten wir tun.«

Wieder zucke ich mit den Schultern. Nein! Andererseits werde ich es auch nicht mehr lang ohne ihn aushalten, so süchtig, wie ich nun mal nach ihm bin.

»Ach, komm schon, Baby!« Er zieht einen Mundwinkel nach oben, und plötzlich durchströmt Hitze meinen ganzen Körper. »Wollen wir denn nicht ein bisschen Spaß haben?«

»Vielleicht«, sage ich. »Vielleicht auch nicht!« Ich ziehe eine Schnute.

Er imitiert meinen Gesichtsausdruck. »Und wenn ich ›bitte‹ sage?«

»Dann würde ich sagen, dass ich wahrscheinlich dabei bin. Aber ich würde dir nichts versprechen.«

»Und wenn ich ›bittebitte‹ sage und anbiete, alles zu machen, was du willst?«

Jetzt hat er meine volle Aufmerksamkeit. »Ganz egal, was?«

»Alles, was du willst.«

»Du lieferst dich mir vollkommen aus?«

Jonas zuckt zusammen und beißt sich auf die Unterlippe. Aus dem Augenwinkel heraus sehe ich, wie Kat und Josh sich angrinsen.

»Na? Hopp oder topp?«, frage ich. »Was sagst du?«

»Hmmm.« Jonas kommt langsam auf mich zu, sein Körper ist angespannt. »Ich sage, dass ich mich wie ein Arschloch benommen habe.«

»Nein, das hast du nicht. Sondern wie ein widerlicher, dreister Mistkerl«, sage ich leise.

Er küsst mich zärtlich. Seine Lippen sind kühl und schmecken nach Bier.

»Das hast du heute richtig gut hinbekommen«, sagt er. Er küsst mich wieder und schiebt mir seine Zunge in den Mund.

Mein süßer Jonas.

Ich kann ihm einfach nicht widerstehen! »Es tut mir leid, dass du dir Sorgen um mich gemacht hast«, sage ich. Und das tut es wirklich. Ich bereue nicht, was ich gemacht habe, weil es sich gelohnt hat – aber natürlich wollte ich ihn nicht quälen. Garantiert hat der heutige Tag seine Lebenserwartung um mehrere Jahre verkürzt. Ich sauge an seiner Unterlippe. »Wir machen alles, was ich will – du hast in der Angelegenheit absolut nichts zu melden!«, flüstere ich.

Einen Moment lang sieht er mich besorgt an, aber ich gebe nicht nach. »Keine Krawatten!«, flüstert er mir zu.

Ich lächle. »Natürlich nicht.«

»Na gut, dann hast du das Sagen. Ich mache alles, was du willst.«

»Einverstanden«, sage ich. »Ich bin dabei.«

Jonas

Nie im Leben wäre ich auf die Idee gekommen, dass mein Baby uns heute in einen schmuddeligen Stripclub außerhalb von Vegas führen würde. Was soll das denn werden? Wir sitzen in unserem Mietwagen und starren auf das leuchtende Neonschild auf dem Clubdach: *Amsterdam Club*. Der Schuppen ähnelt nicht im Geringsten den angesagten Läden auf dem Strip, er sieht wirklich vollkommen verlottert aus – wie die Schnäppchenabteilung einer Tabledance-Bar. Hier will mein Baby also den Abend verbringen? Himmel! Ich liebe meine versaute Freundin, daran besteht kein Zweifel – selbst dann, wenn sie mich fuchsteufelswild macht. Aber manchmal spinnt sie eben auch ein bisschen. Sehr sogar.

»Was zum Teufel ist das denn für ein übler Ort?«, frage ich. »Warum fahren wir nicht einfach zurück in unsere Suite? Ich will noch eine Revanche in unserem Unterwasser-Contest!«

»Abgemacht ist abgemacht«, meint sie und hebt die Hand. »Solange keine Krawatten mit im Spiel sind, machst du alles mit. Das hast du versprochen!«

»Wie bist du nur auf diesen Ort gekommen?«

»Google.«

»Ja, schon, aber wieso hast du dich ausgerechnet für *diesen* Stripclub entschieden? Wir sind doch immerhin in Vegas!«

»Oh, das wirst du schon sehen.«

»Warum sollte ich mir irgendeine x-beliebige Stripperin ansehen, wenn ich doch Sarah Cruz, die Göttin und die Muse, jederzeit nackt bestaunen kann?«

Sie lacht. »Na, weil wir einen weiteren Punkt auf meiner To-do-Liste abhaken wollen.«

Ach ja. Sarahs berühmte To-do-Liste. Anfangs fand ich die noch ziemlich spannend, aber seit unserer kleinen Fesselnummer hat meine Begeisterung etwas nachgelassen. Plötzlich schöpfe ich Hoffnung.

»Möchtest du für mich strippen?«

»Lass uns doch erst mal reingehen, was trinken und uns ein bisschen entspannen. Dann erkläre ich dir genauer, was mir vorschwebt.«

Oh-oh. Sie hat schon wieder diesen irren Glanz in den Augen. Shit. Ich kann ihr nicht widerstehen, wenn sie mich so ansieht.

Ich habe jetzt vier Gläser Scotch intus und fühle mich fantastisch! Normalerweise kann ich mit Scotch nicht viel anfangen, aber wenn ich schon mal in Vegas bin, dann muss ich es auch krachen lassen, oder? Yeah. Hier hält man es nüchtern auch wirklich nicht aus. Die letzte Stunde über haben Sarah und ich wie Teenager in einer Ecke des Clubs miteinander rumgemacht, während sich ein paar Meter entfernt nackte Frauen um die Stangen gewunden haben. Ich platze fast vor Erregung und würde Sarah am liebsten sofort lecken und mit ihr schlafen! Keine der Stripperinnen turnt mich auch nur ansatzweise so sehr an wie Sarah, auch wenn es ganz nett ist, all die nackten Brüste und Hintern herumwackeln zu sehen, während Sarah und ich knutschen. Ist wahrscheinlich in etwa so, wie sich ein Mal im Jahr auf dem Jahrmarkt den Bauch mit fettigen Chicken Wings und Zuckerwatte vollzuschlagen – irgendwie erbärmlich, aber ganz lustig.

»Bin gleich wieder da, Baby«, meint sie mit geröteten Wangen. »Ich bereite kurz alles vor. Rühr dich nicht von der Stelle!«

Sie verschwindet, und mein Penis ist so hart, dass es wehtut. Wird sie für mich strippen? Das wäre verdammt scharf. Wow, die Frau ist schon was Besonderes! Mit ihr wird's nie langweilig, das steht fest. Ich schließe die Augen und merke, dass meine Zehen taub sind. Daran ist dieser Scotch schuld! Ich lache. Wo steckt sie bloß? Mittlerweile bin ich so angeturnt, dass ich nach ihrer Stripnummer dringend mit ihr in die Toilettenräume verschwinden sollte, um sie zu vernaschen. Wenn wir uns heute schon wie Teenager benehmen, dann könnten wir es eigentlich auch gleich auf der Rückbank des Autos tun.

Sie taucht wieder auf und greift nach meiner Hand. »Los, komm schon!«, sagt sie. »Mein süßer Jonas. Komm.« Sie zieht mich an sich und leckt über mein Gesicht. »Ich drehe gleich durch, Baby!« Mit diesen Worten zerrt sie mich hinter sich her, bis wir vor einem dunklen Gang auf der anderen Seite des Hauptraums stehen.

»Wo gehen wir hin?«

»In den Rotlichtbezirk!« Sie deutet auf das entsprechende Schild über uns.

Ein Sicherheitsmann nimmt uns die Telefone ab, und auf einem weiteren Schild steht, dass es streng verboten ist zu filmen. Hand in Hand stolpern wir durch den dunklen Gang und bleiben vor einer großen Glasscheibe stehen, hinter der ein dunkler Vorhang uns die Sicht versperrt. Leise dringt »Pour Some Sugar on Me« durch die Scheibe.

»Was zum Teufel wird das hier?«

»Das ist eine Peepshow. Wie in Amsterdam!«

Ich lache. »Das hier ist nicht im Geringsten wie in Amsterdam!«

Sie sieht mich schmollend an. »Woher soll ich das denn wissen, alter Snob?« Sie wirft Münzen in einen Schlitz, bis der Vorhang sich hebt und wir eine nackte Frau in einem winzigen rot beleuchteten Raum tanzen sehen. Volle zehn Sekunden lang. Und schon senkt sich der Vorhang wieder.

Ich zucke mit den Schultern. »Der Wahnsinn: eine nackte Frau! Komm, lass uns zurück in die Suite fahren und es wie die Tiere treiben.«

Sie lacht und zieht mich zum nächsten Fenster, hinter dem eine nackte Frau zu »Talk Dirty to Me« für uns tanzt.

»Eine Porno-Jukebox. Toll!«

Sie küsst mich. »Ich kann nicht aufhören, an meinen Traum zu denken, Jonas. Ich will, dass er wahr wird!«

Ich starre sie an. Sie meint doch nicht etwa den Traum, in dem eine Art Poltergeist-Jonas vor den Augen einer ganzen Restaurantgesellschaft auf jede erdenkliche Weise mit ihr geschlafen hat, während der Rotwein in Strömen über sie floss? O Gott, es geht ums Beobachtetwerden. Sie ist verrückt. Ich wusste immer, dass sie einen an der Waffel hat!

»Du hast gesagt, dass wir heute alles machen, was ich will.« Sie lächelt. »Und das hier würde mich eben wahnsinnig anturnen.«

Sie lächelt mich durchtrieben an und zieht mich hinter sich her, bis wir zu einer Tür mit der Aufschrift *Zutritt nur für Personal* gelangen. Als sie die Tür öffnet, steht eine Stripperin vor uns. Scheinbar hat sie uns schon erwartet.

»Baby, danke, aber ich habe keine Lust auf einen Dreier«, sage ich. »Ich will nur dich.« Ich weiß, dass die meisten Typen für eine solche Chance alles tun würden. Aber ich habe das mit dem Dreier schon ausprobiert und dabei festgestellt, dass es mich von dem ablenkt, was ich am allerliebsten mag. Außerdem will ich Sarah mit niemandem teilen.

»Quatsch, Dummerchen. Sie hilft mir doch nur, alles vorzubereiten.«

»Sarah, hör zu!«

Sie leckt über mein Gesicht. »Ich will heute Abend ein richtig böses Mädchen sein.« Sie keucht. »Mit dir. Lass es uns machen, Jonas, lass uns total verrückt sein! Ich will meinen Traum wahr werden lassen.«

»Baby, ich habe ja nichts gegen ein bisschen Spaß und Spiele, aber das ist doch wirklich pervers!«

Ihre Augen leuchten auf. »Pervers, ganz genau. Gut gesagt!«

Ich will ihr klarmachen, dass das nichts wird, und habe gleichzeitig eine gewaltige Erektion. Macht mich die Idee an, oder stößt sie mich ab? Ich habe keine Ahnung.

»Ich habe alles für uns in die Wege geleitet, Baby. Keiner wird uns erkennen, weil wir Masken tragen. Ich habe außerdem Bandagen, die wir um deine Tattoos und meine Narben legen können. Wenn du willst, dann lässt du deine Boxershorts einfach an, das ist mir egal. Meinetwegen trage ich auch mein Höschen, und du kannst es einfach runterziehen oder beiseiteschieben, wenn es nötig ist.« Sie spricht so schnell, dass ich ihr kaum folgen kann. Vielleicht bin ich auch einfach viel zu betrunken. »Keiner wird je erfahren, dass wir das waren, Jonas«, fährt sie fort. »Wir können da drin tun und lassen, was wir wollen! Vielleicht sieht uns jemand dabei zu, vielleicht nicht. Kommt ganz drauf an, ob irgendwer Geld einwirft. Aber genau das macht es ja so spannend: dass es die ganze Zeit sein *kann*, dass uns jemand sieht.«

»Wieso willst du unbedingt beobachtet werden?«

»Erinnerst du dich an die Bibliothek?«, gurrt sie. »War das nicht megaheiß?« Sie windet sich vor Erregung und greift durch den Jeansstoff nach meinem Penis. »Wir tragen Masken, und keiner wird uns erkennen. Komm schon, Jonas. Du kannst mich sogar lecken!«

Mir läuft ein Schauer über den Rücken. Das ist wirklich total versaut.

»Sarah«, setze ich an. Die Frau macht mich an wie keine andere, aber ich habe nicht das geringste Interesse an einer Karriere als Pornostar.

»Nur dieses eine Mal!«, bettelt sie. »Das gehört doch

zu den Dingen, die man ein Mal im Leben gemacht haben muss.«

»Sarah.«

»Büddebüdde.« Sie leckt wieder über mein Gesicht, und ich erschauere. *Fuck*. Ich will sie nicht enttäuschen. Und sie ist wirklich wahnsinnig überzeugend. »Okay. Wir können in dieser schwarzen Kammer miteinander rummachen, aber ich werde nicht deine Pussy lecken! Manche Dinge sind heilig und müssen es auch bleiben.« Ehrlich gesagt kann ich mir sogar vorstellen, da drin mit ihr zu schlafen, aber Oralsex? Nein, den wird es nicht geben.

Sofort merke ich, dass ich ihr den Wind aus den Segeln genommen habe. Ich verstehe diese durchgeknallte Frau einfach nicht. Was soll das hier? Wieso bin ausgerechnet ich in unserer Beziehung der Vernünftige?!

»Okay. Tust du mir einen Gefallen und gibst dieser netten Frau hier ihr Geld?«, fragt Sarah. »Ich habe ihr zweihundert Dollar dafür versprochen, dass wir ihren Platz hinter dem Fenster zwanzig Minuten lang einnehmen dürfen.«

Ich gebe der Stripperin ihr Geld.

»Du hast da drin einen Tisch für uns aufgestellt, ja?«, wendet sich Sarah an sie.

»Klar!«

»Oh, und ich hätte gern, dass ein bestimmtes Lied gespielt wird.«

»Welches denn?«

Sarah flüstert es ihr zu.

»Noch nie gehört. Bist du dir sicher, dass du nicht lieber ›Baby Got Back‹ oder ›Talk Dirty to Me‹ haben möchtest?«

»Nein, es muss dieser Song sein.«

Jetzt bin ich aber neugierig!

»Sag mir den Titel noch mal«, meint die Frau, und Sarah flüstert ihn ihr erneut zu.

»Okay, hab's verstanden. Ich gebe mein Bestes!« Sie deutet auf einen kleinen Karton auf dem Boden. »Da sind die Sachen drin, um die du mich gebeten hast. Bin gleich wieder da.«

Sarah leckt über meine Lippen. »Ich bin so aufgeregt!«

»Sagst du mir noch mal, warum du willst, dass die Leute uns zusehen? Ich kapiere es nicht.«

»Du bist einfach so umwerfend, Jonas. Es turnt mich wahnsinnig an, mir vorzustellen, wie wir es vor der ganzen Welt miteinander treiben.«

Ich mustere sie. »Du weißt, dass ich nicht einfach abhauen werde, ja?«

Sie zieht die Nase kraus. »Nicht einmal, wenn ich mit solchen verrückten Ideen komme?«

»Nicht einmal dann.«

»Oder wenn ich dir einen Riesenschrecken einjage, mich nicht an Abmachungen halte und du total sauer bist?«

»Dann wird's etwas kritischer, aber nein, nicht einmal dann.« Ich grinse. »Ich verlasse dich nicht.«

»Nicht einmal dann, wenn mit mir eindeutig was nicht stimmt?« Sie deutet auf den Karton. »Wenn ich nicht normal bin?«

»Nicht einmal dann, Baby.« Ich küsse sie. »Außerdem: Was ist schon normal?«

Worauf habe ich mich da nur eingelassen?! Wir stehen in der schwarzen Schaufensterbox und tragen nichts als Unterhosen und Lone-Ranger-Masken. Alle körperlichen Merkmale, an denen man uns erkennen könnte, haben wir unter weißen Gaze-Bandagen versteckt.

»Wir sehen wie notgeile Mumien aus, die sich auf einen Banküberfall vorbereiten«, sage ich.

Sarah prustet so heftig los, dass sie sich auf die Tischkante setzen muss. Ich lasse mich neben ihr nieder, und sie lehnt sich an mich und hält sich den Bauch vor Lachen. Langsam beruhigt sie sich wieder und sieht mich an. Das rote Licht der Lampen flackert in ihren Augen. Plötzlich ertönt »Baby Got Back«, und Sarah sieht sich wütend um. »Was soll das denn jetzt?«, murmelt sie.

»Ich schätze mal, das ist unser Stichwort«, sage ich und strecke ihr meine bandagierten Arme entgegen. »Frankenstein gegen die Mumie, wer wird siegen?«

Sarah wirft lachend den Kopf zurück, und hinter ihrer Maske laufen Tränen über ihr Gesicht.

Ohne Vorwarnung hebt sich der Vorhang, und wir sehen unser Spiegelbild in der Scheibe. Wir können zwar nicht nach draußen schauen – für uns funktioniert die Scheibe wie ein blickdichter Spiegel –, dafür kann unser Beobachter uns wohl umso besser erkennen. Wer auch immer es sein mag. Sarah winkt unserem Spiegelbild ein wenig unbeholfen zu und bricht dann wieder in lautes Gelächter aus. Wie immer steckt sie mich damit sofort an, und wir kichern beide vor uns hin.

Als ich mein Baby so lachen sehe und wieder einmal feststelle, wie unfassbar begehrenswert sie ist – trotz der Maske und der Bandagen –, merke ich, dass ich sie mit niemandem teilen will. Schon gar nicht mit irgendwelchen notgeilen Gästen, die sich in dieser Schmuddelbar einen netten Abend machen wollen. Diese wunderschöne Frau ist mein Schatz, nicht ihrer. Sie will, dass die ganze Welt uns beim Sex beobachtet? Pech gehabt. Nicht mit mir.

Mit rasendem Herzen greife ich nach ihrer Hand. »Baby, du hast da was falsch verstanden.«

Sie reibt sich die Augen. »Wie meinst du das?«

»Dein Traum. Du hast ihn falsch interpretiert. Du dachtest, du müsstest ihn ausleben, dabei war er doch nur eine Metapher!«

Sie versteht mich noch immer nicht.

»Denk an das, was du im Traum gefühlt und wonach du dich gesehnt hast. Du darfst ihn nicht eins zu eins in die Realität übertragen, Sarah. Es geht um was anderes! Wir könnten uns hier vor Tausenden von Zuschauern die Seele aus dem Leib vögeln, und deine Sehnsucht wäre dennoch nicht gestillt.«

Sie verschränkt die Arme vor ihren nackten Brüsten. Das Lachen ist ihr plötzlich vergangen.

In dem Song fragt Sir Mix-A-Lot gerade die Männer in der Menge, ob ihre Freundinnen ebenso hübsche, üppige Hintern haben.

»Und ob!«, bezeuge ich ihm, und Sarah grinst mich an.

»Dir ist schon klar, dass ich am liebsten sofort in deinen Knackarsch beißen will, wenn ich dieses Lied höre?«

Sie schenkt mir ein gedankenverlorenes Lächeln.

Ich streichle ihren Kopf. »Wollen wir gehen?«

Sie nickt.

»Wir können in unsere Suite fahren, und da kannst du dann jeden Song spielen, nach dem dir der Sinn steht. Und ich kann mich an deinem Hintern gütlich tun, deine Pussy lecken und dann fantastischen Sex mit dir haben. Na, wie klingt das?«

Sie lächelt mich reuevoll an. »Es tut mir leid.«

»Muss es nicht.« Ich streiche ihr das Haar über die Schulter.

»Ich meine wegen vorhin. Dass ich dir Angst gemacht habe.«

»Ja, das hast du, aber du hast es ihnen auch ordentlich gezeigt!«

Sie zuckt mit den Schultern.

»Und das hier tut mir auch leid.« Sie deutet auf den schwarzen Vorhang.

»Ist okay, hat doch Spaß gemacht. Himmel, schau uns bitte mal an! Eine Supererinnerung.«

»Es könnte schon sein, dass ich ein kleines bisschen irre bin.«

»Sarah, mein kostbares Baby, dafür musst du dich nie bei mir entschuldigen! Ich liebe jeden Millimeter an dir, innen und außen. Auch die verrückten Teile.«

Sie atmet scharf ein und küsst mich zitternd. »Ich liebe dich, Jonas.«

Wieder hebt sich der schwarze Vorhang, und wir starren erneut auf unser Spiegelbild mit den rot flackernden Pupillen. Als er sich senkt, küsse ich sie sanft.

»Bist du bereit, ins Hotel zu fahren und mit mir zu schlafen?«, frage ich sie.

Sie nickt. »Auf jeden Fall.«

Ich seufze erleichtert auf.

»Gleich, nachdem wir tanzen waren!«

Ich werfe meine Hände in die Luft. »Ach, komm schon!«

Sie lacht. »War nur Spaß!« Sie grinst mich schief an. »Aber ich würde wirklich gern noch mal beim Tattoostudio vorbeischauen.«

Sarah

»Wow, das gefällt mir sehr gut«, sagt er, die Lippen nur wenige Zentimeter von meinem neuen Tattoo entfernt, sodass ich seinen warmen Atem spüre. »Es ist verflucht sexy.« Er küsst mein Tattoo sanft und leckt dann darüber. »Kann man das schon machen, oder tut das noch weh?«

»Nein.« Ich bringe kaum ein Wort heraus. »Mach das noch mal!«

Sofort breitet sich Gänsehaut auf meinem ganzen Körper aus.

»Gott, es macht mich wahnsinnig an!«, sagt er. »Es ist wie ein verborgener Schatz. Und ich bin der Einzige, der eine Schatzkarte hat.«

Langsam wandern sein Mund und seine Zunge immer tiefer, und meine Klit pocht erwartungsvoll.

»Drück auf *Play*!«, flüstere ich. »Ich habe schon einen Song für uns ausgesucht.«

Als er aufsteht, berühre ich mich selbst und verzehre mich danach, dass er weitermacht.

Endlich beginnt das Lied. »Take me to Church« von Hozier. Schon beim ersten Hören musste ich sofort an Jonas denken und wollte unbedingt zu dieser Musik Sex mit ihm haben. Hoziers Kombination aus Intelligenz und Verletzlichkeit, Leidenschaft, Angst und Männlichkeit hat mich so sehr an Jonas erinnert, dass es mir fast so vorkam, als würde er diesen Song singen.

Jonas kehrt zurück und küsst sich von meinem Tattoo aus abwärts, wobei er meiner empfindlichsten Stelle so nah kommt, dass ich mich vor Lust winde.

»Was ist das?«, fragt er, nachdem er einen Moment lang konzentriert der Musik gelauscht hat. »Wow!«

Ich lächle ihn an, weil ich weiß, wie viel Musik ihm bedeutet.

»Ich liebe es«, sagt er leise und schließt die Augen. Dann küsst er die Innenseiten meiner Schenkel, und als der Song zu seinem leidenschaftlichen Fazit kommt – Amen – und dann wieder von vorn beginnt, hebt Jonas den Kopf und sieht mich aus hungrigen Augen an.

»Go to church, my love«, flüstere ich, und meine Brüste heben und senken sich.

»Amen«, fügt er hinzu.

Er zieht meinen Körper bis an die Bettkante und kniet sich dann vor mich hin. Nachdem er meine Beine auf seinen breiten Schultern abgelegt hat, vergräbt er sein Gesicht zwischen meinen Beinen und beginnt, meinem Altar zu huldigen, als ginge es um sein Leben.

Mein Orgasmus kommt schnell und heftig, und als er verebbt, hebt Jonas meinen schweißbedeckten Körper wortlos hoch und trägt mich zum Sitzbereich, um mich dort auf dem Tisch abzulegen. Ich frage nicht, was er vorhat. Er kann mit meinem Körper tun und lassen, was auch immer ihm gefällt, er kann ihn in jede Stellung bringen und sich alles von ihm nehmen, was er möchte. Es ist, als wäre ich ein Cello, das erst dann zum Leben erwacht, wenn der Meister darauf spielt.

Er steht vor dem Tisch und zieht mich bis an die Kante, um dann meine Beine erneut auf seinen Schultern abzulegen und mein Becken so dicht wie möglich an sich heranzuziehen. Meine Hüfte schwebt über dem Tisch, und er legt seine Hände unter meinen Po, um ihn zu stützen. Als er in mich eindringt, stöhne ich vor Lust auf.

»Das nennt man die Schmetterlingsstellung«, meint Jonas. »Weil du mein Schmetterling bist, Baby.«

Wow, das fühlt sich gut an! Diese Stellung können wir gern der Liste hinzufügen, auf der schon all die anderen tollen neuen Stellungen stehen, die Jonas mir beigebracht hat.

Jede einzelne hat mir gefallen – die Ballerina, der Seeadler oder der Klappstuhl.

Sogar Letztere hat sich als absoluter Knaller erwiesen, obwohl sie uns nicht perfekt gelungen ist. Der Versuch hat sich allein schon deshalb gelohnt, weil wir durch dieses Stellungsfiasko gemerkt haben, wie schön es ist, sich splitterfasernackt zusammen kaputtzulachen.

»Schmetterling«, keucht Jonas. »Mein heißes Schmetterlingsbaby.«

Er stößt erneut in mich hinein und stöhnt auf, während er mich mit seinen Blicken verschlingt. Ich drücke den Rücken durch, um die Spannung zu lindern, die sich in mir aufbaut, und er zieht mich noch dichter an sich. Währenddessen schaue ich an meinem Oberkörper hinab bis zu der Stelle, an der unsere Körper sich vereinigen. Es ist einfach zu heiß, dabei zuzusehen, wie sein Penis immer wieder in mich hinein- und hinausgleitet. Als mein Blick dann auch noch auf mein brandneues Tattoo fällt, stöhne ich laut auf.

Von hier aus betrachtet, stehen die kleinen Buchstaben des Tattoos auf dem Kopf, und Jonas ist der Einzige, der sie je richtig herum lesen wird. Aber das spielt keine Rolle. Allein das Wissen darum, dass diese Buchstaben da sind, sorgt schon dafür, dass ich mich sexy und frech fühle wie nie zuvor. *OAM* verkündet der kleine Schriftzug. Es ist die Abkürzung für die furchtlose Supersexheldin, zu der ich geworden bin. *OAM*.

Ich stöhne laut auf, und Jonas tut es mir nach. Langsam schwillt die Lust in mir immer weiter und weiter an, bis ich es fast nicht mehr aushalte.

»Du bist ein Schmetterling«, seufzt Jonas. »Ein wunderschöner Schmetterling!«

Mein Körper bäumt sich auf, ich bin am Limit. Jonas' Seelenverwandter singt davon, dass er sein Leben für mich geben würde, und wieder komme ich, Orgasma die Allmächtige. *OAM*. Jeder einzelne Muskel, der irgendwie mit Jonas in Berührung kommt, zieht sich zusammen. Ich rufe seinen Namen, zumindest gehe ich davon aus – keine Ahnung, was für Laute mir wirklich entweichen, während die warmen Wogen der Lust über mir zusammenschlagen. Und dann lasse ich los. Entspanne mich vollkommen und vergesse, was heute alles geschehen ist. Eigentlich dachte ich, dass Jonas gleichzeitig mit mir kommt, aber stattdessen lässt er von mir ab, legt meine Hüfte wieder auf den Tisch und biegt meine Beine in einem Neunzig-Grad-Winkel nach oben, um sie dann zu einer engen Schere zu verschränken. Als er in mich eindringt, gebe ich einen animalischen Laut von mir. Jetzt ist wirklich nichts mehr zwischen Jonas und mir, nichts mehr, was ihn davon abhalten könnte, so tief wie nur irgend möglich in mich einzudringen.

Immer wieder stößt er in mich hinein und presst meine Beine so fest zusammen, wie es nur geht. Das hier ist ein Delirium, ein nahezu schmerzhaftes Delirium, und der nächste Orgasmus braut sich bereits in mir zusammen. Als sich die Spannung schließlich entlädt, spreizt Jonas meine Beine auseinander, so weit es geht. Dann richtet er mich auf, sodass ich aufrecht sitze, und schlingt meine Beine um seine Hüfte.

»Sarah«, sagt er und küsst mich bei jedem Stoß gierig. »Sarah! Baby, du fühlst dich so gut an.«

Ich kann nicht mehr. Kann mich nicht mal mehr selbst aufrecht halten, deswegen stützt er mich, so gut er kann. Wieso hält er nur so lang durch? Liegt das am Scotch? Langsam verwandle ich mich wirklich in einen Haufen Gelee, und er hört einfach nicht auf! Ich schmelze dahin, werde zu Wackelpudding, und er wird immer noch nicht müde! Er saugt sanft an meinem Ohrläppchen und küsst mich auf den Hals. Das ist fast zu viel des Guten, Lust und Schmerz verschwimmen, und ich halte es fast nicht mehr aus. O Gott. Ich muss ihn dazu bringen zu kommen.

»Ich liebe dich!«, sage ich. »Ich liebe dich, Jonas!« Ich beiße in seinen Hals. »Ich liebe dich, Baby, für immer!« Dann greife ich unter seinen Schwanz und streichle ihn heftig.

Er erschauert und stöhnt so laut, dass mir ganz flattrig zumute wird.

»Ich liebe jeden Millimeter an dir, Baby, innen und außen!«, stöhne ich und berühre ihn immer weiter, ehe ich in seinen Nippel beiße. »Ich liebe dich!«

Sein Stöhnen klingt beinahe qualvoll.

»Ich liebe dich, Baby, jeden Teil von dir!« Ich liebkose ihn immer heftiger, während sein Körper zu zucken beginnt. »Selbst das Dunkle an dir liebe ich, Jonas.« Ich beiße in seinen Hals. »Gott, Baby, ich liebe alles an dir! Selbst das, was du vor mir versteckst, oder das, wovon du denkst, ich könnte es nicht lieben! Ich. Liebe. Es. Alles.«

Er stößt einen durchdringenden Laut aus, als sein Körper heftig zu zucken beginnt, und ich falle zurück auf den Tisch. Ich fühle mich wie nach einem Marathonlauf. Vollkommen erledigt.

Mit einem lauten Seufzen bricht er auf mir zusammen.

»Ich liebe dich, Jonas«, flüstere ich und küsse seine verschwitzte Stirn. »Alles an dir. Alles.«

Sarah

Ich frage mich, ob es normal ist, dermaßen süchtig nach einem Menschen zu sein. Einen Mann so sehr zu begehren, dass sein Körper wie das stärkste Rauschmittel auf einen wirkt. Tagträume von ihm zu haben, als wäre er ein unerreichbarer Filmstar, nur um dann festzustellen, dass er direkt neben einem sitzt und an seinem Laptop arbeitet, während er einen Apfel isst. Sich zu fühlen, als wäre man füreinander geschaffen, wie zwei Puzzlestücke, die perfekt zusammenpassen. Sich sicher zu sein, dass ein Kuss von ihm besser ist als die feinste Schokolade. Selbst dann, wenn man so wütend auf ihn ist, dass man ihn am liebsten auf den Mond schießen würde. Ich frage mich, ob es normal ist, jemanden so sehr zu lieben, dass man ihm nicht nur seine Fehler und dunklen Seiten vergibt oder sie übersieht, sondern sie sogar anbetet und niemals mehr missen möchte. Tja – ist das normal? Keine Ahnung. Wenn nicht, dann pfeife ich auf Normalität!

Nach unserem Sexmarathon wirft Jonas mich über seine Schulter und trägt mich ins Schlafzimmer, als wäre er ein Neandertaler. Grinsend legt er mich aufs Bett.

»Bestell uns was beim Zimmerservice, Baby«, verlangt er und gibt mir einen Klaps auf den Po.

Kein »bitte«, kein »wenn du möchtest«. Nur ein Befehl, ein Klaps und ein kleines Freudentänzchen, ehe er im Bad verschwindet.

Vielleicht sollte ich ihn ein wenig in die Schranken weisen, ihm sagen, dass zum Sex immer noch zwei gehören und ich meinen Teil zu unserer meisterhaften Performance beigetragen habe. Aber nein. Ich will seine Freude nicht trüben. Er hat den Ruhm mehr als verdient! Amen.

Natürlich heißt das noch lange nicht, dass ich sofort die Bestellung aufgebe, so wie der Meister es verlangt hat. Ich kann mich überhaupt nicht rühren, kann nur daliegen wie schlabberige Spaghetti und zuhören, wie er unter der Dusche vor Freude johlt. O Jonas!

»Amen!«, singt er unter der Dusche. Anscheinend versucht er, das Lied von Hozier nachzusingen. Grinsend stelle ich fest, dass ich Jonas noch nie singen gehört habe.

Jetzt klingt er wie ein Opernsänger. »Aaaaaameeeeen.«

Ich pruste vor Lachen. Wow, er ist der schlechteste Sänger, den ich je gehört habe! Aber das macht ihn nur noch liebenswerter. Ich schnappe mir die Speisekarte des Zimmerservices und auch mein Telefon. Schließlich habe ich meiner Mom versprochen, jeden Tag anzurufen, solange ich in Vegas bin. Für einen Anruf ist es jetzt zwar zu spät, aber bestimmt freut sie sich, wenn sie morgen meine SMS entdeckt.

Als ich einen Blick auf mein Display werfe, stockt mir der Atem. Ich habe eine Nachricht von einer unbekannten Nummer bekommen.

Wenn ich morgen dran bin, dann bringe ich dich sicher nicht in irgendeinen schmuddeligen Stripclub oder setze dir alberne Masken auf. Ruf mich an. Ich bin nicht besonders geduldig! M.

Zitternd lasse ich das Telefon fallen. O Gott. Max muss uns verfolgt und im Stripclub beobachtet haben. Ich vergrabe das Gesicht in meinen Händen und bin vor Scham, Abscheu und Angst vollkommen überwältigt.

Jonas kommt aus dem Bad, ein Handtuch um die Hüfte geschlungen.

»Aaaaaameeeen«, singt er und streckt theatralisch seine Arme aus.

»Hast du schon was zu futtern bestellt?« Dann verändert sich sein Tonfall. »Sarah?«

Ich kriege kein Wort raus. Vielleicht muss ich mich jeden Moment übergeben.

Er lässt sich auf der Bettkante nieder. »Was ist passiert?«

Ich reiche ihm wortlos mein Telefon, und er liest die Nachricht.

»Wer –«

»Max. Maksim.«

»Was soll das bedeuten?«, fragt er wutentbrannt.

Ich breche in Tränen aus.

»Was ist da los? Sag schon!«

Ich erzähle ihm jedes Detail von Max' Gratissex-Forderung und lasse auch nicht aus, dass er mir seine Zunge in den Hals gesteckt hat, ehe ich das Zimmer verlassen konnte.

Jonas rauft sich das Haar. »Wieso hast du mir das nicht erzählt?!«

»Ich hatte Angst!«

»Vor mir?«

»Nein!« Ich atme erschöpft aus.

»Das Arschloch hat uns heute Abend verfolgt!«, ruft Jonas.

»Ich hatte einfach Angst, dass du ihn umbringst.«

Er schnaubt. »Zu Recht! Genau das werde ich jetzt tun, ich kille den Wichser!«

Das Herz schlägt mir bis zum Hals. »Jonas, nein!«

Er ist so wütend, dass er vollkommen verändert aussieht. Sein ganzer Körper zittert und steht unter Hochspannung.

Mit glühenden Augen setzt er sich wieder neben mich. »Hast du mir jetzt alles erzählt?«

»Ja.«

»Wirklich?«

»Ja, versprochen.«

Er atmet tief aus. »Was für ein verdammtes Arschloch«, murmelt er. »Er hat dich *geküsst?*«

Ich nicke. »Es war ekelhaft. Und es hat mir Angst gemacht.« Schon breche ich wieder in Tränen aus. »Es tut mir leid, Jonas. Der Tag war wirklich unheimlich.«

Er streicht mir über den Kopf. »Du verheimlichst mir nie wieder etwas, verstanden?« Sein Tonfall schwankt zwischen Zorn und Mitleid.

Ich nicke.

»Nie wieder, ganz egal, worum es geht.«

»Ich wollte es dir schon viel früher sagen, aber als wir aus dem Gebäude kamen, warst du so wütend, dass ich nicht zusätzlich Öl ins Feuer gießen wollte. Ich hatte solche Angst, dass dir etwas zustößt, wenn du dir Max vorknöpfst – du konntest ja nicht mehr klar denken!«

Er umarmt mich. »Ich war doch nie wütend auf dich, Sarah. Verstehst du das nicht? Ich hätte dich nicht anschreien dürfen. Mit der Situation bin ich nicht besonders gut umgegangen, und das tut mir leid.« Er zittert. »Ich war nicht sauer, sondern hatte einfach wahnsinnig Angst, dass dir noch einmal etwas zustoßen könnte. Und dabei habe ich mich wie ein Arschloch benommen.«

Ich nicke. Ja, das hat er. Aber ich verstehe ihn.

»Du armes Ding.« Er drückt mich an sich. »O Mann!«

»Sorry, dass ich es dir nicht erzählt habe.«

»Bitte keine Geheimnisse mehr in Zukunft, okay?«

»Versprochen.« Ich lege meinen Kopf auf seine Schulter.

»Sarah, ich kann in diesem Punkt gar nicht klar genug sein. Darüber diskutiere ich nicht einmal. Du darfst mir nie wieder etwas verheimlichen!«

Ich nicke.

»Versprich es.«

»Ich verspreche es. Es tut mir leid.«

Er drückt mich an sich und küsst meine Schulter. »Mir tut es leid, dass ich dich angebrüllt habe. Das hätte ich nicht tun dürfen. Das hast du nicht verdient.«

»Okay, ich verzeihe dir.«

»Ich bin einfach durchgedreht.«

»Ich weiß.«

»Keine Geheimnisse mehr!«

»Und was ist mit dir?«

Er antwortet nicht.

»Versprichst du mir das auch, Jonas?«

Er schweigt.

»Hey, was ist los? Wieso versprichst du es mir nicht?«

»Weil ich es nicht kann.«

Ich öffne erschrocken den Mund.

»Ich kann dir das nicht versprechen – nicht, wenn es um diese Wichser geht. In Bezug auf alles andere kann ich es dir schwören, bei meinem Leben. Da werde ich dir immer die Wahrheit sagen und dir niemals etwas verheimlichen. Aber was diese Arschlöcher angeht, werde ich dich beschützen, zu welchem Preis auch immer. Und wenn es sicherer ist, dir etwas nicht zu erzählen, dann werde ich das auch nicht tun.«

Jonas

Henns Augen sind blutunterlaufen, und er wirkt, als hätte er in der vergangenen Nacht nicht eine Sekunde geschlafen. Wir sind alle um den Tisch in der Suite versammelt – um ebenjenen, auf dem unser Sexmarathon stattgefunden hat – und hören uns an, was Henn und seine zwei Heinzelmännchen bis jetzt über den Club in Erfahrung gebracht haben. Kat und Josh sehen auch nicht sonderlich erholt aus und sitzen merkwürdig dicht beieinander.

»Also, zusammengefasst«, setzt Henn an, »kann man sagen, dass wir es hier mit einer richtig fetten Nummer zu tun haben, Freunde. Hyperkrass.«

Sarah und ich sehen uns nervös an.

»Ich bin die ganze Nacht durch dieses Kaninchenloch gekrabbelt, nur um auf immer weitere Bauten mit immer weiteren ukrainischen Kaninchen zu stoßen. Gerade jage ich eine Menge Daten durch ein Übersetzungsprogramm, das natürlich nicht halb so gut ist wie ein menschlicher Übersetzer. Aber man bekommt dadurch zumindest einen vagen Eindruck.«

»Hol mal tief Luft, Henn«, unterbreche ich ihn. »Beruhig dich ein bisschen, und fang ganz von vorn an. Auf mich wirkst du nämlich gerade wie ein Kaninchen auf Crystal Meth.«

Henn schüttelt sich. »Sorry, Kumpel! Ich hatte drei vierfache Americano-Shots und dann noch zwei Red Bull in den vergangenen zwölf Stunden.«

»Himmel, Henn! Das Zeug bringt dich noch um«, sage ich.

»Berufsrisiko.« Er grinst.

»Fass doch einfach mal zusammen, was ihr rausgekriegt habt.«

»Okay.« Henn holt tief Luft. »Wir haben uns gestern einen ganz guten Eindruck verschafft, aber leider handelt es sich um eine ziemlich trübe Brühe.«

Ich warte, und Henn holt erneut Luft. »Fast alles, was interessant wirkt, ist auf Ukrainisch, aber manches auch auf Russisch – wusstet ihr, dass das zwei verschiedene Sprachen sind?«

Ich blinzle und versuche, geduldig zu bleiben. »Konntest du dich ins System des Clubs einhacken?«

»Nein, noch nicht. Es scheint tief, tief im Deep Web verborgen zu sein. Aber ich habe einige Brotkrumen entdeckt, denen ich folgen kann. Ich bin ihnen dicht auf den Fersen, Freunde! Und schöne Damen, selbstverständlich.« Er lächelt Kat bewundernd an und zwinkert Sarah dann auch noch höflich zu.

»Ihr hättet sehen sollen, wie Henn die Sachen rausfindet«, sagt Kat. »Ein richtiger Sherlock Holmes der Technik.«

»Der Typ ist ein Genie!«, fügt Josh hinzu.

Kann vielleicht mal jemand auf den Punkt kommen?!

»Was wissen wir denn nun bis jetzt?«, frage ich ungeduldig.

»Okay«, meint Henn. »Lasst uns mit dem Tätigkeitsfeld der Organisation beginnen. Das ist gigantisch. Massiv. Kolossal. Ein richtiges Mammutgebilde. Viel krasser, als ich dachte. Es geht hier nicht um den Prostitutionsring einer alternden Puffmutti – nicht, dass ich da einen Vergleich hätte! –, vielmehr ist die Prostitution nur ein Teil des Geschäfts.«

»Was machen sie denn noch?«, fragt Sarah.

»Na, Oksana kümmert sich um den Part mit der Prostitution, aber Max dreht noch eine Menge anderer krummer

Dinger. Die meisten davon haben mit Waffen und Drogen zu tun.«

Allen klappt der Kiefer herunter. O Gott.

»Und er hat 'ne Menge Leute, die für ihn arbeiten. Die sind übers ganze Land verstreut, sitzen aber hauptsächlich in Vegas, Miami und New York.«

Sarah kann nicht aufhören, den Kopf zu schütteln. Sie wirkt vollkommen geplättet, und auch ich kann es kaum fassen.

»Von was für einem Umfang sprechen wir?«, frage ich. »Was das Geld angeht, meine ich.«

»Ich hab noch keinen Zugang zum Konto, aber ich schätze mal, es geht um einen Haufen Kohle.«

»Das heißt?«

»Na, wenn ich von dem ausgehe, was ich in den Berichten gelesen habe – und ich kann hier nur eine Schätzung abgeben –, dann tippe ich auf circa eine halbe Milliarde Dollar pro Jahr. Vielleicht sogar mehr.«

Jetzt sehen alle vollkommen entsetzt aus.

»Wie steht es mit der Mitgliederliste?«, erkundigt sich Sarah. »Hast du da was gefunden?«

»Noch nicht. Die eigentliche Information ist irgendwo tief im System des Clubs verborgen, und ich arbeite noch daran, sie auszugraben. Aber Oksana hat diese wertvolle Liste der VIPs, die sie persönlich betreut. Sie benutzt keine echten Namen, das läuft alles über Nicknames und Codes, aber ich konnte ein paar Angaben zurückverfolgen und Mitglieder identifizieren. Bis jetzt bin ich schon auf eine Reihe von Firmenbossen, auf wichtige Unternehmer und ein paar Profisportler gestoßen. Kennt ihr zum Beispiel den Yankees-Spieler, der gerade diesen fetten Deal abgeschlossen hat? Außerdem gibt es noch mindestens zwei Abgeordnete, die eine Zeit lang wichtige Kunden waren. Und dann ist da noch dieser Typ, der wahrscheinlich ein richtig großer Fisch ist, irgendeine Art von VIP-Mann, aber das muss ich noch genauer recherchieren. Dennoch kann ich jetzt schon sagen, dass einige Kandidaten dabei sind, die ziemlich entsetzt wären, wenn sie wüssten, dass sie die russische Mafia unterstützt haben – oder wohl eher die ukrainische. Mehr dazu später.«

Sarah und ich werfen uns einen Blick zu. Ich habe nie an die Mafia gedacht, wenn es um den Club ging. Shit. Mein Magen verknotet sich. Die ganze Zeit saß ich mit zuckendem Knie am Tisch, aber jetzt muss ich doch aufstehen und tigere auf und ab.

»Es scheint mir ziemlich entscheidend zu sein, die Identität des VIP-Mannes zu klären«, sagt Henn. »Seine Mails sind doppelt verschlüsselt, aber ich habe eine von ihm entdeckt, die Oksana an Max weitergeleitet hat. Da stand wirklich drin, dass seine ›persönlichen Securitymänner‹ vor der Tür die Stellung halten. Wow. Wer braucht so etwas?«

Sarah sieht aus, als würden ihr jeden Moment die Augen aus dem Kopf fallen.

»Ein Rockstar vielleicht?«, schlägt sie vor. »Solche Leute haben doch immer Bodyguards.«

»Nein«, sagt Henn. »Danach sieht es eigentlich nicht aus.«

»Ja, ich kenne eine Menge Rockstars, und die würden so eine Mail ganz anders formulieren«, meint Josh. Er wirkt nervös.

»Ich bleibe dran«, meint Henn. »Okay, seid ihr bereit für eine richtige Hammerinfo?«

»Was soll denn jetzt noch kommen?«, fragt Sarah ungläubig.

»Na, der Grund, warum das alles so ein großer Spaß ist!« Er wendet sich an Kat. »Der folgende Teil ist mir eingefallen, kurz nachdem du gestern schlafen gegangen bist, Kat.«

»Ich war leider irgendwann hundemüde.«

»Tja, das passiert, wenn man sich nicht mit Koffein und Nikotin zudröhnt«, meint Henn.

Ich werfe Josh einen Blick zu, aber der scheint auch keine Ahnung zu haben, worum es geht.

»Bist du auch irgendwann ins Bett gegangen?«

»Ja, ich konnte ab einem bestimmten Punkt einfach nicht mehr«, meint Josh. »Ich bin etwa gleichzeitig mit Kat eingenickt.« Er wirft ihr einen Blick zu. »Vielleicht ein kleines bisschen später.«

Verdammt. Sie tun es miteinander! Sarah allerdings ist so kreidebleich und nervös, dass ihr diese Tatsache vollkommen egal ist.

»Also, worum geht's?«, fragt Kat und kippelt mit dem Stuhl.

»Ich warte immer noch auf eine Menge Übersetzungen, aber wenn ich das richtig sehe, ist Oksana eine politische Aktivistin – so eine Art ukrainischer Che Guevara. In ihren Unterhaltungen mit diesen Ukrainern geht es die ganze Zeit um den ›Donbas‹. Ich habe das mal gegoogelt – das ist eine Region in der Ukraine, und sie gilt als Hauptschauplatz des Ukraine-Konflikts.«

»Hat bestimmt was mit den Separatisten zu tun«, sage ich. »Die Nachrichten waren ja in letzter Zeit voll davon.«

»Ja, das habe ich mir auch gedacht«, meint Henn. »Die Nachrichten von und an die Ukrainer sind voll von dem Propagandamist. Es geht ständig um ›die Angelegenheit‹, deren Finanzierung und um die nötigen Waffen. Crazy Shit, das sage ich euch. Und Oksana wiederholt immer wieder: ›Bleibt zuversichtlich.‹« Den letzten Satz hat Henn ausgesprochen wie ein russischer Zeichentrickheld.

»Großer Gott«, murmelt Josh.

»Was denn?«, meint Kat.

»Die unterstützen die ukrainischen Separatisten«, erklärt Josh.

»Was bedeutet, dass Oksana auf Umwegen Putin unterstützt«, füge ich hinzu.

Kat sieht vollkommen verwirrt aus. »Sorry, Jungs, das müsst ihr näher erklären.«

»Okay, früher gab es die UdSSR, stimmt's?«, sage ich. »Die ist dann in viele Einzelteile zerfallen – Russland, die Ukraine und das Baltikum. Jetzt will Putin dafür sorgen, dass Mutter Russland sich all diese Teile wieder einverleibt, um das ehemalige Imperium wiederauferstehen zu lassen. Und der Diamant seiner neuen Sowjetunion soll die Ukraine sein.«

Kat nickt. »Und was hält die Ukraine von dem Plan?«

»Nichts, zumindest die Regierung nicht. Aber es gibt in der Ukraine ein Lager – die Separatisten. Und die wollen sich von der Regierung lösen und gemeinsame Sache mit Putin machen. Also führen die Separatisten bewaffnete Auseinandersetzungen mit ihrer eigenen Regierung. Das alles wird von den Russen finanziert.«

Ich sehe Josh an. Bestimmt denken wir gerade beide dasselbe: Verdammte Scheiße, wir haben diesen Leuten das Geld in den Rachen geworfen!

Sarah sieht genauso aus, wie ich mich fühle. Hundeelend.

»Heiliger Bimbam«, sagt Kat leise.

»Kann man wohl sagen«, meint Henn.

»Wir müssen rausfinden, wer der große VIP-Fisch ist«, platze ich heraus. »Wer die richtigen Schwergewichte in der Angelegenheit sind. Du hast gesagt, dass auch Abgeordnete da mit drinhängen, ja?«

»Jepp.«

»Das könnte richtig, richtig übel werden«, meint Josh.

»Auf jeden Fall: Oh, hi, liebe Wähler. Bitte gebt mir eure Stimme!«, sagt Henn in bestem Politikertonfall. »Ich habe für mehr Sicherheit auf den Straßen gesorgt, eine Bibliothek bauen lassen und mich für den Mindestlohn eingesetzt. Oh, und ich habe noch einen Haufen Kohle in einen russischen Prostitutions- und Waffenring gesteckt, um die Wiedervereinigung der Sowjetunion zu unterstützen. Auf eure Stimmen kann ich bei den nächsten Wahlen doch bestimmt zählen?«

Das Lachen bleibt mir im Hals stecken. Shit. Darauf war ich wirklich nicht vorbereitet.

»Das ist eine Nummer zu groß, um die Sache allein zu lösen«, meint Sarah mit Nachdruck. »Wir müssen das FBI einschalten.« Sie macht große Augen. »Oder die CIA? Ich weiß nicht mal, was da passend wäre. Verdammt, ich bin doch erst im ersten Jahr meines Jurastudiums!« Sie schüttelt den Kopf. »Es handelt sich hierbei um eine Angelegenheit von internationaler Bedeutung. Das kann man wohl ohne Übertreibung sagen.«

Sie hat recht. Auch damit, dass wir uns an die richtigen Instanzen wenden müssen. Aber ich habe keine Ahnung, wie man in diesem Fall am besten vorgeht.

»Die Frage ist, wann und wie wir das machen«, meine ich. »Wir können dem FBI nicht einfach die Tür einrennen und um den nächstbesten Superagenten bitten: Hi, in Vegas gibt es übrigens eine Prostitutionsorganisation, die Putin Waffen und Geld zur Verfügung stellt. Schnappt sie euch, Leute! Selbst wenn sie die Information ernst nehmen, bleibt immer noch unklar, wie lange es dauert, bis sie alles recherchiert haben und wirklich aktiv werden, oder? Was, wenn es zu lang dauert und Max und Oksana längst misstrauisch geworden sind? Mir geht es nur darum, Sarah zu beschützen.«

Sarah schnaubt. »Wir wollen hier kein Casino ausräumen, Leute. Um das hinzukriegen, braucht es schon ein bisschen mehr als einen Auftritt von George Clooney.«

Ich atme tief aus. »Wie viel davon könnten wir denn tatsächlich beweisen, Henn?«

»Na, dass sie das böse Königreich finanzieren wollen, ist derzeit nebensächlich, weil ich die Kontoauszüge noch nicht habe. Mit ein bisschen Kreativität kann ich schon eine Menge beweisen und die Puzzlestücke zusammenfügen. Aber damit lassen sich nur extrem geduldige, aufmerksame Zuhörer überzeugen, die in der Lage sind, eigene Schlüsse zu ziehen.«

»Darauf können wir uns nicht verlassen.«

»Ich weiß. Wenn ich mich erst ins richtige System des Clubs eingehackt habe, wird alles glasklar sein – und ich bin kurz davor.«

»Wir müssen ihnen die Konten zeigen«, sage ich. »Das Geld. Nur so bekommen wir ihre volle Aufmerksamkeit.«

»Da bin ich ganz deiner Meinung«, meint Henn. »Noch habe ich nicht alle Accounts oder Passwörter, aber ich arbeite dran.«

»Wie lange wird es dauern, bis wir ein verlässliches, wasserdichtes Informationspaket haben?«

»In ein paar Tagen dürfte alles hieb- und stichfest sein. Vielleicht noch nicht ganz wasserdicht, aber doch solide. Ich könnte monatelang recherchieren und würde dabei wahrscheinlich immer wieder auf neue Informationen stoßen. Einen ersten Vorstoß oder Köder, also etwas, das die Aufmerksamkeit der Guten schnell erregt und sie dazu bringt, sofort zu reagieren – das müsste ich in ein paar Tagen beisammenhaben.«

»Wunderbar«, sage ich.

»Henn, ich bin deine neue beste Freundin«, sagt Sarah. »Ich werde die Infos, die du findest, in einem großen Dokument zusammenfügen. Wir müssen ein Beweisprotokoll erstellen, das wir den Guten so schnell wie möglich überreichen können. Ich werde es ihnen ganz leicht machen: die wichtigen Fakten hervorheben, ebenso wie die Aktionen des Clubs und alle potenziellen Anklagepunkte – organisiertes Verbrechen, Korruption, Überweisungsbetrug, Geldwäsche und so weiter und so fort –, und dann werde ich die gefundenen Beweise in Bezug zu den einzelnen Anklagepunkten setzen.« Man hört förmlich, wie es in Sarahs Kopf rattert. »Kat.«

»Ja, Ma'am?«

»Ich benötige ein Beweisstück für jeden Anklagepunkt, damit sie nicht denken, dass wir uns das alles nur ausgedacht haben. Ich werde dir genau sagen, was ich brauche, und dann durchsuchst du alle Infos danach, die Henn bis jetzt beschafft hat. Du bist meine Rechercheassistentin.«

»Alles klar.«

»Sehr gut«, meine ich. »Josh und ich werden einen Plan austüfteln, wie wir die Übergabe am besten gestalten. Ich denke auch, dass wir uns an jemanden wenden sollten, aber die Frage ist gerade noch, an wen. Wenn wir den Falschen erwischen, handeln wir uns womöglich einen noch schlimmeren Feind als den Club ein.«

»Was soll das heißen?«, fragt Kat nervös.

»Es klingt ganz so, als stünden eine Menge wichtiger Kunden auf der Liste, die auf keinen Fall wollen, dass dieser Skandal publik wird.«

Eine Weile lassen alle diese Information sacken. Wir sind wirklich kurz davor, die Büchse der Pandora zu öffnen.

»Letztlich geht es nur ums Geld«, meine ich. »Geld regiert die Welt.«

»Ganz meine Meinung«, sagt Josh.

»Henn, das hat höchste Priorität, okay? Wir brauchen Zugang zum Konto.«

»Okidoki«, sagt Henn. »Sollte nicht länger als ein paar Tage dauern.«

»Wir kriegen das hin«, meint Sarah, aber sie klingt nicht sonderlich überzeugt. »Wir sind einfach eine wahnsinnig talentierte Runde! Wir brauchen keinen ollen George Clooney oder Brad Pitt.«

»Klar, aber es wäre toll, wenn dieser Chinese da wäre«, meint Henn. »Der ist ultracool.«

»Der, den sie in die Box gestopft haben?«, fragt Kat. »Ich fand den auch klasse.«

»Jepp, er war bombig«, stimmt Henn ihr zu.

»Yen. So hieß er doch, oder?«

Henn lacht. »O ja! Hübsch, und dann auch noch ein gutes Gedächtnis, Kat!« Er tippt sich an die Schläfe.

»Hey, Leute, tut mir leid, dass ich euch unterbreche, aber es gibt eine Menge zu tun. Wäre toll, wenn wir gleich loslegen würden«, unterbricht Sarah das Gespräch.

»Klar«, sagt Kat. »Was auch immer du willst, Chefin.«

»Eins noch, Sarah«, wirft Henn ein. »Was willst du in Bezug auf die Nachricht von Dr. Evil unternehmen?«

Sarah läuft dunkelrot an.

»Ich überwache sein Telefon, schon vergessen? ›Ich bin nicht besonders geduldig.‹ Was meint er damit?«

Sarah bringt kein Wort heraus, also nehme ich ihre Hand und erkläre die Situation, allerdings ohne auf die Sache mit dem Stripklub und den Masken einzugehen. Zum Glück hält auch Henn sich in diesem Punkt bedeckt.

»Was soll ich machen?«, fragt Sarah leise. »Ihn ignorieren? Ihm antworten? Mich verstecken?«

»Ignorier ihn und versteck dich«, sage ich. »Ich will nicht, dass du auch nur ein Wort zu dem Arschloch sagst.«

»Halte ich auch für das Beste«, sagt Josh.

»Nein«, meint Kat mit gepresster Stimme. »Antworte ihm und versteck dich. Wenn du nicht reagierst, wird er sauer, und das müssen wir vermeiden. Er soll schön ruhig, selbstgefällig und vorhersehbar bleiben.«

Alle sehen sie abwartend an.

»Eigentlich ist Dr. Evil heiß auf Jonas, nicht auf Sarah.«

»Himmel, Kat. Kannst du das nicht anders formulieren?«

»Ich meine das doch nicht in sexueller Hinsicht. Es geht hier um die Alphatierproblematik. Er will das, was du hast, damit er gewinnt, verstehst du? Also ist er rattenscharf auf Jonas.«

»Wie soll ich ihm denn nun antworten?«, frage ich.

»Wir müssen ihn dir vom Hals halten und ihn davon überzeugen, dass du allein von deiner Gier getrieben bist – und keineswegs aus Loyalität zu Jonas auf euer Stelldichein verzichten willst«, sagt Kat. »Je sicherer er sich ist, dass ihr am selben Strang zieht, desto sicherer bist auch du. Du musst dafür sorgen, dass er dir vertraut. Wenn du ihn jetzt ignorierst, wird das nichts.«

Sarah sieht mich an, und ich nicke. Das ergibt Sinn.

»Erzähl ihm, dass Jonas nach dem Treffen erst mal vollkommen durchgedreht ist vor Eifersucht. Er hat das Knistern zwischen dir und Dr. Evil gespürt und hat dir hinterher vorgeworfen, dass du ihm verheimlicht hast, dass ihr euch bereits kennt. Jonas ist überzeugt, dass ihr unter einer Decke steckt und du unbedingt mit Max allein sein wolltest, um Sex im Bad zu haben. Und jetzt kannst du keinen Schritt mehr allein tun, ohne dass Jonas Verdacht schöpft. So ein Pech aber auch, dass dein Sugardaddy so ein Psychopath ist. Sag Max, dass er dir nicht mehr schreiben soll, weil Jonas dein Telefon kontrolliert und eigentlich kurz davor ist, dir einen weiteren großzügigen Scheck auszustellen. Auf diese Weise schmeichelst du ihm, und er leckt gleichzeitig Blut, weil noch mehr Kohle im Spiel ist. Ganz egal, wie heiß er auf eure Gratisnummer ist, er –«

»Okay, Kat, das reicht!«

»Er wird nicht darauf bestehen, wenn es den ganzen Deal gefährdet. Wir machen aus Jonas einfach den üblen Typen und tun so, als würde Sarah nur ihr Bestes geben, um weiterhin die Kasse klingeln zu lassen.«

Alle starren Kat beeindruckt an, und sie zuckt mit den Schultern. »Was ist denn? Wenn ich Ahnung von etwas habe, dann von PR und von Männern.«

»Wunderbar«, meint Henn bewundernd.

»Hey, ich mag vielleicht dämlich sein, aber ich bin nicht blond!«, meint Kat, und alle lachen.

Josh strahlt sie an. »Sind alle mit der Strategie einverstanden? Ich bin es definitiv!«

Alle nicken.

»Besonders gefällt mir, dass du die Suite nicht mehr ohne mich verlassen darfst«, sage ich. »Ich will tatsächlich nicht, dass du ohne mich da rausgehst.«

»Vertrau mir, das habe ich auch nicht vor!«, meint Sarah. »Jetzt, wo ich weiß, dass ich unter Beobachtung dieses unheimlichen Typen stehe, habe ich nicht das geringste Bedürfnis danach. Ich muss mich jetzt sowieso um meinen Bericht kümmern. Wird 'ne Menge Arbeit.« Sarah schüttelt ungläubig den Kopf. »Das ist schon ganz schön abgefahren.«

»Total«, meint Henn und atmet glücklich aus. »Ist das nicht hypergeil?!«

Sarah

Es war ein langer Tag, aber wir haben viel geschafft. Größtenteils haben Kat und ich dabei zugesehen, wie Henn wie ein Irrer an drei PCs gleichzeitig gearbeitet hat, und als er schließlich zusammengeklappt ist, weil der Schlafmangel ihn doch in die Knie gezwungen hat, haben wir die Sache übernommen. Wir haben nach bestem Wissen und Gewissen die Informationen sortiert und geordnet, die wir von ihm bekommen haben. Gleichzeitig haben Jonas und Josh zu den staatlichen Behörden recherchiert und eine Tabelle mit möglichen Strategien erstellt.

Manchmal haben die Jungs sich gezankt, bis sie irgendwann doch wieder in Gelächter ausgebrochen sind – um dann aus heiterem Himmel darüber zu diskutieren, wer denn nun der beste Quarterback aller Zeiten war. Einmal waren Kat und ich plötzlich so mit den Nerven am Ende, dass wir uns voll bekleidet mit einem Glas Wein in den leeren Whirlpool gesetzt haben. Ansonsten haben wir aber nonstop gearbeitet.

Als ich gerade dabei war, einen besonders mühsamen Teil meines Berichts zu schreiben, fiel mein Blick auf Jonas, der stirnrunzelnd irgendetwas auf seinem Laptop studierte. In diesem Moment spürte ich ein gewaltiges Verlangen danach, mich einfach auf seinem Schoß zusammenzurollen, auf alles zu pfeifen und sofort wieder nach Belize zu fliegen.

Stattdessen habe ich ihm vorgeschlagen, eine Pause zu machen und kurz ins Fitnessstudio des Hotels zu gehen.

»Dafür habe ich keine Zeit. Ich befinde mich auf göttlicher Mission«, hat er nur erwidert.

Ich wollte entgegnen, dass er nach einer Pause vermutlich noch göttlicher weiterarbeiten könne, aber da meinte er: »Ich muss das tun, weil ich mein Baby mehr liebe als mein Leben.« Und dann sah er einfach wieder auf seinen Bildschirm, als wäre das gerade nicht der bedeutsamste Augenblick meines Lebens gewesen.

Jetzt sind endlich alle weg, und nichts und niemand kann mich davon abhalten, mich an Jonas zu kuscheln oder sonst irgendwas mit meinem heißen Freund anzustellen.

Er kommt aus dem Bad und kriecht zu mir ins Bett, dreht mich auf den Rücken und stützt sich über mir ab, sodass seine Erektion an meinen Bauch drückt.

»Na, was machen wir zuerst, holde Maid? Soll ich mich an deinem Hintern gütlich tun? Oder vielleicht an deinen Nippeln?« Schon macht er sich an meinen Brustwarzen zu schaffen.

»Kleinen Moment, Sir«, sage ich, und er hält widerwillig inne. »Zufällig habe ich diesbezüglich ein paar höchst konkrete Vorstellungen.« Ich klopfe neben mir aufs Bett, und er gehorcht widerstrebend.

»Als ich auf Google nach dem Stripclub gesucht habe, habe ich erst mal ›Peepshow Las Vegas‹ eingegeben, und rate mal, was ich entdeckt habe?«

Er zuckt mit den Schultern.

»Allen möglichen Mist über ein mittlerweile eingestelltes Stripmusical, in dem Ice-Ts Frau mitgespielt hat.«

Jonas sieht wollüstig auf meinen Schritt.

»Dann habe ich noch ein bisschen weitergesucht und festgestellt, dass es eine Stellung gibt, die sich ›Peepshow‹ nennt.« Ich beiße mir auf die Unterlippe, und auch Jonas wirkt ein wenig aufgeregt.

»Kennen Sie die Stellung vielleicht, Sir?«

»Tatsächlich könnte der Begriff für mehrere Dinge stehen, holde Maid. Sie müssen konkreter werden.«

Ich schnappe mir meinen Laptop und finde rasch die Peepshow-Animation in 3-D, auf die ich gestoßen bin. Zwei hochattraktive Avatare performen eine Oralsex-Nummer, und das so enthusiastisch, dass ihre Körper vor Vergnügen zucken.

Eigentlich hätte mich dieser Anblick nicht überraschen sollen, da ich von Jonas ja bereits alle möglichen Varianten des Oralverkehrs kenne.

Ich habe aber nie daran gedacht, dass nicht nur Jonas durch ausgefeilte Techniken meine Lust ins Unermessliche steigern kann, sondern dass es auch ein oder zwei Tricks gibt, mit denen *ich* ihn in den Wahnsinn treiben kann.

Ich drehe den Bildschirm in seine Richtung. »Na, Sir, klingelt's?«

Er grinst übers ganze Gesicht. »Aber ja doch, holde Maid! Und wie!«

Ich lache laut auf.

»Ich habe zwar bereits davon gehört«, meint Jonas, »aber bislang hat mir noch nie jemand angeboten, diese Variante auszuprobieren.« Er beißt sich auf die Unterlippe.

Wow, das hätte ich nicht gedacht. Ich bin mir sicher gewesen, dass Jonas bereits alles getestet hat.

»Wie kann das sein? Du hast doch bis jetzt nichts ausgelassen, oder?«

Er errötet. »Na ja, um diese Art von Fellatio bittet man nicht unbedingt seinen One-Night-Stand. Und ich hatte eben noch nie eine Freundin wie dich.«

Sofort breitet sich die Hitze in meinem ganzen Körper aus.

»Wie meinst du das?«

Er zuckt mit den Schultern, erwidert aber nichts.

»Deine Freundinnen wollten das nie für dich machen?«

Er schüttelt den Kopf.

»Hey, Großer, das musst du schon genauer erklären!«

Er atmet tief aus. »Es ist einfach nie dazu gekommen.«

»Warum denn nicht?«

»Kann ich dich nicht erst lecken, ehe wir darüber sprechen?« Er will schon auf mich krabbeln, aber ich schubse ihn weg. »Das ist viel zu faszinierend! Erzähl es mir, und danach lassen wir es richtig krachen, versprochen.«

»Weißt du, dass du superanstrengend sein kannst, holde Maid?«

»Ja.«

Er verdreht die Augen. »Vor etwa einem Jahr hatte ich ein Date, bei dem die Frau ihren Orgasmus vorgetäuscht hat.«

»Ich weiß. Das war die, die du beim zweiten Mal unbedingt zum Höhepunkt bringen wolltest. Ich sollte ihr eine Flasche Champagner vorbeibringen, schließlich bin ich diejenige, die von dieser Geschichte profitiert!«

Er lächelt. »Na, soll ich dich nicht doch erst lecken?« Er streicht über die Innenseite meines Oberschenkels, aber ich schlage seine Hand weg. »Nein! Los, spuck's schon aus.«

»Na schön. Dank dieser Fake-Nummer habe ich eine Menge Nachforschungen angestellt und begriffen, was für ein Geschenk es ist, einer Frau einen Orgasmus zu bescheren. Es kostet sehr viel mehr Mühe, als einfach nur mit ihr Sex zu haben. Vorher dachte ich, dass alles, was sich für mich super anfühlt, auf sie automatisch denselben Effekt hat. Und dass es eher Russisch Roulette ist, ob die Frau nun kommt oder nicht, ich also keine Kontrolle darüber habe.« Er lächelt. »Bitte versteh mich nicht falsch, ich hatte da auch vorher schon ganz gute Instinkte, schließlich bin ich kein Neandertaler. Aber während meiner Lektüre habe ich begriffen, dass auch eine Menge Technik dahintersteckt, die man lernen kann. Mir wurde klar, dass ich es in der Hand habe, ob die Frau jedes Mal kommt – ich muss es einfach nur richtig anstellen.«

»O Gott, das turnt mich ziemlich an, Jonas.«

Seine Erektion bäumt sich kurz auf, und seine Augen glänzen. »Dann lass mich dich lecken, bis du außer dir bist.«

»Erst musst du zu Ende erzählen!« Ich streichle neckisch meine Brüste.

»Ich wurde ein Meister im Oralsex, und die Frauen kamen, wann immer ich wollte – Ende!« Er lächelt und streckt die Hand aus.

»Du bist so eklig, Jonas!«

Er lacht.

»Jetzt mal im Ernst. Ich bin wirklich total überrascht, dass ich eine Sexpraktik entdeckt habe, die du noch nie ausprobiert hast.«

»Oh, da gibt es viele! Und genauso viele, die ich bis jetzt nur mit dir getestet habe.«

»Was? Ich war bei ein paar Sachen die Erste?«

»Ja, sogar oft!«

Ich blinzle, setze mich auf und sehe ihm in die Augen. »Baby, wovon redest du? Ich bin total verwirrt.«

Er legt eine Hand auf meine Wange und küsst mich. »Meine umwerfende Sarah«, meint er. »Du machst mich wahnsinnig an. Hast du eigentlich eine Ahnung, wie sehr?« Er streicht sanft über meine Brust, und sofort beginnt es zwischen meinen Beinen zu ziehen.

»Nein, Jonas. Sag es mir.«

»Wie wäre es, wenn ich dich vorher kurz kosten dürfte? Deine Pussy ruft nach mir wie eine Sirene.«

»Nein.«

Er zieht einen Flunsch.

»Sag es mir.«

Jetzt seufzt er. »Ehe Sex zu meiner Religion wurde, habe ich natürlich mit einer Menge Frauen geschlafen – Bekanntschaften, Freundinnen, Flirts, One-Night-Stands. Das Übliche eben – Oralverkehr, Dreier und so weiter. Aber es war nie so wie mit dir. Nie so, als würde ich einen Gottesdienst besuchen. In die Kirche gehen.« Sein Gesicht leuchtet. »Nachdem ich quasi religiös geworden bin und mehr über den weiblichen Orgasmus gelernt habe, ging es mir eigentlich nur darum, die Frau so heftig wie möglich zum Höhepunkt zu bringen – dazu, sich mir zu ergeben, sodass ich zu ihrem Gott werden konnte.« Er verdreht die Augen.

»Erlösung«, sage ich leise. Wieso wird mir erst jetzt klar, dass die Suche nach Erlösung sein ganzes Leben geprägt hat?

»Sogar beim Sex geht es dir darum, erlöst zu werden, Jonas«, sage ich. »Du willst dir beweisen, dass du nicht vollkommen wertlos bist.«

Er starrt mich einen Moment lang traurig an. »Ja«, sagt er schließlich. »Wahrscheinlich. Krass.« Kurz schweigen wir.

»Wie dem auch sei: Ich wollte immer, dass die Frau sich ergibt, aber ich wollte nie«, er verzieht den Mund, »ich wollte nie derjenige sein, der sich ergibt.« Er schluckt hart. »Um also deine Frage zu beantworten: Ich habe einfach noch nicht viele Stellungen ausprobiert, bei denen *ich* etwas empfange. So wie bei dieser Peepshow-Methode eben.«

Ich kann mich kaum noch beherrschen.

»Aber was war denn, ehe du begonnen hast, nach Sexzellenz zu streben? Da hattest du doch auch feste Freundinnen. War es da im Bett denn nie auch mal umgekehrt?«

»Klar, manchmal schon. Aber meine Exfreundinnen waren ziemlich verklemmt. Ich hab mir wahrscheinlich immer Frauen ausgesucht, mit denen es einfacher war, Dinge zu unterdrücken, als sie auszuleben. Erst bei dir bin ich auch ein echter Partner und zeige, wer ich wirklich bin.«

Ich bin wie elektrisiert. »Aber was ist mit all den One-Night-Stands? Ich kann mir gar nicht vorstellen, dass du da nicht absolut alles ausprobiert hast.«

»Denk doch mal drüber nach. Wenn du ständig wechselnde Partnerinnen hast und es dir nur darum geht, sie zum

Höhepunkt zu bringen, dann experimentierst du letztlich weniger und nicht mehr. Du hast ja nur eine oder vielleicht zwei Chancen, dieser Unbekannten einen Wahnsinnsorgasmus zu bescheren, also hältst du dich eher an deine altbewährten Tricks.«

»Und was ist mit all den Dingen, die wir miteinander machen?«

»Die meisten davon habe ich erst mit dir ausprobiert.«

Mein ganzer Körper beginnt zu kribbeln. »Was ist mit dem Schmetterling?«

»Du warst mein erster, Baby!«

Meine Pussy glüht, als hätte er eben mit seiner Zunge darübergeleckt. »Und die Ballerina?«

»Wer sonst könnte so stehen und dann auch noch wilden Sex haben?«

In meinem Kopf wirbelt alles durcheinander. »Was ist mit dieser Stellung 69, die wir kopfüber gemacht haben, als wir aus Belize zurückgekommen sind?«

»Nur mit dir, Süße.«

»Aber kurz bevor wir losgelegt haben, hast du gesagt, dass es dich anmacht.«

»Da habe ich die Stellung an sich gemeint. Klar habe ich die schon ausprobiert, aber nie auf diese akrobatische Art und Weise.« Er seufzt. »Das war toll!«

Ich bin mittlerweile wahnsinnig erregt.

»O Jonas!« Ich schüttle den Kopf. »Ich dachte, du hättest jede erdenkliche Praktik schon mit Tausenden von Frauen ausgetestet.«

Er schüttelt den Kopf. »Ich habe sie geleckt, sie zum Höhepunkt gebracht und sie dann durchgenommen, um selbst einen Orgasmus zu haben. Das hat nichts damit zu tun, was du und ich machen, mein heißes, versautes Baby.«

Allmählich bekomme ich große Lust, mich einfach an seinem Oberschenkel zu reiben.

»Man muss sich schon sehr wohl mit jemandem fühlen, um so abenteuerliche Verrenkungen zu machen. Es geht um gegenseitiges Vertrauen.«

Ich lege meine Hände um sein Gesicht und küsse ihn, aber als er erneut auf mich kriechen will, stoße ich ihn wieder weg. Er stöhnt auf.

»Komm schon, Baby, ich halte es nicht mehr aus!«

»Zu schade.« Ich keuche, schnappe mir meinen Laptop und öffne wieder die Seite mit den Sexstellungen. Links gibt es eine Spalte mit Oberbegriffen wie *face to face*, *69* und *Hintereingang*, die zu einer Menge weiterer Vorschläge führen.

Ich klicke auf *Fellatio*, und zwölf animierte Blowjob-Diagramme erscheinen.

»Und was ist hiermit? Welche davon hast du schon mal ausprobiert?«

Er mustert die Darstellungen. »Oh! Schau dir das mal an!« Seine Erektion zuckt. »Nein. Bis jetzt kannte ich nur den ganz normalen Blowjob, der ja auch super ist, da will ich mich nicht beschweren. Oh, und die Stellung hier, bei der man steht, kenne ich ebenfalls, aber die ist ja auch ein Klassiker. Na, und dann noch diese Variante hier, bei der man sitzt.«

»Und was ist damit?« Ich klicke auf einen Link.

Er schüttelt den Kopf und lacht. »Nee!«

»Und das hier?«

»O Gott, nein! Und das will ich auch nie ausprobieren! Dabei würde ich dich ja zerquetschen.«

Ich sehe genauer hin. »Du hast recht. Das streichen wir, das würde ich nicht überleben. Und was ist damit, kennst du das?«

»Nein.«

»Baby, heute ist dein Glückstag! Denn hiermit beginnt dein zwölftägiger Fellatio-Adventskalender. Wir werden jeden Tag eins dieser versauten Türchen öffnen, der Reihe nach.

Bis auf das eine mit der mörderischen Stellung, die wir schon gestrichen haben.« Ich lache. »Vielleicht werde ich nicht alles vollkommen elegant hinkriegen«, ich sehe auf ein besonders rätselhaftes Diagramm und verziehe das Gesicht, »ein paar davon wirken echt kompliziert, und ich verstehe sie nicht einmal vom logistischen Standpunkt aus. Aber ich verspreche, dass ich es auf einen Versuch ankommen lassen werde.«

»Sarah, du musst doch nicht –«

»Ich will aber!«

»Baby, hör zu, wenn ich dich lecke, dann erwarte ich keine Gegenleistung dafür. Ich liebe das einfach und fahre total auf deinen Geschmack ab. Du bist so köstlich! Das reicht mir vollkommen, weißt du das?«

Ich beuge mich hinab und lecke über seine Eichel. Sofort verstummt er.

Ich sehe zu ihm hinauf. »Du schmeckst mich gern, ja?«

Er atmet tief ein. »Es gibt nichts Besseres.«

»Na, das geht mir ganz genauso, wenn ich dir einen blase. Es macht mich irre an, und ich habe Fantasien davon. Ich verzehre mich danach, träume davon. Ich mag es, wie du schmeckst, und ich mag es, dich in meinem Mund zu spüren. Mag es, wie du mein Haar packst, wenn ich da unten bin, und was für Geräusche du machst.« Ich lecke wieder an ihm, und er stöhnt auf. »Ich fühle mich dann so mächtig – als würdest du ganz mir gehören.«

»*Fuck*, Baby. Ich komme gleich, noch ehe du richtig losgelegt hast.«

Ich packe seinen Schwanz. »Na, dann hören wir besser auf mit dem Geplauder und fangen an, oder? Schau noch mal auf die Liste und sag mir, womit du beginnen willst. Ich bin mittlerweile auch total heiß.«

Er sieht auf den Computer und scrollt sich eilig durch die verschiedenen Möglichkeiten, während er keuchend ein- und ausatmet.

»Na?«

»Es grenzt an seelische Grausamkeit, mich aussuchen zu lassen.«

»Was ist denn damit?«

»O ja, bitte!«

»Oder das hier?«

»Ja!«

Ich lache. »Worauf hast du denn am meisten Lust?«

»Das ist ja so, als müsste man sein Lieblingskind wählen! Ich habe alle meine Babys gleich lieb.«

Ich lache wieder und werfe noch einen Blick auf die Diagramme.

»Hey«, meint Jonas. »Warum sehen wir uns nicht auch an, was ich mit dir anstellen könnte? Das wäre doch lustig!«

Ich ziehe den Laptop zu mir. »Nein, es geht darum, dass ich zum Sexsamurai werde. Du hast dein Schwert doch schon.«

»Moment.« Er klickt auf *Cunnilingus*, und als die verschiedenen Optionen aufpoppen, stöhnt er so laut auf, als hätte ich ihn schon im Mund.

»Allein diese kleinen Cartoons machen mich höllisch an. Ich will das alles sofort bei dir ausprobieren!«

»Kennen wir denn nicht schon alles?« Ich linse auf den Bildschirm.

»Nicht das hier.« Jonas stöhnt. »So lagst du noch nie auf mir. Oh, und das hier will ich auch. Gott, und das sieht super aus! Wow.«

Er hat recht. Verdammt verlockend. Aber ich bleibe stark. »Es geht doch darum, dass ich etwas für dich tue!«

»Ja, aber das würdest du doch, wenn ich dich lecken dürfte! Versprochen.« Wieder stöhnt er auf. »Ich würde mich wahrscheinlich auf dein ganzes Haar ergießen, wenn ich dich auf diese Weise verschlingen dürfte.« Er deutet auf ein anderes Diagramm, auf dem der Kopf der Frau gefährlich nah vor dem Penis des Mannes baumelt. »Oh, das hier müssen wir machen, Sarah. Bitte!« Er stöhnt auf. »Bitte, bitte!«

Ich erschauere vor Verlangen. »Das sieht echt gut aus.«

»Komm!« Er berührt mich zwischen den Beinen. Als er fühlt, wie feucht ich bin, stöhnt er auf.

»Sekunde, Jonas! Warte!«

Er zieht keuchend seine Hand zurück.

»Jetzt bist *du* dran!«

Er seufzt und sieht wieder auf den Computer, um dann einen anderen Link anzuklicken. »Das hier haben wir auch noch nie gemacht, oder? Mit deinem Bein in der Luft?«

Irgendwie kapiert er es nicht – ich will den aktiven Part übernehmen! Aber ich kann nicht anders, als auf dem Bildschirm nachzuschauen, von welchem Cunnilingus er dieses Mal spricht. Wow, das sieht so faszinierend aus, dass meine Klit allein vom Anblick zu pochen beginnt.

»›Leck den Fahnenmast‹«, lese ich. »Oh, das klingt auch gut.«

»Ich will das«, sagt Jonas wie ein Kind im Süßigkeitenladen. »Sofort!«

Ich schnappe mir den Computer. »So wird das nichts! Es geht darum, dass ich deine Lust steigere!«

»Das tust du am meisten, indem du einfach du selbst bist.«

Ich erröte. »Aber ich will wirklich was Neues ausprobieren!«

»Okay, schön. Ich habe einen Vorschlag, mein kleiner Samurai.«

»Und der lautet?«

»Wir machen es nach dem ›Wie du mir, so ich dir‹-Prinzip.«

»Du liebst diesen Spruch, was?«

»Pst, hör zu! Das hier wird Jonas' und Sarahs ›Wie du mir, so ich dir‹-Abenteuer. Natürlich fängst du an.«

»Na klar.«

»Und dann revanchiere ich mich. Du legst los und probierst aus, was auch immer du willst. Ich nehme die Gabe dankbar an und darf danach machen, was auch immer ich will.« Er zittert vor Erwartung.

»Machen wir das nicht sowieso so? Worin besteht der Unterschied?«

»Na, darin, dass es jetzt offiziell ist. Mit Regeln und allem Drum und Dran. Du besorgst es mir, wie auch immer es dir beliebt, und dann bin ich dran.«

»Zwölf Tage lang«, sage ich. »Dein Blowjob-Adventskalender.«

»Und zwölf Tage Cunnilingus für dich.«

»Jonas, das machst du doch ohnehin jeden Tag! Das ist jetzt wirklich nichts Neues.«

»Mach doch einfach mal mit, Baby. Musst du mir schon wieder den Spaß verderben, hm?«

Ich verdrehe die Augen. »Okay, sorry!« Ich klicke wieder auf die Fellatio-Optionen am Seitenrand. »Such dir was aus!«

Ich klicke auf eine Animation, die sich *Presslufthammer* nennt.

»Ich kann mir überhaupt nicht vorstellen, wie das hier funktionieren soll. Ich muss deinen Penis verkehrt herum in den Mund nehmen – tut dir das denn nicht weh?«

»Das werden wir schon herausfinden.« Er grinst breit.

»Und das hier, *Schlangenbeschwörer* – kannst du überhaupt einen Handstand machen?«

Er lacht. »Versuchen kann ich es ja.«

»Sehr gut, diese sportliche Einstellung! Pass auf, lass uns mit der Peepshow-Technik beginnen, die hat mich ja ursprünglich überhaupt auf diese Idee gebracht.« Ich nehme seinen Schwanz in die Hand und liebkose ihn. Er zittert.

»Willkommen beim interaktiven Adventskalender«, sage ich leise und fahre mit der Hand an seinem Schwanz auf und ab.

Er keucht erwartungsvoll auf.

»Ich liebe dich, Jonas.«

»Ich liebe dich mehr als mein Leben, umwerfende Sarah.«

»Jetzt hör auf herumzuzappeln und leg dich auf die Seite. Ich darf mit dir anstellen, was auch immer ich will!«

Er legt sich grinsend auf die Seite, und seine Erektion steht wie eine Eins.

»Okay, gut.« Ich werfe wieder einen Blick auf den Computer, um zu verstehen, wie dieses komische *Twister*-Spiel funktioniert.

»So, jetzt soll ich meinen Kopf von hinten durch deine Beine stecken.« Ich bringe mich in die richtige Position und beginne zu singen. *»On the first day of Christmas, my true love gave to me, a blowjob in a pear tree.«* Jonas lacht, und ich schließe mich ihm an. *»Deck the halls with boughs of blowjobs, falalalalalala.«*

Ich lecke die gesamte Länge seines Penis' entlang.

»Hmmm«, sage ich. »Schmeckt noch besser als Lebkuchen.«

Er wirft lachend den Kopf zurück. »Gott, Sarah, ich liebe dich!«

Jonas

Sarahs Schreien reißt mich aus dem Schlaf. Sie windet sich in meinen Armen.

»Nein!«, ruft sie aus Leibeskräften. »Nein!« Sie wirft sich wild hin und her.

»Sarah, wach auf! Du träumst!« Ich halte sie fest. »Sarah! Du hast wieder einen Albtraum.«

Sie reißt die Augen auf und keucht.

»Du hast schlecht geträumt.«

Sie klammert sich an mich und bricht in Tränen aus.

»Pst, Baby. Du bist in Sicherheit. Ich bin da. Es war nur ein Traum.« Ich streichle ihren Kopf. »Schhh, es ist alles gut. Ich bin da.« Nachdem sie sich beruhigt hat, ziehe ich sie an mich und drücke einen Kuss auf ihre Wange. »Ging es wieder um den ukrainischen John Travolta?«

Sie nickt, schluckt hart und schnappt nach Luft. »Nur dass dieses Mal Max dabei war. Er hat mich vergewaltigt, während der Travolta-Verschnitt mir ein Messer an die Kehle gehalten hat. Und Max hat die ganze Zeit gesagt, dass er mich umbringen wird, wenn er fertig ist. Ich habe versucht, mich zu befreien, aber ich konnte mich nicht bewegen, ich war wie gelähmt.«

»Baby, es ist okay. War nur ein böser Traum.«

Sie wimmert.

»Du bist hier sicher.« Ich drücke sie an mich und schwöre mir, dass ich die Arschlöcher umbringen werde.

Sie braucht einen Moment, um sich zu sammeln. »Und dann ist wie aus dem Nichts mein Vater aufgetaucht. Kurz war ich erleichtert, weil ich dachte, dass er mich retten will. Aber dann hat er mir was ins Ohr geflüstert, während Max immer wieder in mich hineingestoßen hat. ›Rache ist süß‹, hat er gesagt.«

Das Blut gefriert mir in den Adern.

Sarah zittert. »Ich hatte schon seit Jahren keinen Albtraum mehr von meinem Vater. Durch die Sache mit dem Club müssen ein paar alte Wunden aufgerissen worden sein.«

Ich streiche über ihren Arm. »Hattest du früher oft Albträume von deinem Vater?«

»Immerzu. Nachdem meine Mutter und ich geflohen sind, hatte ich ein ganzes Jahr Angst, dass er mich plötzlich von hinten schnappen, mir einen Sack über den Kopf werfen und mich wegbringen könnte.« Sie atmet hektisch ein und aus. »Und jetzt geht es mir mit Max und Travolta ganz genauso. Es fühlt sich an, als stünden sie immer direkt hinter mir.« Sie unterdrückt ein Schluchzen. »Ich habe solche Angst, dass sie mich kriegen.«

Ich drücke sie fest an mich und nehme mir erneut vor, die Arschlöcher zu killen.

»Mann, ich dachte, ich hätte diese Albträume hinter mir.« Sie reibt sich die Augen.

»Du musstest dabei zusehen, wie dein Dad richtig schlimme Dinge gemacht hat, oder?«

»Ja«, sagt sie leise. »Ich musste zusehen, wie er meine Mutter grün und blau geschlagen hat. Und gleichzeitig hat er verlangt, dass ich so tue, als wäre er der beste Vater der Welt.«

»Hat er dir je wehgetan?« Sarah hat mir zwar mal erzählt, dass ihr Dad sie nie angerührt hat, aber ich frage mich, ob das wirklich sein kann.

»Nein, nie. Ich war seine Prinzessin.«

Ich seufze erleichtert auf.

»Aber, Jonas.«

Ich warte, doch sie sagt nichts mehr. »Was ist?« Aus irgendeinem Grund bin ich nervös.

»Es gibt etwas, das ich dir noch nicht erzählt habe. Es weiß auch sonst niemand.«

Die Härchen in meinem Nacken richten sich auf.

»Was habe ich dir denn bis jetzt von meinem Dad erzählt? Es ging um unsere Flucht, oder?«

Ich erinnere mich an das wenige, was ich bis jetzt weiß. »Du hast gesagt, dass dein Dad deiner Mom wehgetan hat und dass ihr zusammen geflohen seid, als du zehn warst.«

»Ja, und das stimmt auch.« Sie stützt sich auf ihren Ellbogen und sieht zu mir hinab, sodass ihr das Haar über die Schulter fällt. »Allerdings gibt es da etwas, das ich mein Leben lang geheim gehalten habe. Ich habe es nicht nur dir verschwiegen, sondern jedem.« Sie streichelt meine Wange. »Aber ich will nicht mehr, dass es Geheimnisse zwischen uns gibt, ganz egal, ob sie groß oder klein sind.«

Plötzlich habe ich am ganzen Körper Gänsehaut. Geht es jetzt um meine Geheimnisse oder um ihre? Hat Josh ihr was erzählt?

»Es stimmt, dass wir vor meinem Dad geflohen sind. Er hat sie schließlich die ganze Zeit verprügelt.« Sie hält inne. »Und dann kam diese schreckliche Nacht, in der er sie bewusstlos geschlagen hat und sie nur noch ein blutiges Bündel war. Meine Mom war in einem so schlimmen Zustand, dass ich wirklich dachte, dass sie tot ist.«

Ich halte den Atem an. Was kommt jetzt?

»Es war also nicht so, dass meine Mutter mich packen und dann mit mir abhauen konnte, weil sie die Schnauze voll hatte.«

Ich nicke. So hatte ich es mir eigentlich vorgestellt.

»Das ist die Version, die ich mir selbst einreden will. Aber so war's nicht.«

Das Blut rauscht mir in den Ohren.

»Die Wahrheit ist, dass ich die Flucht organisiert habe.«

Ich sehe sie fragend an.

»Als mir klar wurde, dass sie noch lebt, war ich so unfassbar erleichtert. Das war's, habe ich mir gedacht, ich lasse nicht zu, dass er sie das nächste Mal wirklich umbringt. Es wird kein nächstes Mal geben.« Sie holt zittrig Luft. »Also habe ich ihn betäubt und sie an einen Ort gebracht, an dem er uns nicht finden konnte. Meine Mom war zu schwach, als dass sie mich davon hätte abhalten können.«

Ich bin ein wenig verwirrt – war Sarah damals nicht *zehn*?

»Ich hatte schon in den vorangegangenen Wochen in einem leer stehenden Werkzeugschuppen Vorräte gelagert. Erst mal war es wohl nur der Traum vom Ausreißen, vermute ich. Aber eigentlich hatte ich keinen richtigen Plan. Und dann kam diese Nacht, und es gab nichts mehr, was mich hätte aufhalten können. Also habe ich ein paar Schlaftabletten in sein Bier gebröselt, weißt du, und als er dann eingeschlafen ist, habe ich meine Mom zu dieser Bude geschleppt. Da sind wir ein paar Tage geblieben, ohne einen Mucks von uns zu geben, bis sie sich ein wenig erholt hatte. Eines Morgens ist sie aufgewacht, hat mich angesehen und gesagt: ›Ich wurde heute neugeboren.‹ Und das war's.«

»Und du warst wie alt?«

»Zehn.«

Ich wusste, dass Sarah wahnsinnig tough ist, aber diese Geschichte beweist, dass sie so schon auf die Welt gekommen ist. Unglaublich!

»Ich habe danach lange Zeit Angst gehabt, dass ich ihn versehentlich umgebracht haben könnte, wegen der vielen Schlaftabletten. Also hatte ich permanent Albträume, in denen die Polizei mich festnimmt. Als meine Mom schließlich die Scheidung beantragt hat, war klar, dass er noch lebt – und ab da hatte ich Albträume, in denen er sich an mir rächt.«

»Wann haben die Träume aufgehört?«

»Nachdem er wieder geheiratet und einen Sohn bekommen hat, haben wir nie wieder von ihm gehört.« Sie seufzt. »Ab dem Zeitpunkt habe ich allmählich begonnen, mich sicherer zu fühlen.«

»Wow, Sarah! Ganz schön viel Stress für so ein kleines Mädchen.«

Sie sieht mich erstaunt an. »Und das aus dem Mund eines Jungen, der die traurigsten Augen hat, die ich je gesehen habe.«

Ich erröte. Es geht doch jetzt nicht um mich!

»Ich habe nie jemandem erzählt, wie ich ihn außer Gefecht gesetzt habe – nicht mal Mom. Sie stand damals so neben sich, dass sie mich nie nach Details zu dieser Nacht gefragt hat. Und später hat sie sich wahrscheinlich zu sehr dafür geschämt, dass sie das alles so lange mitgemacht hat. Und als sie ihr Leben der Hilfe für Frauen mit Gewalterfahrungen gewidmet hat, wollte ich nicht damit herumtönen, dass ich die Sache in die Hand genommen habe und nicht sie. Meine Mom war hinterher selbst sehr tapfer.«

»Du warst so mutig, Sarah.«

»Nein.«

»Doch!«

»Ich war eher entschlossen, würde ich sagen. Mutig ist man doch dann, wenn man weiß, dass etwas unheimlich ist, und man macht es trotzdem. Bei mir war es eher so, dass nichts mich aufhalten konnte, ich aber dennoch riesigen Bammel hatte. Ich habe einfach die Scheuklappen angelegt und getan, was getan werden musste.«

Ich grinse. »Ich glaube, in diesem wild entschlossenen Modus durfte ich dich auch schon ein oder zwei Mal erleben.«

Sie lächelt mich schüchtern an und küsst mich.

»Ich habe die Geschichte noch nie jemandem erzählt.«

»Du musst dich deswegen doch nicht schämen! Du kannst stolz auf die Geschichte sein.«

»Ich bin nicht stolz. Natürlich bereue ich es nicht, es getan zu haben – wer weiß, ob meine Mom ansonsten noch am Leben wäre. Aber irgendwie beweist diese Nacht doch auch, dass ich ganz schön gestört bin, oder?« Sie grinst. »Oder zumindest ein bisschen verrückt.«

Versucht sie mir gerade durch die Blume mitzuteilen, dass ich auch ein kleines bisschen verrückt bin? Hat Josh ihr doch was erzählt?

»Du liebst mich immer noch, obwohl ich meinen Vater mit Drogen vollgepumpt und meine Mutter entführt habe?« Sie grinst mich an.

Ich versuche, sie anzulächeln, aber es gelingt mir nicht. Plötzlich bin ich panisch. Was weiß sie? Versucht sie mir irgendetwas mitzuteilen?

Sie küsst mich. »Wow, es hat gutgetan, das zu erzählen.« Sie streichelt meine nackte Brust und küsst mich auf den Hals. »Es kennt wirklich niemand sonst diese Geschichte.« Jetzt gibt sie mir einen Kuss auf den Mund, offensichtlich ist sie erregt. Ich aber bin abgelenkt. Muss ich ihr meine Geheimnisse jetzt auch anvertrauen? Und wenn ich es nicht tue – ist es dann dasselbe, als würde ich sie anlügen? Hat sie mir das nicht gerade indirekt mitgeteilt? Shit.

Sie streicht über meine Armmuskeln und presst sich nackt an mich. Sofort habe ich einen Ständer.

Wenn ich jetzt nicht reinen Tisch mache, ist das dann nicht vergleichbar mit meinem Treffen mit Stacy in der Pine Box, von dem ich ihr vorher auch nichts erzählt habe? Wie meinte sie noch gleich? »Geheimnisse schaffen Räume in einer Beziehung, Jonas, dunkle Räume. Wenn eine Person diese Räume kreiert, dann füllt die andere sie mit ihren Ängsten und Unsicherheiten.« So hat sie erklärt, weshalb mein geheimes Treffen mit Stacy ein Vertrauensbruch ihr gegenüber war. *Fuck*. Was für Konsequenzen wird mein Schweigen für unsere Beziehung haben?

Sie streichelt meinen Penis, der natürlich sofort auf ihre Berührungen reagiert.

Sie stöhnt. »Ich liebe dich«, sagt sie, schlingt ihr Bein um mich und drückt sich an mich.

Ein normaler Mann würde seiner Freundin jetzt seine Geheimnisse anvertrauen. Das ist der Moment. Mein Herz pocht wie wild. Ist es nicht eine Art Lüge, etwas nicht zu erzählen? Ja. Vielleicht war es das vorher nicht, aber irgendetwas hat sich verändert. Das kann ich spüren, und sie hat es verdient, dass ich aufrichtig bin. Ein normaler Mann würde das für die Frau, die er liebt, tun.

»Ich fühle mich dir so nah, dass ich dich jetzt ganz tief in mir spüren will«, murmelt sie.

Sie küsst mich gierig, aber ich erwidere den Kuss nicht, weil ich wie gelähmt vor Angst bin. Ich habe ihr versprochen, dass ich sie nicht mehr anlüge, dass ich ihr alles erzähle, mal abgesehen von manchen Dingen, die den Club betreffen. Aber das hier hat nichts mit dem Club zu tun.

Sie greift nach meinem Schwanz und räkelt sich einladend unter mir. »Komm schon, Jonas.«

»Sarah, warte.«

Es entsteht ein unangenehmes Schweigen. Sie lässt mich los.

»Es gibt etwas, das ich dir erzählen sollte. Eigentlich sind es sogar mehrere Dinge, die du über mich wissen solltest.«

Sarah

Die letzte Stunde über haben Jonas und ich in unseren Schlafanzügen auf dem Bett gesessen und über die Zeit nach dem Tod seiner Mutter gesprochen. Ich habe Angst, zu viele Fragen zu stellen – der Mann öffnet sich mir gerade wie nie zuvor, und ich will den magischen Moment nicht zerstören.

Als Jonas mir von seiner geliebten Mariela erzählt, frage ich ihn, ob er sie später gesucht hat. Er schüttelt traurig den Kopf. »Ich kannte ja nicht einmal ihren Nachnamen. Ich war zu jung, sie war einfach nur Mariela für mich – meine Mariela.« Er klingt gequält. »Ich weiß nicht einmal mehr, wie ihr Gesicht aussah. Aber an ihre braunen Augen und ihre wundervolle dunkle Haut kann ich mich noch erinnern.« Er seufzt. »Und daran, wie sie auf Spanisch für mich gesungen hat.«

Ich unterdrücke ein Grinsen. Die erste Frau, die Jonas abgesehen von seiner Mutter geliebt hat, war eine glutäugige Latina mit »wundervoller dunkler Haut«? Alles klar!

Als er erklärt, warum er nach dem Tod seiner Mutter ein volles Jahr nicht mehr gesprochen hat, zerreißt es mir fast das Herz. Und bei der Vorstellung, dass ich die Frau bin, zu der er zum ersten Mal wieder die drei magischen Worte gesagt hat, könnte ich sofort in Tränen ausbrechen.

Und auch die Geschichte seiner Lehrerin, die sich so rührend um ihn gekümmert und sogar ihr Kind nach ihm benannt hat, ist wahnsinnig ergreifend. Scheinbar bin ich nicht die Einzige, die sich Hals über Kopf in diesen Mann verliebt hat.

»O Jonas. Mein armes, süßes Baby«, sage ich und drücke ihn an mich.

»Nein, warte. Es gibt noch mehr.« Er sieht richtig verängstigt aus. »Das sind alles nur Hintergrundinfos, damit du verstehst, was gleich kommt.«

Ich schweige. Was macht ihn nur so nervös?

Er holt tief Luft und sieht mich traurig an. »Als ich nicht mehr gesprochen habe, hat mein Dad mich erst einmal in eine Klinik gesteckt. Eine Psychiatrie. ›Behandlungscenter für Kinder‹, so haben sie es genannt.«

Mit sieben?! Direkt nachdem der arme Kleine seine Mutter und seine Nanny verloren hat? Klingt verdammt herzlos.

»Aber ich habe mich weiterhin geweigert zu sprechen und habe nichts von dem gemacht, was die Ärzte von mir verlangt haben. Ich wollte ja gar nicht, dass es mir besser geht, ich wollte am liebsten sterben, damit ich wieder bei meiner Mom bin. Als sie mich schließlich entlassen haben, obwohl ich noch immer nicht gesprochen habe, dachte ich, dass mein Dad mich zu sehr vermisst hat, um mich noch länger in der Klinik zu lassen. Später habe ich erfahren, dass mein Dad nur nachgegeben hat, weil Josh die ganze Zeit geweint und ihn angebettelt hat, mich zu holen.«

Manometer, den armen Josh vergesse ich die ganze Zeit. Dabei hatte der es auch nicht leicht!

»Die nächsten Jahre über hatte ich immer Angst, dass mein Vater mich wieder in das Behandlungscenter schicken könnte. Zum Beispiel, weil ich nicht spreche. Oder weil ich zu viel weine. Oder nicht ›Manns genug‹ bin – was auch immer das bedeuten sollte. Diese Angst schwebte wie ein Damoklesschwert über mir. Ja nichts Falsches sagen oder tun. Denn dann könnte er beschließen, dass ich verrückt bin und deshalb wieder zu den Ärzten muss.

Aber manchmal konnte ich seine Regeln einfach nicht befolgen. Manchmal war ich so traurig, dass ich eine Woche lang das Bett nicht verlassen habe. Oder mir war vollkommen egal, was für eine Meinung er zu irgendeinem Thema hatte. Manchmal habe ich auch die Beherrschung verloren und ihn angebrüllt. Je größer ich wurde, desto problematischer wurde das für ihn.

Wie dem auch sei: Ich wurde immer wieder an diesen Ort geschickt. Ab und zu ging es eine ganze Weile gut, ich konnte zur Schule gehen und habe mich sogar mit ein, zwei Kindern angefreundet. Habe begonnen, mich normal zu fühlen. Und dann, zack, wurde ich wieder weggesperrt, warum auch immer. Als ich älter wurde, hat mich das richtig wütend gemacht, und ich wusste, dass ich lieber sterben will, als noch einmal in der Klinik zu landen. In meiner frühen Teenagerzeit habe ich dann sogar gedacht, dass ich lieber meinen Vater umbringen als wieder dorthin gehen will.« Er schluckt hart, und einen Moment lang bleibt mir das Herz stehen.

»Er hat mich gehasst.« Er fährt sich mit der Hand durchs Haar. »Mich schlicht und ergreifend verachtet.« Seine Augen werden feucht. »All die Jahre haben nur wir drei in diesem riesigen Haus gelebt, mein Vater, Josh und ich. Und zwei dieser drei Menschen haben sich abgrundtief gehasst.«

Tränen treten mir in die Augen. Hat Jonas als Kind überhaupt Liebe erfahren? Durch Josh, das bestimmt, aber durch wen noch? Und wie konnte aus ihm ein so guter, liebevoller Mensch werden?

»Die ganze Zeit über war eigentlich mein Vater derjenige, der verrückt war, nicht ich. Er hat sich permanent betrunken. Hat die Prostituierten mit nach Hause gebracht und sein Geld verschleudert, hat Autos, Schmuck und sogar Helikopter gekauft.« Er schüttelt den Kopf. »Er war derjenige, der die ganze Zeit geschrien hat, nicht ich.« Plötzlich scheint ihm ein Gedanke zu kommen. »Es tut mir leid, dass ich dich so angebrüllt habe, als wir von dem Treffen mit Oksana und Max kamen, Sarah.« Er reibt sich die Augen. »Ich hätte das nicht tun sollen. Ich hatte so eine Angst um dich, dass ich das paradoxerweise an dir ausgelassen habe. Vielleicht bin ich tatsächlich auch total verrückt, keine Ahnung.«

Ich krabble über das Bett, um ihn zu umarmen. »Ist schon okay. Ich wusste ja, woher deine Wut kommt.«

Er vergräbt sein Gesicht in meinem Nacken. »Es gibt keine Entschuldigung dafür, dich anzuschreien. Schließlich bist du die netteste, sanfteste Person, die mir je begegnet ist. Du hast so eine Nummer nicht verdient, besonders nicht, weil dein Vater so ein Arschloch ist. Bitte vergib mir.«

»Natürlich! Habe ich doch längst.«

»Bitte denk nicht, dass ich wie dein Vater bin!«

Wie bitte? Jonas mag in vielerlei Hinsicht ein richtiges Tier sein – vor allem in sexueller Hinsicht –, aber ich hatte nie auch nur eine Nanosekunde lang Angst, dass er mir wehtun könnte.

»Ich verstehe«, sage ich und gebe ihm einen Kuss, während mein Körper vor Verlangen beinahe explodiert. O Gott, ich will so gern mit ihm schlafen! Ich küsse jeden Zentimeter seines Gesichts, und er schmilzt dahin. Das Pochen zwischen meinen Beinen wird heftiger, und nur Jonas kann etwas dagegen tun. Hungrig presse ich mich an ihn.

Er stöhnt auf, und sofort weiß ich, dass es ihm genauso geht. Aber als er mir gerade das Tanktop ausziehen will, reißt er sich plötzlich von mir los.

»Ich habe dir noch längst nicht alles erzählt«, sagt er gepresst. »Sarah, hör zu. Wenn ich dir jetzt nicht alles anvertraue, dann tu ich es vielleicht nie. Und es muss sein.« Er sieht mich mit schmerzerfüllten Augen an.

Ich würde seine Qual zu gern wegküssen. Ihn in mir spüren und dafür sorgen, dass er sich wieder gut fühlt. Natürlich ist dieser Wunsch nicht ganz uneigennützig. Aber ich nicke und hole tief Luft. »Du kannst mir alles erzählen.« Ich krieche zurück auf meine Seite des Betts und blicke ihn auffordernd an.

Und wieder sieht er verängstigt aus. Denkt er tatsächlich, dass ich einfach abhaue, wenn er mir jetzt etwas Wichtiges erzählt? Oder dass ich ihn dann nicht mehr liebe?

»Josh und ich haben es ›die geistige Umnachtung‹ genannt«, meint er. Er sagt es, als hätte er ein schlimmes Schimpfwort laut ausgesprochen.

Ich warte.

»Ich war siebzehn. Mein Dad hatte wie immer Karten für das Spiel der Seahawks besorgt, aber er hat sie Josh gegeben – weil er sich nicht gut fühlte, wie er meinte. Josh hatte immer tausend Freunde, die ihn bei solchen Anlässen begleiteten. Mich hat er gefragt, ob ich mit ihm zu Hause bleibe, um das Spiel im Fernsehen anzusehen. Damit hat er mir einen richtigen Schrecken eingejagt. ›Lass Josh doch mit seinen Freunden Spaß haben. Du und ich machen uns einen richtig denkwürdigen Abend zu zweit‹, hat er gesagt.« Jonas schüttelt schnaubend den Kopf. »Ich war so bescheuert, ich hab mich richtig darauf gefreut, mit ihm daheimzubleiben. Wow, dachte ich, er will wirklich Zeit mit mir verbringen. Nur mit mir, ganz ohne Josh. Ich habe ihm gesagt, dass ich das total toll finde, und war richtig hibbelig deswegen. Ganz so, als hätte er mir einen Neubeginn angeboten.«

Ich weiß, was jetzt gleich kommt. In meinen Augen stehen Tränen.

»Ich war in der Küche und habe uns fürs Spiel ein paar Truthahnsandwiches vorbereitet. Gott, war ich dämlich – ich habe sogar die Teller garniert!« Er lacht bitter. »Das hatte ich in einer Kochsendung gesehen.«

Ich beiße mir auf die Unterlippe. Ich spüre, dass ich ihn jetzt erzählen lassen muss, weiß aber nicht, ob ich es verkraften kann.

»Als ich oben die Schüsse gehört habe, wusste ich es sofort. Ich erinnere mich noch, dass ich auf die Salatgarnitur auf den Tellern gestarrt habe und plötzlich laut lachen musste. Mir war klar, dass er mich drangekriegt hat.« Er schweigt. »Ich hätte sofort gehen und nie zurückkehren sollen. Aber es ging nicht. Meine Beine haben mich wie von selbst nach oben getragen, die Treppe hinauf, genauso, wie er es wollte.«

Er sieht gedankenverloren aus dem Schlafzimmerfenster. Wir haben so lange geredet, dass über dem Strip bereits die Sonne aufgeht. Seine Gesichtszüge sind so schön wie eh und je, aber er sieht müde aus. Erschöpft. Er leckt sich über seine verführerischen Lippen, und ich zerbreche mir den Kopf darüber, was ich jetzt zu ihm sagen könnte, doch mir fällt einfach nichts ein. Nur, dass er wunderschön ist und mir das alles unendlich leidtut.

»Können wir Musik anmachen?«, fragt er plötzlich. »Ich würde wirklich gern ein paar Minuten Musik hören.«

»Klar. Was denn?«

»Such einfach irgendwas aus. Aber bitte nichts Bedeutungsschwangeres wie ›Everybody Hurts‹ von R.E.M. oder so.«

»Nein, auf keinen Fall«, sage ich lächelnd.

»Auch nicht ›Hurt‹ von den Nine Inch Nails, ja?«

»Okay. Wenn ich jetzt wirklich Stimmung machen wollen würde, würde ich mich für Johnny Cash entscheiden.«

»O ja. Der ist unglaublich.«

»Ich weiß. Bei manchen Liedern muss ich jedes Mal heulen.«

»Ich auch. Seine Stimme macht mich einfach fertig.«

»Oh, und ›Tears in Heaven‹ drückt auch ordentlich auf die Tränendrüse«, meine ich.

»O Gott, bloß nicht! Ein bisschen entspannte Hintergrundmusik wäre schön.«

»Ja, schon verstanden. Keine Sorge, Baby.« Ich stehe auf und fummle an meinem Computer herum. »Einmal ›Love Shack‹ für den Herrn.«

Jonas

»Was ist das?«

»›My Favourite Book‹«, sage ich.

»Von wem?«

»Von den Stars. Die machen kanadischen Indie-Pop.«

»Wo zum Teufel hast du das gefunden?«

»Keine Ahnung. Hör es dir einfach an.«

Ich schließe die Augen und lausche. Es ist ein ganz schlichtes, leichtfüßiges Liebeslied. Beruhigend. Sexy. Fröhlich. Es ist wie Sarah.

»Das ist schön«, sage ich. Der Song entspannt mich, und mein Gedankenchaos kommt ein wenig zur Ruhe, sortiert sich. »Danke.«

Sie blinzelt mir langsam zu, so als würde sie vom anderen Ende des Bettes aus meine Wange mit ihren langen Wimpern streicheln. Gott, sie ist so schön. Was, wenn ich sie verliere, sobald sie alles über meine geistige Umnachtung weiß?

Aber als sie mich aus ihren braunen Augen ansieht, weiß ich, dass meine Geheimnisse bei ihr gut aufgehoben sind.

»Okay«, sage ich leise. »Kommen wir also zur geistigen Umnachtung.«

Sie nickt. Ja, sie ist bereit.

»Ich bin in sein Arbeitszimmer gegangen. Der Raum sah aus, als hätte er seinen Kopf in einen riesigen Mixer ohne Deckel gesteckt.«

Sie krümmt sich, aber ich spüre gar nichts. Ich könnte gerade genauso gut beschreiben, wie man am schnellsten zum nächsten Postamt kommt.

»Er hat ihr Hochzeitskleid direkt neben seinen Schreibtisch gehängt. Überall lagen Hochzeitsfotos, die von seinem Blut und den Überresten seines Gehirns bedeckt waren.« Ich räuspere mich. Shit. Ich kann nicht fassen, dass ich ihr das alles erzähle. »Später habe ich herausgefunden, dass es ihr zwanzigster Hochzeitstag gewesen wäre.

Auf seinem Tisch lag ein Umschlag mit meinem Namen. Ich wusste, dass ich den Verstand dauerhaft verlieren würde, wenn ich ihn öffne, aber ich konnte mich nicht davon abhalten. Ich musste wissen, was drinsteht, auch wenn ich es mir eigentlich schon denken konnte.« Ich seufze. »Ich vermute, man kann nicht für immer vor dem Wahnsinn davonrennen. Ich jedenfalls hatte längst genug davon.«

Sie sieht mich mitleidig an, sagt aber kein Wort.

»›Alles, was du berührst, verwandelt sich in Blut.‹ Das stand in dem Brief.« Ich lache bitter auf. »Sonst nichts. Keine Entschuldigung. Kein letzter väterlicher Rat, kein Zeichen von Reue, Stolz oder gar Liebe.« Als ich das letzte Wort ausspreche, schnaube ich. »Nicht mal ein Abschiedswort an Josh. Das fand ich fast am schlimmsten – dass er seinen eigenen Sohn die Seahawks anfeuern lässt, während zu Hause ein weiterer Elternteil stirbt.«

Sarah stöhnt leise auf. Ich versuche mich kurz zu sammeln, aber nicht, weil ich den Tränen nahe wäre. Eigentlich bringt mich das, was jetzt kommt, bis heute beinahe zum Lachen.

»Er hatte diese unglaubliche Autosammlung. Einen McLaren, einen Lamborghini, einen alten Bugatti, ein paar Porsches und Bentleys und sogar einen Lotus. Mann, er hat diese Autos wirklich geliebt!« Ich schüttle den Kopf. »Ich habe ein paar Benzinkanister aus dem Schuppen geholt und alle Autos damit übergossen, bis auf seinen Lieblingswagen, einen alten, silbernen Porsche. Das war sein kostbarster Schatz.«

Ich linse zu ihr. Ihr Gesichtsausdruck ist neutral, aber ihre Augen funkeln. Vielleicht bilde ich es mir nur ein, aber es sieht fast so aus, als würde sie ein Grinsen unterdrücken.

»Ich habe den ganzen Zauber in Brand gesteckt und bin in dem Porsche losgedüst, den ich früher nicht einmal anfassen durfte – deswegen war die Aktion natürlich ganz besonders befriedigend. Ich hatte im Rückspiegel einen tollen Blick auf das Feuer. Wow, das war schon ein spezieller Anblick.«

Sie nickt, wirkt entspannt und fasziniert – vielleicht sogar amüsiert? Jedenfalls ist sie nicht völlig verstört. So weit, so gut. Der nächste Teil wird dafür umso happiger.

»Zu Beginn habe ich mich noch kaputtgelacht, aber irgendwann konnte ich vor lauter Tränen kaum noch sehen. Ich war ein totales Wrack. Vollkommen neben der Spur, im doppelten Sinne. Ich habe parkende Autos gestreift, bin auf den Bordstein gefahren und mit hundert Sachen über den Freeway gebrettert. Es ist ein Wunder, dass ich niemanden überfahren habe. Bis heute quält mich der Gedanke, was passiert wäre, wenn ich versehentlich jemanden verletzt oder getötet hätte. Was, wenn ich die Mutter eines Kindes umgebracht hätte? Dann wäre ich nicht besser als das Arschloch gewesen, das meine Mutter getötet hat.«

Sie sieht mich mitfühlend an, sagt aber nichts.

»Als ich auf dem Freeway war, ist mir ein Polizeiwagen gefolgt. Ach, echt?, schoss es mir durch den Kopf, dann kriegt mich doch, ihr Wichser! Das hat mich irgendwie umgehauen, und ich habe völlig hysterisch gelacht. Die Cops müssen gedacht haben, dass ich auf LSD bin oder so. Und plötzlich wurden es immer mehr Polizeiwagen, eine ganze Armada war hinter mir her. Und ich erinnere mich an einen klaren Gedanken: Tötet mich doch! Los, bringt mich schon um, macht doch!« Ich reibe mir übers Gesicht. »Ich wollte einfach, dass jemand meinem Leid ein Ende setzt.«

Sarah beißt sich auf die Unterlippe. Selbst wenn ich vorhin wirklich ein Lächeln auf ihren Lippen gesehen haben sollte, ist es längst erloschen.

»Dann habe ich an Josh gedacht und sofort wie ein Baby losgeschluchzt. Dass ich ihm das am selben Tag antue, an dem unser Dad sich das Gehirn weggepustet hat … Gott, es war irre herzlos von mir, aber es war mir egal. Mir ging es nur darum, meine eigene Qual zu beenden. Ich kann gar nicht fassen, dass ich in Kauf genommen hätte, Joshs Leben für immer zu zerstören, nur weil ich selbst nicht mehr konnte.« Ich verziehe den Mund, um nicht aufzuschluchzen. »Ich schätze, ich dachte tatsächlich, ich täte Josh damit einen Gefallen.«

»O Jonas!«

Sie sieht mich so mitfühlend an, dass ich nicht mehr weiß, ob es Mitgefühl oder schlicht und ergreifend Mitleid ist. Verwandele ich mich in ihren Augen gerade von dem Freund, den sie liebt und respektiert, in einen mitleiderregenden Problemfall?

»Und was ist dann passiert?«, fragt sie. »Immerhin sitzt du hier quicklebendig mit mir in Vegas, dein Suizidplan scheint also nicht ganz aufgegangen zu sein.«

»Nicht, dass ich es nicht versucht hätte. Kennst du die Brücke über den Montlake-Kanal?«

»Klar. Die ist ja direkt beim Campus.«

»Ich bin auf die Brücke zugerast, dicht gefolgt von den Cops. Die ganze Zeit habe ich geheult und gelacht wie ein Irrer. Völlig durchgeknallt. Es war bizarr, fast so, als wäre ich aus meinem eigenen Körper hinausgetreten. Die Brücke begann sich zu öffnen, um einen Frachter auf dem Kanal durchzulassen, und die Cops haben mich umzingelt und sogar ihre Waffen gezogen. Und ich habe nicht länger nachgedacht. Ich bin einfach weitergerast.«

Sarah reißt die Augen auf. »O Gott.«

»Jepp.«

»Du bist mit diesem schicken Porsche einfach von der Brücke gerast?!«

»Jepp.« Ich deute mit einer Handbewegung an, wie das Auto von der Brücke gestürzt ist. »Platsch!«

Sie krümmt sich. »Wie hast du das nur überlebt?«

»Tja. Es hat sich herausgestellt, dass die Brücke nicht sonderlich selbstmordgeeignet ist. Einfach nicht hoch genug. Und das Auto hat meinen Aufprall abgedämpft.« Ich halte inne und versuche, mich an den freien Fall zu erinnern, aber es ist unmöglich. »Danach bin ich wirklich aus meinem Körper hinausgetreten, wie man so schön sagt. Betrunkene überleben ja auch oft wie durch ein Wunder einen Frontalzusammenstoß. Das hier war so ähnlich, schätze ich.«

»Uff«, meint sie leise, als hätte ich ihr gerade irgendeine brandneue Information über den IQ einer Schildkröte mitgeteilt.

Sie reagiert ganz anders, als ich es mir vorgestellt habe. Ich dachte, wir würden beide weinen und ich müsste sie verzweifelt davon überzeugen, dass jetzt alles wieder in Ordnung ist und dass ich ein ganzer Kerl bin – derselbe Jonas, in den sie sich verliebt hat. Aber sie wirkt relativ gefasst, im Gegensatz zu vorhin, als es um Mariela und Miss Westbrook ging. Und ich habe auch nicht den Eindruck, dass sie sich von mir abwenden will. Sie wirkt fasziniert und voller Anteilnahme, das schon. Aber nicht so, als wäre sie vollkommen durch den Wind.

»Wie dem auch sei«, meine ich. »Ich bin also nicht gestorben, nicht einmal das ist mir gelungen. Tatsächlich habe ich den Sturz erstaunlich gut überstanden. Ein paar gebrochene Rippen, eine Gehirnerschütterung, das war's. Als sie mich aus dem Wrack gezogen haben, war ich so unkooperativ, wahnsinnig und gewaltbereit, dass ich sofort in einer Jugendpsychiatrie wegen akuter Suizidgefahr unter Beobachtung gestellt wurde. Ich weiß nicht, wie lange ich dort war.

Vielleicht eine Woche, vielleicht aber auch einen ganzen Monat. Ich habe wirklich keine Ahnung. Ich erinnere mich nur daran, dass sie mich festgebunden haben, als wäre ich King Kong oder so. Und dass ich mich wie wild hin und her geworfen habe, weil ich gegen meinen Willen eingewiesen wurde.«

»Wie bist du da wieder rausgekommen?«

»Onkel William hat seine Rechtsanwälte eingeschaltet. Ich kam auf Bewährung raus, eine Entschädigung musste ich auch zahlen. Bis zu meinem achtzehnten Geburtstag war ich dann in einer psychiatrischen Klinik, musste aber nicht in die Jugendstrafanstalt. Ich schätze mal, dass der Suizid meines Vaters und meine medizinische Vorgeschichte als mildernde Umstände gegolten haben.«

Sarah mustert mich eingehend. Ich habe keine Ahnung, was in ihrem Kopf vor sich geht. Will sie etwas sagen?

»War das jetzt alles?«, fragt sie schließlich mit trauriger Miene.

Ich nicke und habe eine Heidenangst. Wird sie mich verlassen? Oder mir eröffnen, dass sie jeglichen Respekt vor mir verloren hat? Dass ich nicht der Mann bin, für den sie mich gehalten hat?

»Ja.« Ich schlucke.

»*Das* war die ›geistige Umnachtung‹?«

Ich nicke wieder, bekomme kaum Luft.

Sie atmet tief aus und lächelt. »Das war das große, fürchterliche Geheimnis, wegen dem ich kreischend davonrennen und nie zurückkehren sollte?!«

Ich kapiere nicht, warum sie so grinst. Lacht sie mich aus?

»Ähm, ja.«

»Du hast die Autosammlung deines Vaters in Brand gesetzt, hast eine Spritztour mit dem Porsche gemacht und bist dann damit von einer Brücke gerast, um dem Schmerz, der dich zehn Jahre lang in den Wahnsinn getrieben hat, endlich ein Ende zu bereiten?!«

Verdammt, das ist die ärgste Verharmlosung der Ereignisse, die ich je gehört habe!

»Gute Zusammenfassung, oder?«

»Na ja, schon. Aber Sarah, ich glaube, du hast da was nicht verstanden. Ich hatte einen psychischen Zusammenbruch, der mich direkt in die Psychiatrie befördert hat. Das ist nicht nichts, oder?«

Sie schüttelt den Kopf, krabbelt dann zu mir und legt ihre Hände um mein Gesicht. »Es tut mir so leid, dass ich dich gefesselt habe, Jonas. Ich hatte ja keine Ahnung.«

»Woher denn auch? Ein normaler Typ wäre darauf total abgegangen.« Ich zucke entschuldigend mit den Schultern. »Sorry, dass ich da ein wenig anders gestrickt bin.«

Sie küsst mich, und wir schweigen beide eine Weile. Mir ist flau im Magen, ich will unbedingt wissen, was Sarah noch zu sagen hat. Sie wirkt sehr nachdenklich.

Ich will mich verteidigen, ihr sagen, dass es mir jetzt viel besser geht und dass sie mir voll und ganz vertrauen kann. Auch dass ich keine größeren Probleme mehr hatte, seit ich siebzehn war. Außer man betrachtet den Club-Beitritt als schlechtes Zeichen. Ich will ihr sagen, dass ich sie liebe und ihr niemals wehtun würde. Wird sie mich jetzt verlassen? Ändert sich jetzt alles? Liebt sie mich noch?

»Ich dachte eigentlich, du hättest eine Nonne verprügelt oder einen Hundewelpen von einer Klippe geworfen. Ich bin so verflucht erleichtert, das sage ich dir!«

Erleichtert?! Ich traue meinen Ohren nicht! Vielleicht hat sie nicht verstanden, was ich da gerade gesagt habe.

»Sarah, ich habe parkende Autos kaputt gefahren, bin auf den Gehweg gerast und hätte dabei locker eine alte unschuldige Oma killen können. Und dann bin ich von einer Brücke gebrettert und habe währenddessen lauthals gelacht! Kam das irgendwie bei dir an? Ich hätte ein Eis essendes Kleinkind totfahren können!«

»Hast du aber nicht.«

»Weil ich einen Riesendusel hatte!«

»Aha. Das höre ich ja zum ersten Mal.« Sie grinst über beide Backen. »Siehst du, was gerade passiert ist? Das Leben ist nichts anderes als die Geschichte, die du dir selbst erzählst. Wie wär's also, wenn du nicht immer die tragische Irrenhausgeschichte daraus machen, sondern dir stattdessen sagen würdest: Wow, was hatte ich an diesem beschissenen Tag bloß für ein unverschämtes Glück?!«

Mir klappt der Kiefer runter. Wieso macht sie es denn schon wieder so kompliziert? Das alles war schrecklich, begreift sie das denn nicht? »Sarah, ein paar Stunden nachdem mein Vater sich das Leben genommen hat, wollte ich mich umbringen. Das war herzlos, egoistisch und absolut verachtenswert Josh gegenüber!«

»Ich finde das alles total nachvollziehbar. Klar, es war verrückt und tragisch. Aber eben auch verständlich.«

»Sarah, jetzt übertreibst du es aber wirklich mit deiner Rolle als verständnisvolle Freundin!« Sie kapiert nicht, dass ich absolut gestört und wertlos bin. »Ich habe zum Beispiel dem Typen, der mich aus dem Porsche ziehen wollte, eine reingehauen. Das macht man doch nicht.«

»Okay, Baby, das ändert natürlich alles. Auf Nimmerwiedersehen!« Sie grinst breit.

»Wie kannst du nur so gelassen bleiben?«

»Ich bin nicht gelassen!« Sie schnauft frustriert. »So würde ich es nicht beschreiben. Sag mal: Bist du glücklich?«

Ist das eine Fangfrage?

»Ich meine: Bist du glücklich mit mir?«

»Oh.« Das ist eine einfache Frage. »Ja, natürlich. Mit dir bin ich so glücklich wie nie zuvor in meinem Leben. Ich bin sogar mehr als glücklich, ich bin verrückt vor Freude, würde ich sagen. Als hätte ich eine schwere Geisteskrankheit oder so.« Ich lächle schüchtern.

»So geht es mir auch. *Madness*, das sage ich dir.« Sie verzieht den Mund, um ein Grinsen zu unterdrücken. »Also, wieso sollte ich mir dann wegen etwas, das vor dreizehn Jahren passiert ist, eine große Unglückspille reinpfeifen, wenn es mir doch eigentlich gut geht? Warum sollte ich nicht einfach weiter glücklich sein?«

Ich bin völlig verdutzt. Was soll ich darauf erwidern?

»Hm?«

Wo die Frau recht hat, hat sie recht.

»Anders gefragt: Warum sollte man etwas anderes wollen, als überglücklich zu sein? Sollte man sein Glück nicht einfach genießen, wenn es schon mal da ist?«

Ich spüre, wie meine Unterlippe zu zittern beginnt. Schnell beiße ich drauf.

Sie legt ihre Hände um mein Gesicht. Gott, ich liebe es, wenn sie das tut. »Hast du vor, dich in näherer Zukunft umzubringen, Liebster?«

Ich schüttle den Kopf. »Nein. Auf keinen Fall.«

»Gut, das freut mich.« Sie lässt die Hände sinken. Wie bitte? War das alles?

»Mehr gibt es dazu nicht zu sagen?«

Sie seufzt. »Ganz genau.«

Ich kann es nicht fassen. Sarah lehnt sich nach vorn und küsst mich zärtlich. »Jonas. Man scheitert nicht, weil man mal abstürzt – sondern nur dann, wenn man sich nie wieder aufrappelt. Du hast es geschafft! Ich sehe doch, wie gütig du bist, wie liebenswert und großzügig. Du hast dieses ganz besondere Leuchten an dir, und genau dafür liebe ich dich. So wie Mariela, Miss Westbrook und ... deine Mutter.«

Mir treten Tränen in die Augen, also schließe ich sie rasch. Macht sie es mir wirklich so einfach? Auf eine so poetische, wunderschöne Weise?

»Ich habe trotzdem noch eine Frage.«

Ah, jetzt kommt es!

»Wie wurde aus dem suizidgefährdeten Psycho-Jonas der große Frauenflüsterer? Diesen Wandel finde ich doch sehr faszinierend.«

Mist. Soll ich ihr das jetzt tatsächlich erzählen oder das Thema lieber meiden?

»Willst du das wirklich wissen?«

»Ja, klar.«

Diesen Part mag ich gar nicht. Ich habe nie jemandem davon erzählt, noch nicht einmal Josh. Der weiß nur, dass ich ein paar »Behandlungen« über mich ergehen lassen musste. Was den großen Wandel letztlich bewirkt hat, habe ich nie erwähnt.

»Gab es eine Art Wendepunkt?«, fragt sie. »Die große Erleuchtung, die dir dabei geholfen hat, alles zu ändern?«

Tja, mein Baby lässt eben nicht so leicht locker. Ich nicke.

»Und was war es?«

Ich verziehe den Mund.

»Los, Jonas. Du kannst mir alles sagen.«

Ich atme tief aus.

»Vertrau mir.«

Jonas

Das Blut rauscht in meinen Ohren. Ich will ihr das wirklich nicht erzählen, weil ich weiß, wie übel es klingt und mit welchem Stigma es behaftet ist. Aber ich habe ihr alles andere ja auch schon gesagt, da darf ich jetzt nicht kneifen.

»Ich habe eine ganze Menge EKT-Behandlungen über mich ergehen lassen«, sage ich leise. »Weißt du, was das ist?«

Sie schüttelt den Kopf.

»Eine Elektrokrampftherapie.«

»Du meinst, du hast Elektroschocks bekommen?«

Ich nicke.

»Wow. Klingt echt barbarisch.«

»Nein, es war nicht so, wie du es dir wahrscheinlich vorstellst. Nicht so wie in *Einer flog übers Kuckucksnest*. Du wirst erst betäubt. Ich kann mich nicht mal dran erinnern, und es hat mir geholfen.«

»Du musstest das machen, als du *siebzehn* warst?«

»Ja. Ich vermute mal, diese Methode wendet man dann an, wenn nichts anderes mehr hilft.«

»Aber es hat was gebracht.«

»Viel sogar. Keine Ahnung, warum. Und nachdem die Behandlung abgeschlossen war, ist noch etwas Entscheidendes passiert.«

Sarah lauscht gebannt.

»Zu meinem achtzehnten Geburtstag hat Josh mir *Politeia* von Platon geschenkt. Es war eine Nachricht beigefügt: ›Man hat mich gezwungen, diesen Text unter Todesqualen für ein Philosophieseminar zu lesen. Ich würde mir eher jeden einzelnen Fingernagel mit einer rostigen Zange aus dem Fleisch ziehen, als das noch einmal zu machen! Bin mir aber sicher, dass du begeistert sein wirst. Viel Spaß, Bro!‹ Er hatte vollkommen recht. Ich fand den Text super. Auf diese Weise habe ich mich zum ersten Mal mit der Philosophie beschäftigt und im Zuge dessen auch Locke, Descartes, Aristoteles, Heraklit, Nietzsche, Sen, Camus, Santayana und so weiter gelesen. Am Ende bin ich aber doch wieder zu Platon zurückgekehrt. Er war nun mal der Begründer des modernen Denkens, der mich dazu inspiriert hat, mich selbst zu besiegen und mir stets die Ideen vor Augen zu halten.« Ich atme tief aus. »Bist du dir sicher, dass du das alles hören willst?«

»Natürlich. Ich hänge an deinen Lippen!«

Ich halte inne.

»Komm schon, Jonas, mach weiter.«

»Meine Behandlung war beendet, und die Anklage war aus meinem Strafregister getilgt worden, weil ich noch nicht volljährig war. Josh war auf der UCLA und Onkel William schwer damit beschäftigt, die Firma nach dem Tod meines Vaters in Gang zu halten. Deswegen habe ich mir gedacht: Alles klar, Platon, lass es uns anpacken! Also habe ich mir meinen Rucksack geschnappt und bin zu Platon nach Griechenland geflogen. Da habe ich mir übrigens auch meine Tattoos stechen lassen. Von dort aus bin ich dann ganz allein kreuz und quer durch Europa gereist. Ich war klettern, wandern, habe Städte erkundet, Musik gehört und Bücher gelesen und ganz nebenbei mein Leben sortiert.«

»Komm schon, Jonas, das war alles? Lesen, klettern, wandern? Ich bin mir ziemlich sicher, dass du in Europa auch noch zwei, drei andere Erfahrungen gemacht hast.« Sie grinst. »Da gab es doch bestimmt jede Menge scharfe Backpackerinnen, die total auf den achtzehnjährigen Jonas mit dem schüchternen Lächeln und den traurigen Augen abgefahren sind.«

Dieser Frau entgeht aber auch gar nichts! Ja, sie hat vollkommen recht – gewisse Details habe ich tatsächlich ausgespart. Auf diesem Trip habe ich zum ersten Mal festgestellt, dass ich auf Frauen eine stärkere Wirkung habe als der Typ, der neben uns den Wanderpfad entlangmarschiert, oder der Typ hinten an der Bar.

Vorher dachte ich, ich wäre einfach nur unheimlich, anstrengend, ungesellig; ein durchgeknallter Philosophie-Nerd eben. Und plötzlich habe ich gemerkt, dass die Frauen durchaus Interesse an mir haben – obwohl es mich einige Mühe gekostet hat, meine merkwürdigen Seiten nicht zu sehr nach außen zu kehren.

Wenn sich der charmante Jonas ab und an tatsächlich mal gezeigt hat, musste ich die Chance natürlich nutzen. Dann war es nämlich wirklich wie im Schlaraffenland. Ich hatte die freie Auswahl in den Jugendherbergen. Ich erröte. »Auf dieser Reise habe ich gemerkt, wie gern ich Sex habe. Dort habe ich meine Jungfräulichkeit verloren.« Jetzt kann ich das Grinsen nicht mehr unterdrücken. Der Sex mit der Schwedin war zwar nicht der beste meines Lebens, aber natürlich vergisst ein Mann niemals, wann sein Penis zum ersten Mal richtig zum Einsatz kam.

»Ich würde am liebsten nachträglich dem kleinen Jonas applaudieren und Konfetti werfen! Schön, dass er endlich Spaß hatte.«

»Ja, das hatte er sich wirklich verdient!«

Sie lacht, und ich frage mich, wieso ich wegen dieses Gesprächs so nervös war. Es ist so angenehm, sich mit ihr zu unterhalten, weil sie einen überhaupt nicht bewertet. Sie ist einfach unglaublich nett. Wieso habe ich mich darauf nicht gleich verlassen?

»War auf jeden Fall eine interessante Entdeckung für den achtzehnjährigen Jonas, dass Frauen keine unheimlichen, anstrengenden Typen mögen.«

»Ehrlich?« Sie wirkt bestürzt. »Bist du dir da sicher?«

»Es stimmt. Sie ergreifen sofort die Flucht, wenn sie das merken.«

Sarah lacht. »Na, dann sind die meisten eben bescheuert. Ich weiß zufällig, dass man mit den unheimlichen Typen den allerbesten Sex haben kann.« Sie zwinkert mir zu, und es kommt mir vor, als hätte jemand eine riesige Last von meinen Schultern genommen.

»Das muss nicht unbedingt stimmen. Damals hatte ich jedenfalls noch keinen blassen Schimmer von Sexzellenz. Ich war einfach nur scharf aufs Vögeln.«

»Na, damals warst du ja auch noch ein süßer kleiner Welpe.«

»Ja, ein süßer Welpe mit einem riesigen Ständer!«

Sie lacht.

»Und wenn ich kleiner Welpe durch die Bars gesprungen bin, habe ich mit meinem Schwanz versehentlich alle Gläser zu Boden gerissen.«

»Welchen Schwanz meinst du jetzt genau?«

Ich pruste los. Gott, wie ich diese Frau liebe!

»Okay. Du warst mit achtzehn also noch kein Frauenflüsterer.«

»Nicht so richtig. Ich dachte, der weibliche Orgasmus wäre nur ein Mythos, den die Pornoindustrie verbreitet.«

Sie grinst.

»Josh hingegen hatte den Dreh mit den Frauen total raus – zumindest im Vergleich zu mir. Als das Semester zu Ende war, haben wir uns in Thailand getroffen, um den Crazy Horse zu besteigen – der ist übrigens unglaublich toll, muss ich dir mal zeigen! –, und dann sind wir zehn Wochen lang klettern, wandern und feiern gewesen. Oh, und angeln.«

Sie weiß, welche Art von Angeln ich meine. »Josh hat dir also beigebracht, wie man Frauen klarmacht?«

Ich lache herzlich. »Ja, in der Hinsicht war er so eine Art

Obi Wan Kenobi für mich. Vorher war meine Angelstrategie ziemlich lahm: Ich saß einfach ohne Ausrüstung in meinem Bötchen und habe gehofft, dass ab und zu ein schöner Fisch auf meinen Schoß hüpft. Und dass ich nicht zu sehr wie ein Serienkiller rüberkomme.«

»O Jonas!«

»Bei Josh war das ganz anders, der hatte es wirklich drauf. Er hatte die fabelhafte Idee, die Fische anzulocken und dann Angeln und Netze zu benutzen.«

»Wie hat er sie angelockt?« Ihr Gesicht glüht.

»Stell dir vor, er hat mit ihnen *gesprochen*! Wahnsinnstrick, oder?«

Sie lacht. »Was? Das ist ja 'ne irre Idee! Er sollte ein Buch darüber schreiben!«

»Oh, und dann hat er mir noch beigebracht, dass man Frauen einen Drink ausgeben kann. Dass man sich wie ein Gentleman verhalten, lächeln und aufmerksam sein kann. Verrückt!«

»Er scheint auf dem besten Weg gewesen zu sein, ein richtiger Frauenflüsterer zu werden!«

Ich lache. »Definitiv! Du hättest Josh mal in Aktion erleben sollen. Er war der perfekte Gentleman – oder zumindest hab ich ihn dafür gehalten. ›Jonas‹, hat er immer zu mir gesagt, ›halt einfach die Klappe und sieh gut aus. Du bist der Köder im Spinnennetz, und ich bin die Spinne, die sich dann über die Beute hermacht.‹«

Wieder kichern wir hemmungslos.

»Um deine Frage nach dem großen Umschwung zu beantworten: Als Josh mich quer durchs Land geschleppt hat, um all die Berge und Frauen zu besteigen, habe ich zum ersten Mal geahnt, was die göttliche Idee von Jonas Faraday sein könnte, auch wenn sie damals noch ziemlich blass und verschwommen war.«

»Wo wart ihr denn noch außer in Thailand?«

»Europa hatte ich mir ja zu großen Teilen schon allein angesehen. Mit Josh war ich dann in Asien, Australien, Neuseeland und auf dem Heimweg noch ein bisschen in Mittelamerika. Mit ihm war ich auch zum ersten Mal in Belize.«

Als ich diesen Ort erwähne, leuchtet Sarahs Gesicht sofort auf. »Belize!«, sagt sie verträumt.

Plötzlich wird mir klar, wie sehr sich die kleine Raupe verändert hat, seit wir damals in unserem Kokon für zwei gelegen haben. Schon da dachte ich, dass ich sie liebe. Aber im Vergleich zu dem Ozean an Gefühlen, den ich ihr gegenüber heute empfinde, war meine Zuneigung damals gerade mal eine seichte Pfütze.

»Belize war nur der Anfang, Baby«, sage ich. »Ich zeige dir die ganze Welt!«

Sie strahlt mich aufgeregt an.

»Wir können überallhin! Du musst nur sagen, was du sehen willst.«

Sie quietscht auf. »O Jonas! Danke!«

Wieso habe ich mir wegen dieses Gesprächs nur solche Sorgen gemacht? Es hat sich alles so richtig angefühlt! Sie *liebt* mich. Alles an mir beginnt zu kribbeln. Sie liebt mich.

»Was ist passiert, als ihr wieder zu Hause wart?«

Ich kann mich gar nicht mehr auf das konzentrieren, was sie sagt. Sie liebt mich! Trotz meiner dunklen Seiten, oder vielleicht sogar genau wegen meiner dunklen Seiten! Sie liebt den echten Jonas, nicht den, den ich nach außen hin mime. Sondern *mich*.

»Jonas, wie ging es weiter?«

»Ähm.« Ich lächle sie an. Sie ist so verdammt schön!

Sarah zieht die Augenbrauen hoch. »Ist alles okay?«

»Ja, alles super, Baby. Mir ging es nie besser! Also, Josh hat sein zweites Jahr an der UCLA begonnen. Ich bin an die Gonzaga University und später nach Berkeley gegangen, um meinen Abschluss in Management zu machen. Und als wir beide unsere feschen Abschlüsse eingesackt hatten, habe ich die Faraday-&-Sons-Niederlassung in Seattle übernommen, Josh hat eine Filiale in L.A. gegründet und Onkel William eine in New York. Ab diesem Zeitpunkt ging die Firma total durch die Decke. Damit hätten wir nie gerechnet.« Mehr fällt mir zu diesem Thema eigentlich nicht ein. »Jetzt bin ich hier mit dir in Las Vegas und will nichts lieber, als mit dir zu schlafen. Und wenn sie nicht gestorben sind, dann leben sie noch heute. Ende!«

Sie grinst, sagt aber nichts.

»Ende«, wiederhole ich. »Tada!«

Sie lacht. Sonnenlicht fällt durchs Fenster auf ihr Gesicht, und sie sieht auf eine schläfrige Art und Weise wunderschön aus. Ich sehe auf den Strip und seufze. Ich hasse diesen höllischen Ort einfach und vermisse Seattle. Den Regen. Meine schneeweißen Laken. Mein Fitnessstudio und meine Espressomaschine. Ich will nach Hause und meinen Traum von Climb and Conquer endlich in die Tat umsetzen. Und mehr als alles andere will ich mein gemeinsames Leben mit Sarah beginnen.

»Ein neuer Tag«, sagt sie und folgt meinem Blick nach draußen. »Adios, Dunkelheit.« Sie krabbelt zu mir und schmiegt sich an mich. »Ich weiß, dass du Metaphern liebst, Baby, also lass dich von diesem wunderschönen Sonnenaufgang inspirieren! Möge dir von nun an stets die Sonne scheinen und all die dunklen Ecken und Winkel ausleuchten, die du bis jetzt in der Dunkelheit verborgen gehalten hast.«

Sie spricht meine Sprache! »Du bist eine Poetin«, sage ich.

»Nur mit dir.«

»Wie kommt es, dass meine Geschichte dich nicht total geschockt hat?«

Sie zuckt mit den Schultern. »Weiß nicht!«

»Mal im Ernst«, sage ich und spüre, dass ich rot anlaufe. »Wenn es noch etwas gibt, was du mir sagen willst – ganz egal, was es ist –, dann raus damit. Reiß das Pflaster ab! Ich komme schon damit klar.«

Sie schüttelt den Kopf. »Jonas, bitte! Das Ganze ist dreizehn Jahre her. Mach mal halblang und vertrau mir in dieser Hinsicht ein bisschen mehr!«

»Hast du keine Angst, dass ich ein richtiger Psychopath bin?«

»Nein, denn das weiß ich doch schon längst!«

Ich warte darauf, dass sie lächelt, aber das tut sie nicht.

»Jonas, ich wusste von der ersten Zeile an, die ich von dir gelesen habe, dass du einen Knall hast. Aber einen, der mir gut gefällt und der dich ziemlich sexy macht.«

Ich bin sprachlos.

»Was damals passiert ist, definiert dich doch nicht. Sicher, es hat dich geprägt. Aber das ist auch schon alles. Du bist und bleibst mein süßer Jonas, ganz egal, was damals geschehen ist. Du bist der Jonas, der spontan einen Vortrag in meinem Vertragsrechtseminar gehalten hat, und das wahnsinnig charmant und clever. Der Jonas, der mich aufgefangen hat, als ich vom Wasserfall gesprungen bin, oder der mir so wunderbar schüchtern und unbeholfen ein Freundschaftsband ums Handgelenk geknotet hat. Der Jonas, der mir Oreo-Kekse in mein Willkommenspaket gepackt hat. Und außerdem bist du für mich die Idee von einem Mann, der mich jedes Mal zum Höhepunkt bringt – sogar in meinen Träumen.«

Mein Schwanz beginnt zu kribbeln, und Sarah küsst mich. »Baby, du hast immerhin Orgasma die Allmächtige zum Leben erweckt!« Sie hockt sich rittlings auf mich und saugt leicht an meiner Unterlippe. »Du hast mir das Leben gerettet und mir alles beigebracht, was ich brauche, um mich selbst zu retten. Und du hast meine blutenden Wunden mit deinen eigenen Händen versiegelt.« Sie drückt ihre Lippen auf meine. »Und du bist der Mann, der es mit mir zusammen diesen Verbrechern heimzahlen wird!« Sie leckt an meinen

Lippen. »Du müsstest schon direkt vor meinen Augen ein Kätzchen erwürgen oder einer Pfadfinderin die Nase brechen, um mich dazu zu bringen, jemanden wie dich zu verlassen!«

Mein Grinsen ist jetzt so breit, dass ich sie kaum küssen kann.

»Es ist verdammte dreizehn Jahre her, mein Liebster. Zeit, die Sache ruhen zu lassen. *No más. De hoy en adelante, renaces.*«

Mist. Mein Spanisch ist nicht schlecht, aber auch nicht perfekt. Den größten Teil habe ich wohl verstanden, aber ganz sicher bin ich mir nicht.

»Es ist vorbei«, übersetzt sie für mich, als hätte sie meine Gedanken gelesen. »Du wurdest heute neugeboren.« Sie reibt ihren Schritt an meiner Erektion. »*Renaces* – du bist neugeboren. *Renazco* – ich bin neugeboren.« Sie küsst mich auf meinen Hals, und ich erschauere, weil ich es so liebe, wenn Sarah Spanisch spricht. Besonders, wenn sie so etwas Tolles sagt wie gerade eben.

»No más. De hoy en adelante, renazco«, wiederhole ich, aber aus meinem Mund klingt es irgendwie plump.

»Ganz genau! Du wurdest neugeboren, Baby. Und zwar heute.«

Ich zupfe an ihrem Tanktop, und sie reißt es sich vom Körper, dicht gefolgt von ihren Pyjamahosen. Auch ich entledige mich, so schnell ich kann, meiner Boxershorts und klettere dann mit wild klopfendem Herzen auf Sarah.

Sie legt ihre Hände um mein Gesicht. »Jetzt sind da keine dunklen Räume mehr zwischen uns, Jonas. Fällt dir der Unterschied auf?«

Ich nicke. Und wie! Gott, ich will in ihr sein.

Sie küsst mich. »So fühlt es sich an, wenn man jemandem voll und ganz vertraut.«

Ja, ich weiß, was sie meint, aber ich hätte es anders formuliert: So fühlt es sich an, wenn man jemanden ganz und gar liebt.

Bislang wusste ich nicht genau, wie ich es schaffen sollte, mich von Sarah lieben zu lassen. Ich habe nicht verstanden, wie viel ich vor ihr verborgen und wie sehr ich sie dadurch auf Abstand gehalten habe. Natürlich wusste ich, dass ich *sie* aus tiefstem Herzen liebe, spätestens seit sie vom Wasserfall in meine Arme gesprungen ist – vielleicht auch schon vorher. Aber erst jetzt bin ich ebenfalls in die Tiefe gesprungen und lasse mich genauso sehr zurücklieben.

Ich halte es nicht mehr aus, ich muss ihr zwischen die Beine greifen, um zu spüren, wie feucht sie ist. Sofort stecke ich mir den Finger in den Mund, um ihren Geschmack zu genießen. Nichts schmeckt so gut wie mein Baby, und nichts kann jemals so schön sein wie dieser Augenblick.

Ich küsse sie und massiere währenddessen ihre Klit mit meiner Fingerspitze. Mit meinem Penis an ihrem Schritt halte ich es kaum aus, noch länger zu warten, zwinge mich dann aber doch dazu. Wir haben schließlich alle Zeit der Welt.

Ich schiebe meinen Finger so tief wie möglich in sie hinein und massiere ihren G-Punkt so lange, bis sie sich vor Lust windet.

»Mein kostbares Baby«, flüstere ich und bringe sie erneut dazu, aufzustöhnen. Es ist, als wäre ich Profigeiger und sie meine Stradivari. Kein Instrument könnte schöner klingen!

Als ich es nicht mehr aushalte, dringe ich, so tief ich nur kann, in sie ein, und Sarah stöhnt laut auf.

Das ist etwas Neues für mich, mein neuer Heiliger Gral sozusagen: mit einer Frau zu schlafen, die ich bedingungslos liebe und die meine Liebe ebenso bedingungslos erwidert. Keine Geheimnisse mehr. Keine dunklen Räume und keine Zweifel. Wahrscheinlich fühlt sich das hier besser an, als den Gipfel des Mount Everest zu erklimmen. Sie liebt mich! Alles an mir! Selbst meine Macken.

Sie bewegt ihre Hüften im Rhythmus meiner Stöße und schlingt ihre Beine um mein Becken.

»Das Höchste, was der Mensch erreichen kann«, stöhne ich.

»Ja«, flüstert sie. »Jonas!«

Sie liebt mich. Erleuchtet mich. Erlöst mich.

Die Lust durchströmt mich von Kopf bis Fuß, und ich bin kurz davor durchzudrehen.

»Setz dich auf mich«, keuche ich. »Ich will dich ansehen!«

Sie schwingt sich auf mich und beginnt mich wie wild zu reiten. Dabei leckt sie sich über ihre Lippen und berührt sich selbst. Ich lehne mich zurück und genieße den Anblick ihrer wippenden Brüste, den Schwung ihrer Hüfte. Das lange Haar fällt ihr über die Schultern. Als sie sich nach vorn beugt und mein harter Penis an ihrer Klit reibt, macht mich das wahnsinnig scharf, genauso wie der Moment, in dem sie das Becken so verschiebt, dass meine Eichel einen ganz bestimmten Punkt in ihr stimuliert. Es ist unglaublich schön zu sehen, wie gut sie sich selbst mittlerweile kennt. Was für einen Wandel sie durchlaufen hat!

Ich packe ihren Hintern und streiche mit den Handflächen genießerisch darüber. »Ich liebe diesen Po einfach«, meine ich und greife noch fester zu, was Sarah dazu bringt, erneut laut aufzustöhnen. Auch ihren Brüsten statte ich einen Besuch ab, ehe ich über ihre Narbe streiche. Zum Glück heilt die erstaunlich schnell. Als ich ihr kleines Tattoo entdecke, ihre geheime Kampfansage, läuft mir ein Schauer über den Rücken. Ich liebe sie! Dieser Gedanke macht mich so froh, als hätte man einen riesigen Eimer voll Glück über mir ausgekippt.

»Ich werde diese Frau heiraten«, denke ich. Das ist so sicher wie das Amen in der Kirche.

»Jonas«, haucht Sarah. »Oh, oh, oh!«

»›Liebe ist die Sehnsucht nach der Ganzheit, und das Streben nach der Ganzheit wird Liebe genannt‹«, flüstere ich, und sie wirft ihren Kopf zurück. Dann gibt sie diesen ganz bestimmten Laut von sich. Das bedeutet, dass ich in den Genuss kommen werde, ihren Orgasmus von innen heraus zu spüren, wenn ich mich jetzt noch kurz zusammenreiße.

Ich streichle hingebungsvoll ihre Klit, und sie schnappt nach Luft.

»Du bist unglaublich, Baby«, sage ich und liebkose sie immer heftiger. *Fuck*, ich sehne mich genauso sehr nach ihrem Höhepunkt wie sie selbst. »Du bist Orgasma die Allmächtige«, sage ich zitternd, und ihr ganzer Körper erbebt. »Du bist Göttin und Muse zugleich, Sarah Cruz.« Ich winde mich unter ihr, zucke und bebe und tue mein Möglichstes, um noch nicht zu kommen. *Und ich werde dich heiraten.*

Sarah

Vor fünfzehn Minuten hat Henn uns allen eine alarmierende Nachricht geschickt. **Ich habe die Hauptader getroffen!**, hat er geschrieben. Jetzt hat sich die ganze Gruppe in unserer Suite versammelt, um die große Neuigkeit en détail zu erfahren – nur Jonas fehlt.

»Kommt Jonas noch? Sollen wir auf ihn warten?«, fragt Henn.

»Nein, müssen wir nicht. Er ist vorhin direkt ins Fitnessstudio verschwunden«, meine ich. »Ich weiß nicht, wann er wieder da ist.«

Jonas ist heute Morgen nach unserem Marathongespräch und dem wunderbaren Sex buchstäblich aus dem Bett gesprungen und hat gemeint, er wolle ins Fitnessstudio und ein paar Erledigungen machen. Mehr hat er nicht verraten.

»Du machst doch keine Dummheiten, oder, Jonas?«, habe ich ihn gefragt, während mein Herz wie wild geklopft hat.

»Natürlich nicht!«, hat er mit Unschuldsmiene erwidert.

»Ernsthaft, Jonas. Du willst doch nicht Maksim umlegen, oder?«

Er zog mich an sich. »Nein. Obwohl ich allein von der Vorstellung, wie ich das Arschloch fertigmache, einen Ständer bekomme. Ich habe alles im Blick, Baby. Keine Sorge.« Er legte die Hände auf meinen Po und küsste mich auf den Hals. »Muss nur was erledigen.«

Aber das hat mich nicht überzeugt.

»Ich werde unseren Plan nicht umschmeißen, Sarah.«

»Versprochen?«

»Ja.«

Ich habe erleichtert ausgeatmet. Jonas würde niemals ein Versprechen brechen.

»Ich erzähle dir mehr, wenn ich in ein paar Stunden zurück bin. Bis später, meine umwerfende Sarah.« Und schon war er auf und davon.

Jetzt sitzen wir also alle zusammen auf dem Ledersofa und starren Henn nervös und erwartungsvoll an. Er wirkt furchtbar aufgeregt.

»Okay.« Er hält kurz inne, um die Spannung zu steigern. »Sitzt ihr auch alle?«

Wir halten den Atem an.

»Ich habe sie gefunden – und ich bin reingekommen.«

Ich schnappe nach Luft.

»O Gott!«, sagt Kat.

»Du bist ein Genie!«, fügt Josh hinzu.

»In der Tat«, meint Henn stolz. »Ich habe jetzt Zugang zu ihrem gesamten Königreich – zu den Mitgliederverzeichnissen, den Passwörtern, E-Mails und Codes. Ich bin drin.«

Wir brechen alle in lauten Jubel aus.

In dem Moment, in dem Henn uns etwas mitteilen will, das uns »die Schuhe ausziehen wird«, wie er es formuliert, kommt Jonas in seiner Trainingskleidung und mit verschwitztem Haar in die Suite geplatzt.

»Hey, Leute! Hab deine Nachricht eben erst gelesen, Henn. Bitte sag, dass du es geschafft hast!«

»Habe ich!«

Jonas springt durch den Raum, drückt Henn an sich, klatscht mit Kat und Josh ab und nimmt mich dann glücklich in die Arme.

»Hast du alles erledigt?«

Er grinst breit und nickt. »Zeige ich dir später.«

Zeigen?!

»Was habe ich verpasst?«, fragt Jonas.

»Noch nichts. War das perfekte Timing«, sage ich. »Henn wollte uns gerade etwas ganz Unglaubliches verkünden.«

»Das Geld? Bist du an die Konten rangekommen, Henn?«

»Ja!«

»Henn!«, jubelt Kat. »Du bist einfach genial!«

»Ich habe zwölf verschiedene Konten bei fünf verschiedenen Banken geknackt«, beginnt Henn. »Jonas, vielleicht solltest du dich auch setzen.«

Er lässt sich neben mir nieder und legt eine Hand auf meinen Oberschenkel.

»Auf den Konten befinden sich – und ich spreche wirklich von realen Beträgen – insgesamt 554 Millionen Dollar.«

Ich vergrabe mein Gesicht in den Händen, kann es nicht fassen. Den anderen scheint es ähnlich zu gehen.

»Und ich habe sämtliche Zugangsdaten«, sagt Henn grinsend. »Bei ein paar größeren Konten können die Überweisungen nur persönlich getätigt werden – die meisten Banken verlangen sowieso eine Unterschrift, wenn die Summe der Überweisung eine Million übersteigt –, deswegen denke ich nicht, dass wir das Geld tatsächlich in die Pfoten kriegen werden. Wir konzentrieren uns darauf, alle Kontonummern und Passwörter weiterzureichen.«

Ich spähe hinüber zu Jonas, der tief in Gedanken versunken ist. »Kannst du mir alle Kontodaten inklusive Umsätze zuschicken?«

»Na klar«, sagt Henn. »Das ist überhaupt kein Problem.«

»Unglaublich«, sagt Josh. Er sieht Kat fassungslos an.

»Was ist mit dem Mitgliederverzeichnis?«, frage ich.

»Oh, auch da gibt es ultrakrasse Neuigkeiten«, sagt Henn. »Das wird euch die Birnen wegknallen, das sage ich euch!«

»554 Millionen Dollar haben dafür nicht gereicht, meinst du?«, frage ich.

»Nein.« Wieder legt Henn, der ein guter Erzähler ist, eine Kunstpause ein. »Ich habe handfeste Beweise dafür, dass auf der Mitgliederliste sieben Kongressabgeordnete der USA stehen, zwei Gouverneure, ein kanadischer Bürgermeister und« – er hält inne, als warte er auf einen Trommelwirbel – »der Verteidigungsminister!«

Alle sind geschockt.

»Der Typ, der für das gesamte Verteidigungsministerium der USA zuständig ist, der das verdammte Militär verantwortet!«

»Und der im Kabinett des Präsidenten sitzt«, fügt Josh mit blassem Gesicht hinzu.

Ich habe das Gefühl, dass mir das Herz stehen geblieben ist.

Jonas reibt sich sein Gesicht und flucht leise vor sich hin.

»So ein Mist«, murmelt auch Josh. Einen Moment lang schweigen wir alle und versuchen, diese Information zu verdauen.

»Das wird ein Riesenskandal«, sage ich, auch wenn das ohnehin offensichtlich ist. Mehr kriege ich gerade nicht raus.

Henn nickt bekräftigend. »Total verrückt, oder? Der Verteidigungsminister bezahlt dem Club Geld, das dann zugunsten des russischen Imperialismus für Waffen und anderes ausgegeben wird.« Er schnaubt. »Ups!«

»Nicht gerade der ideale Stoff für eine Wahlkampagne«, fügt Josh hinzu.

»Und nichts, was sie jemals an die Öffentlichkeit dringen lassen wollen«, meint Jonas finster.

Manometer. Wir stehen tatsächlich kurz davor, einen Skandal epischen Ausmaßes aufzudecken und Informationen zu liefern, die sogar das Weiße Haus erschüttern werden. Ich habe keinerlei Interesse daran, den Verteidigungsminister zu stürzen, auch nicht die übrigen Abgeordneten und Gouverneure. Genauso wenig will ich Profisportlern, CEOs oder Softwareentwicklern Ärger machen. Und natürlich will ich auch nicht auf Umwegen das Image unseres Präsidenten beschmutzen.

»Wenn das rauskommt – kriegt dann auch der Präsident Schwierigkeiten?«, fragt Kat, als könne sie Gedanken lesen.

»Na klar. Der Verteidigungsminister sitzt schließlich im Kabinett«, meint Josh. »Der gehört zum engsten Kreis. Es ist ja schon krass genug, dass so jemand in einen riesigen Prostitutionsskandal verwickelt ist. Aber dass dadurch indirekt auch noch die russischen Separatisten finanziert werden, wird die Presse vollkommen wahnsinnig machen. Die Info wird hochgehen wie eine Bombe, da bleibt natürlich auch der Präsident nicht verschont.«

»Ich drehe durch«, murmele ich und sehe Josh und Jonas an. »Was ist denn mit euch? Wie übel ist es, wenn das rauskommt?«

»Ich weiß nicht«, meint Josh. »Wird nicht gerade ein gutes Licht auf uns werfen, vermute ich mal.«

Mir wird flau im Magen, und ich sehe zu Boden. Josh hat sich zwar auch nicht gerade mit Ruhm bekleckert, aber Jonas ist derjenige, der sich für ein ganzes Jahr angemeldet hat. Wird es seinen Ruf in der Businesswelt sehr schädigen? Und kann es sein, dass sein Plan, mit Climb and Conquer die Kletterwelt zu erobern, daran scheitert? Und was ist mit mir? Wird meine ethische Beurteilung positiv ausfallen, wenn ich in zwei Jahren meinen Abschluss mache? Werde ich meine Zulassung bekommen? Wird man mir glauben, wenn ich beteuere, dass ich keine Ahnung hatte, für wen ich da arbeite?

Jonas drückt meine Hand. »Wir brauchen einfach einen guten Plan«, meint er. »Vielleicht gibt es ja eine Lösung, bei der nichts davon ans Tageslicht kommt.«

»Aber wie soll das gehen?«, frage ich zweifelnd.

»Überlass das mal mir und Josh.« Josh allerdings sieht nicht sonderlich überzeugt aus.

Nachdem wir eine Weile lang herumdiskutiert und festgestellt haben, dass die Sache uns über den Kopf wächst und wirklich eine Nummer zu groß für uns ist, haben wir uns irgendwann für eine Strategie entschieden.

Ich werde noch heute meinen Bericht fertig schreiben, angereichert mit allen Beweisstücken, die wir auftreiben können. Hinzugefügt werden unter anderem auch die Ausdrucke der Konten und der entsprechenden Umsätze. Josh und Jonas werden die Köpfe zusammenstecken und überlegen, wie der Bericht am besten an die richtigen Behörden gelangt. Und dann werden wir gleich morgen früh zur L.-A.-Niederlassung des FBI marschieren und versuchen, den entsprechenden Ansprechpartner dort davon zu überzeugen, sofort ein Treffen mit seinem oder ihrem Boss in Washington D.C. zu arrangieren. Was können wir ansonsten schon machen?

Die Sache ist viel zu gewaltig, um sie noch länger für uns zu behalten. Und wir brauchen unbedingt den Schutz von ein paar schönen großen Maschinengewehren. Außerdem befürchten wir, dass der Club seine Ersparnisse jederzeit außer Reichweite bringen könnte.

Als sich alle an die Arbeit machen, nimmt Jonas mich beiseite.

»Ich bin noch total verschwitzt«, meint er, die Hände in den Taschen seines Kapuzenpullis vergraben. »Ich gehe schnell duschen, willst du mitkommen? Ich möchte dir was zeigen.«

Was zeigen also, ja? Ich kann mir schon vorstellen, was er damit meint. Zu einer Dusche mit Jonas sage ich nie Nein, aber gerade erscheint mir unsere Zeit dafür zu kostbar. Ich muss dringend diesen Bericht fertigstellen – und er sollte sich überlegen, was genau wir damit machen.

»Ich hätte lieber einen Duschgutschein«, meine ich. »Dann können wir hinterher feiern, dass ich diesen Bericht beendet habe.«

Er sieht mich enttäuscht an.

»Ich freu mich schon darauf«, füge ich hinzu. Ehrlich gesagt bin ich erstaunt, dass er selbst jetzt an Sex unter der Dusche denkt. Ich mag das zwar auch sehr, aber gerade gibt es doch Wichtigeres zu tun!

»Sarah«, ruft Kat. »Henn hat die Kontoauszüge ausgedruckt! An welchen Teil des Beweisprotokolls willst du sie anfügen?«

»Bin gleich da!«, rufe ich. Jonas sieht so bedröppelt aus, als wäre er als Letzter in die Fußballmannschaft gewählt worden. »Später, Baby«, versichere ich ihm. Und dann gehe ich hinüber zu Kat, um ihre Frage zu beantworten.

Sarah

Es ist jetzt drei Uhr morgens, und wir sehen alle aus wie lebende Tote.

Den ganzen Tag und die ganze Nacht über saßen wir zusammen in der Suite und haben emsig gearbeitet – ohne kaum ein Wort zu sprechen oder gar zu essen. Uns ist allen klar, wie wichtig unser Vorhaben ist – und was für Konsequenzen es haben könnte, wenn wir scheitern. Die Schufterei hat sich aber gelohnt, denn mein Bericht ist jetzt fertig. Halleluja! Und er ist richtig gut geworden.

Klar, ich hätte noch drei Wochen weiter daran arbeiten können, aber die Zeit läuft uns davon, deswegen muss es so reichen. Ich habe die Fakten, die Gesetzeslage und die Beweisstücke aufgeführt, so gut ich konnte, und noch das Beweisprotokoll angehängt. Keinerlei Spekulation oder Rätselraten. Nichts, worüber man diskutieren müsste. Wenn dieser Bericht nicht die Aufmerksamkeit des FBI erregt, dann weiß ich auch nicht!

Josh und Kat verlassen die Suite zusammen, angeblich, um noch eine Mütze voll Schlaf zu bekommen. Doch ich nehme ihnen nicht ganz ab, dass wirklich jeder in sein eigenes Zimmer geht. Langsam, aber sicher glaube ich schon, dass die beiden mehr als nur Freundschaft verbindet. Ich werde da morgen mal bei Kat nachhaken müssen. Heute war ich viel zu beschäftigt mit unserer Mission, als mir über ihr Sexleben den Kopf zu zerbrechen.

Nachdem die beiden verschwunden sind, ruft Henn mich zu sich an den Computer.

Ich hatte ihn darum gebeten, das System des Clubs nach weiteren Beweisstücken zu durchforsten – nach etwas, das einen Zusammenhang zwischen den Namen beim Anmeldeprozess und den Codes in den Mitgliedsordnern herstellt.

»Wird das funktionieren?«, fragt er mich unsicher.

Ich stehe hinter ihm und schaue über seine Schulter hinweg auf den Bildschirm. Er erklärt mir, was es da gerade zu sehen gibt.

»Ja, das ist perfekt«, sage ich. »Danke dir, Henn! Ich glaube einfach, dass wir in allen Punkten total klar sein müssen. Keine Vermutungen und keine Lücken in der Beweisführung.«

Er stimmt mir zu.

In der Ecke sitzt Jonas, still und mit glühenden Augen.

»Jonas, willst du's dir nicht mal ansehen?«

Er schüttelt den Kopf.

Oh. Ich kenne diesen Gesichtsausdruck. Mein Freund hat einen Ständer.

»Danke, Henn. Bist ein Genie!«

»Ich weiß«, sagt er grinsend und klappt theatralisch seinen Laptop zu. »Okay, wenn du sonst nichts mehr brauchst, dann klinke ich mich jetzt mal aus. Meine Intuition sagt mir, dass ich noch genau sieben Mal am Hebel des einarmigen Banditen ziehen sollte, ehe ich mich aufs Ohr lege.«

»Viel Glück! Bis morgen um zehn«, sage ich, weil sich dann die ganze Gruppe wieder trifft, um zum FBI zu marschieren. Sobald die Tür hinter Henn ins Schloss gefallen ist, drehe ich mich zu Jonas um.

»Na, darf ich jetzt noch meinen Duschgutschein einlösen?«

Er nickt langsam.

Ich schlendere zu ihm hinüber, erschöpft und aufgeregt

zugleich, und setze mich auf seinen Schoß. Jepp, ich hatte die richtige Vermutung. Jonas hat einen stahlharten Ständer. Ich fahre mit dem Finger über die Gravur auf seinem Armreif. *Sarah.*

»Hallo, Freund«, sage ich leise.

Er lächelt und streicht im Gegenzug über meinen Armreif. »Hi, Freundin.« Dann zieht er mich an sich und gibt mir einen innigen Kuss.

Ich fahre mit der Hand über seinen Strickpullover und spüre unter dem Stoff seine muskulöse Brust und seine breiten Schultern. Ihn zu berühren wird nie langweilig werden. Er ist ein echtes Kunstwerk. Ich streiche über seinen Oberarm, und plötzlich treffen meine Fingerkuppen auf etwas, das sich anders anfühlt als seine Haut unter dem Stoff. Ich zupfe am Pulli. Ja, da liegt definitiv etwas drunter!

»Was ist das?«, frage ich.

»Meine Erledigung. Das, was ich dir schon die ganze Zeit unbedingt zeigen will.«

Er zieht den Pullover aus und schiebt die weißen Mullbinden beiseite, die um seine Oberarme gewickelt sind.

»Was ist passiert?«, frage ich, aber dann fällt es mir wie Schuppen von den Augen. »Du hast neue *Tattoos?*«

Er grinst über beide Ohren.

Wow! In Belize habe ich ihn gefragt, ob er irgendwann noch mehr Tattoos haben will, und er hat Nein gesagt.

»Ich muss mich ja nicht aus einer Laune heraus noch mehr zupflastern lassen«, hat er damals gesagt. »Auf meine Haut kommen nur Ideen, die mein Leben verändert haben und die es wert sind, sie bis in alle Ewigkeit auf meinem Körper zu tragen. Und wer kann schon mit Platon mithalten?«

Nun, das waren seine berühmten letzten Worte zum Thema Tattoos. Was ist da passiert?

Mit einem Ruck reißt er den ersten Verband ab. »Autsch!«

Ich halte seinen Arm nach oben, um besser lesen zu können. Dann schnappe ich nach Luft und lese laut vor, was da steht: »›No más. De hoy en adelante, renazco.‹« Genau das habe ich letzte Nacht zu ihm gesagt. O Gott. Meine Worte haben also sein Leben verändert und sind es wert, für immer auf seinem Arm zu stehen. Mir treten Tränen in die Augen.

»Ich wurde wiedergeboren, meine umwerfende Sarah. Dank dir.« Einen Moment lang sieht er mich schüchtern an. *»Mi amor siempre«*, flüstert er dann. *Meine Liebste, auf ewig.*

O Jonas. Nicht zu fassen, dass er meine Worte auf eine Stufe mit denen Platons stellt! Ich setze mich rittlings auf ihn und sehe ihm tief in die Augen. *»Mi amor siempre«*, flüstere ich und küsse ihn sanft.

Als er den Kuss stürmisch erwidert, merke ich, dass ich wahnsinnig erregt bin. Aber es gibt ja noch den zweiten Verband, und ich will unbedingt wissen, was sich darunter verbirgt. Also zwinge ich mich, mich von Jonas' Lippen zu lösen, obwohl mich seine Erektion direkt an meinem Schritt ganz kirre macht.

»Was ist damit?«, frage ich und deute auf die andere Mullbinde.

Er lächelt spitzbübisch und löst dann den Verband. Das gibt es doch nicht! Der Satz ist auf Englisch, und jeder, der einen Blick auf seinen Arm wirft, kann ihn mühelos lesen. Komisch. Jonas meinte doch mal, dass er die Sätze auf Griechisch ausgewählt hat, damit nicht jeder sofort deren Bedeutung entschlüsseln kann.

»Schließlich dienen die Tattoos *meiner* Inspiration, nicht der der Massen«, hat er gemeint. Sieht ganz so aus, als hätte Jonas in vielerlei Hinsicht seine Meinung geändert.

Ich lese den Satz laut vor. Meine Stimme zittert. »›Liebe ist die Sehnsucht nach der Ganzheit, und das Streben nach der Ganzheit wird Liebe genannt.‹«

Er nickt bekräftigend.

Ich erinnere mich, dass Jonas diesen Satz schon öfter zu mir gesagt hat, aber weil wir währenddessen miteinander geschlafen haben und ich zu beschäftigt mit meinem Orgasmus gewesen bin, habe ich nicht genauer nachgefragt.

»Ist das auch von Platon?«

Er nickt. »Es stammt aus Platons *Symposion* – seinem Dialog über die Liebe. Romantische Liebe, um genau zu sein. In seinem Werk schreibt er den Satz allerdings Agathon zu.«

Ich beiße mir auf die Unterlippe.

»Platon zufolge handelt es sich bei der romantischen Liebe zunächst um etwas, das man mit seinen Sinnen erlebt. Bei näherer Betrachtung aber verwandelt sie sich in etwas Größeres: Dann nimmt die Seele nämlich auch die *innere* Schönheit des anderen wahr.«

Mein Herz bleibt eine Sekunde lang stehen.

»Tatsächlich erkennen unsere Seelen durch die Liebe die Idee von Schönheit. Die Schönheit an sich.« Seine Augen glühen. »Das wiederum führt dazu, dass wir die *Wahrheit* begreifen.«

»Aber Jonas. Wieso denn auf Englisch und nicht auf Altgriechisch? Ich dachte, du willst nicht, dass jeder deine Tattoos sofort entziffern kann?«

»Bei diesem hier will ich es eben schon.«

Ich halte den Atem an.

»Platon mag diese weisen Worte vielleicht vor Tausenden von Jahren gesagt haben, aber ich, Jonas Faraday, verkünde sie heute.«

»O Jonas!«

»Mit diesem Tattoo lasse ich die ganze Welt wissen, dass ich dich liebe, Sarah. Ich rufe es vom höchsten Berggipfel. Alle sollen die Wahrheit erfahren: Ich liebe Sarah Cruz!«

Ich schmelze dahin, und er legt seine großen Hände auf meine Wangen.

»›Liebe ist die Sehnsucht nach der Ganzheit, und das Streben nach der Ganzheit wird Liebe genannt.‹ Das geht an dich, Sarah Cruz. An dich und an mich. Du bist meine Schönheit, meine Wahrheit.«

Mein Herz rast.

»Es hat nie eine Liebe wie die unsere gegeben. Und es wird auch nie wieder eine solche Liebe geben! Du und ich schreiben gemeinsam die schönste Liebesgeschichte aller Zeiten.«

Ich kann nicht fassen, dass der Mann, der sich einst über den ganzen »Valentinstagsbullshit« ausgelassen hat, jetzt solche Sätze von sich gibt. Ich beiße mir auf die Unterlippe.

»Unsere Liebe ist so rein und wahrhaftig, dass die Götter einfach auf unserer Seite sein *müssen*«, meint er mit glühenden Augen.

Wer würde so etwas sagen? Jonas. Jonas tut das. Gott, ich liebe diesen Mann.

Gerade hat er wieder diesen Blick, mit dem auch ein Tiger seine Beute anvisieren würde. Da ist dieses Leuchten in seinen Augen, das mir sagt, dass er mich am liebsten in einem Stück verschlingen würde, mit Haut und Haar. Er küsst mich stürmisch, und sofort sind wir wie von Sinnen. Ich hebe die Arme, und er zieht mir das Shirt über den Kopf. Mit fliegenden Fingern öffnet er meinen BH und beginnt, an meinen Nippeln zu saugen.

»Dusche«, sage ich und winde mich vor Erregung.

Er steht auf und hebt mich hoch. Ich schlinge meine Arme um seinen Hals und die Beine um seine Taille, während ich ihn wie eine Besessene küsse und mich an ihm reibe. Jonas trägt mich ins Schlafzimmer, wirft mich aufs Bett und reißt mir den Stringtanga buchstäblich vom Leib.

Dann vergräbt er sein Gesicht zwischen meinen Beinen und macht sich über mich her. Nichts da mit »schmoren lassen«. Nichts da mit Sexzellenz. Hier erlegt ein Tiger seine Beute, und das macht mich wahnsinnig an.

Als er sich aufrichtet und sich über die Lippen leckt, weiß

ich, dass das Tier in ihm wirklich erwacht ist. Der Dichter ist weg und die Romantik längst über alle Berge. Er zieht seine Hose und seine Unterhose aus, und noch ehe ich irgendetwas tun kann, hat er mich auch schon hochgehoben, als wäre ich eine Spielzeugpuppe, und mich ins Bad geschleppt. Während ich ihn küsse, fahre ich mit beiden Händen durch sein Haar. Gott, ich liebe diesen animalischen Laut, den er von sich gibt. Er greift hinter mich, um das Wasser anzustellen, sodass es über meinen Rücken und meine Brüste strömt. Vergeblich versuche ich mich auf seine Erektion zu setzen.

»Lass mich runter«, sage ich und rutsche dann selbst an seinem glitschigen Körper hinab, bis ich auf dem Boden stehe.

»Jetzt bestimme ich«, sagt er mit fester Stimme.

Aber ich höre nicht auf ihn, sondern lasse mich auf die Knie hinab, nehme seinen Schwanz in den Mund und sauge an ihm, während das heiße Wasser auf mich herabprasselt. Er packt mich am Haar und stöhnt auf, als würde er höllische Schmerzen erleiden. Es macht mich so an, das zu tun! Jetzt klingt er, als würde er jeden Moment sterben – vor Freude natürlich. Ich greife zwischen meine Beine und berühre mich selbst, den Gesichtsausdruck von Jonas vor Augen, den er hatte, als er mir seine neuen Tattoos gezeigt hat.

Er zittert und stöhnt und packt mich fester am Haar als je zuvor, aber der leichte Schmerz stört mich nicht – schließlich wird er ja durch die Lust verursacht, die ich ihm bereite. Ich bin so angeturnt, dass ich kaum Luft bekomme. Jonas hat wirklich meine Worte neben die von Platon tätowieren, seine ewige Liebe zu mir in seine Haut eingravieren lassen. Auf Englisch. Sodass die ganze Welt es erfährt.

Ich reiße die Augen auf, weil mir plötzlich etwas in den Sinn kommt. Der Poltergeisttraum von Jonas und mir ... der Rotwein, der über mich geflossen ist, das Publikum ... und Jonas, der seine Liebe zu mir der ganzen Welt verkündet hat.

O Gott. In meinem Traum ging es nicht um sexuellen Exhibitionismus, sondern um emotionalen. Es ging darum, dass Jonas der ganzen Welt mitteilt, was er für mich empfindet. Und genau das hat er mit seinen Tattoos getan.

In diesem Augenblick verkrampft sich mein ganzer Körper und entlädt sich in einem lautstarken Orgasmus. Ich keuche und versuche, Jonas trotzdem weiter mit meinem Mund zu verwöhnen, aber ich kriege es nicht hin.

Er zieht seinen Penis aus meinem Mund. »Ich werde jetzt mit dir schlafen, Baby«, sagt er. Ich sehe ihn mit lustvernebeltem Blick an. Was meint er da?

»Ich«, sagt er wie ein Höhlenmensch und zieht mich nach oben. »Jetzt.« Seine Stimme klingt rau. »Ich werde jetzt mit dir schlafen.«

Er drückt mich an sich und berührt mich zwischen den Beinen, woraufhin ich mich sofort zusammenkrümme. Wow, scheinbar bin ich noch immer total erregt. Er dreht mich um, und ich wehre mich nicht dagegen.

»Bück dich nach vorn und halt dich an deinen Fußknöcheln fest.«

Jeder Wunsch nach Kontrolle ist mir abhandengekommen. Ich will einfach nur tun, was er mir sagt. Als ich mich in die von ihm geforderte Position begebe, wird mir klar, dass ich so alles von mir entblöße und ihm vollkommen ausgeliefert bin. Ich zittere erwartungsvoll.

Jonas reibt mit einer Hand meinen Rücken und schiebt die andere von hinten zwischen meine Beine, um meine Klit zu liebkosen. Er hat es auf einen weiteren Orgasmus von mir angelegt, und ich bin mir ziemlich sicher, dass er Erfolg haben wird. Das heiße Wasser strömt über meinen Rücken und fließt über meinen herabhängenden Kopf. Worauf wartet er?

Gott, er macht das viel zu gut. Das Gefühl ist unglaublich intensiv. Lange werde ich es in dieser Stellung nicht aushalten, wenn er so weitermacht – wie soll ich die Balance halten, wenn ich so erregt bin? Ich beuge die Knie ein wenig. Ich muss mich an Jonas reiben, muss ihn küssen und mir irgendwie Erleichterung verschaffen.

Da dringt er ohne Vorwarnung in mich ein. So tief und mit so viel Kraft, so erbarmungslos und besitzergreifend, dass ich laut aufstöhne und zu meiner eigenen Überraschung sofort zum Höhepunkt komme.

Jonas stößt unerbittlich weiter in mich, bis er schließlich ebenfalls kommt und aufstöhnt. Wir sind so wunderbar laut, und ich liebe es!

Als er fertig ist, drückt er eine Hand auf meinen Rücken und gibt mir so zu verstehen, dass ich mich nicht bewegen soll. Wieder tue ich, was er verlangt. Jonas zieht seinen Penis aus mir heraus und drückt dann den Duschkopf zwischen meine Beine.

Während der warme Wasserstrahl meinen empfindlichsten Punkt massiert, zittere ich am ganzen Körper. Es fühlt sich so gut an, dass ich beinahe das Gleichgewicht verliere, aber Jonas hält mich an der Hüfte fest. Ich drücke meine Handflächen auf den Boden der Dusche, und er reinigt mich weiter zwischen den Beinen, reibt mich mit Duschgel ein und spült es dann ab, sodass das warme Wasser mich kitzelt und neckt.

Ich bin kurz davor, den nächsten Orgasmus zu haben. Gott, ich halte es nicht mehr aus! Das ganze Blut ist in meinen Kopf geschossen und rauscht jetzt in meinen Ohren. Außerdem läuft mir das Wasser in die Nase, sodass ich fast das Gefühl habe zu ertrinken.

Aber noch ehe ich mich aufrichten kann, ist Jonas auch schon in die Knie gegangen und leckt fieberhaft an meiner Pussy und an jeder anderen Stelle, an die seine Zunge sonst noch gelangt – auch an jenen, an die er sich bislang nicht herangewagt hat. Wow. Seine Zunge an diesen verbotenen Regionen zu spüren macht mich völlig wahnsinnig. Er muss nur noch ein wenig an mir lecken, schon komme ich wieder. Dieses Mal zucken vollkommen andere Muskeln, als ich es gewöhnt bin.

Als mein Orgasmus abebbt, zieht Jonas mich hoch. Meine Knie sind weich, drohen nachzugeben.

»Ich kann nicht mehr«, murmele ich. »Jonas.« Ich will mich an der Duschwand abstützen, aber Jonas dreht mich zu sich um. Ich schlinge meine Arme um seinen Hals und lege meinen Kopf an seine starke Schulter. Ich bin total fertig und genieße das Gefühl seiner nassen, glitschigen Haut an meiner. Jonas hält mich fest in seinen Armen, und ich bin vollkommen befriedigt.

Ein paar Minuten lang sagen wir nichts. Dann bricht Jonas das Schweigen.

»Während mir die Tattoos gestochen wurden, konnte ich nur daran denken, zurück in die Suite zu kommen und mit dir zu schlafen«, meint er.

»Mhm«, erwidere ich.

»Ich habe mir vorgestellt, wie ich ganz langsam und zärtlich mit dir schlafe und dir währenddessen romantische Dinge ins Ohr flüstere.«

Beim Gedanken daran, wie es stattdessen gelaufen ist, prusten wir beide vor Lachen.

»War wohl nichts mit deiner Strategie!«

»Wie immer.«

»Willst du dich etwa beschweren?«

»Auf keinen Fall!«

»Der strategische Jonas geht mir sowieso auf den Keks«, meine ich.

»Ich wollte einfach den Moment zelebrieren, weißt du? Irgendwas Romantisches machen.«

»O Jonas.« Ich hebe den Kopf von seiner Schulter und sehe ihm in die Augen. »Es war doch romantisch! Valentinstagsbullshit und animalischer Sex in einem, könnte man sagen.« Ich grinse ihn breit an. »Von dir bekomme ich immer beides!«

Seine Augen funkeln. »Du bist total auf mich abgegangen, Sarah.«

»Und du auf mich!«

Ich schmiege mich wieder an ihn. »Danke, dass du mich gefunden hast.«

»Und danke, dass du findbar warst.«

»Das Wort gibt es nicht!«

»Doch! Komm, trocknen wir uns ab. Ich muss was mit dir besprechen.«

Wir sitzen in unseren flauschigen weißen Hotelbademänteln auf dem mit weißen Laken bezogenen Bett. Es ist zwölf Minuten vor vier Uhr morgens, und ich frage mich, weshalb wir immer noch wach sind. Schließlich treffen wir uns in gut sechs Stunden mit dem Team, um dann beim FBI aufzuschlagen. O Mann, ich bin hundemüde.

Jonas sieht mich nervös an, als suche er nach den richtigen Worten.

»Komm schon, spuck es aus, Baby«, sage ich gähnend. »Ich schlafe im Sitzen ein!«

Er atmet tief aus. »Wenn das hier erledigt ist, würde ich mit dir gern an einen Ort reisen, der mir viel bedeutet.«

Sofort bin ich hellwach. »Wohin denn?«

»Spielt das eine Rolle?«

»Kein bisschen.« Ich grinse.

»Es geht jedenfalls ins Ausland.«

Manometer, wie schön! Schon seit ich klein bin, träume ich davon, die ganze Welt zu bereisen. Als mein Vater angefangen hat, meine Mutter anzubrüllen, und ich wusste, dass er gleich wieder ausrasten würde, habe ich mich gern in meinem Schrank mit einer Weltkarte und einer Taschenlampe versteckt und mich ganz weit weggeträumt. Nie hätte ich gedacht, dass diese Fantasien sich eines Tages erfüllen würden – und dass ich das Glück haben würde, einen persönlichen Guide mit Sixpack und supersinnlichen Lippen an meiner Seite zu haben. Ganz zu schweigen von der prall gefüllten Reisekasse.

»Wow.«

»Heißt das ja?« Er sieht mich hoffnungsvoll an.

»Wann?«

»Sobald wir hier fertig sind.«

»Noch ehe wir nach Hause fahren?«

»Ja. Unsere Assistentin schickt uns die Pässe per Express, und ich gehe mit dir shoppen, um alles Nötige zu besorgen. Dann steigen wir einfach in einen Flieger, und ab geht die Post!« Er sieht aus wie ein Kind, das auf dem Schoß des Weihnachtsmannes seinen größten Wunsch äußert.

Ich würde nichts lieber tun, als mit ihm in ein fernes, exotisches Land zu jetten. Aber das geht nicht – nicht jetzt.

»Habe ich dir je gesagt, wie süß du bist, Jonas?«

Seine Mundwinkel sinken herab. Er ahnt, was jetzt kommt.

»Hast du deinen Ausstieg aus Faraday & Sons denn schon bekannt gegeben?«

Er schüttelt den Kopf, als wäre er vom Klassenlehrer getadelt worden.

»Und hast du deinem Onkel von Climb and Conquer erzählt?«

»Nein.« Er sieht auf seine Hände.

»Denkst du nicht, dass du das bald mal machen solltest?«

Er seufzt. »Es gab Komplikationen.«

»Mhm.«

»Mit Josh. Und dann warst du plötzlich im Krankenhaus.«

»Aber das bin ich jetzt nicht mehr. Warum hast du noch nicht mit deinem Onkel geredet?«

Er verzieht den Mund. »Na, weil Josh auch aussteigen will.« Jonas sieht halb euphorisch, halb entschuldigend drein. »Er will auch richtig bei Climb and Conquer mitmachen.«

»Wow, das ist ja toll! Bestimmt freust du dich wahnsinnig!«

»Aber Faraday & Sons wird es nicht überleben, wenn wir beide aufhören. Und Onkel William ist schon so gut wie in Rente. Wer wird denn dann das Unternehmen führen?«

»Hast du deswegen ein schlechtes Gewissen? Weil du dich verantwortlich fühlst?«

Er nickt, und ich nehme seine Hand. »Ist es das, was du mit deinem Leben anstellen willst, mein Liebster? Climb and Conquer mit Josh richtig groß machen?«

Wieder nickt er. »Als Josh gesagt hat, dass er mitmacht, ist für mich ein Traum in Erfüllung gegangen.«

»Und es ist auch das, was Josh will?«

Er nickt.

»Dann ist es das Richtige«, meine ich. »Weder du noch er sind für das Schicksal dieses Unternehmens verantwortlich. Faraday & Sons ist nicht eure Berufung. Du bist dafür verantwortlich, du selbst zu sein und dein Schicksal in die Hand zu nehmen. Es gibt kein richtiges Leben im falschen, das funktioniert nicht.«

Er sieht mich liebevoll an.

»Du hast nur ein Leben, Liebster. Mach was draus. Jeden einzelnen Tag. Das ist dein allerwichtigster Job!«

Er läuft rot an. »Danke.«

»Gern.«

»Du bist so weise, Sarah. Nicht nur clever!« Ich liebe es, wenn er das sagt.

»Schmier mir ruhig weiter Honig ums Maul«, sage ich. »Aber ehe du deinen Hintern nicht hochgekriegt und dein neues Leben begonnen hast, verreisen wir nicht. Der Trip soll ja keine Flucht sein, sondern eine Feier. Wir feiern die

Gründung von Climb and Conquer und das Ende meines ersten Jahres als Jurastudentin.«

Als er begreift, was das für den Reisetermin bedeutet, verfinstert sich seine Miene ein wenig.

»Jonas, ich kann vor den Abschlussprüfungen nicht verreisen. Ich muss unbedingt lernen!«

Er sieht unendlich enttäuscht aus.

»Die Prüfungen sind doch schon in vier Wochen. Wir können gleich danach fahren, und bis dahin bringst du dein Leben in Ordnung, und ich lerne wie eine Besessene, Tag und Nacht.«

Er öffnet den Mund, um zu protestieren.

»Natürlich werde ich Pausen einlegen, um mit dir zu schlafen. Das ist schließlich ein körperliches Bedürfnis, so wie essen, trinken und schlafen.« Ich verdrehe die Augen. »Das weißt du doch!«

»Du kannst Gedanken lesen.«

»Wir brechen direkt einen Tag nach den Prüfungen auf. Ist das ein Deal?«

Er verzieht das Gesicht.

»Du weißt, dass ich recht habe.«

Jonas schmollt weiter.

»Du weißt es!«

Er zuckt mit den Achseln. »Ich hasse Warten eben.«

»Es funktioniert wie ein Gutschein, Baby. Ein läppischer Monat. Du musst dich eben ein bisschen gedulden.«

»Darin bin ich gar nicht gut.«

Ich lache. »Ach, ehrlich?«

»Sieht ganz so aus, als hätte ich keine Wahl.« Er zuckt mit den Schultern. »Dann heißt es wohl mal wieder: Genieß die Vorfreude!« Er schüttelt den Kopf. »Ein Monat. Du lernst, und ich rocke die Businesswelt. Und in jeder freien Minute verkriechen wir uns in unserem Kokon für zwei und treiben es miteinander wie zwei sexbesessene Raupen.«

»Treiben Raupen es überhaupt miteinander?«

Er zuckt mit den Schultern. »Von heute an schon.«

Ich lache wieder.

»Aber eins nach dem anderen«, meint er, und sein Blick wird kalt. »Erst mal machen wir den Club fertig, Baby.«

Ich lege einen Arm um ihn. »Darauf kannst du Gift nehmen! Klingt nach einem Superplan.«

Jonas

»Wir müssen wirklich mit Ihrem *Chef* sprechen«, sage ich zu diesem frisch geschlüpften FBI-Agenten, der uns an seinem Tisch gegenübersitzt. Ich habe das dumme Gefühl, dass dieser Typ rein gar nichts in Bewegung setzen will oder kann.

»Das wird leider nichts. Sie werden wohl mit mir vorliebnehmen müssen.«

»Ich bin Jonas Faraday«, stammle ich wie ein Vollidiot. »Und das ist mein Bruder Josh. Wir leiten Faraday & Sons in Seattle, L.A. und New York und würden gern mit Ihrem Vorgesetzten sprechen.«

Der Jungspund zuckt mit den Schultern. »Im Moment stehe nur ich Ihnen zur Verfügung. Tut mir furchtbar leid.«

Ich sehe zu Sarah, der beinahe die Augen aus dem Kopf fallen. Verständlich – denn wenn ihr Bericht auf diesem Papierstapel hier landet, dann wird unser Plan bestimmt nicht aufgehen. Es muss sofort etwas passieren, und deshalb brauchen wir schleunigst die Hilfe von einem FBI-Mann, der mehr zu sagen hat als dieses Greenhorn.

»Wie lange sind Sie denn schon Agent?«, erkundigt sich Kat, und sofort hellt sich seine Miene auf. Stimmt, ich hatte ganz vergessen, dass sie außergewöhnlich attraktiv ist. Für mich ist sie einfach nur Kat, Sarahs beste Freundin.

»Seit vier Monaten.«

»Haben Sie auch in Quantico trainiert, so wie man das aus Filmen kennt?«

»Ja.«

»Wow, wie cool! Was ist denn Ihr Aufgabenbereich? Alles, was ich über das FBI weiß, habe ich aus *Das Schweigen der Lämmer*.« Kat spricht mit ihm, als säßen sie bei einem Glas Wein in einer Bar und würden sich gerade kennenlernen.

Bestimmt ahnt der Kerl, dass Kat ihm nur schmeicheln will, aber sein Lächeln verrät mir, dass ihm das piepegal ist.

»Neue Agenten sind im ersten Jahr hauptsächlich für die Hintergrundrecherche zuständig. Und natürlich darf ich Glückspilz mich mit Leuten wie Ihnen unterhalten, die sich durch die staubigen Straßen von Las Vegas geschleppt haben, um mir vom Verbrechen des Jahrhunderts zu erzählen.«

»Jeder hat mal klein angefangen«, meint Kat, strahlt ihn an und lehnt sich dann über den Tisch. »Dann hören Sie mal gut zu, Agent Sheffield. Ich habe mich durch die staubigen Straßen von Las Vegas geschleppt, um Ihnen diese *unglaubliche* Mitteilung zu machen.«

Jetzt muss er doch lachen.

Yeah, das ist unser Partygirl in Aktion!

Kat sieht ihn mit ernster Miene an. »Ich mache keinen Spaß. Ich bin wirklich hier, um Ihnen vom Verbrechen des Jahrtausends zu erzählen.«

Er seufzt. »Wie lautet Ihr Name?«

»Katherine Morgan. Sie können mich Kat nennen.« So, wie sie das sagt, klingt es, als täte sie ihm damit einen besonders großen Gefallen.

Jetzt wirkt auch er ernst. »Kat«, wiederholt er. »Ich werde Ihnen jetzt auch mal was sagen. Sie lassen Ihren Bericht hier bei mir, und ich verspreche, mich innerhalb der nächsten zwei Wochen darum zu kümmern, vielleicht sogar innerhalb einer Woche. Und wenn es mir angemessen erscheint, werde ich definitiv weitere Nachforschungen anstellen.«

Ich will schon etwas sagen, spüre dann aber Sarahs Hand auf meinem Oberschenkel.

»Vielen Dank, Special Agent Sheffield«, sagt Kat lächelnd.

»Ich weiß das wirklich zu schätzen. Wie heißen Sie mit Vornamen?«

»Eric.«

»Special Agent Eric.« Sie wirft ihr langes blondes Haar über ihre Schulter. »Der Punkt ist, dass es sich hierbei um eine wirklich dringende Angelegenheit handelt.« Sie lehnt sich noch weiter nach vorn, sodass man ihr noch tiefer in den Ausschnitt schauen kann. »Mit diesem Fall können Sie richtig Karriere machen, das schwöre ich Ihnen.«

Ich linse zu Sarah, die ein Grinsen kaum unterdrücken kann. Wahrscheinlich hat sie Kat schon des Öfteren so erlebt.

Der Agent sieht sie skeptisch an. »Selbst wenn ich Ihnen glauben sollte, muss ich den Fall trotzdem meiner Chefin darlegen, sobald sich die Möglichkeit dazu bietet. Und wenn sie sich überzeugen lässt, was nicht zwangsläufig der Fall sein wird, dann muss sie die Sache wiederum ihrem Chef in Washington weiterleiten – wenn es denn wirklich so eine große Nummer ist, wie Sie behaupten. All das dauert natürlich seine Zeit, Miss Morgan. Wissen Sie eigentlich, wie viele Verschwörungstheoretiker hier täglich ein und aus gehen, um vom Verbrechen des Jahrtausends zu berichten?«

Kat schüttelt lachend den Kopf. »Kann ich mir vorstellen!«, meint sie. »Aber Sie halten uns doch bestimmt nicht für solche Spinner, oder?« Ihre Augen funkeln. »Wir sind nur ein Computernerd, eine Jurastudentin, eine PR-Spezialistin«, an dieser Stelle deutet sie auf sich selbst, »und zwei lächerlich reiche Geschäftsmänner, die wirklich Besseres zu tun hätten, als dem FBI einen Bericht vorbeizubringen. Diese zwei Typen waren immerhin auf dem Cover der *Businessweek*!« Sie lacht. »Nein, nein, wir sind keineswegs durchgeknallt. Außer vielleicht ein kleines bisschen.« Sie deutet mit Zeigefinger und Daumen den Grad ihrer Verrücktheit an. »Aber nicht auf die Art, wie es ein Verschwörungstheoretiker sein mag.«

Wow, sie ist wirklich gut! Ich muss ein Glucksen unterdrücken.

Agent Eric atmet tief aus. »Ich sehe mir Ihren Bericht gern an, wenn es einen triftigen Grund dafür gibt –«

»Agent Sheffield, ich flehe Sie an! Bitte lassen Sie unseren Bericht nicht auf irgendeinem Stapel vergammeln – werfen Sie jetzt gleich einen Blick darauf. Und lassen Sie uns Ihnen alles Seite für Seite erklären. Ich schwöre Ihnen, dass Sie es nicht bereuen werden!«

Eric wirft einen Blick auf seine Armbanduhr. Wahrscheinlich warten eine Menge Hintergrundrecherchen auf ihn.

»Henn«, wirft Sarah ein. »Würdest du dem Special Agent Sheffield bitte die Sprachnachricht vorspielen, die wir dabeihaben?«

»Sehr gern.« Henn drückt auf den entsprechenden Knopf an seinem Computer, und schon ertönt für etwa acht Sekunden die Stimme des ukrainischen John Travolta.

»Das war eine von vielen Sprachnachrichten, die unser Computerexperte Peter Hennessey von Maksim Belenkos Mobiltelefon gezogen hat«, meint Sarah ruhig. »Er steckt hinter zahlreichen Operationen des Clubs. In dieser Nachricht fragt ihn der Auftragskiller Yuri Navolska, ob er wie besprochen das Opfer umbringen oder aufgrund neuer Informationen davon absehen soll.«

Der Agent macht große Augen.

»Das würde Ihnen ein zertifizierter Ukrainischübersetzer an Eides statt bestätigen – und auch Henn würde Ihnen schwören, dass diese Nachricht wirklich von Maksim Belenkos Mobiltelefon stammt.«

Henn nickt.

»Und da Yuri Navolska mir gerade ein Messer an die Kehle gehalten hat, als er diese Nachricht hinterlassen hat, kann ich ebenfalls persönlich für die Authentizität dieser Nachricht garantieren.«

Jetzt hat sie seine volle Aufmerksamkeit.

»Eine Minute nachdem er die Nachricht aufs Band gesprochen hat, hat Yuri Navolska meine Halsvene aufgeschlitzt und mir ein Messer in den Brustkorb gejagt, sodass ich rückwärts gestürzt bin und mir den Schädel an der Waschbeckenkante aufgeschlagen habe.« Sie legt den Kopf schief, um ihm die Narbe an ihrem Hals zu zeigen. »Sie können auch gern die Narben an meinem Kopf und Oberkörper sehen.«

Der Agent zieht scharf die Luft ein. »Nein, das ist schon in Ordnung. Ich glaube Ihnen.«

»Bitte«, sagt Kat so gefühlvoll wie möglich. »Diese Typen haben versucht, meine beste Freundin umzubringen.« Der flirtende Tonfall ist verschwunden, jetzt klingt sie bitterernst. »Bitte schenken Sie uns nur ein paar Stunden Ihrer kostbaren Zeit.« Selbst ich erkenne jetzt, wie unglaublich schön Kat ist – Verletzlichkeit steht ihr.

»Gibt es denn noch mehr Sprachnachrichten?«, erkundigt sich Eric.

»Einige«, meint Henn. »Übles Zeug. Das ist ein richtig fieser Kerl – es geht um Prostitution, Waffen, Drogen und Geldwäsche.«

»In dem Bericht ist alles en détail aufgeführt«, wirft Sarah eilig ein und hält ihn in die Höhe. »Jede einzelne Behauptung hier drin entspricht den Tatsachen und wird von einem soliden, unanfechtbaren Beweis gestützt.« Sie lässt den Bericht auf die Tischplatte klatschen.

Erics Haltung uns gegenüber hat sich um hundertachtzig Grad gedreht.

»Okay«, sagt er jetzt langsam. »Lassen Sie uns die Sache mal genauer ansehen. Wir gehen den Bericht Seite für Seite zusammen durch, und wenn es wirklich so ist, wie Sie sagen, dann werde ich den Fall noch heute meiner Chefin vorlegen.« Er sieht zur Decke. »Aber bitte, bitte, binden Sie mir keinen Bären auf. In Ordnung?«

Wir nicken heftig.

»Wenn ich schon meinen Kopf riskiere, dann müssen Sie mir, verdammt noch mal, die Wahrheit sagen.«

»Vielen Dank«, sagt Kat. »Wir versprechen es Ihnen.« Sie wirft ihm einen Seitenblick zu, als hätte sie ihm eben einen Blowjob zugesichert. Adios, verletzliche Kat!

»Lassen Sie uns loslegen«, meint Eric und setzt sich bequem hin. Er sieht Kat direkt in die Augen. »Ich gehöre ganz Ihnen!«

Jonas

Wir gehen jetzt schon seit fast drei Stunden den Bericht und das Beweisprotokoll mit Special Agent Eric durch. Während der gesamten Zeit wirkte er aufgeregt, überwältigt, verängstigt und auch mal regelrecht ekstatisch – aber immer durch und durch überzeugt.

»Also, was soll ich machen?«, fragt er und blättert nervös durch das Protokoll.

»Wir wollen uns innerhalb der nächsten zwei Tage mit den wichtigsten Vertretern des FBI, der CIA und des Secret Service in Washington D.C. treffen«, sage ich.

Eric setzt auch weiterhin ein Pokerface auf, aber ich kaufe ihm die Gelassenheit nicht ab.

»Ich bin mir ziemlich sicher, dass ich meine Chefin davon überzeugen kann«, meint er und deutet auf den Bericht. »Aber ich bezweifle, dass sie die anderen Behörden ebenfalls direkt einschalten kann.«

»Wir sprechen hier vom U.S.-Verteidigungsminister«, sage ich. »Und wir haben keine Ahnung, wer vom FBI mit ihm unter einer Decke steckt.«

Eric öffnet den Mund, um zu protestieren, aber ich fahre einfach fort.

»Es ist ja nicht so, dass ich dem FBI per se misstraue, ich würde dasselbe über die CIA oder den Secret Service sagen. Es geht hier einfach um Kontrolle und Gegenkontrolle – und die bestmögliche Lösung für diese verfahrene Situation.«

Eric reibt sich die Augen. »Alle drei Behörden innerhalb von zwei Tagen?«

Ich nicke.

Er schüttelt den Kopf. »Das wird nicht leicht!«

»Was können wir tun, damit es funktioniert?«

»Beschaffen Sie das Geld.«

»Ist schon erledigt«, meint Sarah. »In Register D des Beweisprotokolls findet sich eine Liste aller Konten und Bankauszüge des Clubs. In dieser Version sind die Kontonummern noch geschwärzt, aber –«

»Nein, es geht um das *echte* Geld, nicht um irgendwelche Ausdrucke. Sie wollen, dass das FBI, die CIA und der Secret Service sofort springen, wenn Sie es verlangen? Na, dann sorgen Sie dafür, dass alles in Sack und Tüten ist.«

»Aber das können wir nicht«, meint Sarah. »Diese Konten haben –«

»Doch, können wir«, wirft Henn ein, und wir sehen ihn verdutzt an. Er hat doch gesagt, dass für hohe Überweisungssummen eine Unterschrift erforderlich ist?

»Wir können das machen«, wiederholt er.

»Okay«, meint Sarah langsam und sieht ihn fragend an. »Selbst wenn dem so sein sollte, haben wir ein Problem. Wenn Maksim die Kontobewegungen zu früh auffallen, dann ahnt er doch sofort, wer dahintersteckt, und wird sich Jonas und mich vorknöpfen. Wer weiß, wozu der in der Lage ist!«

»Das stimmt«, meine ich. »Wir können keine Überweisungen von den Clubkonten tätigen, nur um das FBI zu überzeugen – es sollte andersherum sein.«

Eric seufzt und sieht an die Decke. »Sie führen mich auch nicht hinters Licht? Wären Sie theoretisch wirklich zu diesen Eingriffen in der Lage?«

Alle sehen zu Henn.

»Ja, wären wir.«

»Dann werde ich mich bei meiner Chefin für Sie einsetzen«, sagt Eric. »Ich werde alles tun, was in meiner Macht steht.«

Alle seufzen erleichtert auf.

»Agent Sheffield«, meint Sarah. »Ich müsste Sie noch um einen Gefallen bitten.«

Wir sehen sie überrascht an. Das hatten wir nicht abgesprochen. Wovon zum Teufel redet sie?

»Sie führen doch Hintergrundrecherchen durch, nicht wahr?«, fragt sie.

»Ja. Das mache ich jeden Tag.«

»Ich wollte Sie bitten, zwei Personen für mich ausfindig zu machen.«

Eric zieht die Augenbrauen hoch.

»Das ist keine Forderung, eher eine persönliche Bitte, die mir sehr am Herzen liegt.«

»Was sind das für Leute?«, fragt Eric.

»Die erste Person ist eine Frau namens Mariela aus Venezuela.«

Sofort verschlägt es mir den Atem.

Sarah sieht mich nicht an. »Ich kenne ihren Nachnamen nicht, aber sie hat von 1984 bis circa 1991 für Joseph und Grace Faraday in Seattle gearbeitet.«

Auch Josh ist der Kiefer heruntergeklappt. Ich vergrabe das Gesicht in meinen Händen und tue so, als wäre ich tief in Gedanken versunken oder furchtbar müde. In Wirklichkeit aber verberge ich meine Tränen.

»1991 wurde Grace Faraday in ihrem Haus ermordet. Der Mann, der dafür verantwortlich war, stellte sich als der Partner von Marielas Schwester heraus. Es sollte möglich sein, die Spur vom Mörder über seine Freundin bis hin zu deren Schwester zurückzuverfolgen. Vielleicht hat Marielas Schwester ihn ja mal im Gefängnis besucht? Oder sie wurde befragt oder musste eine Aussage vor Gericht machen? Der Name seiner Freundin ist bestimmt irgendwo vermerkt, so sollte man doch an Marielas Nachnamen kommen.«

Ich atme zittrig aus und spüre, dass Sarah unter dem

Tisch ihre Hand auf meinen Oberschenkel legt. Dann linse ich zu Josh, der ebenfalls die Hände vors Gesicht geschlagen hat.

»Moment«, sagt Eric, der sich Notizen gemacht hat. »Könnten Sie das alles bitte wiederholen?«

Sarah geht die Fakten noch einmal langsam durch und streichelt währenddessen sanft über mein Bein. »Wir müssen Mariela finden. Und falls sie nicht mehr lebt, dann ihre Kinder.«

Die Vorstellung, dass Mariela nicht mehr am Leben sein könnte, versetzt mir einen Stich. Schnell rechne ich im Kopf nach: Wie alt war sie, als Josh und ich sieben waren? Ende zwanzig vielleicht? Damals hatte ich noch kein Gefühl fürs Alter einer Person – alle Erwachsenen kamen mir irgendwie alt vor. Aber wahrscheinlich war Mariela damals jünger als ich heute. Wie alt müsste sie jetzt also sein? Mitte fünfzig vielleicht?

Eric hebt den Blick von seinem Notizblock. »Okay. Klingt machbar.«

Sofort schlägt mein Magen einen Purzelbaum. Dieser Jungspund kann Mariela finden? Ich sehe zu Josh, der nur den Kopf schüttelt, als stünde er unter Schock. Kann ich verstehen.

»Toll, Eric«, meint Sarah. »Danke! Dann ist da noch die zweite Frau. Von ihr wiederum kenne ich lediglich den Mädchennamen – Westbrook.«

Verdammte Scheiße. Die auch noch? Was zum Teufel treibt Sarah da?

»Miss Westbrook hat etwa 1992 in Seattle unterrichtet und dann einen Mann namens Santorini geheiratet, der bei der Navy gearbeitet hat und in San Diego stationiert war.«

»Was haben die Frauen mit dem Club zu tun?«, fragt Eric.

»Rein gar nichts«, gibt Sarah zu und sieht mich mit funkelnden Augen an. »Das ist einfach eine persönliche Bitte an

Sie. Ich selbst schaffe es ohne die vollständigen Namen nicht, die zwei Damen zu finden, aber ich bin sicher, dass Ihnen das gelingen wird.«

Eric zuckt mit den Schultern, als wäre das ohnehin klar. Immerhin ist er beim FBI. »Sollte kein Problem sein.« Er lächelt sie an.

»Danke. Ich bräuchte die Information so bald wie möglich, wenn es geht.«

»Ich gebe mein Bestes.«

Ich bin schrecklich aufgeregt und verwirrt zugleich. Was hat Sarah vor? Ich sehe wieder Josh an, und er guckt, als wäre ich ein Alien, weil ich Sarah von den zwei Frauen erzählt habe.

»Oh«, meint sie gerade, »eins hätte ich fast vergessen. Die zweite Frau hat einen Sohn, der Jonas heißt, und er ist wahrscheinlich«, sie sieht an die Decke, während sie nachrechnet, »er müsste jetzt siebzehn Jahre alt sein. Vielleicht hilft Ihnen diese Information.«

Mein Herz bleibt stehen. Wow. Jonas Santorini. Ich habe nie daran gedacht, dass Miss Westbrooks Kind jetzt tatsächlich existiert – und vor allen Dingen nicht daran, dass er mittlerweile ein Teenager ist.

»Verstanden«, meint Eric.

»Wie hieß denn deine Schule, Jonas?«, fragt Sarah mich. »Das könnte Eric auch bei seiner Suche helfen.«

Meine Wangen glühen, und ich kriege kein Wort raus.

»St. Francis Academy«, meint Josh und grinst mich an. Das ist ja wie in alten Zeiten.

Sarah legt ihren Arm um mich und drückt mich an sich.

»Okay. Ich gebe mein Bestes«, sagt Eric.

»Danke!«, erwidert Sarah.

»Sollte nicht allzu schwer sein.« Er schiebt den Block beiseite und strahlt. »Okay. Ich denke, ich habe jetzt alles, was ich brauche.« Er wirkt immer noch wahnsinnig aufgeregt.

»Nur um sicherzugehen: Sie garantieren uns den Zugang zu allen Informationen, ja? Keine Einschränkungen? Keine Ausnahmen? Zu ihrem Betriebssystem, dem Mitgliederverzeichnis, den Sprachnachrichten und Codes – und natürlich dem Geld?«

Tja. Nur Henn weiß, ob wir ihm das wirklich versprechen können.

»Jepp«, meint er da auch schon. »Definitiv.«

»Aber wir werden die Informationen lediglich an die wichtigsten Vertreter des FBI, der CIA und des Secret Service weiterreichen. Und ich will, dass Sie dabei sind, Eric. Sagen Sie Ihrer Chefin, dass Ihre Anwesenheit Bedingung dieser Abmachung ist. Wenn es nötig ist, übernehme ich auch die Kosten für Ihren Flug nach D.C.«

Erics Gesicht leuchtet auf. Wahrscheinlich war er bisher noch nicht in allzu viele wichtige Fälle eingebunden.

»Okay«, sagt Agent Eric. »Ich werde jetzt sofort mit meiner Chefin sprechen und rufe Sie dann später an.« Er nickt Kat zu. »Ich werde alles tun, was in meiner Macht steht.«

»Ich weiß, Eric«, schnurrt Kat. »Ich vertraue Ihnen da voll und ganz.«

Sarah

»Henn, gib mal das Ketchup her«, sagt Josh.

Wir fünf sitzen in dem Americana-Restaurant in unserem Hotel, essen Burger und Pommes und trinken Bier. Sogar Jonas hat sich einen Cheeseburger mit Bacon und eine Portion Pommes frites bestellt – so etwas habe ich ihn wirklich noch nie essen sehen! Wir gehen jedes Detail unseres Treffens mit dem Agenten durch, als wäre es ein Spiel der Seahawks gewesen. Wir sind uns alle einig, dass wir unseren Sieg Kat zu verdanken haben, die die Rolle des Quarterbacks eingenommen hat.

Henn reicht Josh die Ketchupflasche, ohne dabei seinen Blick von Kat zu lösen.

»Genial, Mädchen, einfach genial!«, ruft er und gibt ihr einen Knuff. Kat strahlt.

»Auf Kat!«, sage ich und hebe mein Bier, um mit den anderen anzustoßen. »Eric hat uns nur deinetwegen überhaupt angehört. Kein Zweifel!«

»Danke! Aber wir waren wirklich ein Superteam.«

»Aufs Team!«, rufen wir alle und heben erneut unsere Gläser.

»Wie kommen wir denn jetzt ans Geld ran, Henn?«, fragt Josh. »Ich dachte, man kann es nur persönlich abheben?«

»Ist auch so. Und das heißt, wir machen es persönlich«, erwidert Henn.

Wie meint er das?

»Hallo, Oksana Belenko!«, sagt er zu Kat.

Kat sieht ihn an, als hätte er ihr gerade gesagt, dass sie beim Superbowl die Nationalhymne singen soll.

»Du schaffst das schon«, meint Henn. »Ich verpasse dir einen hübschen Pass und einen Führerschein.«

»Oh, ich ... weiß nicht«, stammelt Kat.

»Aber ich«, sagt Henn sanft. »Du hast heute eindeutig bewiesen, dass du das kannst.« Er lächelt sie an. »Mach dir keine Sorgen, Kitty Kat.« Er streicht über ihre Hand. »Ich werde mich in jeden Account einhacken und die liebe Oksana dreißig Jahre jünger machen. Sie werden keine Sekunde lang an dir zweifeln! Und außerdem komme ich mit dir in jede einzelne Bank und stehe dir zur Seite.« Er lächelt sie beruhigend an.

»Aber wird Kat in Sicherheit sein?«, frage ich.

»Dafür sorge ich«, sagt Henn.

»Und ich auch«, fügt Josh hinzu.

Das ist doch verrückt. Können wir Kat wirklich um so etwas bitten? Warum tun Henn und Josh so, als wäre das eine vollkommen vernünftige Idee? Sogar Jonas nickt begeistert. Sind die denn alle nicht mehr ganz bei Trost?!

Eine Kellnerin kommt vorbei, und Kat winkt sie heran. »Einen doppelten Tequila für jeden, bitte!« Dann atmet sie tief aus. »Okay, ich bin dabei.«

»Kat, bist du dir sicher? Du musst das nicht machen«, sage ich.

»Doch, muss ich. Wir sind hier nicht im Casino, Jungs und hübsche Lady.« Sie zwinkert mir zu. »Immerhin geht es darum, dafür zu sorgen, dass die Typen dir nie wieder ein Haar krümmen können. Ist doch überhaupt keine Frage!«

Alle anderen stoßen schon wieder an, aber ich bin viel zu fertig mit den Nerven, um diese Entscheidung zu feiern. Schließlich weiß niemand besser als ich, wie gefährlich diese Leute sind.

»Wir richten ein Offshore-Konto ein«, sagt Jonas. »Und auf das überweisen wir alles im letzten Moment.«

»*Zwei* Offshore-Konten«, unterbricht ihn Josh. »Ich finde, wir sollten eindeutig einen kleinen Finderlohn aussetzen – was meinst du? Vielleicht ein Prozent?«

»Ja!«, sagt Jonas. »Superidee! Fünfeinhalb Millionen sollten als Vergütung schon klargehen. Kat und Henn, ihr kriegt beide eine Million für eure Bemühungen. Das habt ihr euch wirklich verdient.«

Kat und Henn sehen einander geschockt an.

»Ist das dein Ernst?«, quietscht Kat. »Du willst mir eine Million Dollar geben?!«

»Wem, wenn nicht dir?«

Sie kreischt auf, umarmt Jonas und drückt ihm einen Kuss auf die Wange, als hätte er sie eben zur Miss America gekürt. Dann küsst sie mich lachend auf den Mund. Als sie Josh ebenfalls ein keusches Küsschen auf die Wange geben will, verpasst er ihr einen dicken Schmatzer auf den Mund. Was für ein Kuss! So, wie Kat ihn erwidert, wird mir ganz schwummerig. Wow, die beiden sind irre heiß. Das war wohl die Antwort auf die Frage, ob sie miteinander schlafen.

Henn sieht geknickt beiseite.

»Darauf habe ich eine halbe Ewigkeit gewartet«, meint Josh seufzend.

»Warum hast du dir denn nur so viel Zeit damit gelassen, Playboy?«, fragt Kat mit glühendem Gesicht.

Moment. Das war ihr erster Kuss?!

Josh gluckst. »Keine Ahnung!«

»Heißt das, du wirst es mir endlich sagen?«, flüstert Kat.

Josh nickt mit glühenden Wangen.

Wovon zum Teufel reden die beiden?!

Kat setzt sich teuflisch grinsend wieder hin, aber als sie Henns Gesicht sieht, verfinstert sich ihre Miene. »O Henn. Tut mir leid!«

Henn schüttelt den Kopf. »Quatsch, ist doch toll.« Er schluckt hart.

Josh sieht ihn entschuldigend an. »Hey, Henn.«

»Nee, ehrlich. Ist schon okay.« Er winkt ab.

Armer Henn!

Kat rutscht um den Tisch herum und legt ihre Hände auf seine Schultern. »Du bist der Beste.« Sie küsst ihn auf die Wange. »Ich bin froh, dass wir Freunde sind.«

Das wird den armen Kerl wahrscheinlich nicht trösten, aber es wird reichen müssen.

Die Kellnerin bringt den Tequila, und wir stoßen alle an.

»Auf das Partygirl mit dem Herzen aus Gold und den Hacker«, sage ich. »Die neuen Millionäre!«

»Aber hallo!«, fügt Josh mit strahlenden Augen hinzu, und wir alle leeren unsere Gläser in einem Zug.

»Na, na, na, wir wollen doch den Tag nicht vor dem Abend loben. Erst mal müssen wir an die Kohle rankommen«, meint Kat.

»Oh, das schaffen wir schon«, murmelt Henn betont leichtmütig. Sein Gesichtsausdruck bricht mir das Herz.

»Was ist mit dir, Jonas?«, frage ich. »Dir schulden sie auch Geld.«

»*Fuck*, und ob. Sie haben die zweihundertfünfzigtausend Dollar, die ich dir gegeben habe, und die werden wir uns zurückholen. Genauso wie die hundertachtzigtausend, die ich bezahlt habe, um ihnen zu beweisen, dass ich ein Vollidiot bin.«

»Na, und deine Mitgliedschaftsgebühr.«

»Nee, die habe ich nicht verdient«, meint Jonas. »Da bin ich selbst dran schuld.«

»Jonas, sie haben dir das Geld unter Vorspiegelung falscher Tatsachen abgeknöpft!«

»Nein. Und es war meine Entscheidung, mich gleich für ein ganzes Jahr anzumelden. Wer macht so was schon?« Er lächelt Josh an. »Außerdem habe ich mein Geld noch nie so gut angelegt.« Ich strahle, weil ich es liebe, wenn er das sagt. »Ich will nur das Geld zurück, das sie mir wirklich gestohlen haben, dann eine Belohnung für Kat und Henn, und der Rest ist für dich, Sarah.«

»Was?!«, platzt es aus mir heraus.

»Die Arschlöcher haben dich fast umgebracht, Baby, die schulden dir viel mehr als drei Millionen! Außerdem hast du den furchtlosen George Clooney für uns gegeben – du hast es dir wirklich verdient.«

Alle nicken zustimmend.

»Nein, ich kann nicht –«

»Na klar kannst du«, sagt Josh.

»Definitiv«, fügt Kat hinzu.

»Aber was ist mit dir, Josh? Willst du nicht auch was haben?«, frage ich.

»Bloß nicht!«

»Aber du hast uns doch von Anfang an beiseitegestanden.«

»Na klar. Und ich würde es niemals anders machen«, sagt Josh.

Wow. Drei Millionen, das ist ziemlich verlockend, das muss ich zugeben. Aber es ist zu viel. Ich bin zwar keine Heilige – ich greife da genauso gern zu wie Kat und Henn –, aber *drei* Millionen? Nein. Schon mit einer Million könnte ich mir alle Träume erfüllen, die ich je hatte. Ich könnte meiner Mom ein Haus kaufen, meine komplette Ausbildung finanzieren (denn das Stipendium kann ich mir mittlerweile an den Hut stecken, das ist klar) und dann vielleicht noch ein wenig Geld beiseitelegen. Mehr brauche ich nicht. Mit meinem Juraabschluss werde ich immer selbst für mich sorgen können. Ich habe bei Jonas ein wunderschönes Zuhause gefunden. Und wenn ich verreisen will, muss ich meinem fantastischen Freund nur ein Zeichen geben. Was sollte ich sonst noch brauchen?

Da Jonas nicht unbedingt der Typ ist, der heiraten möchte, sollte ich theoretisch einen großen Batzen sparen, damit ich nach einer möglichen Trennung nicht vollkommen auf dem Trockenen sitze. Allerdings weiß ich ganz genau, dass dieser Tag nie kommen wird.

Dieser Mann hat eine Liebeserklärung an mich auf seinen Oberarm tätowieren lassen. Er hat mir auf seine ganz eigene Art die ewige Liebe geschworen, und ich glaube ihm.

»Du musst es ja nicht gleich entscheiden«, meint Jonas. »Denk einfach in Ruhe drüber nach.«

Ich nicke. »Okay.« Eigentlich habe ich jetzt schon eine gute Idee, wofür man das Geld nutzen könnte. »Also, Henn, wie schnell kannst du –«

Doch als ich sehe, wer da an unseren Tisch gekommen ist, verschlägt es mir augenblicklich die Sprache.

Manometer, heilige Maria Mutter Gottes, verflixt noch mal! Nein, nein, nein.

Es ist Max.

Jonas

Was zum Teufel macht Max hier?

Sarah zuckt zusammen, als hätte sie einen elektrischen Schlag bekommen.

Shit. Hat er mitgekriegt, dass wir heute beim FBI waren? Nein, das kann nicht sein. Ich habe alle möglichen Täuschungsmanöver angewendet und bin sicher, dass es funktioniert hat. Es muss hier im Hotel einen Spitzel geben, der uns verpfiffen hat.

»Was wollen Sie?«, frage ich und lege meinen Arm um Sarah, die richtig zittert.

»Hallo, Mr Faraday«, sagt Max. »Sarah.« Er lässt seinen Blick kurz über den Rest der Gruppe schweifen, nimmt aber außer mir und Sarah niemanden richtig wahr. »Ich hoffe, Sie genießen Las Vegas in vollen Zügen!«

»Was zum Teufel soll das?«, frage ich.

Sarah kneift mich in den Oberschenkel und will mir damit wahrscheinlich zu verstehen geben, dass ich aufpassen soll. Aber der Typ hält mich doch sowieso für ein besitzergreifendes Arschloch, oder? Bin ich auch, der kann mich mal kreuzweise!

»Ich hatte geschäftlich hier im Hotel zu tun – was für ein Zufall, dass wir uns begegnen!«

Ich spanne meine Kiefermuskeln an und starre ihn wütend an. Tatsächlich bin ich kurz davor, ihm an die Gurgel zu springen und ihm jedes einzelne seiner gelverschmierten Haare auszureißen. Dieser Wichser ist dafür verantwortlich, dass der ganze Boden der Toilettenräume mit dem Blut meines Babys bedeckt war. Wegen dieses Arschlochs hat Sarah ständig Albträume, und deswegen will ich ihm am liebsten den Kopf abreißen! Ich will ihn umbringen. Ja, ich will, dass er tot ist.

Offenbar kann Sarah meine Gedanken lesen, denn sie legt ihren Arm um mich, als müsste sie mich aufhalten.

»Hi, Max«, sagt sie mit zittriger Stimme. »Ja, das ist wirklich ein ziemlicher Zufall! Hey, Leute, das ist Max, ein Freund von mir. Und das hier sind ein paar Kumpel von Jonas, mit denen wir uns in Vegas zum Partymachen getroffen haben. Jonas' Bruder Josh, seine Freundin Kayley und sein alter Collegemitbewohner Scott.«

Max nickt allen gedankenverloren zu. »Wollen wir uns nicht für ein paar Minuten zurückziehen, Sarah?« Er streckt seine Hand aus, als würde er tatsächlich erwarten, dass sie sie ergreift.

»Nein«, sage ich und drücke sie an mich. Ich bin wirklich kurz davor, ihm ein Messer in den Hals zu rammen.

Max stößt einen warnenden Laut aus.

»Hey, Leute«, sagt Sarah zu Kat, Henn und Josh. »Würdet ihr uns für ein paar Minuten entschuldigen?«

Sie sehen einander hilflos an.

»Ähm«, sagt Josh und wartet auf ein Zeichen von mir.

Ich nicke.

»Klar«, meint mein Bruder. »Kommt, Kayley und Scott. Lassen wir es krachen!« Sie sehen uns unsicher an, gehen aber.

Max nimmt Platz, und das Herz schlägt mir bis zum Hals. Ich könnte ihn killen, ohne jedes Problem! Aber Sarah zuliebe, unserer Mission zuliebe, werde ich mich zusammenreißen. Damit wir uns nie wieder verfolgt fühlen müssen.

»Dauert nur ein paar Minuten«, sagt Max kühl. »Warum machen Sie nicht einen kleinen Spaziergang, Mr Faraday?«

Ich lehne mich nach vorn. »Sie können mich mal, Sie Arschloch.«

Max kneift die Augen zusammen.

»Ich habe achtzigtausend Dollar dafür bezahlt, dass mir diese Frau hier den nächsten Monat über jede Sekunde zur Verfügung steht. Und glauben Sie mir, das tut sie, mit jeder Zelle ihres Körpers. Also ficken Sie sich ins Knie!«

Max grinst und wirkt gleichzeitig ziemlich überrascht.

Sarah zittert wie Espenlaub.

»Den nächsten Monat über gehört sie mir, ist das klar? Ich habe keinen Bock darauf, dass Sie sie anrufen oder ihr Nachrichten schicken. Und erst recht will ich nicht, dass Sie uns im Restaurant belästigen und irgendwelche abstrusen Zufälle dafür verantwortlich machen! Ich habe nicht einmal Lust darauf, dass Sie sie ansehen.« Würde mich nicht wundern, wenn tatsächlich Dampf aus meinen Ohren kommen würde. »Sie gehört *mir*.«

Max zuckt zusammen. Einen Moment lang starrt er Sarah einfach nur an, obwohl ich ihm das gerade verboten habe. »Genießen Sie den Monat, Sarah.«

»Sind Sie taub, Sie Wichser? Ich habe doch gesagt, dass ich nicht will, dass Sie mit ihr reden!« Ich gebe einen drohenden Laut von mir. »Ich habe einen Haufen Kohle für diese exklusive Zeit mit ihr bezahlt!«

Max ignoriert mich und gafft Sarah weiter an. »Ich erwarte Sie in meinem Büro, sobald der Monat um ist, ist das klar? Am selben Tag.«

»Natürlich«, sagt sie. »Ich kann's kaum erwarten.«

Ich tue so, als wäre ich deswegen wutentbrannt, und Sarah tätschelt unter dem Tisch wieder meinen Schenkel.

»Wenn unser Monat um ist, muss ich wieder arbeiten, Jonas«, sagt sie zitternd. »Ich muss schließlich meine Ausbildung bezahlen, die Medikamente meiner Mom und dann noch die Kosten für das Haus meines Dads. Das weißt du doch.«

Oh, meine umwerfende Sarah. Ich weiß wirklich nicht,

wie sie es schafft, immer mitzudenken, selbst wenn sie Todesängste ausstehen muss.

»Wir reden später darüber«, sage ich und werfe Max einen finsteren Blick zu. »Warum sind Sie immer noch hier? Es wird höchste Zeit, dass Sie sich verpissen!«

Max zittert vor Wut. »Ich freue mich auf unser Treffen, Sarah. Und an Ihrer Stelle, Mr Faraday, würde ich mir gut überlegen, wen ich als Wichser beschimpfe. Das ist ein ziemlich böses Schimpfwort.« O ja, er will mich wahrscheinlich ebenso gern umlegen wie ich ihn.

»Wich-ser«, sage ich genießerisch. »Ja, Sie haben vollkommen recht. Das ist wirklich ein böses Schimpfwort, Sie Arschloch. Genauso wie Vollidiot, Hurensohn oder Bastard. Oder natürlich Hosenscheißer. Die Liste ließe sich endlos fortsetzen, zu Ihnen fällt mir eine Menge ein!«

Max schüttelt langsam den Kopf. »Hüten Sie Ihre Zunge, Mr Faraday. Das würde ich Ihnen wirklich empfehlen.«

Er erhebt sich, sieht Sarah kurz an und macht dann auf dem Absatz kehrt.

Sobald er weg ist, beginnt Sarah neben mir heftig zu zucken. Ich lege meine Hände um ihr Gesicht und spüre, wie sehr sie zittert.

»Bist du okay, Baby?«

Sie nickt und schluckt.

»Du bist jetzt in Sicherheit, mein kostbares Baby.« Ich ziehe sie an mich. »Er ist weg.«

»Jonas«, flüstert sie.

»Er ist weg. Du bist in Sicherheit.« Ich streichle über ihr Haar, aber sie hört nicht auf zu zittern. Ihr Körper zuckt an meinem Oberkörper wie ein Fisch an der Leine.

»Jonas.«

»Ich bin da«, sage ich und sehe ihr in die großen braunen Augen. Gott, sie ist vollkommen fertig. »Baby, es ist alles okay!« Ich küsse sie sanft.

»Jonas, bitte.« Sie stottert, als wäre sie total unterkühlt.

»Ich höre dich ja, Baby. Was ist? Sag es mir.«

Sie schließt die Augen und drückt ihr Gesicht an meines. »Bring mich in die Suite, Jonas.« Ihre Wangen röten sich. »Ich will unbedingt mit dir schlafen.«

Sarah

Zusammen mit Special Agent Eric und seiner Chefin aus Las Vegas sitzen ganze fünfzehn Leute in dunklen Anzügen im Konferenzsaal des FBI-Hauptquartiers in Washington D.C. Alle gucken ziemlich humorlos aus der Wäsche, sie vertreten das FBI, die CIA, den Secret Service, die DEA, das ATF, das Justizministerium und das Verteidigungsministerium. Außerdem sitzen da noch ein paar finstere Typen, die sich zu Beginn des Meetings vor vier Stunden relativ barsch geweigert haben, sich vorzustellen, und die seitdem kein Wort mehr gesagt haben.

Special Agent Eric, neben dem Jonas und ich wie zwei Kindergartenkinder wirken, die zum Tag der offenen Tür beim FBI mitgenommen wurden, hat uns gestern angerufen und gesagt, dass wir unsere Hintern schleunigst nach Washington bewegen sollen, und genau das haben wir getan. Eric zufolge hat mein Bericht das FBI gehörig in Aufruhr versetzt. Wie ein Lauffeuer haben sich die Informationen von seiner Chefin in Las Vegas bis zu den höchsten Tieren in Washington D.C. verbreitet.

Es scheint ganz so, als würde das FBI tatsächlich in die Gänge kommen, wenn zwei steinreiche und angesehene Businessmogule (die auf keiner Watchlist der Regierung stehen) verkünden, dass der U.S.-Verteidigungsminister unwissentlich in eine milliardenschwere Verbrecherorganisation verstrickt ist, die die russische Regierung mit Waffen und

Geld unterstützt. Wenn diese beiden Geschäftsmänner dann auch noch dazu bereit sind, ihren eigenen Ruf aufs Spiel zu setzen, das Risiko eingehen, selbst in das Verbrechen verwickelt zu werden, und sogar versprechen, eine halbe Milliarde Dollar zu überweisen, um ihren detaillierten Bericht zu untermauern, dann ist die FBI-Chefetage plötzlich ganz Ohr. Genauso wie eine Reihe anderer hochrangiger Leute.

Tatsächlich sind nur Jonas und ich hierhergekommen – Henn, Josh und Kat (aka Oksana Belenko) sind in Vegas geblieben, um sich um den Geldtransfer zu kümmern, sobald wir ihnen das entsprechende Signal geben. Ich bin wahnsinnig aufgeregt. Bisher habe ich versucht, einen gefassten Eindruck zu machen, wirke aber vermutlich nach wie vor eher verstört.

Jonas dagegen ist schon seit Beginn des Treffens unsagbar cool (bis auf die paar Male, die sein Knie unterm Tisch heftig zu zucken begonnen hat). Er ist charmant. Entwaffnend. Entgegenkommend. Ehrlich. Wenn ich ihm zusehe, lerne ich eine Menge. Er ist zugänglich, ohne sich total zu verbiegen. Auf diese Weise verschafft er sich bei seinem Gegenüber Respekt. Er hat den ganzen Raum im Griff, und mir wird klar, warum er in der Businesswelt so erfolgreich ist.

Ehe wir den Raum betreten haben, haben wir uns darauf geeinigt, in jedem Punkt absolut ehrlich zu sein. An diesen Plan haben wir uns gehalten, selbst wenn unsere Fragen und Antworten uns ein bisschen peinlich waren oder uns vielleicht sogar verdächtig gemacht haben. Ich denke, es war die richtige Methode. Denn auch wenn die Stimmung zu Beginn des Treffens ein wenig frostig war, habe ich jetzt den Eindruck, dass uns all die harten Kerle in ihren dunklen Anzügen mittlerweile vertrauen.

Meine Handflächen sind feucht, und ich wische sie an meinem Rock ab.

»Wer weiß noch davon?«, erkundigt sich der Herr vom

Verteidigungsministerium und hält den Bericht in die Luft. »Ist außer Ihnen und den drei anderen Teammitgliedern noch jemand darüber informiert?« Er wirft einen Blick auf seine Notizen. »Katherine Morgan, Josh Faraday und Peter Hennessey?«

»Außer uns fünf hat niemand diesen Bericht gelesen oder weiß, was darin steht«, sagt Jonas mit fester Stimme.

»Wir haben ein paar Sprachnachrichten an einen zertifizierten Ukrainisch-Übersetzer geschickt, aber ohne jeden Kontext oder eine Information, anhand der eine Identifizierung möglich wäre.«

»Sind Sie sich sicher? Weiß wirklich niemand außer Ihnen irgendetwas darüber?«, fragt der Vertreter des Verteidigungsministeriums und mustert Jonas' Gesicht gründlich.

Ich sehe hinüber zu dem CIA-Mann, der am ehesten dazu in der Lage scheint, uns zu knebeln und in seinen Kofferraum zu werfen – er hängt an Jonas' Lippen.

»Niemand«, sagt Jonas. »Es hat sich herausgestellt, dass Sarah unwissentlich für einen riesigen Prostitutionsring gearbeitet hat – was sich nicht gerade günstig auf den Lebenslauf einer angehenden Juristin auswirkt –, und ich habe eine Viertelmillion an einen Prostitutionsring gezahlt, um unbegrenzt Sex haben zu können. Ich hatte keine Ahnung, um was für eine Organisation es sich dabei handelt.«

Er sieht mich entschuldigend an, und ich lächle ihm zu. »Und als wäre das nicht Grund genug, Wert auf Diskretion zu legen, hat sich jetzt auch noch herausgestellt, dass wir es hier mit Drogen- und Waffenhändlern zu tun haben, die den russischen Imperialismus unterstützen. Sollte das nicht ausreichend Anlass geben, die Sache vertraulich zu behandeln, dann weiß ich auch nicht.«

Die Leute vom Justizministerium kichern, und ein paar andere ranghohe Typen müssen grinsen. Gutes Zeichen.

»Wir wissen, dass wir verdammt tief in der Sache drinstecken. Glauben Sie mir, wir sind nicht erpicht darauf, dass das alles ans Licht kommt.«

Dieses Argument scheint sowohl die Herren vom Verteidigungsministerium zu überzeugen als auch alle anderen.

»Sie werden sicher verstehen, dass es mir einzig und allein darum geht, die Frau an meiner Seite zu beschützen«, sagt Jonas und berührt mich am Arm. »Wir sind nicht hier, um irgendjemanden bloßzustellen, auch nicht uns selbst. Es ist uns egal, wie Sie vorgehen wollen, wie Sie die Sache drehen wollen oder welche Informationen Sie veröffentlichen. Es ist Ihre Strategie – Ihr Auftritt sozusagen –, wir werden keinen Piep von uns geben. Wir sind lediglich hier, um Ihnen die Information zu überbringen und Sie nach Leibeskräften zu unterstützen. Wir werden Ihnen nicht im Weg stehen.«

Gut gesagt. Und es gab in der gesamten Ansprache kein einziges F-Wort. Scheint wohl Jonas' höflicher Tag zu sein.

»Im Prinzip geht es mir nur darum, den Wichsern dermaßen Feuer unterm Arsch zu machen, dass sie danach völlig im Eimer sind«, fügt Jonas hinzu und greift nach meiner Hand.

So viel zum Thema Höflichkeit.

»Ganz genau«, sage ich. »Wir wollen niemandem unnötig Probleme bereiten.« Ich sehe den Vertreter des Verteidigungsministeriums an und gebe mir Mühe zu verbergen, dass ich gerade von seinem Boss, dem Verteidigungsminister, spreche. Bestimmt ist ihm der Gedanke gekommen, dass wir versuchen könnten, seinen Chef zu erpressen.

»Und auch den letzten, recht derben Satz kann ich absolut unterschreiben.« Ich lächle schüchtern, bin kurz davor, die Nerven zu verlieren. Ich mag zwar Orgasma die Allmächtige sein, aber in einer solchen Umgebung die Superheldin zu spielen ist gar nicht so einfach.

Alle mustern einander, um zu sehen, wie die anderen reagieren.

»Wir sind die Guten«, sage ich. »Wir sind nicht hier, um jemandem Schaden zuzufügen. Ich will nur nicht, dass diese Bösewichte mir oder jemand anderem etwas zuleide tun.«

Beim letzten Teil des Satzes zittert meine Stimme, und Jonas legt beschützend seinen Arm um mich.

Der ranghöchste Mann der CIA sieht mich an, als würde er mir glauben. Genauso der grauhaarige Typ vom Secret Service und die Frau vom FBI, die so wirkt, als würde sie mich am liebsten abknutschen. O Gott, sie glauben uns alle! Ich weiß es einfach.

Das hohe FBI-Tier und der Vertreter des Verteidigungsministeriums sehen sich lange in die Augen.

»Und Sie werden uns alles aushändigen?«

»Ja«, sagt Jonas. »Alles.«

Alle nicken zufrieden.

»Was das Geld betrifft«, sagt Jonas, »so ist unser Team noch in Vegas und könnte den Betrag jederzeit auf ein Offshore-Konto überweisen. Ich muss ihnen nur ein Zeichen geben.« Er hält sein Telefon in die Luft. »Ich habe vor fünf Minuten eine Nachricht von meinem Partner erhalten, in der er mir bestätigt hat, dass das Geld noch auf den Konten liegt und sie bereit sind, die Aktion zu starten. Aber die Zeit drängt – schließlich könnte Belenko die Summe jederzeit auf ein ausländisches Konto verschieben.«

Jonas' Knie beginnt wieder zu zucken, hört aber auf, als ich meine Hand darauflege.

Der FBI-Boss winkt die FBI-Frau aus Las Vegas zu sich, und die beiden beraten sich ein paar Minuten lang flüsternd, wobei sie ihre Hände vor die Münder halten, damit wir nichts von ihren Lippen ablesen können. Alle anderen warten geduldig ab.

»Okay«, sagt der FBI-Mann schließlich.

Okay, was? Was bedeutet das? Es entsteht eine unangenehme Stille.

Jonas erhebt die Stimme. »Ehe wir Ihnen den vollen Betrag überweisen, möchten wir noch ein paar kleine Bedingungen stellen«, sagt er mit gepresster Stimme.

Im Konferenzraum ertönt ein Seufzen, und der FBI-Chef sieht Jonas misstrauisch an. Wenn das hier ein Cartoon wäre, stünde in seiner Denkblase etwas wie: *Wusste ich es doch!*

Jonas lässt sich nicht aus der Ruhe bringen. »Ich will, dass jedem Teammitglied Immunität garantiert wird, was unsere verschiedenen Beziehungen zu dem Club betrifft, auch in Bezug auf unsere Ermittlungen.«

Mr FBI nickt, aber es ist nicht ganz klar, ob er es uns hiermit verspricht oder unsere Forderung lediglich zur Kenntnis nimmt.

»Wir helfen Ihnen jederzeit, wann immer Sie uns brauchen, beantworten sämtliche Fragen und leisten jeden Schwur und jeden Eid, der nötig ist. Ich beauftrage meinen Hacker damit, Sie bei der Entschlüsselung der Protokolle zu unterstützen, und sorge dafür, dass er Ihnen bei Ihren Ermittlungen behilflich ist, wenn es denn notwendig sein sollte. Unsere fünf Namen aber werden komplett aus dem Bericht gelöscht. Wir hatten nie mit dem Club oder den entsprechenden Ermittlungen zu tun. Deswegen lässt sich auch in den ausgehändigten Protokollen nichts über mich, Sarah oder meinen Bruder finden. Wir haben die Namen aus allen Unterlagen entfernt.« Er legt unter dem Tisch seine Hand auf meine.

Der CIA-Mann und der Vertreter des Verteidigungsministeriums sehen sich an.

»Glauben Sie mir, auch ohne unsere Namen gibt es genug Beweise, um den Leuten das Handwerk zu legen«, versichert Jonas der Runde.

Der FBI-Mann will gerade etwas sagen, aber der Vertreter des Verteidigungsministeriums unterbricht ihn.

»Ihr Computerprofi hat also die Daten, die Sie uns übergeben haben, verändert?«

»Ja. Damit Sarahs Anstellung beim Club und die Clubaktivitäten von mir und meinem Bruder nicht mehr im Protokoll auftauchen.«

Mr Verteidigung verzieht den Mund. »Haben Sie immer noch Zugang zu den unbearbeiteten Daten?«

Jonas zögert. »Ja«, antwortet er schließlich wahrheitsgemäß, und ich bin froh, dass er nicht flunkert.

»Und hat außer Ihnen noch jemand Zugang dazu?«

»Nein.«

Der Verteidigungstyp nickt. »Sie stellen uns also die Dienste Ihres Hackers weiterhin unbegrenzt zur Verfügung?«

»Natürlich. So lange, wie Sie möchten.«

Über diese Information scheint sich der Herr sehr zu freuen. Vielleicht möchte er ja auch noch ganz andere Namen tilgen?

»Ich werde sicherstellen, dass Peter Hennessey Zeit für Sie hat. Vertrauen Sie mir – die Zusammenarbeit mit ihm ist super.« Jonas grinst.

Alle beginnen sich in Grüppchen zu beratschlagen.

»Wir akzeptieren Ihre Bedingungen«, sagt der Vertreter des Verteidigungsministeriums schließlich, ohne sich noch einmal mit irgendjemandem abzusprechen.

Der Mann vom FBI sieht etwas verdattert aus, widerspricht aber nicht. »Okay«, sagt er und sieht einen Moment lang beleidigt aus. »Sonst noch etwas, Mr Faraday?«

»Ja.«

Mr FBI zuckt zusammen. Das hat er wohl nicht erwartet.

»Ich werde mein Team anweisen, die gesamten Einnahmen des Clubs auf ein Konto zu überweisen, zu dem Sie exklusiv Zugang haben – abzüglich eines Prozents«, sagt Jonas. »Sie können selbstständig Passwörter verändern und sofort das Vermögen verwalten.«

»Und was passiert mit jenem Prozent?«

»Das ist unser Finderlohn«, sagt Jonas. »Fünfeinhalb Millionen und ein paar Zerquetschte.«

Mr FBI geht in die hintere Ecke des Raums, um sich mit den Vertretern des Justizministeriums zu besprechen.

»Das klingt vernünftig«, sagt er und nimmt wieder Platz.

»Von dem Finderlohn werden unterschiedliche Parteien profitieren«, sagt Jonas. »Und ich will, dass sie dafür keine Steuern abgeben müssen.«

»Die individuellen Steuerforderungen jedes Einzelnen fallen nicht in unseren Zuständigkeitsbereich«, sagt der Mann vom FBI.

»Ich bin mir ganz sicher, dass irgendjemand hier im Raum Einfluss darauf hat«, meint Jonas. »Dieser Punkt ist nicht verhandelbar.«

Wieder ertönt ein Murmeln.

»Solange Sie uns gleich heute mitteilen, wer etwas von dem Geld bekommt und wie hoch die Summe jeweils ist, können wir Ihnen eine Befreiung von der Steuerpflicht gewähren«, sagt der Mann vom FBI schließlich verärgert. »Danach können aber keine neuen Namen mehr hinzugefügt werden.«

»Kein Problem«, sagt Jonas. »Ich kann Ihnen sofort alle Namen nennen. Jonas Faraday bekommt fünfhunderttausend, Peter Hennessey eine Million, Katharine Morgan ebenfalls – was insgesamt zweieinhalb Million ergibt. Der Rest, in etwa drei Millionen, geht an Sarah Cruz.«

»Nein«, werfe ich ein, »das stimmt nicht ganz!«

Jonas sieht mich verwirrt an.

Ich habe ein wenig über die Sache nachgedacht und bin mir jetzt sicher, eine gute Lösung gefunden zu haben.

»Die Personen, die Jonas bis jetzt genannt hat, teilen die dreieinhalb Millionen unter sich auf. An mich geht eine statt drei Millionen. Das restliche Geld bekommen Personen außerhalb unseres Teams. Damit alles so vertraulich wie möglich vonstattengehen kann, halte ich es für eine gute Idee, dass die amerikanische Regierung das Geld aufteilt und nicht wir selbst. Was denken Sie?«

Mr FBI sieht mich streng an. »Kommt drauf an. Lassen Sie mal hören.«

Jonas sieht mittlerweile vollkommen verwirrt aus.

»Okay. Die erste Empfängerin ist Mariela Rafaela León de Guajardo, Jonas' ehemalige Nanny, die derzeit mit ihrem Mann und ihren drei Kindern in Venezuela lebt.«

Jonas läuft rot an.

»Special Agent Sheffield hat ihre Kontaktinformationen beschafft. Wären Sie so nett, sie weiterzugeben?«

Eric strahlt. »Ja.«

»Mariela wurde 1994 nach Venezuela ausgewiesen. Wenn ich es richtig verstanden habe, hat sich Jonas' Vater Joseph Faraday an einflussreiche Freunde gewandt, um das zu erreichen.«

Jonas beißt sich auf die Unterlippe.

»Dieses Geld wäre eine Art Wiedergutmachung für Mariela.«

»Sie wird das Geld erhalten«, meint der FBI-Mann und notiert sich etwas.

»Großartig, danke! Die zweite Empfängerin ist Mrs Renee Westbrook Santorini, Mutter zweier Kinder und die Witwe des Navy Seals Robert Santorini.«

Jonas schüttelt den Kopf, drückt damit aber nicht Ablehnung, sondern Bewunderung aus.

»Auch von ihr liegen uns Kontaktinformationen vor.«

An dieser Stelle nickt Eric und bemüht sich um einen seriösen Gesichtsausdruck, auch wenn er eher wie ein Kind wirkt, das die Kerzen seines Geburtstagskuchens ausblasen darf.

»Mrs Santorini war Jonas' Grundschullehrerin. Ihr verstorbener Ehemann war in San Diego stationiert und wurde 1999 im Kampf getötet. Vielleicht könnte sein Dienst bei der

Navy eine Begründung für die Auszahlung an Mrs Santorini sein?«

Mr FBI nickt. »Das lässt sich bestimmt regeln.«

Mittlerweile bin ich richtig in Fahrt. »Dann wäre da noch Georgia Marianne Walker aus Seattle.«

Jonas räuspert sich ergriffen.

»Ich weiß nicht genau, wie wir diese Auszahlung begründen sollen. Sie ist alleinerziehende Mutter, hat eine Krebserkrankung überstanden und arbeitet bei der Post.« Ich halte inne und denke nach.

»Ich schätze, Mrs Walker wird ein hübsches Sümmchen von einer Cousine dritten Grades erben, von der sie noch nie gehört hat und deren einzige lebende Verwandte sie ist«, wirft der Mann vom FBI ein und unterdrückt ein Grinsen.

»Perfekt, vielen Dank!«

»Sonst noch etwas?« Der FBI-Mann klingt schon viel versöhnlicher.

»Nein, das war alles«, sage ich zu meinem neuen Freund. »Mariela, Renee und Georgia teilen die zwei Millionen untereinander auf.«

»Nein, Moment«, sagt Jonas plötzlich. Ist er doch nicht einverstanden?

»Es gibt noch eine weitere Empfängerin«, sagt er. »Zwei Millionen durch vier ergibt fünfhunderttausend für jeden, das ist doch eine schöne runde Summe. Die vierte Person ist Gloria Cruz aus Seattle.«

Ich schlage mir die Hand vor den Mund, und Jonas schenkt mir ein flüchtiges Lächeln, ehe er wieder den Geschäftsmann gibt. Oh, mein süßer Jonas! Er hat der Hilfsorganisation meiner Mom schon so viel Geld gespendet – und trotzdem will er sie an unserem Finderlohn beteiligen? Und ich hatte bereits geplant, ihr von meinem Geld ein Haus zu kaufen. Ich gebe ihm einen dicken Kuss auf die Wange.

»Danke!«, flüstere ich.

»Gloria Cruz leitet eine wohltätige Organisation, die sich um misshandelte Frauen kümmert. Wir möchten aber, dass auch sie das Geld persönlich erhält und keine Steuern abgeben muss.«

»Wir denken uns was aus«, erwidert der FBI-Mann. »War das alles? Jede dieser Personen erhält fünfhunderttausend Dollar, vorausgesetzt, Sie übermitteln uns alle Daten und überweisen die halbe Milliarde komplett auf das Konto.«

»Ja, so machen wir es«, bestätigt Jonas.

»Weitere Bedingungen?«, fragt der FBI-Mann, gibt uns aber durch seinen Tonfall zu verstehen, dass das Maß langsam, aber sicher voll ist.

»Nein, das war's«, sage ich erleichtert.

»Doch, da wäre noch was.«

Noch was?! Manometer, Jonas lässt es aber ganz schön drauf ankommen.

Ein paar der überspannten Typen stöhnen entnervt auf. Was hat er nur vor?

»Die letzte Bedingung werde ich allerdings nur mit den ranghöchsten Mitgliedern in diesem Raum absprechen«, sagt er.

Was ist denn jetzt los?!

»Diese Forderung ist streng vertraulich.«

Alle sehen sich an, wissen nicht, wie sie reagieren sollen. Bleiben? Gehen? Ihm sagen, dass er sich zum Teufel scheren soll? Nachdem sich alle murmelnd beraten haben, erheben sich mehrere Untergebene und verlassen den Raum, Eric mit eingeschlossen, der ganz und gar nicht glücklich darüber wirkt. Er wirft Jonas einen flehenden Blick zu, weil er nicht vor die Tür geschickt werden möchte, aber Jonas gibt nicht nach.

Mit verschränkten Armen und wippendem Fuß sehe ich ihn an. Ich kann kaum erwarten, zu hören, was er zu sagen hat.

Nachdem die Tür ins Schloss gefallen ist, lehnt er sich zu

mir. »Würdest du uns entschuldigen, Baby?« Mir klappt der Kiefer runter. Das gibt's doch nicht!

Ein Raunen geht durch den Raum. Alle ahnen, dass das richtig Ärger geben wird.

»Ich würde den Herren gerne etwas sagen, ohne dass du dabei bist«, fügt Jonas höflich hinzu.

Das ist doch nicht sein Ernst. Ich blinzle. Immerhin bin ich diejenige mit den Narben auf dem Körper, diejenige, die beinahe auf der verdammten Toilette verblutet wäre. Wenn das hier schiefgeht, erwischt es mich als Allererstes!

Ich öffne schon den Mund, um zu protestieren, aber Jonas kommt mir zuvor.

»Erinnerst du dich noch an das Versprechen, das ich dir nicht geben wollte? Daran, dass ich meinte, ich könnte dir nicht alles sagen?« Sein Blick ist hart wie Granit.

Ich nicke. Klar erinnere ich mich an das Gespräch, schließlich habe ich mich sehr darüber geärgert.

»So, und genau jetzt ist der Moment gekommen, wegen dem ich es dir nicht versprechen konnte.«

Mir läuft ein Schauer über den Rücken. Er hat geahnt, dass dieser Moment kommen würde?

Jemand hüstelt. Ich weiß nicht, ob dieser Jemand einen Frosch im Hals hat oder ob ihm unsere Unterhaltung einfach verdammt unangenehm ist. Ich laufe rot an. Manometer, das ist aber auch verflixt peinlich! Jeder wartet darauf, dass ich mich entscheide: gehen oder bleiben? Wahrscheinlich fragen sie sich, ob ich jeden Moment in Tränen ausbrechen oder den Tisch umschmeißen werde.

Jonas sieht mich durchdringend an. Ich könnte mich zwar gerade wahnsinnig über ihn aufregen, aber er ist nun mal der Mann, den ich bedingungslos liebe. Dem ich vertraue.

Ich seufze. Wenn mein süßer Jonas etwas ohne mich besprechen will, um mich zu schützen, dann soll es so sein. Ich muss ihm eben aufs Neue vertrauen.

Ich küsse ihn auf den Mund, um allen zu zeigen, dass ich einverstanden bin. Dann drücke ich meine Stirn an seine, und er streicht mit der Hand über meine Wange.

»Ich danke Ihnen sehr für die Zeit, die Sie sich für uns genommen haben – und für Ihre Geduld«, sage ich und erhebe mich. »Tausend Dank. Was auch immer Jonas jetzt mit Ihnen bespricht: Ich bin zu hundert Prozent einverstanden.«

Sarah

Ich wollte unbedingt das Lincoln Memorial, das Kapitol, das Washington Monument und das Vietnam Veterans Memorial sehen, immerhin bin ich noch nie zuvor in Washington D.C. gewesen. Aber es hat nicht sollen sein. Nach einem Treffen mit ein paar Vertretern der Zentralbank, also den Feds (ich mag den Ausdruck, er klingt einfach verdammt cool!), wurden Jonas und ich von zwei bewaffneten Männern in Anzug zu unserem Hotel geleitet und angewiesen, den Raum erst einmal nicht zu verlassen.

Seitdem stehen zwei Typen vom Begleitschutz vor unserer Tür, seit etwa zwanzig Stunden. Es ist nicht ganz klar, ob sie herbestellt wurden, damit die Bösen nicht eindringen oder die Guten nicht abhauen können. Auf jeden Fall dürfen wir nicht raus.

Jonas und ich haben das Beste aus der Situation gemacht.

Sein Bauch bebt vor Lachen, und eine der Erdbeeren, die ich auf sein Sixpack gelegt habe, kullert aufs Bett.

»O Mann!«, sage ich und lege sie eilig wieder zurück. »Halt doch mal still!« Ich baue weiter an meiner Erdbeerpyramide und beiße mir vor Konzentration auf die Unterlippe.

Jonas gluckst, und wieder rollt eine Erdbeere hinunter.

»Jonas P. Faraday«, sage ich streng. »Beherrsch dich! Das hier ist bitterer Ernst.« Ich beiße in eine der Beeren, und er lacht wieder.

»Ein bisschen Respekt bitte, ja? Wenn das Fundament nicht stabil ist, stürzt doch alles ein.«

»Du konstruierst also eine Erdbeerpyramide, ja?«, fragt Jonas.

»Manometer!«, rufe ich. »Du bist die schlechteste menschliche Erdbeertorte aller Zeiten!«

Jonas quietscht vergnügt. So habe ich ihn ja noch nie erlebt – er klingt wie ein Kleinkind, das man kitzelt.

»Sorry«, krächzt er.

Ich lasse mich nicht beirren und baue weiter.

»Alles klar, Mistress«, fügt er hinzu und bemüht sich um einen möglichst unterwürfigen Tonfall. Als ich allerdings nach der Sahne auf dem Nachttisch greife, um mein Bauwerk zu verzieren, lacht er sich schon wieder kaputt.

Sein Lachen ist einfach göttlich. Wunderbar ausgelassen und albern. Fröhlich. Ich stelle die Sahne zurück, lache hysterisch und werfe eine Erdbeere nach der anderen zurück in den Champagnerkübel.

»Ich krieg es nicht hin«, kichere ich. »Es ist einfach hoffnungslos!«

»O nein, Mistress, sagen Sie das nicht! Geben Sie mir noch eine Chance. Seien Sie gnädig, ja?« Er legt eine Hand unter seinen Kopf und sieht zu mir hoch. »Hoffnungslosigkeit gibt es nicht, schon vergessen?«

Ich weiß nicht genau, worauf er sich bezieht, aber ich finde es ziemlich atemberaubend, wie sein Bizeps sich gerade zusammenzieht. Schon habe ich die nächste Erdbeere verspeist.

»Oh, komm schon«, sagt er und lächelt mich an. »›Wir müssen endliche Enttäuschung annehmen, aber wir dürfen nie die unendliche Hoffnung verlieren.‹ Das hat mal eine bezaubernde Aufnahmeassistentin mit einem herrlichen Hintern zu mir gesagt. Ist ein Zitat von Martin Luther King.«

Ah, ja, ich erinnere mich. Das habe ich in unserem ersten

E-Mail-Wechsel geschrieben, als er noch nicht einmal meinen Namen kannte.

Ich kuschle mich an ihn und halte eine Erdbeere vor seinen Mund.

»Ich habe noch ein Zitat für Sie, mein schonungslos ehrlicher Mr Faraday. ›Die Hoffnung ist der Traum des Wachenden.‹ Eines wunderschönen, großzügigen, lustigen, klugen und heldenhaften Wachenden mit einem heißen Sixpack, wunderschönen Lippen und fröhlichen Augen. Das gibt es ja nicht!«

»Ja, ich habe sehr, sehr fröhliche Augen.«

»Okay. Ein Wachender also, der sehr, sehr fröhliche Augen hat, hat mir einst dieses Aristoteles-Zitat verraten.«

Um Jonas' Augen entstehen kleine Fältchen, als er mich anlächelt. Er öffnet den Mund wie ein Küken, und ich lege noch eine Beere hinein.

»Wir sind uns also einig, dass ich kein hoffnungsloser Fall bin? Glaubst du denn immer noch, dass es keine Hoffnungslosigkeit gibt?«

»Natürlich. Die Hoffnung ist unendlich.«

»Die Hoffnung ist unendlich«, wiederholt er. »Wie wäre es denn eigentlich mit einer weiteren Runde ›Wie du mir, so ich dir‹?«

»Wie kommst du denn jetzt auf Oralsex?«

Er lacht. »Ach, darauf komme ich einfach so, das weißt du doch.«

Ich werfe prustend den Kopf zurück.

»Heißt das, du bist einverstanden?«

»Nur, wenn Schlagsahne mit im Spiel ist.«

»*Fuck*. Gibt es keine andere Möglichkeit?«

Ich greife nach der Sahnedose. »Selbst wenn, würde sie mich nicht interessieren.«

Jonas' Telefon läutet, und er sieht auf das Display.

»Shit«, murmelt er.

Ich weiß, was das bedeutet: Eric. Wir befürchten, dass irgendetwas im Argen ist, seit unser Special Agent vor drei Stunden angerufen hat, um uns zu sagen, dass Kat und die Jungs sofort das Geld rüberschieben sollen. Wie die Feds aber genau vorgehen oder wann was geschieht, davon haben wir keine Ahnung. Wahrscheinlich wissen wir gleich mehr.

»Hallo?«, sagt Jonas. »Hey, Eric. Ja.« Ich kann hören, wie laut sein Herz schlägt. Einen Moment lang lauscht er stumm. »Ist das alles?« Er verdreht die Augen, als könnte er nicht fassen, was er da hört. »Bist du dir sicher?« Er nickt mir mit großen Augen zu. »Alles«, formt er mit seinen Lippen. Dann streckt er seinen Daumen nach oben.

O Gott. Kat und die Jungs haben es geschafft! Sie haben satte 554 Millionen Dollar an sich gerissen. *Ocean's Eleven* ist nichts gegen uns!

»Warte mal 'ne Sekunde.« Jonas drückt das Telefon an seine Brust. »Letztlich waren es über sechshundert Millionen Dollar«, flüstert er. »Die müssen noch mehr gebunkert haben.« Er hält sich das Telefon wieder ans Ohr. »Sorry, bin wieder dran.«

Mein Herz rast.

»Jetzt gleich?« Jonas deutet hektisch auf die Fernbedienung, und ich reiche sie ihm, als wäre es eine heiße Kartoffel.

»Welcher Sender?«, fragt Jonas. »Auf jedem?!« Er macht den Fernseher an und schaltet von einer *Spongebob*-Folge zum nächsten Sender. Bingo. Da läuft eine jener Sondersendungen, die so wichtig sind, dass sie auf allen Sendern gleichzeitig gezeigt werden.

»Ja, wir schauen es uns an. Ich ruf dich zurück.« Er legt auf. »Um Gottes willen!«

Auf dem Bildschirm ist eine Reporterin zu sehen, die in ein Mikro spricht und ein Headset an ihr Ohr presst.

Über den unteren Bildschirmrand läuft folgender Text: *Eilmeldung – Terroranschlag in Las Vegas verhindert.*

»In Las Vegas wurde ein ausgeklügelter Terrorplan aufgedeckt«, sagt die Reporterin gerade. Hinter ihr sieht man Sicherheitskräfte in ein nicht näher definiertes Gebäude marschieren und mit Boxen wieder herauskommen. Moment. Ich weiß sehr wohl, um welches Haus es sich da handelt. Es ist der Sitz des Clubs.

Jonas dreht den Ton lauter.

»Die Behörden haben bestätigt, dass die Terrororganisation einen großen Anschlag in den USA geplant hat – höchstwahrscheinlich in Las Vegas. Nähere Details wurden noch nicht bekannt gegeben.«

Jonas packt meinen Oberschenkel und drückt zu, aber ich bin viel zu fertig mit den Nerven, um zu reagieren.

»Was wir mit Sicherheit sagen können, ist, dass der Plan, der bald in die Tat umgesetzt werden sollte, raffiniert und groß angelegt war – und dass die Terrororganisation in Verbindung mit der russischen Regierung steht.«

»O Shit«, sagt Jonas. »Hat sie da etwa gerade den Beginn des zweiten Kalten Krieges verkündet?«

»Und der Prostitutionsring wurde mit keinem Wort erwähnt?«, frage ich.

»Scheinbar nicht.«

»Ich wiederhole es noch einmal«, sagt die Reporterin, als hätten wir sie beim ersten Mal nicht bereits verstanden. »Die bundesstaatlichen Behörden haben einen unmittelbar bevorstehenden Terroranschlag hier in Las Vegas verhindert – und wir wissen aus verlässlicher Quelle, dass die Terrorwarnung mit Russlands Kampf um die Macht über die Ukraine in Verbindung steht.«

Plötzlich ist Oksana hinter der Reporterin zu sehen. Sie trägt Handschellen und wird abgeführt.

»Da ist Oksana!«, keuche ich. Sie sieht vollkommen geschockt aus, wie ein Reh im Scheinwerferlicht.

»Bis jetzt wurden in Las Vegas vierzehn Personen festgenommen, weitere vier in New York und noch einmal acht in Miami. Alle arbeiten für die größte russische Terrororganisation, die je auf amerikanischem Gebiet entdeckt wurde.«

»Wow«, sagt Jonas. »Das nenne ich eine interessante Wendung. Kennen die denn nicht den Unterschied zwischen Ukraine und Russland?«

Ich kriege kein Wort heraus. Das ist doch alles total absurd.

Die Reporterin drückt erneut ihr Headphone an ihr Ohr. »Mir wurde gerade mitgeteilt, dass zwei der Terroristen – Verzeihung, ich meine der mutmaßlichen Terroristen – tot sind.«

Jonas springt zum Fernseher, wirkt plötzlich wie gebannt.

»Beide Männer wurden bei einer Schießerei mit dem Sondereinsatzkommando getötet, als ihr Lager gestürmt wurde.«

Jonas gibt einen Laut von sich, den ich bis jetzt nur beim Sex von ihm gehört habe.

»Die zwei Männer haben ihre Waffen auf das Sondereinsatzkommando gerichtet ...«

Jonas stöhnt leise auf.

»... und mehrere Beamte haben Schüsse abgegeben. Beide Männer starben vor Ort. Keine der Sicherheitskräfte wurde verletzt.«

Wieder presst die Reporterin die Kopfhörer an ihr Ohr. »Uns wurde von offizieller Seite bestätigt, dass es sich bei beiden Männern um Sympathisanten der ukrainischen Separatisten handelte. Ihre Identität ist noch nicht bekannt gegeben worden.«

Jonas sieht mich an. Seine Augen leuchten, seine Brust hebt und senkt sich vor Aufregung. Wow, er wirkt richtig euphorisch! Plötzlich packt er mein Gesicht und küsst mich hart. Seine Wangen glühen.

»Mein kostbares Baby«, sagt er und küsst mich wieder. Seine Augen funkeln. »Ja!«, sagt er. »Ja.«

Ich bin wie gelähmt. Das ist alles ein bisschen viel auf einmal. Der Club war eine Terrororganisation? Max und Oksana sind Mitglieder einer russischen Terrorzelle in Vegas?! Ich bin davon ausgegangen, dass Worte wie »Prostitutionsring«, »organisiertes Verbrechen« oder »Verbechersyndikat« fallen würden, aber ganz sicher nicht so was.

Jonas zappt von Sender zu Sender, und tatsächlich gibt es überall nur noch ein Thema. Dann stellt er den Ton ab und greift nach seinem Telefon.

»Eric«, murmelt Jonas. »Ja, ich habe es gesehen. Irre. Hast du die Namen?« Er lächelt, als er die Antwort hört. »Danke. Ja, dir auch. Auf jeden Fall!«

Er legt auf und grinst mich breit an.

Wow, wenn ich nicht wüsste, worum es geht, könnte man meinen, er bekommt gerade den besten Blowjob seines Lebens. Er wirkt total angeturnt.

»Boom«, sagt er leise.

»Boom?«

Er nickt langsam, seine Augen leuchten.

Mehr passiert nicht.

Soll ich jetzt so tun, als würde mich diese Reaktion irritieren? Diese Verkündigung unseres Sieges? Ich bin nicht im Mindesten erstaunt darüber. Ich weiß genau, welche Namen Eric Jonas gerade genannt hat – niemand muss mir erklären, welche vermeintlichen Terroristen heute gestorben sind. Ich sehe in Jonas' funkelnde Augen, und plötzlich durchströmt mich eine unglaubliche Wärme.

»Boom, ihr Wichser«, sage ich, und meine Stimme ist genauso scharf wie das Messer, das man mir an die Kehle gedrückt hat.

Jonas leckt sich über die Unterlippe. »Ganz recht, Baby.« Er streicht die Innenseite meines Oberschenkels entlang. »Denen haben wir's gezeigt, was?«

Das hier ist wahrscheinlich der erotischste Moment meines Lebens. »Und wie, mein Liebster.«

»Ich habe einen mörderischen Ständer«, sagt Jonas und hebt das weiße Laken an, um es mir zu beweisen.

»Ich auch«, sage ich und deute auf die unsichtbare weibliche Erektion in meinem nackten Schritt.

Jonas kichert.

»Lass mich dich gleich heute entführen. Ich will keinen Tag länger damit warten, dich an meinen Lieblingsort zu bringen.« Er streicht weiter über die Innenseite meines Schenkels.

»Nur noch ein Monat«, sage ich. Gott, ich stehe in Flammen.

»Ich will nicht warten.«

»Ich weiß.«

»Ich will jetzt sofort los!«

»Weiß ich. Aber du wirst dich trotzdem gedulden müssen.« Ich erschauere, als er seine Hand zwischen meine Beine schiebt und sanft meinen empfindlichsten Punkt berührt.

»Ich hasse Warten!« Plötzlich sieht er mich gierig an. Ja, er ist wieder zum Raubtier geworden. Und ich bin seine Beute. Er massiert meinen Kitzler, sodass es zwischen meinen Beinen sofort zu pochen beginnt.

»Wir haben es geschafft, Baby«, sagt er. »Du bist in Sicherheit.« Er liebkost mich weiter. »Wir sind frei.«

Er hat recht. Wir sind frei, können unser gemeinsames Leben beginnen. Können tun und lassen, was auch immer wir wollen. Und ich weiß genau, wie ich das feiern möchte! Ohne Vorwarnung setze ich mich auf ihn und nehme ihn so tief wie möglich in mich auf, während ich leise aufstöhne.

Er atmet laut aus. »Du bist in Sicherheit«, murmelt er und schließt die Augen. »Meine umwerfende Sarah!«

Ich atme ebenfalls zittrig aus, beginne mich langsam auf- und abzubewegen und meine Hüfte kreisen zu lassen. Es fühlt sich wunderschön an.

»Lass mich dich entführen, Baby«, stöhnt er. »Ich muss dir dringend etwas zeigen.«

»In einem Monat«, flüstere ich.

»Du bist schon wieder schrecklich herrisch!« Er streichelt meine Brust und stöhnt auf.

»Wir machen auf dem Heimweg einen Zwischenstopp in New York«, flüstere ich. »Dann kannst du mir deinen Onkel vorstellen und ihm von deinen Climb-and-Conquer-Plänen berichten.«

Er streicht sanft über die Narbe auf meinem Brustkorb.

»Ganz wie du willst, Liebste«, sagt er und bewegt seinen Körper im selben Rhythmus wie ich meinen. »Wir machen einen Zwischenstopp in New York.« Er legt seine Hände auf meine Hüften, und unsere Bewegungen werden heftiger. Er hat es geschafft. Er hat mich beschützt, ganz so, wie er es versprochen hat.

O ja, ja, ja, mein Mann hat getan, was getan werden musste. Und dafür liebe ich ihn. O ja, ja, ja, das tue ich.

»Danke, Jonas«, stöhne ich und reite ihn noch wilder. »Du bist mein Held!«

»Und du bist mein Ein und Alles!« Er packt meinen Po. »Gott, ich liebe diesen Hintern!« Er gibt mir einen leichten Klaps.

»Hmmmm.«

Ich könnte vor Freude darüber, dass wir frei und in Sicherheit sind, sofort losheulen. Ich beuge mich hinunter und küsse ihn, sodass meine steifen Nippel über seine Brust streifen. Zum ersten Mal, seit ich niedergestochen wurde, fühle ich mich wieder vollkommen sorglos.

»Du hast es geschafft, Jonas.«

»Nein, wir haben es geschafft, Baby. Wir zusammen.« Seine Stimme klingt gepresst, er ist kurz davor zu kommen. Er stöhnt. »Wir haben das zusammen geschafft.«

Jonas

Seit wir hinter unserem Guide den Olymp hinauflaufen, plappert Sarah wie ein Wasserfall. Genau genommen quasselt sie pausenlos, seit wir vor drei Tagen in unseren Flieger nach Griechenland gestiegen sind. Wahrscheinlich ist sie einfach unglaublich erleichtert, dass ihre Abschlussprüfungen endlich vorbei sind.

Ich habe nichts dagegen, dass sie unsere Unterhaltung gerade mehr oder weniger allein bestreitet. Denn ich bin aufgrund der vergangenen Wochen das totale Wrack. Die ganze Zeit habe ich geplant und organisiert und darauf gewartet, dass dieser ganz besondere Tag endlich kommt. Ich bin nachts mit einer Erektion aufgewacht, weil ich geträumt habe, wie ich vor ihr auf die Knie falle, die Frage aller Fragen stelle und ihr den Ring über den Finger streife (der im Übrigen absolut fantastisch ist). Tag für Tag war ich weniger dazu in der Lage, alles auf die Reihe zu kriegen, geschweige denn geistreiche Gespräche zu führen.

Ich klopfe auf meine Hosentasche. Ja, die kleine Schachtel ist noch da. Ich atme tief aus. Eigentlich bin ich mir zu neunundneunzig Prozent sicher, dass sie Ja sagen wird, aber dieses eine verbleibende Prozent Ungewissheit treibt mich in den Wahnsinn. Natürlich liebt sie mich. Aber bei Sarah weiß man nie, was sie sagt oder tut. Was, wenn sie die Ehe für das Ende aller großen Gefühle hält oder sonst irgendwelche Vorurteile hat, weil sie mit verheirateten Paaren so schlechte Erfahrungen gemacht hat? Es ist immerhin möglich. Nicht wahrscheinlich, aber sie hat auch noch nie davon gesprochen, dass sie gern heiraten würde. Ich allerdings auch nicht. Man kann nie wissen.

Einen Moment lang höre ich wieder genauer auf Sarahs Geschnatter. Gerade spricht sie von Josh und Kat – und davon, dass Kat für ein langes Wochenende nach L.A. geflogen ist.

»Mhm«, mache ich nur. Ich freue mich zwar sehr, dass es zwischen dem Playboy und dem Partygirl offensichtlich gut läuft, immerhin hat auch Josh permanent von Kat erzählt. Aber gerade kann ich mich nicht auf diese Neuigkeiten konzentrieren.

Bei den Vorbereitungen für unseren Trip nach Griechenland habe ich dummerweise gedacht, es sei das Beste, erst mal anzukommen, den Jetlag zu überwinden und ein paar Tage lang Athen zu erkunden. Um dann den Olymp zu erklimmen und Sarah zu fragen, ob sie meine Frau werden will. Leider habe ich nicht damit gerechnet, dass mich die Vorfreude und Erwartung dermaßen fertigmachen würden und ich weder essen noch schlafen kann. Hätte ich das geahnt, dann hätte ich die Bergtour gleich auf den ersten Tag gelegt.

»Ich glaube also, dass ich die Frage ganz gut beantwortet habe«, sagt sie. »Aber sie war auch ziemlich zweideutig, weißt du? Ich hatte das Gefühl, dass ich beide Seiten verteidigen könnte und trotzdem im Recht wäre.«

Vermutlich spricht sie über eine ihrer Prüfungsfragen, aber ich habe leider keine Ahnung, welche sie meinen könnte.

»Klingt, als hättest du komplett richtiggelegen«, sage ich aufs Geratewohl.

»Ja, glaubst du?«

»Klar!«

»Na, das beruhigt mich ein wenig. Du kennst deine Verträge ja wahrscheinlich in- und auswendig. Aber hey, was diese Frage im Schadensersatzrecht-Examen betrifft …«

Wieder taste ich nach der Schachtel, die immer noch an

Ort und Stelle ist. Vom heutigen Tag an wird sie diesen Ring tragen, die ganze Welt wird ihn sehen, und ich werde endlich wieder durchatmen können.

Zum Glück habe ich die Villa in Mykonos ab morgen Abend gebucht und nicht gleich zu Beginn des Trips. Sonst hätte ich den Aufenthalt dort überhaupt nicht genießen können, Paradies hin oder her. Jetzt können wir unsere Zeit im Nirvana nutzen, um unsere Verlobung zu feiern. Wenn es denn einen Grund zum Feiern gibt. O Gott. Scheiße. Wenn sie den Antrag nicht annimmt, dann springe ich von der nächsten Klippe!

»Es kommt einem fast so vor, als würden die Geister von vor tausend Jahren um einen herumfliegen, oder?«

»Mhm«, sage ich und klopfe auf meine Hosentasche.

»Es fühlt sich an, als würde sich hier all ihre Weisheit zusammenballen«, sagt sie. »Fast schon greifbar.«

»Mhm.«

Die Strecke ist nicht besonders anspruchsvoll, und auch der Blick ist im Moment nicht aufsehenerregend. Aber es geht gerade auch nicht ums Bergsteigen. O Mann, ich kann es kaum erwarten, die Karten endlich auf den Tisch zu legen.

»Mir wurde klar, dass es um echte Menschen geht, weißt du? Nicht nur um Namen in einem Geschichtsbuch oder so. Es waren Menschen wie du und ich. Sie haben gegessen, geschlafen, Sex gehabt, geweint, gelacht und geliebt. Weißt du, was ich meine?«

»Mhm.«

Sie bleibt so abrupt stehen, dass ich beinahe in sie hineinlaufe. »Hörst du mir überhaupt zu, Jonas?«

»Absolut! Ich hänge an deinen Lippen und stimme dir voll und ganz zu, in jedem Punkt.« In Wahrheit habe ich keinen blassen Schimmer, wovon sie redet. Ich kann nur daran denken, wie ich diese wunderschöne Frau frage, ob sie mich heiraten und die Mutter unserer Kinder werden will.

Sie mustert mich. »Geht es dir gut?«

»Klar.«

»Du benimmst dich total komisch.«

Meine Brust zieht sich zusammen. Ahnt sie etwas? »Ach so?«

»Ja.«

»Na, ich glaube, ich bin ziemlich tief in Gedanken versunken.«

»Weshalb denn?«

»Wegen dir.«

»Wegen mir?«

»Ja.«

»Sind es denn gute Gedanken?«

»Natürlich, die allerbesten! Du bist die Göttin und die Muse, Sarah Cruz! Wenn ich an dich denke, dann immer voller Wohlwollen.«

»O Jonas.« Sie lächelt. »Du bist so süß.« Sie dreht sich glücklich um und beschleunigt ihre Schritte, um unseren Guide wieder einzuholen. »Also, welcher Teil hat dir nun am besten gefallen?«

Welcher Teil mir am besten gefallen hat? Wovon redet sie bloß? Ich versuche mich mit aller Kraft daran zu erinnern, was sie gerade gesagt hat. Echte Menschen. Stimmt. Es ging um die großen Denker. Wahrscheinlich spricht sie von unserem Spaziergang durch Athen an unserem ersten Tag.

»Die Akropolis«, sage ich. »Es gibt doch nichts Besseres, als zu sehen, über welche Steine schon Platon und Aristoteles gewandelt sind! Das hat mich bereits mit achtzehn wahnsinnig fasziniert, und zusammen mit dir war es noch besser.« Wow, ganz schön anstrengend, zusammenhängende Sätze zu bilden. Eigentlich gibt es nur eines, worüber ich gerade sprechen will, und das ist ganz sicher nicht die Akropolis.

»Ja, mir hat es auch sehr gefallen«, sagt sie. »Das war

schon irre.« Sie dreht sich um und schenkt mir ein strahlendes Lächeln. Ich erwidere es, oder hoffe zumindest, dass mir das gelingt. Irgendwie wollen mir meine Gesichtsmuskeln gerade nicht so recht gehorchen. Mann, ich drehe durch!

Onkel William ist Sarah natürlich sofort verfallen. Wahrscheinlich hat er mein Ausscheiden deswegen so gut aufgenommen, weil er völlig unter ihrem Bann stand. Klar, als Josh dann am zweiten Abend zu uns gestoßen ist und ebenfalls die Bombe hat platzen lassen, hat ihm das schon etwas mehr zu schaffen gemacht. Dennoch hatte ich das komische Gefühl, dass Onkel William fast ein bisschen erleichtert war. Ganz so, als hätte er unseren Ausstieg schon seit Langem befürchtet und wäre jetzt froh, dass es endlich so weit ist. Überhaupt lief das Wochenende erstaunlich gut – Sarah sei Dank!

»Wirst du die Frau heiraten?«, hat Onkel William mich gefragt, sobald Sarah am zweiten Abend nach dem Essen im Bad verschwunden war.

»Auf jeden Fall«, habe ich erwidert und war selbst erstaunt, wie leicht mir diese Aussage über die Lippen ging. Es war ein fantastisches Gefühl, mein Vorhaben laut auszusprechen, vor allem vor einem Familienmitglied. »So bald wie möglich.«

»Das ist ja super, Bro!«, hat Josh geantwortet. »Weiß sie denn schon von ihrem Glück?«

Sofort begann mein Knie unter dem Tisch wie verrückt zu zucken.

»Nein«, erwiderte ich und spürte, wie mir flau im Magen wurde. »Soll ich sie fragen, ob ich sie fragen darf?«

Josh lachte. »Nein, Jonas, du Trottel! Das habe ich nicht gemeint. Du solltest sie mit deinem Antrag richtig von den Socken hauen, wenn du sie überraschen willst. Immerhin wird sie noch ihren Enkeln von diesem Moment erzählen, also vermassel es nicht!«

Tja, genau das hatte ich schon befürchtet. Und als Josh es

laut aussprach, wurde mir auf einen Schlag richtig übel. Die ganzen letzten Wochen über, selbst dann, wenn ich mich darum gekümmert habe, bei Faraday & Sons alles gut zu hinterlassen und Climb and Conquer in Gang zu bringen, war ich total nervös. Aber nicht wegen der Hochzeit an sich, sondern weil ich nicht sicher war, ob mein Antrag Sarah gerecht werden würde.

»Das ist also der Olymp, ja?« Sarah sieht sich um. »Hatte ich mir anders vorgestellt.«

»Wie denn?«

»Weiß nicht. Irgendwie dachte ich, dass auf dem Gipfel ein alter Mann in Toga sitzt und einen Blitz in der Hand hält oder so.«

Ich gluckse. »Tja, mittlerweile ist Zeus so alt, dass er in einem Schaukelstuhl sitzt und Kreuzworträtsel löst.«

Sie lacht. »Krasse Vorstellung, dass die alten Griechen früher zu diesem Gipfel hochgesehen und sich vorgestellt haben, dass all die Götter hier herumhocken.«

Das war das Stichwort. Der Guide setzt zu einem langen Monolog über den Olymp als Sitz der zwölf Götter an.

Sarah lauscht ihm andächtig, während ich mich innerlich erneut ausklinke.

Es ist toll, dass meine Freundin mich nicht ein einziges Mal gefragt hat, weshalb wir auf den Olymp steigen. Wahrscheinlich glaubt sie, dass meine Leidenschaft fürs Bergsteigen Grund genug ist, jeden Gipfel dieser Erde zu erklimmen. Damit hat sie ja auch nicht ganz unrecht. Aber heute ist kein normaler Tag.

Wir biegen um eine Ecke, überqueren einen kleinen Bergrücken, und schon sind wir am Ziel: ein kleines Plateau, das sich direkt unterhalb des zerklüfteten Gipfels aufspannt. Als ich sehe, dass unsere nächsten Begleiter schon vor Ort sind und uns mit der passenden Ausrüstung erwarten, bin ich richtig erleichtert. So weit läuft alles nach Plan!

Sarah bleibt wie angewurzelt stehen und wirbelt dann herum. »Soll das ein Witz sein?!«

Aha. Sie hat also die zwei Fallschirme entdeckt, die auf dem Boden ausgebreitet sind.

Ich lächle sie an. »Nein, es ist mein voller Ernst.«

Sie funkelt mich an.

»Wir werden vom Olymp springen, Baby. Und danach fliegen wir durch die Luft bis an den wunderschönen weißen Sandstrand der Ägäis.«

Sie presst die Lippen aufeinander.

»Und es wird toll!«

»Habe ich schon mal erwähnt, dass ich Höhenangst habe?«

»Ein paar Mal, ja.«

»Willst du, dass ich dich hasse wie die Pest?«

»Ganz im Gegenteil.«

»Dann hast du es aber ganz schön vermasselt, denn ich verabscheue dich jetzt so richtig!«

Ich lache. »Komm schon, Baby. Lass mich dir zeigen, was wir vorhaben.«

Sarah

Ich zittere. Ich habe wirklich schlimme Höhenangst. »Jonas, ich weiß nicht so recht.«

Ich habe mich in einen engen Fliegeranzug gequetscht, und der Typ, der meinen Paraglider steuern wird, sichert mein Geschirr, überprüft all die Leinen und bereitet sich darauf vor, von diesem verdammten Berg zu springen – mit mir an seinem Bauch, als trüge er ein Baby in einem Tragetuch. Ich weiß wirklich nicht, wie Jonas auf die Idee kommen konnte, das hier wäre etwas für mich.

»Sieht super aus, Baby«, meint er und überprüft den Riemen an meinem Helm. »Denk daran: Du musst dich einfach nur entspannen und das herrliche Panorama genießen, wenn die Berglandschaft langsam in die Felder und schließlich ins glitzernde Meer übergeht.«

Ich muss schon zugeben, dass er einem wunderbar irgendwelche Schnapsideen andrehen kann. So, wie er darüber spricht, klingt diese Folter fast wie ein Vergnügen.

»Also, genieß den Flug einfach. Mehr musst du nicht tun, wenn ich bei dir bin.«

»Das hast du mir doch schon tausendmal bewiesen, eigentlich jede Nacht. Ich habe mich dir jedes Mal ergeben, mein Lord-Gott-Meister. Wieso braucht es schon wieder eine Metapher, nur um dich in diesem Punkt zu bestätigen?«

Er verdreht die Augen. »Na, weil es ausnahmsweise mal nicht um Sex geht! Es geht ums *Leben*. Das hier ist eine Metapher für das Leben, das wir gemeinsam führen werden. Ich will, dass du weißt, dass du dich immer entspannen und das Leben genießen kannst, wenn ich bei dir bin. Weil ich mich um dich kümmere.«

Das war eigentlich eine ganz süße Ansprache. Scheinbar hat er sich eine Menge bei der Sache gedacht. Trotzdem irritiert mich seine Idee. Ich hasse große Höhen nun einmal sehr.

»Du kümmerst dich wirklich immer rührend um mich, außer natürlich, wenn du mich von irgendwelchen hoch gelegenen Orten hinunterschubst. Obwohl du weißt, dass ich riesige Angst davor habe.«

Er sieht mich verstört an.

Ich seufze. Ja, ich bin gemein. »Sorry, Jonas.« Ich nehme seine Hand. »Tut mir leid. Sag, was du sagen wolltest. Das hier ist eine Metapher fürs Leben, nicht für Sex, und ... Komm schon, Baby. Ich bin fürchterlich. Du hast dir schließlich viel Mühe gegeben, also leg los.«

Seine Wangen glühen.

»Bitte. Ich höre zu.«

Er räuspert sich. »Selbst wenn dir etwas Angst machen sollte, wirst du sehen, dass es dir mehr Spaß macht, als du dachtest – wenn du mir vertraust«, sagt er leise.

»Danke, das ist eine wunderschöne Metapher. Ehrlich.«

»Aber das ist erst der Anfang!«

»Ach echt? Ist heute wieder Metaphern-Tag, mein süßer Jonas?«

»Ja, in der Tat. Das hier ist Jonas' und Sarahs Metaphernabenteuer.«

»Oh, wie du deine Sinnbilder liebst, Jonas Faraday.«

»Und wie.« Er stellt sich dicht vor mich. »Soll ich dir sagen, welche Metapher wir heute schon vollzogen haben, ohne dass du es gemerkt hast?«

»Bitte!«

»Unser Aufstieg auf den Olymp. Das war ebenfalls eine.«

»Echt?«

»Echt. Erinnerst du dich, dass ich die ganze Zeit hinter dir hergelaufen bin?«

Ich schüttle grinsend den Kopf. Manometer, er ist so süß.

»Weil ich dir immer den Rücken freihalte, meine Liebste. Und weil ich für dich bis ans Ende der Welt gehen würde. Das war eine doppelte Metapher.«

Ich lege den Kopf schief. Er hat sich wirklich eine Menge Gedanken gemacht!

»Nächste Metapher: Wir stehen am höchsten Punkt von Griechenland, der Heimat der Götter.« Er legt die Hand auf meine Wange. »Weißt du, warum ich dich hierhergebracht habe?«

»Weil du ein Sadist bist?«

Er holt tief Luft und legt eine Hand auf meine Schulter. »Sarah Cruz, wir sind hier aus zwei Gründen.« Er lächelt. »Schon wieder eine Dopplung!«

Ich grinse breit.

»Zum einen will ich meine Liebe zu dir von den höchsten Gipfeln der Welt verkünden.«

O Gott.

»Aber wir sind nicht nur hier, weil der Olymp der höchste Gipfel Griechenlands ist. Sondern auch, weil das Zuhause der Götter logischerweise auch deine Heimat ist, meine Göttin und Muse Sarah. Mein kostbares Baby. Für mich verkörperst du alle griechischen Göttinnen auf einmal.«

»O Jonas.«

»Du bist Aphrodite. Die Göttin der Liebe, der Schönheit, der Lust – und du stehst für den besten Sex, den man sich vorstellen kann.«

Ich erröte.

»Außerdem bist du Athene – die Göttin der Weisheit, des Muts, der Gerechtigkeit, der Kampfkunst und der Strategie.

Du bist so clever, Baby, das haut mich immer wieder vom Hocker!«

Ich beiße mir auf die Unterlippe.

»Und du bist Artemis – die Beschützerin der Frauen. Baby, dein riesiges Herz und dein Bedürfnis, Frauen zu helfen und dafür zu sorgen, dass die Welt ein besserer Ort wird – das sind für mich von all deinen Eigenschaften die schönsten.«

Träume ich? Sagt er das alles gerade wirklich? Ich schmelze dahin.

»Aber warte, es gibt noch mehr.« Er grinst mich schief an.

»Du bist auch Demeter – die Göttin der Ernte, des Lebens und der Fruchtbarkeit. Du bist meine Lebensspenderin, Baby. Ich brauche dich wirklich, wie die Blumen die Sonne brauchen, die Erde und das Wasser. Du nährst mich. Schenkst mir Leben.«

Verflixt. Meine Knie werden weich.

»Und natürlich bist du auch Hera, meine umwerfende Sarah.« Er hält kurz inne. »Die Göttin der Ehe.«

Wie bitte?!

Er strahlt mich an.

Das meint er doch alles immer noch im übertragenen Sinne, oder?

»Meine umwerfende Sarah, du vereinst all diese göttlichen Eigenschaften in dir.«

Er hat das nicht ernst gemeint, oder?!

»Aber vor allem bist du meine Muse, Sarah, das wollen wir nicht vergessen. Die Verkörperung der Weiblichkeit schlechthin. Die Idee einer Frau im Reich der Ideen.«

O Gott. Das ist alles so übertrieben – und so wunderschön.

»Jonas.« Ich seufze. Aus irgendeinem Grund ist mein superheißer Freund total süchtig nach Senf – und ich bin nun mal ein ganzes Glas voll davon. Was habe ich nur für ein Glück!

»Und deswegen stehen wir jetzt auf dem Olymp.« Er seufzt erleichtert und holt tief Luft. Will er noch mehr sagen?

»Aber all das beantwortet nicht die Frage, weshalb wir von diesem Gipfel springen sollten, nicht wahr?« Er sieht aus, als würde er jeden Moment platzen. Als gäbe es da ein großes Geheimnis zu lüften.

Ich schüttle grinsend den Kopf, weil er so niedlich ist. »Bitte, mein Liebster, verrat mir endlich, weshalb wir das machen!«

»Weil du und ich, liebe Sarah, bereit für den nächsten Schritt sind. Wir sind zusammen von einem unterirdischen Wasserfall gesprungen – das war es, wozu wir damals in der Lage waren. Jetzt sind wir bereit, aus dem Himmel hinabzufliegen.«

Ich fühle mich, als hätten wir verbalen Sex. Will er mir wirklich ewige Treue schwören – hier und jetzt?

»Das bringt mich direkt zur nächsten Metapher. Wir springen von einem Berg, Sarah, und dir wird aufgefallen sein, dass ich dir dafür einen Fallschirm zur Verfügung stelle. Okay, streng genommen ist es ein Paraglider, aber in diesem Falle klingt Fallschirm einfach besser. Ganz egal, was passiert, ganz egal, welchen Stürmen wir ausgesetzt sind oder welche Abgründe sich vor uns auftun, wir werden alles gemeinsam meistern. Und deine Sicherheit und dein Wohlbefinden werden dabei für mich immer an erster Stelle stehen.«

Das ist doch verrückt. Jonas ist vollkommen euphorisch, und auch ich schmelze dahin. Er ist der schönste Mensch der Welt, und ich bin der allergrößte Glückspilz. Im übertragenen Sinne heiraten wir gerade, da bin ich mir sicher. Ich berühre meinen Armreif.

»Ich liebe dich, Jonas«, sage ich. Großer Gott, ich will so viel mehr sagen, aber natürlich will ich ihm auch nicht die Show stehlen.

»Also, springst du mit mir vom Olymp?« Er sieht mich unsicher an.

»Natürlich, Baby. Mit dir würde ich von jedem Gipfel springen – ganz zu schweigen von all den Wasserfällen, Bäumen, Leitern oder Brücken, die da draußen auf uns warten mögen. Mit dir springe ich in jeden Abgrund.«

Er hüpft vor Freude auf und ab.

»O Jonas.«

»Warte, ich bin noch nicht fertig«, sagt er. Er unterdrückt ein Grinsen. »Mehr dazu später.«

Mein Magen schlägt einen Salto. Noch etwas? Die Gedanken wirbeln nur so durch meinen Kopf – und ich denke Dinge, die ich absolut nicht denken sollte.

»Es tut mir leid, dass ich den Paraglider nicht selbst steuern kann. Dass du bei unserem Sprung vom Olymp an irgendeinen x-beliebigen Griechen geschnallt bist, zerstört meine Metapher irgendwie. Aber da es noch unpassender wäre, beim Absprung zu sterben, habe ich mich zu dieser Variante durchgerungen.«

Ich lache. »Ich stelle mir einfach vor, dass ich an dich geschnallt bin!«

»Ich bitte darum.«

Ein Pilot nähert sich. »Sind Sie bereit?«, fragt er mit breitem griechischem Akzent.

»Ja. Ich fange an. Ist das okay, Baby?«, fragt Jonas.

»Super.«

»Ich will dich unten erwarten, wenn du ankommst.«

»Noch eine Metapher, nehme ich an?«

»Nee. Ich will einfach Fotos von deinem Gesicht machen, wenn du landest. Wird sicher superwitzig aussehen.«

Ich kichere.

»Aber unten auf der Erde erwartet uns tatsächlich noch eine Metapher. Die größte von allen! Näheres erfährst du nach deiner Landung.«

Sofort bin ich wie elektrisiert. »Kannst du mir denn nicht schon mal einen kleinen Tipp geben?«

»Nein. Ich erzähl es dir, wenn wir unten sind.« Jonas gibt mir einen Kuss. »Hab einen tollen Flug, Sarah. Entspann dich und genieß den tollen Ausblick.«

Am liebsten würde ich applaudieren. Verflixt noch mal, das war die schönste Liebeserklärung aller Zeiten. Aber ich kann mich bremsen.

»Das war wunderschön, Jonas. Ich schmelze dahin, ehrlich.«

»Ja, wirklich? Mache ich meine Sache bis jetzt also gut?« Er lächelt mich schüchtern an.

»Natürlich. *Bis jetzt* schon.« Was meint er denn damit schon wieder? »Du bist ein Poet und der romantischste Mann aller Zeiten. Der Meister des Valentinstagsbullshits.«

Er grinst.

»Mir tut der arme Tropf, der nach dir noch einmal jemandem seine Liebe gestehen will, jetzt schon leid. Das war ja wohl die *Idee* einer Liebeserklärung!«

»Es ist nicht schwer, einer göttlichen Frau eine göttliche Liebeserklärung zu machen.«

Ich gluckse, und er lacht.

»Also, bist du bereit?«

Mist. Dass ich noch springen muss, hatte ich fast vergessen.

»Klar«, krächze ich.

Er lacht und gibt mir einen Kuss auf die Wange. »Dann sehen wir uns unten am herrlichen weißen Strand der Ägäis, meine Liebste.« Er wendet sich an den Piloten und streckt seinen Daumen nach oben. »Nichts wie los!«

Jonas

Und da kommt sie auch schon, segelt vom Himmel herab wie ein wunderschöner Schmetterling. Gott, ihr Gesichtsausdruck ist unglaublich – aufgeregt und ehrfurchtsvoll zugleich. Fast kann ich sie quietschen hören, als sie hinab auf den Strand zusteuert. Ich lache laut auf und lege den Kopf in den Nacken. Wow, sie ist völlig aus dem Häuschen. Ich mache ungefähr eine Million Fotos von ihr, während sie in die Kamera winkt und wilde Grimassen zieht. Sie ist absolut anbetungswürdig mit ihrem kleinen Helm und den geröteten Wangen. Ja, sie glüht vor Begeisterung.

Der Pilot ruft ihr etwas zu. Ich vermute, dass er sie auf die Landung vorbereiten will. Wahrscheinlich sagt er ihr, dass sie sich in dem Geschirr aufrichten und sich darauf einstellen soll, zu landen und loszurennen. Sofort verschwindet ihr seliger Gesichtsausdruck und macht einer panischen Miene Platz. Ich pruste vor Lachen.

Sie sind ziemlich schnell, jetzt gibt es kein Zurück mehr. Oh, mein armes Baby! Sie sieht zu Tode erschrocken aus, und sofort habe ich ein schlechtes Gewissen, weil ich ihr das angetan habe. Hätte ich ihr diese letzte Metapher nicht doch auf eine nettere Art präsentieren sollen? Zu spät. Da ist sie schon. Zum Glück ist die Landung perfekt – sanft wie eine Feder –, und es folgt ein kleiner, adrenalingeladener Sprint. Sarah und der Pilot rennen, rennen und rennen, und sie wirkt dabei richtig professionell. Dann lässt sie sich erleichtert zu Boden fallen.

Sofort stürze ich auf sie zu und rufe ihren Namen.

Sarah windet sich auf dem Boden wie eine Schildkröte, die man auf den Rücken gedreht hat. Der Pilot löst ihre Gurte, und sie springt auf, rennt auf mich zu und schreit aus Leibeskräften, um mir dann um den Hals zu fallen.

»Hast du mich gesehen?«, quietscht sie. »Ich habe es gemacht!«

Sie schlingt ihre Beine um meine Hüfte und schließt die Augen, als ich ihr Gesicht mit tausend kleinen Küsschen bedecke.

»Du warst toll, einfach unglaublich!«

»Ich hab es gemacht!«, ruft sie und drückt sich an mich. »Ich bin auf diesen verdammten Felsvorsprung zugerannt und einfach gesprungen! Ich hätte mir echt fast in die Hosen gemacht, aber ich bin trotzdem weitergerannt.« Sie küsst mich wieder, sieht mich dann aber plötzlich finster an.

»Ich hätte beinahe einen Herzinfarkt gekriegt, Jonas! Wolltest du mich umbringen, oder was?« Sie versucht, wütend zu klingen, wirkt aber eher spielerisch. »Es ist nicht gerade normal, auf einen Abgrund zuzuflitzen und dann hinunterzuspringen, das ist dir klar, oder?«

Ich lache. »Macht aber ganz schön Spaß, oder?«

»Irre Spaß!«

»Du hast es geschafft, Baby.«

»O ja, und du auch! Wir haben es durchgezogen.« Sie strahlt mich an. »Dieser Ausblick, Jonas! Das war der Wahnsinn.«

»Toll, nicht?«

»Das Schönste, was ich je gesehen habe. Der Himmel auf Erden.«

»Die Farbe des Wassers ...«

»Zum Sterben schön«, sagt sie. »So ein Türkis habe ich noch nie gesehen.«

»Und ist es nicht ganz entspannend, wenn man erst mal oben ist?«

»Ja, sobald mein Herzinfarkt abgeklungen war, war's ganz nett.« Sie gibt mir einen Klaps. »Bis es dann an die Landung ging, du alter Sadist!«

Ich pruste vor Lachen. »Du hättest dein Gesicht sehen sollen. Unbezahlbar!«

»Wolltest du mich foltern?«

Ich küsse sie. »Aber nein, mein kostbares Baby. Ganz im Gegenteil.« Plötzlich spüre ich, wie mir das Herz schier übergeht vor Freude, und ich weiß, dass das hier der Moment ist. Der Moment, auf den ich gewartet habe. O Gott. Ich hole tief Luft. »Lass mich dich absetzen.«

Sarah rutscht an mir hinunter, und ich merke, dass mein Gesicht glüht und ich kaum noch atmen kann. Das Blut rauscht in meinen Ohren.

»Es gibt noch eine Metapher, die größte von allen.«

Ich klopfe auf meine Hosentasche. Ja, die Schachtel ist da.

»Sarah«, sage ich und räuspere mich. »Meine umwerfende Sarah.« Ich habe einen riesigen Kloß im Hals.

Sie öffnet den Verschluss ihres Helms und nimmt ihn ab, während sie mich nervös ansieht. Ich hole noch mal tief Luft.

»Danke«, beginne ich. Shit. Das ist eigentlich nicht der Text.

Sie presst die Lippen aufeinander und starrt mich an.

Was auch immer ich sagen wollte, es fühlt sich plötzlich alles falsch an. Denn ich empfinde einfach nur Dankbarkeit und Liebe. Ist doch egal, was ich mir zurechtgelegt habe. Ich sage jetzt einfach das, was ich fühle.

»Danke, Sarah«, sage ich. »Danke, dass du mich liebst und mir beigebracht hast, wie man sich lieben lässt. Deine Liebe hat mich gerettet.« Meine Lippen beben, und ich halte einen Moment lang inne. »Deine Liebe hat mich lebendig gemacht.«

»O Jonas.«

Ich lege die Hände um ihr Gesicht. »Ich habe mich getäuscht, als ich die Liebe mit einer schweren Geisteskrankheit verglichen habe, mit *Madness*. Unsere Liebe hat nichts mit *Madness* zu tun, Baby, denn sie hat mich gesund gemacht.«

Sarah lächelt mich an, und ich lege die Hände auf ihre Schultern.

»Sarah Cruz, als wir in Belize in unserem Kokon für zwei lagen, als du dich mir so ganz und gar hingegeben hast, da war ich zum ersten Mal vollkommen glücklich.« Ich bin plötzlich sehr ergriffen, und auch Sarah hat Mühe, die Tränen zurückzuhalten.

»Und ich habe gedacht ...« Meine Stimme zittert. »Ich dachte, es könnte nichts Schöneres geben, als den Rest meines Lebens mit dir in diesem Kokon zu verbringen.« Meine Handflächen sind ganz feucht, und ich teste vorsichtshalber noch einmal, ob das Schächtelchen noch da ist. Um uns herum unterhalten sich der Pilot und andere Leute auf Griechisch, und mir wird ein wenig schwindlig.

»Ich dachte, unser Kokon für zwei wäre das Höchste, was der Mensch erreichen kann«, sage ich.

Sarah sieht mich aus ihren warmen braunen Augen an.

»Aber irgendwann wurde mir klar, dass es noch viel wundervoller ist, zu sehen, wie du aus diesem Kokon ausbrichst und als der wunderschöne Schmetterling hinausflatterst, der du immer schon werden solltest. Als du zu diesem schönen, prächtigen Schmetterling wurdest, da habe ich wahres Glück erlebt. Die pure Ekstase.«

Ihre Augen werden feucht.

O Gott. Das ist es. Mein Herz schlägt so heftig, dass ich Angst habe, es könnte meinen Brustkorb sprengen.

Ich hole tief Luft, ziehe die Schachtel aus der Hosentasche und lasse mich auf die Knie fallen. Sehe hoch zu Sarah, und sie bricht in Tränen aus.

Mann, ich habe noch nicht einmal die Schachtel geöffnet,

und sie schluchzt schon, als hätte ich ihr eben ihre letzten Ersparnisse gestohlen. Soll ich sie trösten? Nein, wenn ich noch eine Sekunde länger warten muss, dann bekomme ich einen Herzinfarkt. Jetzt gibt es kein Zurück mehr.

Ich öffne die Schachtel, und Sarah heult und lacht zugleich.

Oh, mein Baby. Sie ist ein Vulkan – und das liebe ich so an ihr.

Sie schlägt zitternd eine Hand vor ihren Mund. »Jonas«, haucht sie. »O Gott.«

Die übrigen Leute haben mittlerweile einen Kreis um uns gebildet. Tja, wenn ein Typ mit einem Ring in der Hand auf dem Boden kniet, dann ist auch ohne Dolmetscher klar, was los ist.

»Du bist meine Göttin und meine Muse, Sarah Cruz«, sage ich. »Ich liebe dich mehr, als je ein Mann eine Frau geliebt hat. ›Liebe ist die Sehnsucht nach der Ganzheit, und das Streben nach der Ganzheit wird Liebe genannt.‹« Ich mache eine Pause, aber nicht, weil ich unsicher bin, sondern weil ich den Moment voll auskosten möchte. »Deine Liebe macht mich ganz.« Ich hole noch einmal sehr, sehr tief Luft. »Möchtest du meine Frau werden, meine umwerfende Sarah Cruz?«

Sie lässt sich vor mir auf die Knie nieder, schlingt ihre Arme um meinen Hals und küsst mich so stürmisch, dass ich beinahe ohnmächtig werde.

Unser kleines Publikum applaudiert heftig.

»Ja?«, krächze ich. »Ja?«

»Ja!«, ruft sie. Ich nehme ihre zitternde Hand und schiebe den Ring auf ihren Finger, aber da zieht sie die Hand wieder weg. Oje, ich habe die falsche erwischt! Lachend reicht sie mir die andere Hand, und irgendwie schaffe ich es, ihr den Ring auf den richtigen Finger zu stecken. Gott, ich kann's nicht fassen. Sarah Cruz wird wirklich meine Frau! Jetzt ist es offiziell.

Sie quietscht und schaut auf ihre Hand. »Jonas, er ist unglaublich schön!«

Der Ring sieht an ihrer Hand tatsächlich noch bezaubernder aus, als ich dachte.

»Wahnsinn«, sage ich. »Sieht toll aus. Aber für meine Sarah will ich eben nur das Beste.« Wir beginnen uns zu küssen, als müssten wir uns gegenseitig wiederbeleben.

Erneut ertönt Applaus, und irgendjemand ruft: »Bravo!«

»Das ist meine zukünftige Ehefrau!«, sage ich und deute auf sie. »Sie hat Ja gesagt!«

Sarah lacht. »O Jonas!«

»Ich will nicht mehr warten«, sage ich und packe sie an den Schultern. »Lass uns sofort heiraten!«

Sarah läuft vor Aufregung rot an. »Was auch immer du willst, mein zukünftiger Ehemann!« Sie kichert.

»Baby, nimm dir einen Monat, um die Hochzeit vorzubereiten, und –«

»Moment mal, wie bitte?«

»Mach es, wie du willst. Stell von mir aus zehn Hochzeitsplaner an. Ist mir ganz egal, solange ich dich in einem Monat meine Frau nennen darf.«

»Jonas, ich kann doch nicht innerhalb eines Monats unsere Feier auf die Beine stellen!«

»Na klar kannst du das!«

»Nein, das verstehst du nicht. Ich brauche ein Jahr dafür, oder mindestens sechs Monate!«

Ich stöhne auf. So lange warte ich auf keinen Fall!

»Bitte, Sarah. Bitte!« Am liebsten würde ich sie auf der Stelle heiraten. »Gib so viel aus, wie du möchtest, heuere jeden an, den du gebrauchen kannst. Ist mir egal! Aber lass mich nicht warten, ich flehe dich an!«

Sie lacht. »Du bist mal wieder ganz schön fordernd!«

Ist mir egal. Ich bin ja schon fast vor Ungeduld gestorben, noch ehe ich sie gefragt habe.

»Bitte, bitte, bitte!«

Sie schüttelt den Kopf, als könnte sie kaum fassen, in was für eine Situation sie da geraten ist. Dann aber zuckt sie mit den Schultern. »Okay, Baby. Ganz wie du willst.«

»Nichts ist unmöglich, wenn du genügend Geld dafür auf den Kopf haust. Vertrau mir.«

Sie verdreht grinsend die Augen. »Weißt du was? Die Feier ist mir total egal. Ich will einfach nur, dass du mein Mann bist.«

»Nein, Baby, mach es genau so, wie du es dir wünschst. Geld spielt keine Rolle.«

»Okidoki«, meint sie und schnipst mit den Fingern. »Kein Thema.«

Ich ziehe sie an mich und bin unfassbar erleichtert. Vor Freude würde ich am liebsten schreien. »Ehrlich?«

»Na klar.« Sie küsst mich. »Die Party ist doch eigentlich nicht so wichtig. Das lässt sich in einem Monat locker organisieren.«

Das Adrenalin schießt durch meine Adern, und mein Schwanz beginnt zu kribbeln.

»Lass uns an irgendeiner abgelegenen Stelle nackt baden gehen«, flüstere ich aufgeregt.

Sie grinst mich an. »Und was ist, wenn ich meinen Ring im Meer verliere?«

Mist. Wird mich etwa der Verlobungsring davon abhalten, mit meiner zukünftigen Frau Sex im Meer zu haben? Was für eine Ironie!

Sie wendet sich an die Paraglider. »Hat einer von euch vielleicht einen Fallschirm übrig, den wir mit auf einen kleinen Spaziergang nehmen könnten? Wir bringen ihn auch gleich zurück.« Sie grinst mich an. »Wo ein Wille ist, ist auch ein Weg!«

Ich strahle. Mann, sie ist so clever. Und so verdammt heiß.

Einer der Piloten zieht einen farbenprächtigen Fallschirm aus einem Stapel.

»Ist nicht fürs Fliegen. Sondern für Übungen auf dem Boden«, sagt er. »Okay?« Er überreicht ihn ihr.

»Perfekt, danke!« Sie wirft mir einen verschmitzten Blick zu. »Was denkst du, Baby?«

»Geht klar!«

Ich schnappe mir den Fallschirm, greife nach Sarahs Hand, und dann rennen wir lachend über den Strand. Wir rennen und rennen, bis keine Menschenseele mehr in der Nähe ist, und als wir ganz sicher sind, dass niemand uns beobachtet, werfen wir uns in den Sand und breiten den Fallschirm über uns aus. Durch die leuchtenden Farben des Stoffs dringt das Sonnenlicht und wirft zarte rote, blaue und gelbe Flecken auf den Sand unter uns.

Jetzt sind wir wie zwei wilde Tiere, die es gar nicht erwarten können, übereinander herzufallen. Sie reißt sich keuchend das T-Shirt vom Körper, und ich tue dasselbe mit meinem. Dann zerrt sie fieberhaft an meiner Hose, bis mein Schwanz hervorschnellt.

»Der Springteufel.«

»Der funktioniert nur in deiner Gegenwart.«

Sie lacht – das tut sie immer, wenn wir diesen Witz machen.

»Die zukünftige Mrs Faraday«, murmele ich und schiebe meine Hände in ihre Hose, um ihren nackten Hintern zu fühlen. Shit, ich habe einen knallharten Ständer. »Die zukünftige Mrs Faraday«, wiederhole ich, weil es sich so unglaublich gut anhört. »Und ich werde dein Ehemann sein.«

Sie stöhnt und saugt kurz an meiner Unterlippe, ehe sie meinen Schwanz packt. »O ja. Mein zukünftiger Mann.«

»Sag das noch mal, Sarah!«

»Mein zukünftiger Mann.«

Sie reibt meinen Schwanz und lässt sich dann nach hinten kippen, zieht mich mit sich und fordert mich auf, in sie einzudringen, während rote Lichtreflexe auf ihrem Gesicht tanzen.

Aber sie wird sich noch gedulden müssen. Immerhin habe ich gerade um die Hand dieser unglaublichen Frau angehalten, und nicht einmal Orgasma die Allmächtige wird mich davon abbringen können, dieser Frau jetzt durch ein Gebet meine Ehre zu erweisen.

Ich knie mich zwischen ihre Beine, drücke ihre Schenkel auseinander und beginne, ihrem Schrein zu huldigen. Gott, die zukünftige Mrs Faraday schmeckt so gut. Sofort beginnt sie unter meinen Liebkosungen zu erbeben und stöhnt auf.

»Meine zukünftige Frau«, flüstere ich und lecke sie wieder und wieder. »Ich werde dich heiraten, Baby«, sage ich heiser und lecke sie so, wie sie es am liebsten mag, bis sie endlich den Rücken durchdrückt, laut aufstöhnt und kommt.

Als ihr Höhepunkt verebbt, öffnet sie die Augen und lächelt mich an.

»Schlaf mit mir, zukünftiger Ehemann.«

Mehr Ermutigung brauche ich nicht.

»Das ist der schönste Tag meines Lebens«, flüstert sie und stemmt mir ihre Hüfte entgegen, während ihr Gesicht in gelbes Licht getaucht ist.

»Geht mir genauso.« Ich küsse sie innig.

Sie zittert. »O Jonas.« Sarah schlingt ihre Beine um meine Hüften und bewegt ihr Becken im selben Rhythmus wie ich meines. »Das war der beste Antrag aller Zeiten.«

»War's okay, ja?«

»Mehr als okay! Das war ein Superauftritt!« Sie stöhnt. »Und jetzt nimm mich so richtig durch, ja?«

Diese Frau macht mich wahnsinnig an. Ich tue genau das, was sie von mir verlangt hat.

»O ja, so wollte ich das«, sagt sie. »Ja!« Sie beißt in meinen Hals.

»Au!«

Sie lacht und beißt mich wieder.

»Warum denn so brutal?«

Ich verändere meine Position ein wenig, sodass mein Schwanz sie in einem anderen Winkel stimuliert, und sofort hat sie Feuer gefangen.

»O Gott, ja, genau so. Hör nicht auf!« Sie keucht. »O ja, Baby, ja, ja, ja.«

Für diese Art der Ekstase gibt es keine Worte, weil sich noch nie jemand so geliebt hat, wie wir es tun. Sie ist die Idee einer Frau. Und unsere Liebe die Idee der Liebe. Die göttliche Idee.

»Sarah«, sage ich und stehe kurz davor, in mein ganz persönliches Nirwana einzutreten. »Ich liebe dich!«

»Mhm.«

Die bunten Lichtreflexe tanzen um uns auf dem Sand, als stünden wir in einer Kathedrale mit farbigen Mosaiken in den Fenstern.

»Ich liebe dich, Baby.« Wieder küsse ich sie.

»Jonas«, stöhnt sie und ist auch kurz vorm Höhepunkt. »Ja.«

»Und ich werde dich heiraten.«

Sie beginnt, diesen ganz bestimmten Laut von sich zu geben.

»Du wirst meine *Frau*.«

Sie ist nur noch einen winzigen Schritt vom Orgasmus entfernt.

»Mrs Faraday.«

Und das war's. Sie ist da.

Und ich auch.

Sie ist meine Rettung.

Meine Religion.

Meine Erlösung.

Ich bin neu geboren worden.

Es wird nie wieder eine Liebe geben, die so ist wie unsere.

»Liebe ist die Sehnsucht nach der Ganzheit, und das Streben nach der Ganzheit wird Liebe genannt.«

Das Höchste, was der Mensch erreichen kann.

~ Epilog ~

Jonas

»Mrs Faraday«, flüstere ich leise. Sarah liegt auf dem Bauch, das Gesicht ins Kissen gedrückt. Keine Reaktion.

Ich fahre mit den Fingerspitzen sanft über ihren Rücken und ihr Tanktop und singe leise »I Melt With You« von Modern English. Ich bin ein supermieser Sänger, das weiß ich, aber aus irgendeinem Grund mag sie es richtig gern, wenn ich vor mich hin trällere.

Immer noch nichts.

»Oh, Mrs Faraday«, rufe ich leise und singe weiter.

»Mhm.«

»Guten Morgen, meine umwerfende Gattin! Bist du wach?«

»Jetzt schon«, sagt sie, und ihre Stimme klingt noch rauer als sonst. »Wie kann es denn sein, dass du dich schon wieder an die Seattler Zeitverhältnisse gewöhnt hast?«

»Hab ich nicht. Mein Körper ist immer noch auf Neuseeland eingestellt. Aber ich bin viel zu glücklich, um müde zu sein!«

Sie vergräbt ihr Gesicht im Kissen und grummelt. »Ich bin mit einem Verrückten verheiratet!«

Ich kneife durch die Schlafanzughose in ihren Hintern.

»Hey, Weib!«

»Freak!«

»Dann eben Vermählte!«

»Wie spät ist es jetzt in Neuseeland?«

»Komm schon, Schlafmütze«, sage ich. »Ich bin schon seit drei Stunden wach. Habe Sport gemacht, Wäsche gewaschen und circa hundert E-Mails beantwortet. Und jetzt sehne ich mich nach meinem sexy Weib.«

»Wie kommst du nur mit so wenig Schlaf aus?« Sie hat mich noch immer nicht angesehen, sondern ihr Gesicht nach wie vor in den Federn vergraben. »Du bist doch kein echter Mensch. Du bist ein Cyborg.«

Ich setze mich neben sie und huldige der perfekten Rundung ihres Hinterns. Ach, ich kann einfach nicht anders. Schon habe ich die Hose hinuntergezogen und einen sanften Kuss auf ihre Pobacke gedrückt. Nur mit viel Mühe kann ich mich davon abhalten, sofort weiterzumachen – ich weiß ja, wie erschöpft sie ist. »Was, wenn ich dir sage, dass ich dir einen Cappuccino mitgebracht habe?«

Sie hebt den Kopf. »Dann würde ich sagen: Guten Morgen, geliebter Ehemann! Schön, dich zu sehen! Du hättest besser so ins Gespräch einsteigen sollen, Dummerchen.« Sie dreht sich um und setzt sich auf.

Ich reiche ihr die Tasse, die auf dem Nachttisch stand.

»Bitte sehr, geliebte Gattin.«

»Danke, mein Ehemann! Du bist der netteste Cyborg, der mir je begegnet ist!«

»Hast du gut geschlafen?«, frage ich.

»Wie ein Baby.«

»Zu Hause ist es doch am schönsten.« Besonders, wenn es *unser* Zuhause ist.

Natürlich habe ich jede Sekunde unserer Flitterwochen genossen – eine Woche in Neuseeland, dem abenteuerlichsten Fleckchen Erde, das ich kenne. Danach waren wir drei Tage in Venezuela, wo Josh und Kat zu uns gestoßen sind und Sarah ein Treffen mit Mariela organisiert hat. Abgerundet wurde die Reise von vier magischen Nächten in unserem Baumhaus in Belize.

Jede einzelne Station war toll, und trotzdem habe ich es nicht im Geringsten bereut, endlich wieder nach Hause zu kommen.

Im Gegenteil: Ich konnte es gar nicht erwarten, mein neues Leben mit meiner Frau an meiner Seite zu beginnen. Der Göttin und Muse Sarah Faraday.

Sarah sieht schläfrig vor sich hin, während sie an ihrem Cappuccino nippt.

»O Gott, ich kann mich kaum rühren«, sagt sie. »Nach all dem Bungee-Jumping, Abseilen und animalischen Sex hat mein Körper sich leider dauerhaft in schlabberige Spaghetti verwandelt.«

»Ich bin auch ziemlich alle«, gestehe ich.

»Ja, deswegen musstest du heute Morgen ja auch unbedingt trainieren und wie ein Besessener Wäsche waschen, du Fitness-Cyborg!«

»Ich hab doch gesagt, dass ich zu glücklich bin, um zu schlafen!«

»Das ist süß«, sagt sie, meint damit aber eher, dass ich komisch, unheimlich oder beides zugleich bin.

»Unten in der Küche befindet sich ein riesiger Stapel Karten und Geschenke«, sage ich. »Kat und Josh haben nach der Hochzeit die Sachen für uns hergebracht. Wollen wir heute alles aufmachen?«

»Ja, aber erst später, wenn ich mich wirklich darauf konzentrieren kann. Ich bin so verflixt müde.«

Ich streiche ihr das Haar aus dem Gesicht. »Selbst wenn du müde bist, bist du noch wunderschön. Weißt du das, Mrs Faraday?«

Sie seufzt glücklich. »War die Hochzeit nicht wunderschön?«

»Sie war absolut perfekt.«

Sarah und ich haben uns im Laufe der letzten zwei Wochen natürlich permanent über die Trauung unterhalten, aber scheinbar haben wir beide das Thema immer noch nicht satt.

»Sah Georgia nicht toll aus? Und Trey war so fesch in seinem Anzug.«

»Deine Mutter konnte gar nicht aufhören zu lächeln.«

»Es sei denn, sie hat geheult wie ein Schlosshund.«

»Nein, selbst dann hat sie gelächelt«, meint Jonas.

»Gott, wie Miss Westbrook geguckt hat, als sie dich gesehen hat! Allein vom Gedanken daran könnte ich anfangen zu heulen! Das war wunderschön.«

Ich lächle. Ja, das war es. Sarah hatte die ganzen Feierlichkeiten einfach perfekt geplant. Ich musste nur die Rechnungen bezahlen und erscheinen wie jeder andere Gast auch.

Als sie den Gang herunter auf mich zukam, habe ich wirklich gedacht, dass ich gestorben und jetzt im Himmel bin. Und als sie »Ja, ich will« gesagt hat und damit vor Gott und allen anderen zu meiner Frau geworden ist, war das der glücklichste Moment meines Lebens.

Und dann war da noch die Party. Und was für eine! Meine Güte, selbst *ich* habe getanzt! Die ganze Nacht hindurch. Mit Sarah, aber auch mit Georgia und ihrem neuen Freund, mit Trey, Miss Westbrook und den Kindern (inklusive meines Namensvetters, der sich zu einem bärenstarken jungen Mann entwickelt hat) und mit Sarahs Mom, mit Kat, Josh und Henn und einer Menge von Sarahs tollen Freunden. Nachdem ein bisschen Scotch geflossen war und die Band einen Gang hochgeschaltet hatte, hat sogar Onkel William das Tanzbein geschwungen.

Ich hatte noch nie im Leben so viel Spaß – Spaß im klassischen Sinne, sozusagen. Klar, mit Sarah und Josh mache ich auch eine Menge Quatsch, aber so locker bin ich normalerweise nicht vor so vielen Leuten. Besonders dann nicht, wenn ich viele von ihnen gar nicht kenne.

Was für ein Geniestreich von Sarah, zu diesem Anlass

das Canlis zu mieten! Hätte es einen besseren Ort für unsere Hochzeit geben können als das Restaurant, in dem wir unser erstes Date hatten?

»Erde an Jonas.«

Ich lächle sie an.

»Woran hast du gedacht, Baby?«

»An unsere fantastische Hochzeit.«

»Hast du gesehen, wie Onkel William mit Kat getanzt hat? Das war verflixt süß.«

»Ja. Und die Breakdance-Einlage von Henn erst!«

Sarah lacht. »Ich habe keine Ahnung, was er da vorhatte. Ich hatte schon fast Angst um ihn.«

»Und um alle anderen Personen auf der Tanzfläche auch!«

Sie lacht.

»Lass uns das bald wieder machen.«

Sarah wirft mir einen seltsamen Blick zu. »Lass mich dir mal was Grundsätzliches erklären, Liebster. Das Ding an Hochzeiten ist, dass man nur ein Mal in seinem Leben selbst eine feiert, wenn man Glück hat. Das ganze Konzept beruht gewissermaßen auf seiner Unwiederholbarkeit.« Sie grinst.

»Ja, du Schlaumeier, das weiß ich! Ich meine doch einfach nur die Sache mit der Party. Ich habe zum ersten Mal eine gegeben, und es hat richtig Spaß gemacht.«

Sarah klappt der Kiefer runter. »Jonas Faraday will eine Party feiern?«

»Moment, nicht ganz. Ich will, dass du eine organisierst und ich dann einfach komme. So wie bei unserer Hochzeit. Du machst die ganze Arbeit, triffst die Entscheidungen, lädst alle ein, belästigst mich nicht mit Fragen – und dann komme ich, trinke, tanze, habe Spaß und mache mich zum Affen.«

Sie lacht. »O Jonas, das mache ich jederzeit für dich! Wäre mir ein Vergnügen.«

Ich schmiege mich an sie und umarme sie. »Danke!« Ich küsse sie auf die Nasenspitze. »Ehefrau.« Wir liegen ein paar

Minuten lang eng umschlungen da, und ich streiche über ihren Rücken.

»Was für ein Datum haben wir heute?«, fragt sie und setzt sich auf, als hätte sie plötzlich eine Erleuchtung.

Ich sage es ihr.

»Manometer! Meine Noten sollten jetzt online einsehbar sein!« Sie schnappt sich ihren Laptop und loggt sich in irgendeinem Studentenportal ein, während ich atemlos über ihre Schulter spähe.

»Ah«, sagt sie. »Verflixt!«

»Was denn?«

»Die gute Neuigkeit ist, dass ich alle Prüfungen mit ›Sehr gut‹ bestanden habe.« Trotzdem klingt sie enttäuscht.

»Das ist doch toll! Wieso bist du so traurig?«

Sie schiebt ihre Unterlippe vor. »Weil ich im Ranking wahnsinnig abgestiegen bin.« Sie seufzt. »Ich bin auf Platz zwölf gerutscht. Acht Plätze runter.«

»Du bist die Zwölftbeste deiner Klasse? Baby, das nennst du ›wahnsinnig abgestiegen‹?« Ich lache. »Ist doch immer noch ein Superergebnis!«

»Aber ich kriege das Stipendium nicht.« Sie sieht auf ihre Hände, und ich kann das Lächeln kaum unterdrücken, als ich den funkelnden Stein ihres Eherings sehe. »Ich habe das Stipendium um zwei Plätze verpasst.«

»Baby, hör zu. Wenn man bedenkt, was du direkt vor den Abschlussprüfungen alles durchgemacht hast, dann ist Platz zwölf doch immer noch großartig!«

Sie zuckt mit den Schultern.

»Mach dir wegen des Stipendiums keine Gedanken. Du weißt doch, dass du die glückliche Empfängerin des Jonas-Faraday-Stipendiums bist. Also sei einfach stolz auf dich und mach dich nicht fertig deswegen!«

»Ich brauche dein Stipendium nicht, ich habe doch meinen Finderlohn.«

»Nein. Ich bin jetzt dein Ehemann, und das heißt, dass ich mich in jeder Hinsicht um dich kümmere. Basta.«

Sie hebt die Augenbrauen.

Ups. Ich habe ganz vergessen, dass sie kein großer Fan des Wörtchens »Basta« ist.

»Ich will mich um dich kümmern, Sarah. Also lass es mich bitte tun!«

Sie lächelt.

»In jeder Hinsicht. Den Rest deines Lebens.«

»O Jonas!«

Ich küsse sie. »Ich bin stolz auf dich, also sei du es auch!«

»Danke.«

Ich kneife sie in den Po. »Also, was willst du heute machen? Bungee-Jumping von einer Brücke? Dich von einer Klippe abseilen? Animalischen Sex haben und dabei an unsere Brüllaffenfreunde aus Belize denken?«

»O Gott, noch mehr Aufregung verkrafte ich auf keinen Fall! Ich werde hier im Bett liegen und an die Decke starren, bis die Seminare wieder losgehen.«

Das meint sie doch hoffentlich nicht ernst? Es sei denn, ich darf sie die ganze Zeit abküssen und an ihr lecken, während sie sich ausruht. Ich kann nicht auf mein Rauschmittel verzichten, und auf einen kalten Entzug habe ich überhaupt keine Lust.

»Wobei ...«

Ich setze mich auf. »Ja?«

»Eine Sache würde ich heute wirklich gern machen, mein geliebter Ehemann. Wenn ich dich irgendwie dafür gewinnen kann.«

»Raus damit, Weib!« Mein Schwanz kribbelt.

»Als ich es mir letztens mit meinen Büchern im Ledersessel gemütlich gemacht habe, ist mir aufgefallen, dass es kein Tischchen gibt, auf dem ich meinen Drink abstellen kann.«

Ich sehe sie verwirrt an. Wovon zum Teufel redet sie?

»Und ich habe festgestellt, dass du keine Schnapsgläser hast.«

»*Wir* haben keine.« Worauf will sie hinaus?

»Deswegen habe ich mir gedacht, dass wir heute einen kleinen Shoppingtrip unternehmen könnten.« Sie grinst mich verschmitzt an, und ich weiß plötzlich genau, worauf sie hinauswill.

»Shopping, hm?«

»Korrekt.«

»Für ein Abstelltischchen und Gläser?«

»Korrekt. Und noch so zwei, drei Sachen für den Haushalt.«

O Mann. Ich kann nicht fassen, dass das hier mein Leben ist – und dass es mir richtig gut gefällt!

»Und *wo* gedachten Sie die Dinge einzukaufen, werte Mrs Faraday?«

»Na, sexy Ehemann, es gibt eine Art Möbelschlaraffenland, in dem wir einen limonengrünen Sitzsack kaufen und uns gleichzeitig den Bauch mit schwedischen Fleischbällchen vollschlagen könnten.«

Ich atme gespielt entsetzt aus. »Wow, Baby, ich weiß nicht, ob mir das nicht alles zu schnell geht. Denkst du, wir sind dafür schon bereit?«

»Wir würden unsere Beziehung auf jeden Fall auf ein ganz neues Level heben. Ich bin bereit, wenn du es auch bist.« Sie grinst.

»Solange Fleischbällchen und du mit im Spiel sind, kann ich alles ertragen. Ich werde einfach mein bestes Stück hier zu Hause lassen, dann geht es schon.«

»Nein, Dummerchen. Das funktioniert nicht.«

»Warum nicht?«, frage ich.

»Denk doch mal nach! Wie sollen wir denn animalischen Sex in einer der Familientoiletten haben, wenn du ohne dein bestes Stück zu IKEA gehst?«

Uff. Sofort habe ich einen Ständer. »Gut, dass du daran gedacht hast. Da hast du völlig recht.«

»Ich denke immer an alles.«

»Das ist die Untertreibung des Jahrhunderts, Baby.«

Sie lacht. »Also, haben wir ein Date? Mr und Mrs Faraday gehen heute zu IKEA?«

»Definitiv. Aber ehe wir losziehen, muss ich mich dringend noch an deinen *albóndigas* gütlich tun!«

Sie sieht mich angsterfüllt an. »O nein, Jonas. Bitte nicht!«

»Nichts kann mich aufhalten!«

»Nein!« Sie jauchzt und lacht, aber ihr Widerstand ist zwecklos.

Ich drehe sie auf den Bauch, ziehe ihre Schlafanzughose nach unten und beiße in ihren herrlichen Knackarsch.

»Hmmm, ich liebe diesen Po«, sage ich seufzend und gebe ihr einen Klaps.

Sie quietscht wieder auf.

Wow, ich habe eine riesige Erektion und bin mehr als bereit für ein paar eheliche Schweinereien!

Andererseits – eigentlich besteht ja kein Grund zur Eile, oder? Wir haben doch alle Zeit der Welt, meine Frau und ich. Ich werde nicht einfach verschwinden, und sie genauso wenig. Sie hat es vor Gott und allen anderen versprochen, und diesen Schwur kann sie nicht einfach so zurücknehmen. Warum sollte ich mich also nicht einfach zusammenreißen und die Vorfreude aufs nächste Mal genießen? Denn wenn ich jetzt ein braver Junge bin, dann wird der Sex auf der IKEA-Toilette garantiert umso heißer. Da lohnt sich das Warten doch, oder?

Ich springe johlend aus dem Bett und gebe ihr einen letzten kräftigen Klaps.

»Auf geht's, Mrs Faraday«, rufe ich. »Schwing deinen hübschen Hintern aus den Federn! Dein Ehemann hat einen riesigen Ständer und kann es kaum erwarten, mit seiner sexy Frau zu IKEA zu fahren!«

Danksagung

Dieses Buch zu schreiben war eines der größten Vergnügen meines Lebens. Danke an euch, ihr geliebten frühen Leser, für euer Feedback und eure Ermutigungen – ganz besonders an dich, liebe Nicki Starr. Ich danke auch meiner Familie, die mir immer genug Raum und Unterstützung für mein Schreiben gegeben hat, und das, obwohl wir alle wussten, dass es mich in den Wahnsinn treibt (besonders dann, wenn ich drei zusammenhängende Bücher am Stück schreibe).

Bei meinem dritten Buch THE CLUB – LOVE hat mir besonders das »Dorf« sehr geholfen: Vielen Dank an meinen Nachbarn Steve, einen pensionierten Secret-Service-Agenten, der zahllose Stunden damit verbracht hat, mir alles über die Arbeit des FBI, über organisiertes Verbrechen und übers Hacken zu erklären. In gewisser Weise waren wir ein recht ungleiches Paar, aber wir hatten doch trotzdem unseren Spaß, oder?

Vielen Dank auch an euch Hackerjungs, die ich in Las Vegas im Mandalay Bay kennengelernt habe. Ihr wart wegen einer Hacker-Convention in der Stadt, und ich habe einfach Party mit meinen Freundinnen gemacht. Was bin ich für ein Glückspilz, dass ich euch begegnen durfte und ihr mich mit einer Menge abgefahrener Ideen versorgt habt! Ich werde euch wahrscheinlich nie wiedersehen, und es kann auch gut sein, dass diese Botschaft euch nie erreicht, aber ihr wart so hilfsbereit und witzig, und auch über die Freigetränke habe ich mich so gefreut, dass ich euch an dieser Stelle trotzdem gern meinen Dank aussprechen will.

Auch der Rest meiner Familie war großartig. Danke an meine Mutter, meine Schwiegermutter und meine Tante, dass sie die Bücher gelesen und gemocht haben. Ich habe euch alle sehr lieb! Danke an meinen Motorrad fahrenden Onkel, der das erste Kapitel gelesen und auf meine Frage, ob die männliche Perspektive überzeugend rüberkommt, mit »Jepp!« geantwortet hat. Das hat mich sehr ermutigt, und ich habe fortan der »Jonas-Stimme« in meinem Kopf vertraut.

Und danke an meinen Computerprofi-Onkel, der mich beim Mittagessen auf diese tolle Idee gebracht hat.

Danke an mein Baby Cuz dafür, dass du die ersten Kapitel gelesen und mich sofort angerufen hast. Großartig, dass du mir alles über das Deep Web beigebracht hast!

Danke auch an meinen Dad, der sich ein ganzes Mittagessen über meine endlosen Ausführungen über die Handlung der Club-Reihe angehört hat (bei denen ich die Sexszenen allerdings ein wenig abgekürzt habe: »Und dann hatten sie Sex.«).

Ich weiß wirklich nicht, warum ich in einem fort diese schrecklichen Vaterfiguren entwerfe, wo ich doch den besten Dad dieses Planeten habe! Ich liebe dich, Pops. (Und ich weiß nicht einmal, weshalb ich dich in dieser Danksagung erwähne – die Vorstellung, dass du dieses Buch liest, ist ziemlich komisch!)

Danke an Scott, den Arzt aus der Notaufnahme, der sich so viel Zeit genommen hat, um Sarahs Verletzungen, die Behandlung und die anschließende Erholungsphase so realistisch wie möglich zu beschreiben. Danke auch an die Bestsellerautorin (und ehemalige Krankenschwester in der Notaufnahme) Catherine Bybee, die mir ebenfalls geholfen hat, die arme Sarah genau richtig zu verletzen, und mir dabei vor Lachen Bauchschmerzen beschert hat.

Danke auch an meine Agenten Jill und Kevin – wie immer bedeutet es mir viel, wie sehr ihr meinem Schreiben vertraut, ganz egal, welchen Namen ich dafür benutze oder an welches Genre ich mich heranwage. Danke an den Autor Whisperer für sein kostbares Feedback und für seinen Beistand. Danke an Lisa, Melissa und Sharon. Ihr Ladys seid die besten! Und vielen Dank an dich, Alicia, für dein Lektorat und Korrektorat, und an dich, Judi, fürs Formatieren. Ich habe großes Glück, von einem so fantastischen Team unterstützt zu werden. Und schließlich komme ich zu dem tollsten Teammitglied: meinem Ehemann. Du bist mein Fels in der Brandung, ich liebe dich!